GOGOL

W0317105

Nouvelles de Pétersbourg

PRÉSENTATION
TRADUCTION DU « PORTRAIT »
(deuxième partie)
DOSSIER
CHRONOLOGIE
BIBLIOGRAPHIE MISE À JOUR EN 2009
RÉPERTOIRE

par Déborah Lévy-Bertherat

TRADUCTION

par Boris de Schloezer

GF Flammarion

La littérature russe
dans la même collection

DOSTOÏEVSKI, *Crime et Châtiment. – L'Éternel Mari. – L'Idiot. – Le Joueur. – Notes d'un souterrain. – Récits de la maison des morts.*

GOGOL, *Les Âmes mortes. – Nouvelles de Pétersbourg* (édition avec dossier). – *Le Révizor. – Tarass Boulba.*

LERMONTOV, *Un héros de notre temps.*

POUCHKINE, *Boris Godounov. Théâtre complet. – La Dame de pique. Les Nuits égyptiennes et autres nouvelles. – La Fille du capitaine.*

TCHÉKHOV, *La Cerisaie. – La Fiancée et autres nouvelles. – Ivanov. La Mouette. – Oncle Vania. Les Trois Sœurs. – La Steppe.*

TOLSTOÏ, *Anna Karénine. – Maître et Serviteur. Nouvelles et Récits (1886-1904). – La Mort d'Ivan Ilitch. Nouvelles et Récits (1851-1885).*

TOURGUENIEV, *Premier Amour.*

© Flammarion, Paris, 1968, pour la traduction.
© Flammarion, Paris, 1998, pour la présentation, le dossier, la chronologie, la bibliographie et le répertoire.
Édition corrigée et mise à jour en 2009
ISBN : 978-2-0812-2319-6

SOMMAIRE

Présentation

À l'exception des *Âmes mortes*, achevées en 1842[1], presque tous les chefs-d'œuvre de Gogol ont été composés entre 1831 et 1835 – cinq années fulgurantes, qui voient naître, entre autres, *Les Veillées du hameau*, quatre des *Nouvelles de Pétersbourg*, *Tarass Boulba*, *Le Révizor*... Après 1835, il ne cesse de revenir sur ces œuvres pour les remanier, les amender, les renier. On peut même dire que les dix dernières années de sa vie, à partir de 1842, sont consacrées à la destruction de sa création antérieure, en même temps qu'à trois reprises, il recommence la suite des *Âmes mortes* pour, à trois reprises, brûler son manuscrit. La folie de Tchartkov, qui détruit des œuvres d'art (celles des autres, il est vrai) dans « Le Portrait », est sans doute prophétique. Pour Gogol, dès qu'un texte est achevé, il devient haïssable. L'histoire de son œuvre avait du reste commencé comme elle allait s'achever, par un *auto da fé*, lorsqu'il avait jeté au feu tous les exemplaires de sa première[2] œuvre publiée, *Hans Küchelgarten*, en 1829.

C'est que l'artiste en lui doit se soumettre à l'homme d'une piété rigoriste, qui s'est peu à peu substitué au comédien-né et au satiriste. La religion est devenue pour Gogol son unique raison d'être, gouvernant ses relations avec les autres, qu'il assomme de sermons, avec son œuvre, transformée en prédication, et le conduisant lui-même aux macérations les plus sévères ; il poussera le zèle du carême jusqu'à se laisser, littéralement, mourir de faim.

On est dès lors tenté de distinguer deux Gogol, l'artiste et le prédicateur, comme plus tard pour Tolstoï, lui aussi converti, et convaincu que l'art doit servir une vérité supérieure. Mais chez Tolstoï, le déchirement donne naissance à

1. La première partie. De la seconde, écrite entre 1840 et 1851, nous n'avons que des fragments publiés après la mort de Gogol.
2. Si l'on exclut le poème « Italie », également publié en 1829.

quelques chefs-d'œuvre [1]. Chez Gogol, rien de tel : la piété tue le talent, irrévocablement. Ses *Extraits choisis de ma correspondance avec mes amis* sont un florilège affligeant de règles de vie patriarcales et bien-pensantes, dans le style le plus plat, que ses admirateurs accueillirent comme un scandale.

Ainsi, avant le véritable suicide qu'a constitué son anorexie, Gogol avait-il commis un premier suicide, littéraire celui-là : laisser mourir de faim l'artiste qu'il était en lui interdisant le sarcasme, l'impiété et, plus encore, la gratuité morale du propos. Car l'essentiel du talent de Gogol, ce qui fait qu'on lit encore ses *Nouvelles de Pétersbourg*, c'est précisément cela : une écriture acrobatique, voltigeante, posée sur le presque-rien des sujets les plus dérisoires ; une ironie impitoyable, qui n'épargne ni les puissants ni les humbles, et se rit de toute prétention à la morale ; la vision d'un monde absurde, saisi dans ses détails les plus incongrus, mais dont les fragments semblent avoir été dispersés puis recomposés en dépit, comme on dit, du bon sens.

Le contexte de l'œuvre

Pour comprendre « Le Manteau », « Le Journal d'un fou », « Le Nez », « La Perspective Nevsky » et « Le Portrait », il faut d'abord rappeler brièvement les circonstances de leur création.

La Russie et Pétersbourg en 1835

La Russie des années 1830 est encore ancrée, pour sa majeure partie, dans l'immobilisme d'un mode de vie ancien. Le servage y est encore en vigueur [2]. La pesanteur de l'administration est omniprésente : le *tchin* [3], ou table des rangs, impose à la vie sociale le modèle d'une hiérarchie immuable. Les archaïsmes de la société russe deviennent particulièrement criants sous le règne de Nicolas Ier (1825-1855) : après les ouvertures presque libérales et l'éveil d'une vie intellectuelle moderne sous Alexandre Ier (1801-

1. Comme *La Mort d'Ivan Ilitch* ou *La Sonate à Kreutzer*.
2. Il ne sera aboli qu'en 1861.
3. Voir Répertoire, p. 277.

1825), le nouveau règne marque une réaction brutale, inaugurée par la répression du mouvement décembriste [1]. Le régime autocratique, la censure de la presse et de la littérature, retrouvent toute leur rigidité.

Pétersbourg [2], cependant, est à part. La nouvelle capitale fondée *ex nihilo* par Pierre le Grand au début du XVIIIe siècle pour donner à la Russie, au bord de la Baltique, une fenêtre sur l'Occident, est une ville moderne, cosmopolite et brillante. Sa splendeur monumentale, ses palais, ses cathédrales, ses places, ses canaux [3], en ont fait un objet d'admiration inconditionnelle [4].

Pour le jeune Gogol, vu du gymnase de Niéjine, dans sa lointaine Petite-Russie, Pétersbourg est le lieu fascinant de tous les rêves. Mais à vingt ans, son arrivée dans la capitale, en plein hiver, lui cause une brutale désillusion [5], dont les *Nouvelles de Pétersbourg* portent encore la trace. Il y voit un univers artificiel, mercantile et frivole, une ville inquiétante aussi, fantomatique. Refusant d'adhérer à l'éloge unanime de la cité, Gogol y répond par l'ironie, renvoyant insolemment aux Pétersbourgeois la caricature de leur satisfaction : « Je suis certain que nul de ses habitants blêmes et titrés n'accepterait d'échanger la perspective Nevsky contre tous les biens de la terre [6]. »

Du reste, après des années d'exil volontaire à Rome – où il voit une sorte d'anti-Pétersbourg – et

---

1. Les décembristes (ou décabristes) étaient de jeunes officiers, auteurs d'une tentative de renversement de l'empire. Exécutions, exils, interrogatoires, avaient alors touché une grande partie des jeunes intellectuels.
2. Le nom de Pétersbourg a été conservé par tous les traducteurs de Gogol, au lieu de Saint-Pétersbourg – les Russes ne désignant jamais la ville par son nom complet, *Sankt-Peterbourg*, mais par celui de *Peterbourg*. C'est ainsi que nous l'appellerons aussi.
3. Voir le plan p. 267.
4. La ville a été un thème littéraire presque dès son origine (voir dossier, p. 216).
5. Boris de Schloezer la retrace dans *Nicolas Gogol*, L'Herne, 1972, p. 82.
6. « La Perspective Nevsky », p. 113.

de pérégrinations incessantes à travers l'Europe, ce n'est pas à Pétersbourg mais à Moscou, l'ancienne capitale, plus traditionnelle et plus pieuse, qu'il viendra mourir.

La vie littéraire et le rôle de la censure

Au moment où Gogol arrive à Pétersbourg, en 1829, la vie littéraire est dominée par une figure solaire, celle de Pouchkine (1799-1837). Avant Pouchkine, la littérature russe est encore balbutiante, elle cherche sa voie. Les œuvres qu'elle a produites depuis la fin du XVIIIe siècle (c'est-à-dire à peu près depuis qu'elle existe) sont en grande partie des adaptations de textes étrangers. Seules quelques figures, commes celles de Fonvizine, de Karamzine ou de Griboïedov, se dégagent. C'est avec Pouchkine que commence véritablement l'histoire de la littérature russe. L'auteur d'*Eugène Onéguine* (1823-1830), de *Boris Godounov* (1824-1825), se détourne des imitations et cherche ses sujets en Russie ou au Caucase ; et il fonde, en poésie surtout, la langue littéraire russe.

En 1837, à la mort de Pouchkine, Gogol est déjà parti pour l'Europe. C'est donc de loin qu'il prendra connaissance du monde littéraire russe de l'après-Pouchkine, des œuvres de Lermontov ou des premiers récits de Tourgueniev, par exemple.

L'histoire de la littérature russe ne peut se concevoir sans que soit mentionné le rôle de la censure, qui non seulement interdit des œuvres ou en exige la transformation, mais conduit souvent les auteurs à anticiper ses ordres. Gogol, lui aussi, doit s'y soumettre [1], et ses nouvelles pétersbourgeoises, sans être jamais interdites, subissent de nombreuses coupures. Dans « La Perspective Nevsky », par exemple, le châtiment que les deux Allemands font subir à Pirogov après l'avoir déshabillé est évoqué à mots cou-

1. Sauf dans le cas du *Révizor*, où, par ses relations, Gogol put faire remettre son manuscrit à l'empereur lui-même, qui, malgré l'insolence de la pièce, en ordonna la mise en scène immédiate.

verts : « Ils en agirent avec le lieutenant si brutalement que je ne trouve pas, je l'avoue, les mots nécessaires pour décrire cette triste aventure » (p. 147). Pour éviter que l'imagination du lecteur ne se perde en conjectures inavouables, la censure, comme Pouchkine l'avait prévu, exige que la phrase soit remplacée par le récit d'une bastonnade sans équivoque. Dans « Le Journal d'un fou », les réflexions du chien sur les décorations (p. 72) ont dû être supprimées. Ailleurs, dans « Le Nez » par exemple, c'est Gogol lui-même qui a remplacé l'église [1] où entrait le personnage du nez par un lieu plus anodin, le *Gostinny Dvor* (p. 93).

Genèse des nouvelles

À part « Le Manteau », plus tardif, les *Nouvelles de Pétersbourg* appartiennent à la première période de Gogol, à celle du jeune homme brillant et ambitieux, déjà rendu célèbre par la verve de ses récits ukrainiens, *Les Veillées du hameau* (1831-1832), des diableries cocasses ou effrayantes qui apportent dans la capitale nordique le souffle exotique du Midi petit-russien. Très vite, Gogol est lancé. De sa mansarde mal chauffée, il est parvenu aux salons les plus brillants, où il fréquente les poètes Pletniov et Joukovsky, Alexandra Rosset-Smirnova, dame d'honneur de la tsarine, et surtout Pouchkine lui-même. Celui-ci encourage Gogol à écrire, et lui fournit même le sujet de deux de ses chefs-d'œuvre, *Le Révizor* et *Les Âmes mortes*. En 1832, lorsqu'il conçoit son premier récit situé à Pétersbourg, Gogol a vingt-trois ans. Avec « Le Nez », il se détourne de l'Ukraine, les diables cornus du village laissent place au diable invisible de la cité.

Gogol n'a jamais publié ces cinq récits sous le titre de *Nouvelles de Pétersbourg*. Dans l'édition de ses *Œuvres* en 1843, ils sont appelés *Poviesti*

1. On notera cependant que l'histoire commence le 25 mars, jour de l'Annonciation, ce qui peut sembler blasphématoire.

(« nouvelles [1] »), et c'est encore sous ce nom que les rassemble l'édition russe de l'académie des Sciences, établie par N. Mechtcheriakov, avec « La Calèche » [2] et « Rome ». Le titre de *Nouvelles pétersbourgeoises* ou *Nouvelles de Pétersbourg* est donc un choix fait par les éditeurs, et désormais couramment admis, tant en Russie qu'à l'étranger. L'unité du recueil ainsi constitué est du reste bien réelle : ces cinq récits sont liés par une forte cohérence thématique, ils ont en commun le décor de Pétersbourg et la présence d'un personnage central habité, dans chaque nouvelle, par une obsession, qu'elle soit d'ordre amoureux, social ou artistique.

Voici quelles ont été les circonstances de la création et de la première publication des nouvelles.

Le recueil des *Arabesques* (1835)

Les deux volumes des *Arabesques* réunissent, à côté d'une série d'articles d'histoire, de critique et de pédagogie, trois des nouvelles pétersbourgeoises : « La Perspective Nevsky », « Le Portrait » (première version) et « Le Journal d'un fou ».

« La Perspective Nevsky » date de 1833-1834. La partie consacrée au peintre Piskariov peut avoir été inspirée à Gogol par sa fréquentation d'élèves des Beaux-Arts, dans les premières années de sa vie à Pétersbourg. Ces contacts ont aussi pu inspirer la première version du « Portrait », également écrite en 1833-34, qui proposait un fantastique beaucoup plus proche de la féerie que la seconde : Tchartkov n'achetait pas le portrait, mais il se retrouvait chez lui par magie. Son modèle était clairement identifié comme l'Antéchrist, et une apparition de la Vierge

1. Le terme de « nouvelles » traduit mieux *poviesti* que « récits », terme qui correspond plutôt au russe *rasskazi*. Nous prenons le parti de transcrire les mots russes selon leur prononciation, de manière aussi lisible que possible, et non pas selon l'alphabet phonétique international, qui n'est déchiffrable que par les russophones...

2. « La Calèche », retenue par certaines éditions anciennes, ne peut être appelée une nouvelle pétersbourgeoise : son contexte provincial la place nettement en dehors de la constellation présentée ici.

révélait que, grâce au repentir du peintre, il disparaîtrait au bout de cinquante ans.

Le projet du « Journal d'un fou » date de 1833. La fascination de Gogol pour la folie rejoint ici son observation sarcastique du milieu administratif, de 1829 à 1831, lorsqu'il était lui-même assesseur de collège, au plus bas degré de l'échelle du *tchin*.

« Le Nez » (1836)

« Le Nez » est celle des cinq nouvelles dont la première ébauche est la plus ancienne (1832). C'est *Le Contemporain*, la revue de Pouchkine, qui la publie en octobre 1836, alors qu'une autre revue, *L'Observateur moscovite*, l'avait d'abord refusée comme « sale et triviale ». Dans *Le Contemporain*, le texte est précédé d'un préambule de Pouchkine : « N.V. Gogol s'est longtemps refusé à laisser imprimer cette pochade, mais nous y avons trouvé tant d'inattendu, de fantastique, de gai, d'original, que nous l'avons persuadé de nous laisser partager avec le public le plaisir que nous a procuré son manuscrit [1]. »

Dans une version primitive, la fin assimilait l'aventure de Kovaliov à un simple rêve. Gogol a ensuite transformé ce dénouement trop réducteur. Le texte a été remanié par Gogol pour sa réédition en 1843 dans ses *Œuvres* : il y a alors ajouté la troisième partie, qui forme l'épilogue. Les jugements humoristiques sur l'absurdité du sujet se trouvaient précédemment à la fin de la deuxième partie.

Plutôt que dans une source anecdotique ou dans les nombreux proverbes russes qui ont trait au nez, on peut chercher l'origine de la nouvelle dans la lecture du *Tristram Shandy* de Sterne [2], auquel le choix du thème doit beaucoup.

---

1. Traduction de Gustave Aucouturier, *Œuvres complètes* de Gogol, Gallimard, Bibliothèque de la Pléiade, 1993, p. 527.
2. Voir dossier, p. 229.

La deuxième version du « Portrait » (1842)

La deuxième version du « Portrait », celle qui est retenue ici, a été composée en 1837, et remaniée en 1839-41. Publiée dans *Le Contemporain* en 1842, elle est reprise dans les *Œuvres* en 1843. Dans cette version, « Le Portrait » est composé de deux parties si hétérogènes qu'on peut presque y voir deux nouvelles distinctes, de factures très différentes, liées entre elles par le mince truchement du portrait. La deuxième partie laisse nettement apparaître la tendance prédicatrice qui va désormais dominer l'écriture de Gogol, au détriment de sa verve (si l'on exclut l'évocation de Kolomna et de ses habitants). Les figures de l'usurier diabolique et du peintre devenu moine accumulent les poncifs et les platitudes de style [1].

« Le Manteau » (1843)

« Le Manteau » est la plus tardive des cinq nouvelles. Ébauchée à Moscou en 1839 sous le titre « Histoire du fonctionnaire qui vole des manteaux », reprise à Rome en 1839-1841, elle aurait pour origine une anecdote entendue entre 1832 et 1835 : un fonctionnaire subalterne, après s'être privé pour s'acheter un fusil de chasse, le perd à sa première sortie et tombe malade de chagrin ; ses collègues se cotisent pour remplacer le fusil. « Le Manteau » a été publié pour la première fois dans les *Œuvres* en 1843.

Pour les cinq nouvelles, le texte retenu par la présente édition est celui des *Œuvres* de 1843. Les passages supprimés ou modifiés par la censure ont été rétablis d'après les manuscrits.

1. Cette hétérogénéité peut expliquer le choix fait par Boris de Schloezer dans l'ancienne édition GF-Flammarion, de limiter sa traduction à la première partie. La présente édition rétablit le texte dans son intégralité.

LE VERTIGE DE L'ABSURDE

« J'inventais pour moi-même, écrit Gogol dans *La Confession d'un écrivain*, des personnages et des caractères entièrement risibles, je les mettais en pensée dans les situations les plus drôles, sans me soucier d'un motif, d'un but quelconque ou d'une utilité pour quiconque. [1] » Gogol s'inquiète peu de ses sujets, lui qui demande même à Pouchkine de lui en fournir, moins encore d'une finalité de son œuvre. À l'origine des nouvelles se trouve la recherche de la cocasserie la plus débridée et la plus féroce.

L'IRONIE IMPITOYABLE DU SATIRISTE

Le succès des récits de Pétersbourg a d'abord tenu à l'insolence avec laquelle l'auteur s'en prend à la société russe, à ses habitudes, et en particulier à la rigidité de son administration. Les Pétersbourgeois apparaissent comme autant de figures stéréotypées renvoyant à des groupes où l'individu disparaît en tant que tel : les petits fonctionnaires, les artisans, les prostituées, les hommes de pouvoir, etc. Le début de « La Perspective Nevsky » évoque le défilé des diverses catégories sociales au cours de la journée, et chaque série est abordée sous un angle déformant, qui en offre une image réductrice : ainsi à propos des élégants, Gogol recourt à la métaphore filée de l'« exposition » : « L'un exhibe une élégante redingote à parements de castor ; l'autre un beau nez grec ; celle-ci, une paire d'yeux charmants [...] » (p. 117). L'effet de disparate, la juxtaposition d'éléments du costume et de traits physiques placés sur le même plan, souligne de manière caricaturale l'exhibitionnisme de la bonne société [2].

1. Traduction de Gustave Aucouturier, in Gogol, *Œuvres complètes*, *op. cit.*, p. 526.
2. L'énumération reprend des éléments récurrents des récits gogoliens : le manteau (la nouvelle du même titre ne sera pourtant écrite que cinq ans après), le nez, les yeux séducteurs (qui reviennent dans la suite de la nouvelle), etc.

Mais la satire n'épargne aucune catégorie sociale. Les artisans, eux aussi, subissent l'ironie de Gogol. Ainsi, le « respectable » barbier du « Nez » : « Comme tout honnête artisan russe, Ivan Iakovlévitch était un ivrogne invétéré [...] » (p. 89) ; les fonctionnaires, surtout, que l'auteur a côtoyés dans sa jeunesse : trois sur cinq des *Nouvelles de Pétersbourg* – « Le Nez », « Le Manteau » et « Le Journal d'un fou » – ont pour héros de petits fonctionnaires. C'est chaque fois l'occasion de tourner en ridicule la nullité de leur travail (Poprichtchine, dans « Le Journal d'un fou », est employé à tailler des plumes), leur absentéisme, les absurdités de la bureaucratie et de la hiérarchie : « Le régistrateur de collège devait faire son rapport au secrétaire de province, le secrétaire de province s'adressait au conseiller titulaire ou à quelque autre fonctionnaire, et ainsi de suite en passant par tous les degrés de la hiérarchie. C'est ainsi que les choses se passent dans notre sainte Russie [...] » (p. 50-51).

Partout, l'ironie de Gogol fustige, sous la forme d'une admiration feinte, le vice universel que les Russes appellent *pochlost* [1], c'est-à-dire, la vulgarité, les intérêts bornés, mesquins, bassement matériels.

FIGURES GROTESQUES : LES INDIVIDUS DÉSHUMANISÉS

La caricature passe par la déshumanisation des corps. De nombreux personnages, en particulier des figures secondaires, sont décrits par une simple esquisse dans laquelle un seul trait est souligné pour être ensuite rappelé dans la narration. Dans « Le Nez », où le procédé est particulièrement sensible, le trait retenu correspond chaque fois de façon ironique à la profession du personnage : le barbier est décrit par ses mains malodorantes, l'officier de police par ses yeux myopes, le médecin bavard par sa bouche. Cette galerie de portraits-charges culmine bien sûr avec la figure absurde de Kovaliov, dont toute l'exis-

1. Voir à ce sujet V. Nabokov, *Gogol*, Rivages, 1988, p. 75 à 87, où le terme est appliqué aux *Âmes mortes*.

tence se ramène à son nez, ou plutôt à son absence de nez, donnant lieu à un portrait en creux, une sorte de figure nulle. Mais, du même coup, la métamorphose de son nez en conseiller d'État paraît moins gratuite : si un personnage peut se résumer à un trait, pourquoi un trait ne pourrait-il pas réciproquement devenir un personnage ?

Ces procédés de caricature sont particulièrement intéressants parce qu'ils contribuent à la construction de personnages tronqués, enfermés dans une obsession qui est le thème central et le moteur de chaque nouvelle. Les cinq récits de Pétersbourg racontent chacun l'histoire d'une monomanie : un manteau neuf pour Akaky Akakiévitch (« Le Manteau »), l'amour de la fille de son chef pour Poprichtchine (« Le Journal d'un fou »), son nez disparu pour Kovaliov (« Le Nez »), une jeune femme brune pour Piskariov, une blonde pour Pirogov (« La Perspective Nevsky ») et la fortune pour Tchartkov (« Le Portrait »). Chez chacune de ces figures, la poursuite effrénée de cet unique objet provoque une conduite systématique, proche de celle d'un automate.

Le comique tient alors à l'assimilation d'un comportement humain à un fonctionnement mécanique. C'est le cas, par exemple, pour les tics de langage de certains personnages : Akaky Akakiévitch « [a] coutume de ne pas terminer ses phrases » (p. 37), et ses répliques se terminent souvent par un terme indéfini (« ... chose »). Ces silences semblent le signe de l'inconsistance, de l'inanité du personnage, qui ne trouve de raison d'être que dans un manteau, c'est-à-dire une enveloppe, un palliatif (au sens propre) qui sert à dissimuler sa quasi-nullité ; le palliatif disparu, il meurt. Et même devenu fantôme vengeur, le héros continue de dire « chose... » (p. 59) : le ridicule se perpétue au-delà de la mort.

LE MÉLANGE DES TONS

Boris Eikhenbaum a mis en évidence l'une des caractéristiques essentielles de la cocasserie gogolienne : le mélange des tons. C'est de la juxtaposition de fragments comiques et pathétiques, des coq-à-l'âne, que naît le sens de l'œuvre. Ainsi, dans « Le Manteau », l'intermède pathétique où un jeune collègue prend Bachmatchkine en pitié ne suffit pas à tirer le texte vers une portée humaniste. Le sens de l'épisode tient à sa place dans la structure d'ensemble : enchâssé entre deux éclats de rire, il participe plutôt de l'art du contrepoint. De manière analogue, après le suicide du romantique Piskariov dans « La Perspective Nevsky », le narrateur se détache soudain de son personnage : « Je n'aime pas beaucoup les morts et les cadavres [...] » (p. 137) et passe abruptement à l'histoire plus terre à terre de son compagnon Pirogov.

L'écriture des récits de Gogol relève de la « fantaisie » au sens musical du terme : les ruptures rythmiques (accélérations ou ralentissements), thématiques, les changements de point de vue et de ton, font du récit une succession de secousses, de ruptures. L'art de la rupture culmine à la fin des nouvelles. À la nécessité d'une chute finale, où l'on reconnaît généralement le fondement de la technique du récit bref, Gogol substitue une sorte de revirement ultime, qui est à la fois plus ample et plus brutal. Les fins de ses nouvelles constituent de véritables cassures. « Le Journal d'un fou », par exemple, s'achève sur un double revirement : Gogol abandonne la veine grotesque pour donner à son héros, au fond de l'asile où il est enfermé, l'auréole d'un martyr. Mais la poignante prière à la mère est à son tour brutalement interrompue par une remarque on ne peut plus incongrue sur le nez du dey d'Alger... Ces acrobaties semblent souligner la versatilité du réel et l'impossibilité d'y saisir une permanence rassurante.

LA VERVE GOGOLIENNE OU L'« ARABESQUE »

Selon Abram Tertz, Gogol aurait inventé la prose russe, comme Pouchkine la poésie. « À son insu, ou presque, il a découvert que la prose, comme tout art, suppose le passage à une langue inconnue et que, dans ce rôle exotique, elle est l'égale de la poésie[1]. » La prose de Gogol pourrait être appelée baroque, pour son irrégularité et son instabilité ; lui-même avait donné à ses premiers récits pétersbourgeois le titre d'*Arabesques*. Le mot, alors à la mode, renvoie à la fois à l'intrigue sinueuse des récits orientaux, comme les *Mille et Une Nuits*, et à un motif décoratif, ligne courbe brisée et capricieuse. L'arabesque pourrait être, en effet, une clef de la prose gogolienne, faite de changements bizarres, de ruptures inattendues. En dehors même du discours des personnages, la drôlerie de l'écriture gogolienne tient en effet, comme l'a montré Nabokov[2], à une sorte de vertige verbal. Certaines phrases forment des digressions sans rapport avec le récit ou même apportent une sorte de ponctuation gratuite, absurde, qui retire toute crédibilité à la narration, notamment dans « Le Journal d'un fou » : « Les hommes s'imaginent que le cerveau se trouve dans la tête. Pas du tout : c'est le vent qui souffle de la mer Caspienne qui nous l'apporte » (p. 77). L'art de la digression va bien au-delà, chez Gogol, de la parodie du roman qu'on trouve chez Sterne : le rire gogolien, même lorsqu'il aborde les formes les plus grotesques du comique, reste marqué d'une sorte d'inquiétude, celle d'une folie toujours possible.

MODES D'IRRUPTION DE L'ÉTRANGE

Les *Nouvelles de Pétersbourg* présentent un intérêt particulier à l'égard du genre fantastique[3] : chacune d'entre elles organise le rapport entre réalité et surréalité de manière propre, à tel point qu'on pourrait parler, à propos de l'ensemble, d'une série de variations sur les modes d'irruption du surnaturel.

1. A. Terz, *Dans l'ombre de Gogol*, trad. Georges Nivat, Seuil, 1978, p. 204.
2. Voir dossier, p. 262.
3. Pour la définition du genre et son illustration, voir dossier, p. 235.

LE MERVEILLEUX COMME ÉVIDENCE : « LE MANTEAU », « LE NEZ »

Dans ces deux nouvelles, l'irruption du surnaturel est brutale, mais le texte n'en propose aucune explication. « Le Manteau », qui avait commencé par une fable apparemment ancrée dans le réel, se transforme soudainement après la mort du héros, et Gogol souligne très explicitement la métamorphose : « Notre modeste histoire prend tout à coup une tournure fantastique » (p. 56). Du même coup, c'est tout le mystère du glissement du réel au surnaturel qui est désamorcé. Après un début crédible, la fin de la nouvelle relate des événements exclusivement surnaturels (les forfaits du fantôme de Bachmatchkine). Le surnaturel s'y impose alors comme une évidence absolue, que personne ne vient mettre en doute, et la terreur qui émane de ces événements tient uniquement à leur caractère surnaturel (le fantôme ne tue personne, il n'effraie que parce qu'il est fantôme, donc manifestation d'une puissance diabolique). Au vrai, la veine fantastique était peut-être en germe dès le début de l'histoire, dès les blancs que la première page plaçait sur le récit. Selon Nabokov, Bachmatchkine « est un spectre, un visiteur sorti de quelque gouffre tragique, et qui par hasard a pris la forme d'un fonctionnaire insignifiant [1] ».

Dans « Le Nez », le fantastique fait explicitement irruption dès la première page et va occuper tout le récit – c'est même la seule des cinq nouvelles du recueil qui relève entièrement du genre fantastique. Comme dans « Le Manteau », le surnaturel y apparaît comme évident, absolu. Lorsque le barbier Ivan Iakovlévitch trouve un nez dans son pain, il en a certes « la respiration coupée » (p. 87), mais sa « terreur » est due à la culpabilité qu'il en éprouve, à sa peur d'être surpris en possession du nez, plutôt qu'au phénomène lui-même. La situation est cependant plus complexe que dans « Le Manteau », car au cours du récit, plusieurs personnages rejettent l'événement

1. A. Terz, *Dans l'ombre de Gogol*, *op. cit.*, p. 157.

comme absurde ; du coup, Kovaliov doit réaffimer, contre toute raison, son évidence : « pourquoi donc est-ce une histoire fabuleuse ? Il me semble qu'il n'y a rien là de particulier » (p. 99).

Si hésitation il y a dans ce conte, ce n'est pas entre réel et surnaturel, mais plutôt entre deux tons : celui qui traiterait l'aventure de Kovaliov comme une fantaisie où tout est possible et celui qui voudrait lui chercher une crédibilité. Les deux interprétations se partagent l'étrange conclusion de Gogol : certes, cette histoire est « parfaitement invraisemblable » (p. 111-112). « Et pourtant, [...] il y a quelque chose dans tout cela. Quoi qu'on puisse en dire, de tels événements se produisent parfois ; rarement, j'en conviens, mais ils se produisent tout de même » (p. 112). La conclusion invite à comprendre le récit selon un autre angle : peut-être vise-t-elle ses sous-entendus sexuels, si évidents que l'interprétation psychanalytique est presque trop facile [1] ; ou bien possède-t-elle une fonction parodique par rapport au genre fantastique : cette histoire de nez disparu ne vaut guère plus qu'un délire d'ivrogne (l'Allemand Schiller, dans « La Perspective Nevsky », veut se couper le nez quand il a bu, p. 141).

DU MYSTÈRE À SON ABOLITION : « LE PORTRAIT »

La composition duelle du « Portrait » fait appel à deux types de fantastique très différents, voire contradictoires. La première partie est construite sur une ambiguïté, que la seconde vient lever, anéantissant le mystère du récit initial.

Au début de la nouvelle, Tchartkov trouve le portrait mystérieux chez un marchand de tableaux. La puissance magique du portrait se manifeste de trois manières : d'abord par la force magnétique du regard,

1. Les jalons en sont posés par le psychanalyste russe Ivan Yermakov, qui révèle dans le texte, et ailleurs chez Gogol, une angoisse de l'impuissance et de la castration (traduction anglaise, « The Nose », in *Gogol from the Twentieth Century*, éd. par R.A. Maguire, Princeton, Princeton University Press, 1974).

objectivement confirmée par les observations des badauds [1]. Vient ensuite la scène rêvée : le vieillard sort du cadre (selon un motif également traditionnel) et offre au narrateur un rouleau de pièces d'or. Ce rêve insistant, trois fois répété, paraît au héros d'une troublante véracité : « Il ne parvenait pas à se convaincre que tout cela n'avait été qu'un rêve : il lui semblait qu'un fragment de la réalité s'y était étrangement introduit » (p. 163). Lorsque Tchartkov trouve un rouleau de pièces d'or, bien réel, caché dans le cadre, le récit paraît confirmer, par la coïncidence, la véracité du rêve. On ne connaîtra pourtant ni l'identité du vieillard (est-ce le diable ?) ni les conditions précises du pacte (si l'on admet que l'achat du tableau tient lieu de contrat symbolique) : Faust a vendu son âme au diable, Schlemihl son ombre, mais on ignore ce que Tchartkov a donné en échange de la fortune. On ne le comprendra qu'après coup : c'est son talent, son pouvoir créateur. Mais faut-il penser qu'ils ont été annihilés par le pacte diabolique, ou tout simplement oblitérés par la pratique de la peinture mondaine, servile ? Même le commentaire fait par la suite laisse planer le doute : « C'était précisément lui, ce portrait bizarre, [...] c'était ce trésor si miraculeusement obtenu qui avait [...] tué son talent » (p. 182) ; les deux interprétations, fantastique (« ce portrait ») ou psychologique (« ce trésor »), sont proposées conjointement.

En révélant l'origine du portrait, la seconde partie fait basculer le récit dans le genre du conte noir. Le fantastique perd alors tout mystère (l'usurier est clairement identifié comme le diable) et est mis au service d'une idéologie : deux discours centraux, celui de Catherine II et celui du peintre-moine, traduisent une conception de l'art comme allégeance au pouvoir et à la foi.

1. Leur cri, « Il regarde ! Il regarde ! », relève d'une hantise de voir et d'être vu dont Abram Tertz fait l'un des motifs centraux de toute l'œuvre de Gogol. On peut noter, du reste, que le premier portrait peint par Tchartkov devient une Psyché, ce qui renvoie à l'un des mythes du regard interdit.

LE FANTASTIQUE INTROUVABLE ? « LA PERSPECTIVE NEVSKY »,

Cette nouvelle ne relève pas, à proprement parler, du surnaturel : tous les événements y ressortissent au réel, et les rares incursions dans l'extraordinaire sont aussitôt rapportées au rêve. Et pourtant, elle se rattache par plus d'un trait à la thématique de prédilection des récits fantastiques, notamment par la figure centrale du peintre [1].

On trouve dans « La Perspective Nevsky » un déroutant mélange des genres : après une longue introduction descriptive, vient l'histoire tragique de Piskariov, puis celle, grotesque, de Pirogov, reliées entre elles par un fil très ténu. Le fantastique ne fait une apparition douteuse que dans la deuxième partie, lorsque Piskariov, après avoir découvert que la jeune femme qui l'a séduit n'est qu'une prostituée, la revoit dans une soirée mondaine où elle doit lui révéler le secret de sa métamorphose. La seconde rencontre pourrait ouvrir sur des événements surnaturels, mais on apprend très vite qu'il s'agit d'un rêve ; la suite du récit confirmera la vraie nature de la jeune fille, si décevante qu'elle mènera Piskariov au suicide.

Cependant, le rêve interrompu ne disparaît pas. Il devient même l'unique obsession du héros, qui tente de le poursuivre par tous les moyens. « La réalité banale [qui] bless[e] stupidement ses sens » (p. 132) ne lui paraît plus acceptable qu'obnubilée par le rêve, fût-il artificiel : « On aurait dit qu'il dormait étant éveillé, et veillait au contraire dans son sommeil » (p. 132). C'est ce que Nerval appellera, dans *Aurélia*, « l'épanchement du songe dans la vie réelle [2] ». Le fantastique prend donc, dans « La Perspective Nevsky », la forme de cet échange entre la réalité et le rêve ou la folie.

1. Voir dossier p. 245.
2. Voir dossier, p. 254.

LA RÉALITÉ DÉLIRANTE : « LE JOURNAL D'UN FOU »

En choisissant de donner exclusivement la parole à un narrateur qui sombre dans la folie, Gogol ne nous interdit pourtant pas de mesurer la distance entre une vision objective du réel et la vision délirante de Poprichtchine. C'est la dégradation progressive de sa perception, la perte de ses repères spatiaux et temporels (comme le signalent les indications de lieu et de date au début de chaque journée), qui laissent deviner au lecteur l'invasion de la folie annoncée par le titre. Le lecteur en sait toujours assez pour deviner, en décodant les propos délirants du narrateur, des événements bien réels (la cour d'Espagne est un asile d'aliénés, la tonsure est le rasage des pensionnaires, etc.)

Peut-on dire que « Le Journal d'un fou » est un conte fantastique ? Oui, si l'on admet que la folie est l'un des modes privilégiés de l'irruption du surnaturel dans le réel. Mais autant des nouvelles fantastiques plus canoniques usent de la folie comme d'une hypothèse, généralement réfutée, pour expliquer le surnaturel (« est-ce possible ? suis-je fou ? »), autant la folie avérée de Poprichtchine pourrait couper court à toute crédibilité du surnaturel. Mais il reste un certain nombre de phénomènes étranges que la folie de Poprichtchine ne suffit pas à expliquer, et sur lequels buttent les interrogations du lecteur : si l'on peut admettre que la conversation entre les chiens tient à une hallucination, que dire des lettres que Poprichtchine dit bel et bien trouver dans le panier de Fidèle ? Peut-on penser qu'il les invente, alors qu'elles le désignent lui-même par une comparaison avilissante (« une vraie tortue dans un sac », p. 74) ? Ces lettres pourraient être aussi vraies que celles du chat Murr dans la nouvelle fantastique d'Hoffmann[1]. Or si les lettres de Medji existent, est-il encore sûr que Poprichtchine soit fou ?

Ce qui se donne à lire dans « Le Journal d'un fou », c'est donc, plutôt que le témoignage d'une

1. Voir dossier, p. 252.

conscience aliénée, l'image d'une réalité délirante, multiple, où tout est possible, où le réel et le surnaturel s'imbriquent si étroitement que la seule parole raisonnable vient de l'improbable sagesse des chiens.

L'ART CONTRE LE RÉEL

LE « RÉALISME MAGIQUE » OU LE MONDE RECOMPOSÉ

Les *Nouvelles de Pétersbourg* proposent une poétique du récit qui contredit l'étiquette réaliste si souvent accolée à Gogol, notamment par la critique soviétique. Se fondant sur une formule prêtée à Dostoïevski – « Nous sommes tous sortis du "Manteau" de Gogol » –, on a voulu faire de lui le père de la prose humaniste et sociale de la Russie, celle de Dostoïevski lui-même ou de Tchekhov – oubliant que son œuvre ne traduit aucune préoccupation sociale. Toutes les figures de « petit homme » qui peuplent une partie de la littérature russe auraient pour ancêtres Bachmatchkine et Poprichtchine et leur ancrage dans la réalité la plus concrète.

Certes, Gogol puise dans la réalité des fragments qu'il transcrit aussi précisément, aussi fidèlement que possible. Mais il les mélange, les disperse et les réassemble selon des principes de désordre, de discontinuité, de disproportion. Des détails insignifiants sont minutieusement décrits (comme le portrait troué qui orne la tabatière du tailleur dans « Le Manteau », p. 38), tandis que des éléments essentiels sont passés sous silence. Cette attention portée à l'infime traduit une vision déformée du monde. Le choix de « petits » personnages va dans le même sens : leurs passions dérisoires relèvent du presque-rien (et non pas du néant, qui aurait une certaine grandeur).

Ces fragments de réalité deviennent les éléments d'un monde bouleversé et absurde, qui effraie autant qu'il amuse. Le manteau de Poprichtchine, dans « Le Journal d'un fou », pourrait en être l'emblème : le héros découpe des morceaux dans son uniforme et les réassemble pour s'en faire un manteau royal. À la vue dudit manteau, la bonne pousse un cri (p. 80-81). L'univers des récits gogoliens, lui aussi, recomposé à partir de morceaux de réalité, prête à rire et effraie à la fois. Tel est le « réalisme magique [1] » de Gogol. Une phrase de « La Perspective Nevsky » pourrait rendre compte de cette reconstitution délirante : « On aurait dit que quelque démon avait brisé l'univers en morceaux pour les mélanger ensuite sans aucun ordre » (p. 127). Le fantastique gogolien donnerait ainsi à voir, sans l'expliquer ni le justifier, un monde gouverné par le non-sens, imprévisible et incompréhensible.

ESQUISSE D'UNE ESTHÉTIQUE : ÉCRITURE ET PEINTURE

L'esquisse d'une esthétique prend d'abord dans les récits la forme de propos apparemment anodins sur l'écriture, saisie à l'échelon le plus modeste : Poprichtchine taille des plumes pour son chef ; Akaky Akakiévitch ne vit que pour la calligraphie. En s'attachant à des remarques apparemment fortuites sur l'écriture, le style, la lecture, on s'aperçoit que Gogol tisse une sorte de théorie ironique de la littérature. L'ironie culmine sans doute dans les commentaires très sérieux de Poprichtchine sur l'écriture et le style du chien Medji, qui ravalent cette activité au rang de « chiennerie » (p. 63, p. 70, p. 72).

Mais le cas du « Manteau » est plus révélateur : tout entier consacré à son zèle de copiste, Akaky Akakiévitch est incapable de la moindre création. Un chef lui a un jour confié un travail de rédaction, mais il a dû y renoncer : « Non, donnez-moi plutôt quelque chose à copier » (p. 32). Il est tentant de voir là, ironiquement formulée, une critique de l'art d'imiter. Mais le passage suggère aussi que l'écriture peut susciter ou révéler un monde : « Dans ce travail de copie, il entrevoyait tout un monde, multiple et attrayant » (p. 32).

La critique de l'art mimétique se prolonge, plus explicitement, dans les textes sur la peinture. Parmi

1. A. Tertz, *Dans l'ombre de Gogol*, *op. cit.*, p. 305.

les figures de peintres, le Piskariov de « La Perspective Nevsky » et surtout le Tchartkov du « Portrait » sont l'occasion pour Gogol d'esquisser des théories esthétiques qui pourraient s'appliquer à la littérature (en russe, le verbe *pissat* signifie à la fois écrire et peindre). L'univers pictural était d'ailleurs plus familier à Gogol que le monde littéraire. Dans « Le Portrait », la révélation du chef-d'œuvre de l'ancien ami de Tchartkov est l'occasion pour Gogol d'esquisser une théorie des rapports entre l'art et le réel et d'affirmer la nécessité d'affranchir la création de sa dimension imitative : « Tout ce que le peintre avait extrait du monde extérieur, il l'avait enclos d'abord en son âme pour ensuite le faire jaillir de cette source [...]. Et l'abîme incommensurable qui sépare la création de l'artiste d'une copie servile de la nature apparut clairement » (p. 180).

Quant au credo du peintre-moine dans la seconde partie du « Portrait », il apporte, sous l'apparence d'une soumission de l'art à la foi, des propos orgueilleux, voire blasphématoires : l'art y est dit supérieur au reste du monde autant qu'un ange l'est au diable. L'art se pose en valeur suprême, divine (Dieu lui-même est à peine nommé), face à une réalité vulgaire.

« Que la réalité est donc affreuse ! »

La fuite de Piskariov dans l'opium puis dans le suicide traduisent son angoisse devant une réalité « affreuse [1] », insupportable, que seule l'illusion peut tenter d'oblitérer, sans jamais y parvenir totalement. Du reste, l'illusion à laquelle est laissée le dernier mot de la nouvelle n'a rien de consolateur : c'est le mensonge grimaçant du démon de la ville, qui « allume sa lampe et éclaire hommes et choses, qui revêtent alors un aspect illusoire et trompeur » (p. 149). La ville, théâtre d'artifices, est toujours un lieu de déambulations, comme si la fuite impossible de ses habitants se résolvait en une errance sans fin. Aucun personnage de ces nouvelles ne sort jamais de

1. « La Perspective Nevsky », p. 131.

Pétersbourg, ils en restent prisonniers comme Kafka le sera de Prague. La ville est à l'image de la réalité gogolienne : fascinante, inquiétante, absurde – et inextricable.

Sans doute Gogol avait-il raison, au fond, de juger son œuvre impie : il n'y a pas de Dieu, pas d'ordre, pas de justice dans ce monde-là. Khlestiakov, le faux *révizor*, après avoir berné toute une ville, disparaît sans laisser de traces. Tchitchikov, l'escroc des *Âmes mortes*, s'en tire à bon compte. Des *Nouvelles de Pétersbourg* non plus, aucune justice, aucune leçon de morale, ne peut se tirer. Certes, Bachmatchkine, le héros du « Manteau », se venge après sa mort de l'humiliation subie (la vengeance n'est pas, du reste, une justice très chrétienne), mais surtout, le dernier mot de l'histoire revient à un pseudo-fantôme qui pourrait bien être l'un des voleurs du manteau – il en a la moustache et le poing gigantesque : « Se dirigeant, semble-t-il, vers le pont Oboukhov, il disparut dans les ténèbres nocturnes. » (p. 60). Et le factionnaire, terrifié, le laisse filer.

Déborah LÉVY-BERTHERAT.

Nouvelles de Pétersbourg

LE MANTEAU

Il y avait au ministère de... Mais il vaut mieux ne pas nommer ce ministère.

Il n'y a rien de plus susceptible que les ministères, les chancelleries, les régiments, que tous les corps administratifs en un mot. Chacun, aujourd'hui, considère que l'on a offensé en sa personne la société tout entière. On raconte que le chef de police de je ne sais plus quelle ville présenta, il y a quelque temps, un rapport démontrant que les institutions de l'Etat étaient en péril, et que l'on se permettait de faire usage de son nom à tort et à travers; en guise de preuve, il joignait à son rapport un énorme volume, un roman, où l'on faisait figurer toutes les dix pages un chef de police, souvent même complètement ivre. Ainsi, afin d'éviter tout désagrément, en parlant du ministère en question, nous dirons : *un certain ministère.*

Il y avait donc, dans *un certain ministère, un fonctionnaire*, un fonctionnaire pas bien remarquable : petit de taille, quelque peu roux, quelque peu même bigle, le front légèrement dénudé, les joues marquées de rides, et un de ces teints qu'on nomme « hémorroïdaux ».

Qu'y faire? La faute en est au climat pétersbourgeois!

Quant au grade (puisque, chez nous, il faut avant tout indiquer le grade), c'était ce qu'on appelle un conseiller titulaire perpétuel, personnage dont se sont moqués, comme on le sait, tout leur soûl certains écrivains ayant la louable habitude de tomber sur le dos de ceux qui ne peuvent mordre.

Son nom de famille était Bachmatchkine. On voit bien que ce nom provient de « bachmak [1] »; mais où,

1. *Bachmak*, en russe « soulier ».

quand et comment s'établit cette filiation — on n'en sait rien. Le père, le grand-père et même le beau-frère de notre héros, bref tous les Bachmatchkine portaient des bottes, qu'ils faisaient ressemeler trois fois par an.

Il s'appelait Akaky Akakiévitch. Le lecteur trouvera peut-être ce nom étrange et quelque peu recherché; mais on peut assurer qu'on ne le chercha nullement et que les circonstances se combinèrent d'elles-mêmes, de telle sorte qu'il fut absolument impossible de lui donner un autre nom. Voici comment cela se passa.

Akaky Akakiévitch naquit, si ma mémoire ne me trompe, dans la nuit du 23 mars. Sa mère, aujourd'hui défunte, femme d'un fonctionnaire, pleine d'excellentes qualités, se disposait à faire baptiser l'enfant. Elle était encore couchée dans son lit, placé en face de la porte; à sa droite se tenaient le parrain, Ivan Ivanovitch Iérochkine, excellent homme, chef de bureau au Sénat, et la marraine, Arina Sémionovna Biélobriouchkova, épouse d'un officier de police, douée des plus rares vertus. On proposa à la mère le choix entre trois noms : Moky, Sossy et Kozdozatt, le martyr.

« Drôles de noms! songea l'accouchée. Je n'en veux pas. »

Pour lui faire plaisir, on ouvrit le calendrier à une autre page et on lut de nouveau trois noms : Trifily, Doula et Varassakhy.

« En voilà un châtiment! dit la vieille. Quels noms! Je n'en ai jamais entendu de pareils. Passe encore pour Baradatt ou Baruch! Mais Trifily et Varassakhy!... »

On tourna encore la page : ce furent Pavsikahy et Vahtissy.

« Je le vois, prononça la mère, tel est bien son destin. Mais si c'est ainsi, il n'a qu'à s'appeler comme son père : son père se nommait Akaky; le fils sera donc Akaky Akakiévitch. »

Telle fut l'origine de ce nom. On baptisa l'enfant qui se mit à pleurer et fit une grimace, comme s'il pressentait qu'il serait conseiller titulaire. Voilà donc comment les choses se passèrent.

Nous l'avons relaté, afin que le lecteur pût se convaincre par lui-même que tout s'enchaîna naturellement et qu'il fut vraiment impossible de lui donner un autre nom.

Quand et comment il entra au service et qui l'y fit entrer, — personne ne s'en souvient.

Les directeurs, les chefs de bureau changèrent maintes fois, mais on le voyait toujours à la même place, dans la même pose, accomplissant toujours le même travail de copiste; si bien qu'à la longue on se persuada qu'il était déjà né en uniforme et le crâne dénudé, tout prêt à se mettre à sa besogne. Au ministère, on n'avait pour lui aucun égard. Loin de se lever à son passage, les huissiers ne lui prêtaient pas plus d'attention qu'à une mouche volant à travers la chambre. Les chefs le traitaient avec une sorte de froideur despotique. Un sous-chef de bureau quelconque lui fourrait sous le nez un papier, sans même lui dire : « Recopiez! » ou bien : « Voilà un gentil petit document bien intéressant! » ou quelque autre phrase aimable, ainsi que cela se fait dans les chancelleries où l'on connaît les usages. Mais il prenait tout ce qu'on lui tendait, après avoir jeté un simple coup d'œil, sans même regarder qui lui donnait ce travail et si cette personne en avait le droit. Il le prenait et se mettait aussitôt à la besogne.

Les jeunes fonctionnaires se moquaient de lui et le raillaient autant que le leur permettait l'humour bureaucratique. Ils racontaient en sa présence toutes sortes d'histoires inventées sur son compte, affirmaient de sa logeuse, une vieille de soixante-dix ans, qu'elle le battait, demandaient quand aurait lieu leur mariage, répandaient sur sa tête, en guise de neige, des petits papiers blancs. Mais Akaky Akakiévitch ne leur disait mot, comme s'il n'y eût personne auprès de lui. Ces moqueries ne parvenaient même pas à entraver son travail, et au milieu de tous ces quolibets il ne commettait jamais une erreur. Ce n'est que lorsque les plaisanteries devenaient par trop insupportables, lorsqu'on lui poussait le coude, l'empêchant ainsi de travailler, qu'il disait enfin : « Laissez-moi! Pourquoi me tourmentez-vous ? » Et il y avait quelque chose d'étrange dans ces paroles, dans la voix avec laquelle il les prononçait. On y percevait un accent si pitoyable, qu'un jeune homme entré depuis peu au ministère, et qui s'était permis, entraîné par l'exemple, de se moquer de lui, s'interrompit soudain, comme frappé au cœur; et depuis lors, tout changea à ses yeux et prit un nouvel aspect. Une sorte de force surnaturelle l'écarta de ses camarades, avec lesquels il s'était lié, les croyant hommes du monde et bien élevés. Et longtemps après encore, au sein des pensées les plus joyeuses, il voyait soudain le petit fonctionnaire au front chauve, il entendait ses paroles si pénétrantes : « Laissez-moi! Pourquoi me tourmentez-vous ainsi ? » Mais, à travers ses paroles, il en saisissait d'autres : « Je suis ton frère! » et il cachait alors son visage entre ses mains, le pauvre jeune homme! Et maintes fois, plus tard, il constata avec horreur, au cours de son existence, combien l'homme est cruel et quelle brutalité méchante recèle, sous le raffinement de l'éducation, celui-là même, hélas! qui paraît aux yeux du monde noble et honnête...

On aurait difficilement trouvé un homme aussi complètement attaché à son travail qu'Akaky Akakiévitch. Dire qu'il l'accomplissait avec zèle aurait été insuffisant : non, il l'accomplissait avec amour. Dans ce travail de copie, il entrevoyait tout un monde, multiple et attrayant. Son visage exprimait la jouissance. Parmi les lettres il avait ses favorites, et lorsqu'il les rencontrait sous sa plume, il semblait ne plus se posséder : il riait silencieusement, clignait de l'œil et remuait les lèvres, comme pour s'aider; si bien qu'on aurait presque pu lire sur son visage chacune des lettres que traçait sa plume. S'il eût été récompensé en proportion du zèle qu'il déployait, il aurait atteint peut-être, à sa grande stupéfaction, le grade de conseiller d'Etat; mais, comme le disaient les plaisantins, ses collègues, il ne gagna pour toute récompense que « douleurs à la ceinture et boutons à la figure ».

On ne peut dire pourtant que son zèle n'ait jamais été remarqué. Un directeur, homme sensible, qui voulait récompenser ses longs états de service, donna l'ordre de lui confier quelque besogne plus importante qu'un simple travail de copie : il s'agissait de rédiger d'après un rapport une lettre à une autre administration; il suffisait pour cela de changer le titre de ce rapport et de mettre quelques verbes à la troisième personne. Mais cela lui coûta de tels efforts qu'il en fut tout en sueur; et serrant son front entre ses mains, il dit enfin :

— Non, donnez-moi plutôt quelque chose à copier.

Depuis lors, on le laissa à sa besogne de copiste.

En dehors de cette besogne, rien, semblait-il, n'existait pour lui. Il ne songeait pas du tout à ses vêtements; son uniforme, de vert qu'il était naguère, devint d'un roux farineux. Le col en était si étroit, si bas, que son cou, bien qu'il ne fût pas long paraissait extraordinairement haut, comme celui de ces chats en plâtre qui hochent la tête et que de jeunes étrangers offrent en vente par dizaines sur des plateaux de bois. Et il y avait toujours quelque brindille collée à son uniforme : un fétu de paille, un fil. De plus, lorsqu'il suivait une rue, il possédait un art particulier pour passer sous les fenêtres au moment précis où l'on jetait toutes sortes de détritus, et son chapeau était ainsi constamment garni d'écorces de pastèque, de melon et d'autres épluchures.

Jamais il ne prêta la moindre attention aux événements quotidiens de la rue, auxquels s'intéressent beaucoup, comme on le sait, ses collègues, les jeunes fonctionnaires aux yeux vifs, dont l'observation s'étend si loin qu'ils remarquent même sur le trottoir opposé un sous-pied décousu, ce qui amène toujours à leurs lèvres un sourire malicieux. Quant à Akaky Akakiévitch, lors même que ses yeux se posaient sur quelque objet, il ne voyait partout que les lignes nettes de son écriture égale; et ce n'est que lorsque la tête d'un cheval, surgie on ne sait d'où, se posait soudain sur son épaule et lui envoyait par les naseaux toute une tempête à la figure, c'est alors seulement qu'il remarquait qu'il n'était pas au milieu de la page, mais bien plutôt au milieu de la rue.

De retour à la maison, il se mettait aussitôt à table, mangeait rapidement sa soupe aux choux et un morceau de viande aux oignons, sans en remarquer le goût, en avalant aussi les mouches et tout ce dont Dieu, selon l'époque, assaisonnait ses mets; se sentant l'estomac bien rempli, il se levait de table, prenait une bouteille d'encre et se mettait à copier les dossiers qu'il avait apportés du ministère. Lorsque ce travail lui faisait défaut, il copiait pour son propre plaisir certains documents qui lui paraissaient particulièrement remarquables, non pour la beauté du style, mais parce qu'ils étaient adressés à quelque personnage haut placé ou nouvellement nommé.

Aux heures mêmes où s'éteint le ciel gris de Pétersbourg et où la foule des fonctionnaires, chacun ayant dîné selon ses moyens et ses goûts, se repose, lorsque tout le monde, après avoir fait grincer les plumes au ministère, après avoir couru et travaillé pour les autres et pour soi et accompli toute la besogne que s'impose lui-même, de plein gré et au-delà même de ce qui est nécessaire, l'homme inquiet, aux heures que les fonctionnaires s'empressent de consacrer au plaisir, Akaky Akakiévitch ne recherchait aucune distraction.

Les plus ardents courent les théâtres ou les rues, s'adonnant à la poursuite de jolies frimousses; d'autres encore vont à des soirées, où ils dépensent leur temps à faire la cour à quelque piquante demoiselle, étoile d'un petit cercle bureaucratique; les plus nombreux, enfin, se réunissent tout simplement chez un des leurs, qui demeure au troisième ou au quatrième étage, dans deux petites pièces avec antichambre et cuisine, meublées non sans quelque prétention à l'élégance, pourvues d'une lampe ou d'un autre objet ayant coûté de nombreux sacrifices, pour lequel on s'est privé de dîners, de sorties. Quant à Akaky Akakiévitch, jamais personne ne put dire qu'on l'avait vu à une soirée quelconque.

Tandis que les fonctionnaires se réunissent les uns chez les autres pour jouer au whist en buvant à petites gorgées du thé avec des biscottes bon marché, tout en aspirant la fumée de longues pipes et en racontant, pendant qu'on bat les cartes, quelque anecdote parvenue jusqu'à eux sur tel personnage de la haute société, chose qu'un Russe ne peut jamais se refuser, ou bien, s'il n'y a pas d'autre sujet, répétant la vieille histoire du commandant de place auquel on était venu dire qu'on avait coupé la queue du cheval de Falconet [1], — Akaky Akakiévitch, lui, ayant écrit tout son soûl, allait se coucher, souriant d'avance à la pensée du lendemain : « Que lui enverra Dieu à copier ?... »

Ainsi s'écoulait la paisible existence de cet homme qui, n'ayant que quatre cents roubles de traitement, savait être heureux de son sort; et il serait ainsi parvenu jusqu'au terme de sa vie, n'eussent été les calamités multiples répandues sur la route non seulement des conseillers titulaires, mais aussi des conseillers de cour, secrets, actuels, et même de ceux qui ne donnent ni ne demandent de conseils à personne.

Tous ceux qui touchent quatre cents roubles d'appointement, ou à peu près, ont un ennemi cruel à Pétersbourg. Cet ennemi n'est autre que notre froid arctique, bien qu'on affirme qu'il soit excellent pour la santé.

Vers neuf heures du matin, à l'heure même où les rues se peuplent de fonctionnaires se rendant à leurs bureaux, le froid se met à donner de telles chiquenaudes sur tous les nez sans distinction, que les pauvres fonctionnaires ne savent vraiment pas comment les préserver. A cette heure où la gelée pince douloureusement le

1. Monument équestre de Pierre le Grand, œuvre du sculpteur français Falconet.

visage des personnages les plus haut placés et remplit leurs yeux de larmes, les pauvres conseillers titulaires se sentent parfois incapables de se défendre. Leur seul moyen de salut, c'est de traverser en courant au plus vite, vêtus de leurs minces manteaux, cinq ou six rues, puis, au ministère, de se réchauffer en frappant des pieds jusqu'à ce que renaissent les facultés nécessaires à l'accomplissement de leurs fonctions administratives.

Or, depuis un certain temps, Akaky Akakiévitch ressentait au dos et à l'épaule des morsures particulièrement douloureuses, bien qu'il s'efforçât de parcourir le trajet habituel aussi vite que possible. Il songea enfin qu'il pouvait y avoir quelque accroc à son manteau.

L'ayant examiné bien attentivement, il découvrit qu'en deux ou trois endroits, précisément au dos et à l'épaule, l'étoffe était pareille à une fine toile : le drap, usé, était devenu transparent, et la doublure s'effilochait sous les doigts.

Il faut dire que le manteau d'Akaky Akakiévitch était aussi l'objet des moqueries des fonctionnaires ; on lui déniait même le noble nom de « manteau », pour l'appeler « robe de chambre ». Et en effet, il avait un aspect bien étrange : les dimensions de son col se réduisaient d'année en année, car il servait à réparer les autres parties du manteau, réparations qui ne faisaient pas grand honneur à l'art du tailleur et produisaient réellement un très vilain effet.

Ayant constaté la chose, Akaky Akakiévitch résolut de porter son manteau chez Pétrovitch, un tailleur qui habitait quelque part fort loin, au quatrième, une chambre où l'on accédait par un escalier de service. Bien qu'il fût borgne et marqué de la petite vérole, Pétrovitch s'occupait avec assez de succès du rapiècement des pantalons et des fracs, bureaucratiques et autres, lorsqu'il n'était pas ivre, naturellement, et ne nourrissait pas d'autres projets. On pourrait évidemment ne pas s'étendre davantage sur la personnalité de ce tailleur, mais puisqu'il est admis dans les récits de préciser le caractère de chacun des personnages, il n'y a rien à faire : il faut vous présenter ce Pétrovitch.

Il fut un temps où on l'appelait tout simplement Grigory : il n'était alors qu'un serf. Il n'avait commencé à s'intituler Pétrovitch [1] que depuis son affranchissement,

1. Fils de Pierre.

depuis qu'il s'était mis à boire les jours de fête. Il ne s'enivra d'abord qu'aux grandes fêtes, puis, sans distinction, à toutes les fêtes ecclésiastiques, à chaque date marquée d'une croix sur le calendrier. Sous ce rapport, il demeurait donc fidèle aux coutumes ancestrales, et se disputant à ce sujet avec sa femme, il la traitait d'« Allemande » et de « mauvaise chrétienne ».

Puisque nous parlons de la femme, il faudrait bien la décrire aussi en quelques mots. Par malheur, on n'en sait pas grand-chose, si ce n'est que Pétrovitch avait une femme, laquelle portait sur la tête un bonnet au lieu de fichu; mais il semble qu'elle ne pouvait se vanter d'être belle; en tout cas, seuls les soldats de la garde, la rencontrant dans la rue, coulaient un regard sous son bonnet, en hérissant leurs moustaches avec un grognement significatif.

Tout en montant l'escalier qui le menait vers Pétrovitch, escalier qui, il faut bien le dire, était couvert de flaques d'eau et de détritus, et dont l'air était saturé de cette âcre odeur qui pique aux yeux et se retrouve, comme on le sait, dans tous les escaliers de service des maisons pétersbourgeoises, — tout en grimpant, Akaky Akakiévitch songeait déjà au prix qu'allait lui demander Pétrovitch et prenait la résolution de ne lui donner que deux roubles.

La porte était ouverte, car la femme de Pétrovitch, rôtissant je ne sais quel poisson, avait laissé s'échapper tant de fumée qu'on n'y voyait même plus assez pour distinguer les cafards. Akaky Akakiévitch traversa la cuisine inaperçu et pénétra enfin dans la chambre de Pétrovitch qu'il vit assis sur une grande table de bois, les jambes croisées sous lui à la façon des pachas turcs. Ses pieds étaient nus selon la coutume des tailleurs, et l'on remarquait avant toute chose son orteil qu'Akaky Akakiévitch connaissait bien, garni d'un ongle déformé, aussi dur et épais que la carapace d'une tortue. Pétrovitch portait au cou un écheveau de soie et tenait sur ses genoux un vieux vêtement. Il tentait déjà depuis trois minutes d'enfiler une aiguille, n'y parvenait pas et était donc très irrité contre l'obscurité, contre le fil même, et grognait à mi-voix : « Il n'entre pas, le misérable! Tu me fais suer, canaille! »

Akaky Akakiévitch fut mécontent d'être venu juste au moment où Pétrovitch était de mauvaise humeur. Il préférait avoir affaire à Pétrovitch lorsque ce dernier était déjà légèrement éméché, lorsque, selon l'expression de sa femme, « ce maudit diable borgne s'était bien soûlé d'eau-de-vie ». Quand il était dans cet état, Pétrovitch cédait généralement très volontiers, consentait à tout, saluait très bas même et remerciait. Ensuite, il est vrai, sa femme venait parfois se plaindre en pleurant que son mari avait fait un prix trop modique, étant ivre. Mais il suffisait alors de lui glisser dix kopeks pour arranger les choses.

Cette fois, Pétrovitch ne paraissait pas ivre; il était donc rogue, peu accommodant et prêt à exiger Dieu sait quel prix. Akaky Akakiévitch, l'ayant senti, songea même à battre en retraite; mais il n'était déjà plus temps. Pétrovitch le fixa très attentivement de son œil unique, et Akaky Akakiévitch prononça bien malgré lui :

— Bonjour, Pétrovitch.

— Je vous souhaite le bonjour, Monsieur, dit Pétrovitch, et il loucha vers les mains d'Akaky Akakiévitch pour se rendre compte du butin que celui-ci lui apportait.

— Eh bien! Pétrovitch, me voilà... c'est pour... chose...

Il faut dire qu'Akaky Akakiévitch s'expliquait la plupart du temps au moyen de prépositions, d'adverbes et de particules, dénués de toute signification. Et lorsque la question présentait quelque difficulté, il avait même coutume de ne pas terminer ses phrases du tout; si bien qu'ayant commencé par dire : « c'est vraiment tout à fait... chose... », il ne prononçait plus un mot et s'imaginait avoir tout dit, ne songeant plus au début de son discours.

— Qu'est-ce donc ? demanda Pétrovitch, tout en parcourant de son œil unique l'uniforme d'Akaky Akakiévitch, du collet aux pans, sans omettre les manches, le dos et les boutonnières; il connaissait bien tout cela, car c'était son propre ouvrage. Mais telle est la coutume des tailleurs, c'est la première chose qu'ils font en voyant quelqu'un.

— Voilà, Pétrovitch... le manteau, le drap... vois-tu, partout il est encore solide... Il est un peu poussiéreux et paraît vieux, mais il est neuf; mais ici, à cet endroit seulement, il est un peu chose... au dos; puis à l'épaule encore, il est un tout petit peu usé, et à cette épaule aussi, un peu... vois-tu ? Voilà, c'est tout. Pas grand-chose à faire...

Pétrovitch prit la « robe de chambre », l'étendit d'abord sur la table, l'examina longuement, hocha la tête, puis allongea la main vers la fenêtre pour y prendre une tabatière ronde ornée du portrait d'on ne sait quel général : l'emplacement du visage avait été percé du doigt et recouvert ensuite d'un carré de papier. Ayant prisé, Pétrovitch tendit l'étoffe entre ses mains écartées, l'examina au jour et hocha de nouveau la tête. Ensuite il retourna le manteau, regarda la doublure et hocha la tête une fois de plus, puis il rouvrit la tabatière au portrait percé, et s'étant copieusement bourré le nez de tabac, la referma, la mit de côté, et enfin déclara :

— Non! Impossible de réparer cela. C'est trop vieux.

A ces mots, Akaky Akakiévitch ressentit un coup au cœur.

— Impossible ? Pourquoi donc, Pétrovitch ? prononça-t-il d'une voix implorante, comme un enfant. Il n'est qu'un peu usé aux épaules : tu dois bien avoir quelques petites pièces.

— On peut en trouver, des pièces; j'en trouverai certainement, mais impossible de les faire tenir : c'est tout pourri, et à peine y porterai-je l'aiguille, que l'étoffe s'effilochera.

— Qu'importe! Appliques-y aussitôt une petite pièce!

— Mais sur quoi l'appliquerais-je ? Elle ne pourra ... tenir; la trame n'est pas assez solide. Cela s'intitule drap, mais au moindre souffle ça se déchiquette.

— Allons, fais-la tenir! Comment est-ce possible que... chose... ?

— Non, déclara résolument Pétrovitch, rien à faire. Ça ne vaut rien. Si vous voulez, faites-en des bandes pour les pieds quand il fera froid : les chaussettes, — cela ne tient pas chaud. Ce sont les Allemands qui les ont inventées pour gagner plus d'argent (à l'occasion, Pétrovitch ne se refusait pas le plaisir de lancer une flèche contre les Allemands). Quant au manteau, il faudra vous en commander un neuf.

A ce mot de « neuf », Akaky Akakiévitch vit trouble, et tout ce qui se trouvait dans la chambre se mit à tourner autour de lui. Il ne parvenait à saisir distinctement que le général au visage recouvert d'un carré de papier dont s'ornait la tabatière de Pétrovitch.

— Un manteau neuf ? Quoi ? prononça-t-il, comme en songe. Mais je n'ai pas d'argent.

— Oui, neuf, répéta avec un calme cruel Pétrovitch.

— Et s'il fallait en arriver là, combien... chose... ?

— Combien il coûterait, voulez-vous dire ?

— Oui.

— Il faudrait bien y mettre plus de cent cinquante roubles, dit Pétrovitch en serrant les lèvres d'un air significatif. Il aimait beaucoup les grands effets ; il aimait à embarrasser brusquement le client et à lui lancer ensuite un regard oblique pour voir la tête qu'il faisait alors, tout interdit.

— Cent cinquante roubles pour un manteau ! s'écria le malheureux Akaky Akakiévitch. C'était la première fois de sa vie, peut-être, qu'il criait, car il avait la voix faible.

— Oui, dit Pétrovitch, et cela dépend encore du manteau, car si l'on garnit le col de martre, si l'on double le capuchon de satin, on arrivera bien vite à deux cents.

— Pétrovitch, je t'en prie ! supplia Akaky Akakiévitch n'entendant pas, tâchant de ne pas entendre les phrases à effet de Pétrovitch. Répare-le comme tu veux, pourvu qu'il puisse encore me servir pendant quelque temps.

— Non, ce serait du travail gâché et de l'argent jeté, déclara Pétrovitch.

Akaky Akakiévitch le quitta complètement étourdi.

Resté seul, Pétrovitch, les lèvres serrées d'un air entendu, demeura debout encore quelque temps, sans se remettre au travail, très satisfait d'avoir maintenu son prestige et sauvegardé aussi l'honneur de son art.

Lorsqu'il fut dans la rue, Akaky Akakiévitch marcha droit devant lui comme dans un rêve. « En voilà une affaire ! songeait-il. Je ne croyais vraiment pas que... » Puis, après un certain silence, il ajouta : « C'est ainsi donc ! Voilà ce qui arrive ! Je ne pensais vraiment pas que la chose prît cette tournure. » Après un nouveau silence, il dit encore : « Voilà ce que c'est ; véritablement, je ne m'attendais pas à ce que... on ne pouvait s'y attendre... Quelle histoire ! »

Ayant parlé ainsi en lui-même, au lieu de retourner à la maison il prit, sans y songer, une tout autre direction. En chemin, il fut heurté par un fumiste dont le vêtement malpropre lui noircit toute l'épaule ; puis il reçut sur la tête une avalanche de plâtras du haut d'une maison en construction. Il ne remarqua rien de tout cela, et ce n'est que lorsqu'il vint donner droit contre un factionnaire qui, ayant déposé sa hallebarde à côté de lui, vidait un cornet de tabac à priser sur son poing calleux, c'est alors seulement qu'il revint à lui, et encore parce que le factionnaire lui dit :

— Qu'as-tu à tomber ainsi sur la gueule des gens ? N'y a-t-il pas assez de place sur le trottoir ?

Ceci l'obligea à reprendre conscience des choses, et il retourna à la maison.

Arrivé chez lui, il put enfin rassembler ses pensées, envisager clairement sa situation et se parler à lui-même non plus en phrases inachevées, mais raisonnablement, franchement, ainsi que l'on cause avec un ami sérieux d'une affaire intime qui vous tient à cœur.

« Non, se disait Akaky Akakiévitch; impossible de discuter maintenant avec Pétrovitch : il est chose... Sa femme l'a probablement battu. J'irai plutôt le voir un dimanche matin. Après la soirée du samedi il sera encore tout endormi et ne verra pas très clair; il lui faudra boire un coup pour se rafraîchir : sa femme ne lui donnera pas d'argent, mais je lui glisserai aussitôt dix kopeks et, voilà... il deviendra plus accommodant, et le manteau pourra être... chose. »

Ainsi raisonna Akaky Akakiévitch. Il reprit courage, et dès le dimanche suivant, ayant observé de loin que la femme de Pétrovitch quittait son logis, il monta droit chez lui. Après la soirée du samedi, Pétrovitch louchait très fort en effet, portait la tête basse et semblait tout endormi. Malgré cela, dès qu'il eut compris de quoi il s'agissait, ce fut comme si quelque diable l'eût poussé :

— Impossible, dit-il, veuillez en commander un neuf.

Aussitôt, Akaky Akakiévitch lui glissa dix kopeks.

— Je vous remercie, Monsieur; je boirai un coup à votre santé, dit Pétrovitch. Quant à votre manteau, n'y pensez plus : il ne vaut rien. Je vous en ferai un neuf qui sera à la hauteur. Nous tenons à notre réputation.

Akaky Akakiévitch essaya encore une fois de parler de réparation; mais Pétrovitch n'entendit même pas.

— Je vous ferai un beau manteau; vous pouvez compter sur moi; j'y mettrai tous mes soins. On pourra même dissimuler les boutonnières du col sous des petites pattes d'argent, comme c'est la mode actuellement.

C'est alors qu'Akaky Akakiévitch comprit enfin qu'il lui serait réellement impossible de se passer d'un manteau neuf, et son courage l'abandonna. Comment faire en effet ? où prendre l'argent nécessaire ? On pouvait évidemment compter jusqu'à un certain point sur les prochaines étrennes; mais cet argent était déjà réparti d'avance depuis longtemps : il fallait s'acheter de nouveaux pantalons, payer une ancienne dette au cordonnier pour le ressemelage de vieilles bottes, puis commander à la lingère trois chemises et deux pièces de cette partie de l'habillement qu'il n'est pas admis de désigner en littérature. En un mot, tout cet argent avait déjà son emploi, et même si le directeur avait la bonté de lui octroyer non pas quarante, mais quarante-cinq roubles, ou bien même cinquante, il ne lui resterait qu'une vétille, et, en comparaison de ce que devait coûter le manteau, ce ne serait toujours qu'une goutte d'eau dans la mer.

Il savait bien pourtant qu'il arrivait parfois à Pétrovitch d'exiger Dieu sait quel prix, par pur caprice, à tel point même que sa femme ne pouvait s'empêcher de s'exclamer : « Es-tu fou, imbécile! tantôt il travaille presque pour rien, et tantôt on dirait que le diable le pousse à demander un prix que lui-même ne vaut pas, tel qu'il est. »

Il savait donc que Pétrovitch réduirait son prix jusqu'à quatre-vingts roubles; mais ces quatre-vingts roubles, où donc les prendre ? Le cas échéant, on pourrait trouver la moitié de cette somme; oui, ce serait encore possible... peut-être même un peu plus de la moitié... Mais où prendre le reste ?

Mais il faut d'abord que le lecteur connaisse la provenance de cette première moitié. Sur chaque rouble qu'il dépensait, Akaky Akakiévitch avait l'habitude de mettre de côté un demi-kopek dans une petite boîte fermant à clef et dont le couvercle avait une fente par laquelle on jetait la monnaie. Deux fois par an, Akaky Akakiévitch faisait le compte des pièces de cuivre qui s'y trouvaient et les remplaçait par des pièces d'argent. Ainsi agissait-il depuis longtemps, et il avait amassé plus de quarante roubles. Il disposait donc de la moitié de la somme nécessaire; mais où prendre l'autre moitié ?

Akaky Akakiévitch réfléchit longtemps et résolut enfin de réduire ses dépenses ordinaires pendant un an au moins : il décida de renoncer au thé le soir, de ne pas brûler de bougie et, en cas de nécessité, d'aller travailler chez la logeuse en profitant de sa bougie à elle; il se promit également de marcher dans les rues aussi légèrement que possible, presque sur la pointe des pieds, afin de ne pas user trop vite ses semelles, de donner moins souvent son linge à laver et, pour le faire durer longtemps, de l'enlever aussitôt de retour à la maison en se contentant d'une robe de chambre de coton, déjà très vieille et que le temps avait épargnée.

A vrai dire, il lui fut assez difficile au début de renoncer à ses habitudes ; mais il se fit ensuite à ce nouveau régime, et les choses marchèrent très bien ; il s'accoutuma même à jeûner le soir. En revanche, il se nourrissait spirituellement, l'image du futur manteau occupant constamment ses pensées. Dès lors, son existence même parut acquérir une certaine plénitude : on aurait dit qu'il n'était plus seul, on aurait dit qu'il s'était marié, et qu'une aimable compagne avait consenti à parcourir à ses côtés la route de la vie : cette compagne n'était autre que le manteau, bien ouaté, pourvu d'une solide doublure, inusable... Akaky Akakiévitch montrait même plus de vivacité, plus d'énergie, comme un homme qui s'est déjà fixé un but précis. Son visage, ses gestes perdirent cette expression de doute, d'hésitation qui leur était habituelle. Une ardeur toute nouvelle s'allumait parfois dans ses yeux, et les pensées les plus téméraires, les plus folles naissaient dans son esprit : « Ne pourrait-on, en effet, garnir le col de martre ? »

Ces songeries lui causèrent même des distractions. Un jour, en copiant un rapport, il faillit faire une faute, si bien qu'il manqua de pousser un cri et se signa rapidement.

Chaque mois il allait au moins une fois chez Pétrovitch pour causer avec lui du manteau : Où achètera-t-on le drap ? A quel prix ? Quelle teinte choisira-t-on ? Bien qu'assez préoccupé, il rentrait toujours chez lui extrêmement satisfait, en songeant qu'il arriverait enfin le moment de cette acquisition, et que le manteau serait là un jour.

Les choses s'arrangèrent même plus vite qu'on ne le prévoyait. Contre toute attente, le directeur octroya à Akaky Akakiévitch une gratification non de quarante ou de quarante-cinq roubles, mais de soixante roubles. Avait-il deviné qu'Akaky Akakiévitch devait se commander un manteau, ou bien cela s'était-il fait de soi-même ? Quoi qu'il en fût, Akaky Akakiévitch se trouva avoir entre les mains vingt roubles de plus. Cette circonstance avança les choses. Encore deux, trois mois de jeûne, et Akaky Akakiévitch put disposer, en effet, de près de quatre-vingts roubles. Son cœur, d'habitude très calme, se mit à battre.

Dès qu'il en eut la possibilité, il se rendit avec Pétrovitch dans les magasins. Ils y achetèrent de l'excellent drap, cela se conçoit; on ne cessait d'y penser depuis six mois et on ne laissait pas passer un mois sans entrer dans les magasins pour s'informer des prix. Aussi Pétrovitch déclara-t-il qu'il ne pouvait y avoir de meilleur drap. Pour la doublure, on choisit du calicot, un calicot si beau, si solide que, selon Pétrovitch, il valait encore mieux que la soie et avait même un aspect plus élégant, plus brillant. On n'acheta pas de martre, car, en effet, elle coûtait trop cher; mais on la remplaça par du chat, le plus beau qu'il y eût dans tout le magasin, un chat que de loin on aurait pu prendre pour de la martre.

Pétrovitch travailla au manteau pendant deux semaines, car il y avait beaucoup de ouatage; sans cela, il aurait été prêt bien plus tôt. Pétrovitch demanda douze roubles pour ce travail : on ne pouvait le faire à moins, car tout était cousu à la soie, en double point, et sur chaque couture Pétrovitch avait marqué avec ses dents de jolis festons.

C'était un... Il est difficile de dire exactement le jour où Pétrovitch apporta enfin le manteau; mais ce fut en tout cas le jour le plus solennel de l'existence d'Akaky Akakiévitch. Pétrovitch l'apporta le matin, juste à l'heure où Akaky Akakiévitch se disposait à aller au ministère; jamais le manteau n'aurait pu arriver plus à point, car il commençait à geler, et le froid menaçait même de devenir encore plus vif. Pétrovitch portait le manteau sur le bras, ainsi qu'il convient à un bon tailleur. Son visage reflétait une expression solennelle qu'Akaky Akakiévitch ne lui avait jamais vue. Il semblait comprendre pleinement qu'il venait d'accomplir une œuvre sérieuse et avait marqué l'abîme séparant les tailleurs qui ne font que des réparations, de ceux qui confectionnent des vêtements neufs.

Il sortit le manteau du mouchoir qui l'enveloppait (ce mouchoir venait de chez la blanchisseuse; il le roula ensuite et le mit dans sa poche pour l'employer, le cas échéant). Ayant déployé le manteau, il le regarda orgueilleusement et, le tenant des deux mains, il le jeta adroitement sur les épaules d'Akaky Akakiévitch, le tendit bien par-derrière, puis en drapa Akaky Akakiévitch avec une certaine désinvolture élégante. Vu son âge, Akaky Akakiévitch désira passer les manches. Pétrovitch l'aida à les enfiler, et il se trouva qu'ainsi le manteau faisait également un excellent effet. En un mot, il allait parfaitement bien.

Pétrovitch ne perdit pas l'occasion de déclarer à ce propos que s'il avait demandé un prix si bas, c'était qu'il demeurait dans une petite rue, sans enseigne et, de plus, connaissait Akaky Akakiévitch déjà depuis longtemps, mais qu'à la perspective Nevsky on aurait certainement exigé soixante-quinze roubles, rien que pour la façon. Akaky Akakiévitch ne voulut pas en discuter; il avait toujours très peur, d'ailleurs, des fortes sommes dont Pétrovitch aimait à éblouir ses clients.

Akaky Akakiévitch le paya, le remercia et se mit en route pour le ministère, vêtu de son nouveau manteau. Pétrovitch le suivit, puis, s'arrêtant, il examina son ouvrage de loin et prit ensuite en courant une ruelle de traverse qui lui permit de dépasser Akaky Akakiévitch et, en revenant sur ses pas, d'admirer encore une fois le manteau de face.

Akaky Akakiévitch était d'une humeur radieuse. Il avait toujours présente la sensation du manteau neuf sur ses épaules, et à plusieurs reprises il eut même un petit rire de satisfaction. Le manteau offrait un double avantage, en effet : il tenait chaud et il était joli.

Il ne remarqua pas le trajet et se trouva tout à coup au ministère; il enleva son manteau au vestiaire, l'examina de tous les côtés et chargea le suisse d'en avoir bien soin.

On ne sait comment, le bruit se répandit aussitôt dans les bureaux qu'Akaky Akakiévitch avait un nouveau manteau et que la vieille robe de chambre n'existait plus. On accourut au vestiaire pour admirer le manteau. Akaky Akakiévitch, tout souriant, fut félicité et acclamé, si bien qu'il en devint finalement confus. Et quand, l'entourant, ses collègues insistèrent pour qu'il arrosât sa nouvelle acquisition et organisât au moins une soirée, Akaky Akakiévitch perdit complètement contenance, ne sut plus que répondre et que dire pour échapper à cette obligation. Il essaya même, tout rouge d'émotion, de les assurer assez naïvement que le manteau n'était pas neuf, que c'était encore toujours son ancienne robe de chambre. Enfin l'un des fonctionnaires, un sous-chef de bureau même, je crois, désirant probablement prouver qu'il n'était pas fier du tout et entretenait de bonnes relations avec ses inférieurs, déclara :

« Eh bien! c'est moi qui donnerai une soirée à la place d'Akaky Akakiévitch. Je vous invite donc à prendre le thé chez moi ce soir, d'autant plus que c'est précisément mon anniversaire. »

Aussitôt, naturellement, les fonctionnaires félicitèrent le sous-chef de bureau et acceptèrent très volontiers son invitation. Akaky Akakiévitch, lui, commença par refuser; mais on lui dit que ce n'était pas poli, que c'était même honteux, et il fut obligé d'accepter. D'ailleurs, cette invitation lui fit plaisir, lorsqu'il songea ensuite qu'il aurait ainsi l'occasion de mettre encore une fois son manteau le soir même.

Cette journée fut pour Akaky Akakiévitch une fête solennelle. Il revint à la maison dans un état d'esprit très joyeux, enleva son manteau et le pendit au mur, non sans avoir admiré une fois de plus le drap et la doublure; puis il sortit exprès, pour la comparer, sa vieille robe de chambre qui tombait en pièces; l'ayant regardée, il se mit à rire : la différence était par trop grande ! Et plusieurs fois encore, tout en dînant, il rit silencieusement en songeant au triste état de son vieux vêtement. Il dîna gaiement et après le dîner n'écrivit pas, ne copia aucun papier, mais fit un peu le sybarite sur son lit, jusqu'à la tombée de la nuit. Sans plus attendre ensuite, il s'habilla rapidement, jeta son manteau sur ses épaules et sortit.

A notre grand regret, nous ne pouvons préciser où demeurait le fonctionnaire qui l'avait invité : la mémoire commence à nous faire fortement défaut, et les rues et les maisons de Pétersbourg se confondent tellement dans notre tête qu'il est impossible d'en tirer quelque renseignement exact. Il est certain en tout cas que le fonctionnaire en question habitait un des beaux quartiers et, par conséquent, fort loin d'Akaky Akakiévitch. Celui-ci dut au préalable traverser quelques rues très maigrement éclairées; mais à mesure qu'il se rapprochait du but, les rues devenaient plus animées, plus gaies et étaient mieux éclairées. Les passants se faisaient plus nombreux; on rencontrait des dames élégamment habillées, les messieurs portaient des cols de castor; plus rares devenaient les petits traîneaux de bois treillagés, garnis de clous dorés; ils faisaient place à de beaux attelages : traîneaux vernis, recouverts d'une fourrure d'ours, cochers au bonnet de velours framboise. Des calèches richement garnies passaient, rapides, faisant grincer la neige sous leurs roues.

Akaky Akakiévitch regardait toutes ces choses comme s'il les voyait pour la première fois : il y avait déjà plusieurs années qu'il n'était plus sorti le soir. Devant la vitrine éclairée d'un magasin, il s'arrêta, intéressé à la vue d'un tableau représentant une jolie femme qui enlevait son soulier, découvrant ainsi une jambe assez bien faite, tandis qu'à travers une porte entrouverte, on voyait passer la tête d'un monsieur portant des favoris et une jolie royale.

Akaky Akakiévitch hocha la tête, sourit et poursuivit son chemin.

Pourquoi sourit-il ? Etait-ce parce qu'il s'était trouvé devant une chose qu'il ne connaissait pas, mais pour laquelle chacun conserve pourtant une sorte d'instinct ? Ou bien s'était-il dit, comme tant d'autres fonctionnaires : « Ah ! ces Français ! Il n'y a rien à dire... S'ils s'y mettent... alors c'est vraiment tout à fait... chose... » Il se peut aussi qu'il ne songeât à rien de semblable : il est impossible de pénétrer dans l'âme d'un homme et de savoir au juste ce qui s'y passe.

Il arriva enfin à la maison qu'habitait le sous-chef de bureau. Ce sous-chef vivait sur un grand pied : il occupait un appartement au deuxième étage, l'escalier était éclairé par une lanterne. Dans l'antichambre, Akaky Akakiévitch vit sur le plancher des rangées de galoches en caoutchouc au milieu desquelles se dressait un samovar qui grondait et lançait des jets de vapeur. Le long des murs pendaient des pelisses et des manteaux dont certains étaient garnis de cols de castor et de revers de velours. A travers la cloison, on percevait le bruit sourd des conversations, qui soudain éclata lorsque la porte s'ouvrit et qu'apparut un domestique portant un plateau chargé de verres vides, d'un pot de crème et d'une corbeille de biscuits. Les fonctionnaires étaient là depuis longtemps et avaient déjà vidé leur premier verre de thé.

Ayant lui-même pendu son manteau, Akaky Akakiévitch entra dans la chambre ; son regard saisit à la fois les bougies, les pipes, les tables à jeu, et ses oreilles s'emplirent du bruissement des conversations qui s'élevaient autour de lui et du tapage des chaises qu'on déplaçait. Il s'arrêta, très gauche, ne sachant ce qu'il devait faire. Mais on l'avait déjà vu ; on l'acclama, et tous se précipitèrent dans l'antichambre et admirèrent encore une fois son manteau. Akaky Akakiévitch commença par se sentir quelque peu confus, mais il ne put s'empêcher de se réjouir en sa candeur des louanges qu'il entendait. Ensuite, naturellement, tous l'abandonnèrent, lui et son manteau, et se réunirent, selon la coutume, autour des tables à jeu.

Le bruit, les conversations, cette foule qui l'entourait,

tout cela frappait étrangement Akaky Akakiévitch. Il ne savait véritablement que faire de sa personne, où mettre ses mains, ses pieds. Il finit par s'asseoir auprès des joueurs, essayant de suivre leur jeu, dévisageant attentivement tantôt l'un, tantôt l'autre; mais au bout d'un certain temps il ne put s'empêcher de bâiller, et sentit l'ennui le gagner, d'autant plus que l'heure à laquelle il avait coutume de se coucher était déjà passée depuis longtemps.

Il voulut faire ses adieux au maître de la maison, mais on le retint en insistant pour qu'il bût du champagne en l'honneur de son nouveau manteau. On servit une heure plus tard le souper, composé d'une salade, d'un rôti de veau froid, d'un pâté et de pâtisseries diverses, le tout arrosé de champagne. On obligea Akaky Akakiévitch à vider deux coupes, après quoi il se sentit très gai; mais il ne pouvait oublier qu'il était déjà minuit et qu'il fallait rentrer. De crainte que son hôte ne le retînt, il quitta la chambre sans se faire remarquer, prit son manteau qu'à sa grande consternation il trouva par terre, le secoua, en enleva soigneusement quelques pluches, le revêtit et descendit l'escalier.

Les rues étaient encore éclairées. Quelques petites épiceries, ces clubs de la domesticité et qui ne désemplissent pas, étaient encore ouvertes. D'autres, déjà fermées, laissaient pourtant filtrer à travers la porte un long rai de lumière qui prouvait que les femmes de chambre et les laquais n'avaient pas encore terminé leurs commérages, laissant leurs maîtres se demander, très perplexes, où ils avaient bien pu disparaître.

Akaky Akakiévitch se mit en route d'excellente humeur; il se lança même soudain, on ne sait pourquoi, sur les traces d'une dame qui passait, rapide comme l'éclair, et dont chaque partie du corps était animée d'un mouvement extraordinaire. Il s'arrêta aussitôt, pourtant, et reprit sa marche lente, se demandant lui-même d'où lui venait cet entrain.

Bientôt il s'engagea dans ces rues désertes qui sont beaucoup moins gaies, même en plein jour; elles étaient maintenant encore plus mornes, encore plus tristes. Les réverbères se firent plus rares : on faisait évidemment des économies d'huile. Apparurent des maisons de bois, de longues clôtures; plus une âme sur la route où scintillait la neige et que bordaient les taches sombres des maisonnettes endormies, aux volets clos.

Akaky Akakiévitch parvint à l'endroit où la rue débouchait sur une place immense, à l'autre bout de laquelle on distinguait à peine quelques bâtiments et qui présentait l'aspect d'un désert sinistre. Là-bas, très loin, brillait une lumière qui paraissait située aux confins de l'univers. L'ardeur joyeuse d'Akaky Akakiévitch baissa ici notablement. Il s'engagea sur la place non sans une certaine crainte, comme s'il pressentait quelque malheur. Il jeta un regard autour de lui : on aurait dit une mer obscure. « Non, songea-t-il, il vaut mieux ne pas regarder », et il marcha les yeux fermés. Lorsqu'il les rouvrit pour s'assurer du chemin qui lui restait à faire, il vit soudain, droit devant lui, presque sous son nez, quelques hommes moustachus. Qu'étaient ces gens, il ne put s'en rendre compte. Sa vue se troubla et son cœur se mit à battre lourdement.

« Hé! hé! mais ce manteau est à moi! » s'écria l'un des hommes d'une voix tonitruante en le saisissant au collet.

Akaky Akakiévitch ouvrit la bouche pour crier « au voleur! » mais l'un des hommes lui mit sous le nez un poing de la grosseur d'une tête de fonctionnaire, en disant :

« Essaye un peu de crier! »

Akaky Akakiévitch sentit seulement qu'on lui enlevait son manteau; puis il reçut un coup de pied qui l'envoya le visage dans la neige, et il perdit connaissance. Quand au bout de quelques minutes il revint à lui et se releva, il n'y avait plus personne. Il sentit qu'il faisait froid, que le manteau ne recouvrait plus ses épaules, et il se mit à crier. Mais sa voix semblait se perdre dans la plaine. Hagard, toujours criant, il prit sa course à travers la place, droit vers la guérite auprès de laquelle se tenait un factionnaire : appuyé sur sa hallebarde, celui-ci regardait curieusement et semblait se demander qu'avait, diable! cet homme à courir ainsi en hurlant.

Arrivé auprès de lui, Akaky Akakiévitch, haletant et criant, l'accusa de dormir, de ne pas voir ce qui se passait autour de lui tandis qu'on dévalisait les passants. Le factionnaire répondit qu'il n'avait rien remarqué, qu'il avait simplement vu deux hommes l'arrêter au milieu de la place, mais qu'il avait cru que c'étaient des amis. « Au lieu de crier et de m'injurier, ajouta-t-il, il vaut mieux aller demain chez le commissaire du quartier : le commissaire trouvera certainement le voleur. »

Akaky Akakiévitch accourut chez lui, tout éperdu. Ses

cheveux qui garnissaient encore ses tempes et sa nuque étaient tout en désordre. Sa poitrine, son pantalon étaient couverts de neige. Sa logeuse, ayant entendu des coups terribles à la porte, sauta précipitamment de son lit et courut clopinant (elle n'avait passé qu'une pantoufle) lui ouvrir la porte, tout en ramenant pudiquement de la main sa chemise sur sa poitrine. Mais ayant ouvert, elle recula à la vue de l'état dans lequel se trouvait Akaky Akakiévitch.

Quand il lui eut raconté ce qui lui était arrivé, elle joignit les mains et dit qu'il fallait aller directement chez le commissaire d'arrondissement, car avec l'inspecteur de quartier on n'aurait que des déboires : il promettrait beaucoup et ne ferait rien. Il vaut donc mieux s'adresser tout droit au commissaire; elle le connaît d'ailleurs, car Anna la Finnoise, son ancienne cuisinière, est entrée maintenant chez lui comme bonne d'enfants; elle le voit souvent lui-même, lorsqu'il passe devant la maison, ou bien à l'église, où il va tous les dimanches et où il prie tout en regardant gaiement autour de lui, ce qui prouve bien qu'il doit être un brave homme.

Muni de ce conseil, Akaky Akakiévitch se traîna tristement jusqu'à sa chambre. Comment il y passa la nuit, on le laisse à penser à ceux qui sont quelque peu capables de se représenter la situation d'autrui.

Le lendemain, dès le matin, il se rendit chez le commissaire de police, mais on lui dit qu'il dormait encore. Il revint à dix heures : « Il dort », lui répondit-on. Quand il vint à onze heures, il entendit : « Le commissaire n'est pas là. » Il retourna à l'heure du dîner, mais les scribes, dans l'antichambre, ne le laissèrent pas entrer, voulant à tout prix savoir dans quel but il venait, ce qu'il désirait, ce qui lui était arrivé; si bien qu'Akaky Akakiévitch, pour une fois dans sa vie, fit enfin preuve de fermeté : il leur déclara nettement qu'il lui fallait voir le commissaire en personne, qu'on n'avait pas le droit de l'empêcher d'entrer, car il venait du ministère pour une affaire importante, et que s'il portait plainte, ils verraient bien ce qui leur adviendrait. A ceci les scribes n'osèrent plus rien répliquer, et l'un d'eux alla prévenir le commissaire.

Le commissaire accueillit le récit du vol d'une façon très étrange : au lieu de prêter attention au point principal de l'histoire, il se mit à questionner Akaky Akakiévitch : Pourquoi rentrait-il si tard ce soir-là ? N'avait-il pas été dans quelque lieu louche ? Tant et si bien qu'Akaky Akakiévitch se sentit tout confus et quitta le commissaire en se demandant s'il serait ou non donné suite à l'affaire du manteau.

Ce jour-là, il n'alla pas au bureau (pour la première fois de sa vie). Le lendemain il y apparut tout blême, vêtu de son vieux manteau qui avait un aspect encore plus minable qu'auparavant.

L'histoire du vol attendrit presque tout le monde; quelques-uns, pourtant, ne perdirent pas l'occasion, même en cette occurrence, de se moquer d'Akaky Akakiévitch. On résolut aussitôt d'ouvrir une souscription en sa faveur; mais on ne rassembla presque rien, car les fonctionnaires étaient à sec : ils avaient été obligés, en effet, de souscrire au portrait du chef de service et à je ne sais plus quel livre, sur les instances d'un chef de bureau, ami de l'auteur. Akaky Akakiévitch n'obtint donc qu'une somme dérisoire; mais l'un de ses collègues, mû par un sentiment de pitié, voulut au moins l'aider d'un bon conseil : il lui dit qu'il ne valait pas la peine d'aller chez l'officier de police du quartier, car au cas même où l'officier, voulant se faire bien voir de ses supérieurs, réussirait à retrouver le manteau, celui-ci ne pourrait lui être remis tant qu'il n'aurait pas fait la preuve que ce vêtement était bien le sien. Le mieux serait donc de s'adresser à un certain *personnage important*, lequel personnage, s'étant mis en rapport avec qui de droit, pourrait donner une tournure plus favorable à l'affaire.

Akaky Akakiévitch, en désespoir de cause, résolut de s'adresser au personnage important.

Quel poste occupait ce personnage, en quoi consistaient ses fonctions ? — on n'en sait encore rien jusqu'à maintenant. Il y a lieu d'indiquer que ce personnage n'était devenu important que depuis peu; son poste, d'ailleurs, n'était pas considéré comme très important, comparé à d'autres, plus importants encore. Mais il se trouve toujours un certain nombre de gens qui considèrent comme fort important ce qui, aux yeux des autres, ne l'est nullement. Lui-même, d'ailleurs, essayait de souligner cette importance par divers moyens. Il avait exigé, entre autres, qu'à son arrivée à la chancellerie le personnel inférieur vînt en corps à sa rencontre et que personne n'osât s'adresser directement à lui, enfreignant l'ordre sévère établi : le régistrateur de collège devait faire son rapport au secrétaire de province, le secrétaire de province s'adressait au conseiller titulaire ou à quelque autre fonctionnaire, et ainsi de suite, en passant par tous les degrés de la hiérarchie. C'est ainsi que les choses se passent dans notre sainte Russie : chacun y joue au chef et copie son supérieur.

On raconte même qu'un certain conseiller titulaire, aussitôt qu'il fut placé à la tête d'une chancellerie, n'eut rien de plus pressé que de s'enfermer dans une petite chambre qu'il nomma « chambre du conseil » et à la porte de laquelle il plaça des huissiers galonnés et à col rouge, qui ouvraient au large les battants devant les personnes qui se présentaient, bien que ladite « chambre du conseil » fût si petite qu'on pût à peine y trouver place pour une table à écrire.

L'attitude et les manières du *personnage important* étaient solennelles, et ses paroles brèves. Son système, fort simple, était fondé sur la sévérité.

« De la sévérité! encore de la sévérité! toujours de la sévérité! » disait-il couramment; et à ces mots il adressait à son interlocuteur un regard extrêmement significatif dont le besoin, d'ailleurs, ne se faisait nullement sentir, car les dix fonctionnaires qui composaient tout le personnel de la chancellerie étaient suffisamment pénétrés de crainte : le voyant venir de loin, ils abandonnaient aussitôt leurs occupations et se tenaient debout devant lui, comme au port d'armes. Il ne parlait à ses subordonnés que sur un ton sévère; ses conversations avec eux se réduisaient d'ailleurs presque à trois phrases : « Comment osez-vous ? » « Savez-vous à qui vous parlez ? » et « Comprenez-vous qui se trouve devant vous ? »

Ce n'était pas un mauvais homme d'ailleurs : serviable, charmant avec ses amis; mais le grade de général [1] lui avait fait complètement perdre la tête. Dès qu'il l'eut obtenu, son esprit s'égara et il ne sut quelle attitude prendre. Lorsqu'il se trouvait au milieu de ses égaux, il se conduisait très bien, comme un homme de bonne compagnie, comme un homme pas bête du tout, sous bien des rapports. Mais dès qu'il lui arrivait d'être parmi des personnes inférieures, ne fût-ce que d'un grade, à son rang, il était véritablement au-dessous de tout : il se taisait et faisait même pitié, car il se rendait lui-même compte qu'il aurait pu passer le temps beaucoup plus agréablement. Ses yeux reflétaient parfois le vif désir

1. Dans la hiérarchie civile, au grade de général correspondait celui de Conseiller d'Etat actuel, lequel donnait droit au titre d'Excellence.

de prendre part à une conversation générale, de se joindre à tel cercle intéressant, mais il était aussitôt arrêté par la crainte de s'engager trop avant, d'autoriser quelque familiarité et de porter ainsi atteinte à son rang. Et ainsi il demeurait constamment silencieux, n'émettant de temps à autre que de vagues monosyllabes, s'acquérant la réputation de l'homme le plus ennuyeux qui fût.

C'est donc chez ce *personnage important* que se rendit Akaky Akakiévitch, qui vint le trouver à un très mauvais moment : mauvais pour lui, Akaky Akakiévitch, mais excellent pour le personnage important. Celui-ci se trouvait dans son cabinet de travail et causait fort gaiement avec un ancien ami, un camarade d'enfance, arrivé depuis peu à Pétersbourg et qu'il n'avait plus vu depuis plusieurs années. C'est alors qu'on vint le prévenir qu'un certain Bachmatchkine demandait à le voir.

— Qui est-ce ? demanda-t-il d'un ton brusque.

— Un fonctionnaire, lui fut-il répondu.

— Eh bien ! il n'a qu'à attendre ; ce n'est pas le moment maintenant, dit le personnage important.

Il faut avouer que le personnage important mentit en ce cas : il n'était nullement occupé ; ayant déjà épuisé tous les sujets, les deux amis coupaient leur conversation de longues pauses, pendant lesquelles ils se tapotaient mutuellement les genoux en répétant : « Oui, c'est ainsi, Ivan Abramovitch ! — C'est bien comme ça, Stépan Varlamovitch. » Malgré cela, il donna l'ordre de faire attendre Akaky Akakiévitch, afin de montrer à son ami, qui avait quitté le service depuis longtemps et demeurait à la campagne, comment les fonctionnaires faisaient antichambre chez lui.

Enfin, après avoir causé et surtout s'être tu bien à son aise, après avoir fumé maints bons cigares, commodément installé dans un large fauteuil muni d'un dossier mobile, il parut soudain se souvenir de quelque chose et dit au secrétaire qui entrait avec des dossiers pour lui faire son rapport :

« Il y a là, je crois, un fonctionnaire. Dites-lui d'entrer. »

A la vue de l'humble aspect d'Akaky Akakiévitch et de son vieil uniforme, il se tourna brusquement vers lui et dit : « Que désirez-vous ? » d'une voix sèche et coupante dont il avait fait l'apprentissage dans sa chambre, devant la glace, une semaine avant sa nomination.

Plein d'une crainte salutaire, Akaky Akakiévitch perdit quelque peu contenance; pourtant il expliqua comme il pouvait, aussi bien que le lui permettait son émotion et en émaillant son discours plus souvent encore que d'habitude des locutions *choses*, *machin*, etc., qu'il avait eu un manteau neuf et qu'on le lui avait enlevé sans pitié, qu'il s'adressait à Son Excellence pour qu'elle intervînt de quelque façon, en écrivant au préfet de police ou à quelque autre personnage, afin d'activer les recherches.

Cette requête, on ne sait pourquoi, parut trop familière au personnage important.

— Comment ? prononça-t-il de son ton cassant. Vous ne connaissez donc pas les usages ? Où croyez-vous être ? Ne savez-vous pas comment les choses se passent ? Vous deviez tout d'abord présenter votre requête à la chancellerie, qui l'aurait adressée au chef de bureau, puis au chef de service qui l'aurait transmise à mon secrétaire, lequel me l'aurait enfin soumise.

— Mais, Excellence! dit Akaky Akakiévitch, tâchant de rassembler tout le courage dont il disposait, mais se sentant déjà tout en sueur. Je me suis permis de déranger Votre Excellence, parce que les secrétaires, hum!... on ne peut pas trop compter dessus...

— Comment! Comment! s'écria le personnage important. D'où vient donc cet esprit? Où avez-vous pris ces idées ? Qu'est-ce que cet esprit de révolte qui souffle aujourd'hui parmi les jeunes gens contre les chefs, contre l'autorité ?

Le personnage important ne paraissait pas avoir remarqué qu'Akaky Akakiévitch avait déjà plus de cinquante ans et que, par conséquent, il ne pouvait être appelé jeune homme que relativement, par rapport à un vieillard de soixante-dix ans.

— Savez-vous à qui vous dites cela ? Comprenez-vous devant qui vous êtes ? Le comprenez-vous ? Le comprenez-vous, je vous le demande ?

Ici il frappa du pied, élevant la voix jusqu'à une note si aiguë, que tout autre même qu'Akaky Akakiévitch eût été épouvanté. Akaky Akakiévitch, lui, glacé d'effroi, tout tremblant, incapable de se tenir sur ses jambes, serait immanquablement tombé tout de son long, si les huissiers accourus ne l'avaient reçu dans leurs bras. On l'emporta presque sans mouvement.

Le personnage important, très satisfait de ce que l'effet eût encore dépassé ses prévisions, complètement enivré à l'idée que sa parole fût capable de priver un homme de sentiment, jeta un regard oblique à son ami afin d'observer l'impression produite sur lui par cette scène; et il constata, non sans une certaine satisfaction, que l'ami paraissait tout étourdi et commençait même à ressentir quelque crainte.

Comment Akaky Akakiévitch descendit l'escalier, comment il se retrouva dans la rue, il ne put s'en rendre compte. Il ne sentait plus ni ses jambes ni ses bras. C'était la première fois de sa vie qu'il avait été ainsi tancé par un général, et, qui plus est, par un général appartenant à une administration étrangère. Il allait, titubant, la bouche large ouverte, à travers la bise qui sifflait dans les rues. Le vent, selon l'habitude de Pétersbourg, soufflaït sur lui de tous les côtés à la fois, de toutes les ruelles. Il attrapa instantanément une angine, et lorsqu'il arriva enfin chez lui, il se coucha aussitôt, la gorge enflée, incapable de prononcer une parole. Telles sont parfois les suites d'une verte réprimande! Dès le lendemain il eut une forte fièvre.

Grâce à l'action généreuse du climat pétersbourgeois, la maladie se développa plus rapidement qu'on ne pouvait s'y attendre, et quand vint le docteur et qu'il eut pris le pouls d'Akaky Akakiévitch, il ne trouva autre chose à faire que de lui ordonner des compresses, uniquement pour que le malade ne demeurât point privé de l'aide efficace de la médecine. Il prédit d'ailleurs qu'il mourrait immanquablement avant deux jours, et, se tournant vers la logeuse, il lui dit :

— Et vous, ma petite mère, ne perdez pas votre temps inutilement; commandez-lui aujourd'hui même un cercueil de sapin, car le chêne est trop cher pour lui.

Akaky Akakiévitch entendit-il ces paroles fatales ? Et s'il les entendit, l'émurent-elles ? Regretta-t-il sa pitoyable existence ? On n'en sait rien, car tout ce temps-là il ne cessa de délirer. Il avait des visions plus étranges les unes que les autres : tantôt il voyait Pétrovitch et lui commandait un manteau muni de pièges pour les voleurs, qu'il croyait voir partout, jusque sous son lit, si bien même qu'il appelait à chaque instant sa logeuse pour qu'elle en retirât un de dessous sa couverture; tantôt il demandait pourquoi son vieux manteau pendait au mur, quand il en avait un tout neuf. Tantôt il s'imaginait être devant un général qui le tançait vertement et à qui il répondait : « Que votre Excellence me pardonne ! » Tantôt enfin il jurait, criant des mots si horribles que la vieille femme, qui n'avait jamais entendu de sa part rien de semblable, se signait, épouvantée, d'autant plus que ces jurons venaient immédiatement après les mots : « Votre Excellence ».

Pour finir, il se mit à prononcer des paroles sans suite, auxquelles on ne pouvait rien comprendre ; il était évident pourtant que toutes ses pensées tournaient désordonnément autour du manteau.

Enfin le pauvre Akaky Akakiévitch mourut. On ne mit de scellés ni sur ses objets ni sur sa chambre, d'abord parce qu'il n'avait pas d'héritier, et ensuite parce qu'il ne laissait presque rien : un paquet de plumes d'oie, un cahier de papier à en-tête officiel, trois paires de chaussettes, deux ou trois boutons de culotte et le vieux manteau bien connu du lecteur. Qui hérita de tout cela ? Dieu le sait ! l'auteur de ce récit ne s'en est pas préoccupé, je l'avoue.

On emporta Akaky Akakiévitch, et on l'enterra. Et Pétersbourg resta sans Akaky Akakiévitch. Ce fut comme s'il n'eût jamais existé. Il disparut, cet être que personne ne protégeait, que personne ne chérissait, auquel nul ne s'intéressait, qui n'avait même pas attiré l'attention du savant, lequel pourtant ne perdra pas l'occasion d'examiner au microscope le moindre moucheron, — cet être qui supportait humblement les railleries de ses collègues et qui était descendu au tombeau sans avoir accompli quelque action remarquable, mais auquel, malgré tout, juste à la fin de ses jours, était apparue, sous l'aspect d'un manteau neuf, une vision radieuse qui avait pour un instant illuminé sa pauvre existence, cet être sur lequel ensuite s'était acharné le malheur, comme il s'acharne parfois sur les puissants de ce monde...

Quelques jours après sa mort, un huissier du ministère vint pour lui intimer l'ordre de reprendre immédiatement son service : ses chefs le réclamaient. Mais l'huissier dut s'en retourner sans avoir pu accomplir sa mission et annonça qu'Akaky Akakiévitch ne viendrait plus au ministère ; et lorsqu'on lui demanda : « Pourquoi cela ? » il répondit : « Parce qu'il est mort ; on l'a enterré il y a déjà quatre jours. »

C'est ainsi qu'on apprit au ministère la mort d'Akaky Akakiévitch ; dès le lendemain, sa place fut occupée par un nouveau fonctionnaire, beaucoup plus grand de taille et qui traçait ses lettres d'une écriture plus allongée, plus couchée.

Mais qui donc aurait cru que l'histoire d'Akaky Akakiévitch ne se terminerait pas encore ici et qu'il fût destiné après sa mort à mener pendant quelques jours une existence bruyante, comme pour le récompenser de ce que sa vie eût passé inaperçue ? C'est pourtant ainsi, et notre modeste histoire prend tout à coup une tournure fantastique.

Le bruit, soudain, se répandit à Pétersbourg qu'un fantôme apparaissait la nuit aux alentours du pont Kalinkine, sous les traits d'un fonctionnaire ; ce fantôme, disait-on, recherchait un manteau volé et sous ce prétexte enlevait aux passants, sans distinction de grade, leurs manteaux, quels qu'ils fussent — ouatés ou fourrés, à col de chat ou de castor, pelisses de renard ou d'ours, toutes les fourrures qui se présentaient en un mot, et toutes les peaux que les hommes ont trouvées pour recouvrir la leur. Un des fonctionnaires avait vu le fantôme de ses propres yeux et avait aussitôt reconnu Akaky Akakiévitch ; il en ressentit d'ailleurs une telle épouvante qu'il prit la fuite à toutes jambes. Il ne put donc l'examiner de près, mais il vit pourtant le fantôme le menacer du doigt.

Les plaintes affluèrent de toutes parts. Passe encore pour le dos et les épaules des conseillers titulaires ; mais les conseillers de cour n'étaient pas non plus épargnés et risquaient de prendre froid. Ordre fut donné à la police de se saisir du fantôme, mort ou vivant, et de le punir très sévèrement, afin que cela servît d'exemple aux autres. On faillit presque y réussir.

Un factionnaire parvint, en effet, près de la rue Kiriouchkine, à mettre la main au collet du mort, au moment même où celui-ci tentait d'arracher son manteau à un ancien musicien qui naguère jouait agréablement de la flûte. Le tenant au collet, le factionnaire appela à son aide deux de ses collègues, à qui il commanda de maintenir solidement le fantôme, tandis que lui-même allait chercher sa tabatière au fond de sa botte, afin de ranimer son nez qui avait été gelé déjà six fois au cours de son existence. Mais ce tabac était si fort, apparemment, que le fantôme lui-même ne put y résister. A peine le factionnaire, ayant bouché du doigt sa narine gauche, se fut-il mis en devoir d'en aspirer une demipincée, que le mort éternua avec une telle violence qu'il éclaboussa le visage des trois policiers et les aveugla. Tandis qu'ils se frottaient les yeux, le mort disparut sans laisser de traces, si bien qu'ils se demandèrent même s'ils l'avaient réellement tenu entre leurs mains.

Depuis lors, les factionnaires conçurent une telle peur des morts qu'ils craignirent d'arrêter les vivants et se contentèrent de leur crier de loin : « Hé! toi, là-bas! passe donc ton chemin! » Quant au mort, il osa même se montrer au-delà du pont Kalinkine, répandant la terreur dans les âmes timorées.

Mais nous avons complètement délaissé un certain *personnage important*, qui est en somme responsable de la tournure fantastique que prit cette véridique histoire.

L'impartialité nous oblige avant tout de dire que peu après le départ du pauvre Akaky Akakiévitch qu'il avait si durement traité, le personnage important ressentit quelque regret. La pitié ne lui était pas étrangère, son cœur était capable de bons sentiments, bien que son grade l'empêchât de les faire paraître. Dès que son ami le quitta, il se prit à songer à Akaky Akakiévitch. Et depuis lors, il revoyait presque chaque jour en imagination le pâle fonctionnaire qui n'avait pu supporter sa colère.

Cette pensée finit par le troubler à tel point, qu'au bout d'une semaine il se décida à envoyer un employé prendre des nouvelles d'Akaky Akakiévitch et se renseigner sur les moyens de lui venir en aide. Mais quand on lui rapporta qu'Akaky Akakiévitch avait été brusquement emporté par un accès de fièvre, il en fut fortement frappé; cette nouvelle éveilla ses remords et le mit de très mauvaise humeur pour toute la journée.

Eprouvant le besoin de se distraire et d'oublier cette pénible impression, il se rendit chez un de ses amis qui donnait une soirée, et où il trouva une société choisie; de plus, les gens qu'il y rencontra étaient presque tous du même grade que lui : rien donc ne pouvait le gêner. Cette circonstance eut une action excellente sur son état d'esprit. Il s'épanouit, fut aimable, brillant et passa ainsi une soirée très agréable. A souper, il but encore deux coupes de champagne, moyen souverain, comme on le sait, pour dissiper les soucis. Le champagne lui inspira le désir de quelque extra, et il résolut de ne pas retourner directement à la maison, mais d'aller rendre visite à une dame d'origine allemande, je crois, Carolina Ivanovna, avec qui il entretenait des relations fort amicales.

Il faut dire que le personnage important, bon mari et père de famille respectable, n'était déjà plus jeune. Deux fils, dont l'un était déjà fonctionnaire, et une jolie fillette de seize ans, au nez un peu retroussé mais charmant, venaient chaque matin lui baiser la main en disant : « Bonjour, papa[1]. » Son épouse, une femme encore fraîche et même pas laide du tout, lui donnait d'abord sa main à baiser, puis embrassait à son tour celle de son mari. Mais le personnage important, que les plaisirs de sa vie familiale satisfaisaient d'ailleurs pleinement, considérait pourtant convenable d'entretenir des rapports d'amitié avec une personne agréable dans un autre quartier de la ville. Cette amie n'était nullement plus jolie ou plus jeune que sa femme : c'est ainsi que se passent les choses dans la vie, et nous n'avons pas à en juger.

Le personnage important descendit donc l'escalier et dit à son cocher : « Chez Carolina Ivanovna! » Bien emmitouflé dans son épais manteau, il se plongea dans cet état délicieux, le plus désirable qui soit pour un Russe, quand on ne fait aucun effort de réflexion, tandis que les pensées les plus agréables viennent d'elles-mêmes vous visiter sans vous obliger à leur donner la chasse. Parfaitement heureux, il se rappelait les épisodes les plus gais de la soirée qu'il venait de passer, tous les bons mots qui avaient fait tant rire le petit cercle d'amis; il répétait certains de ces mots à mi-voix et, les trouvant toujours aussi amusants, il constatait qu'il avait eu pleinement raison d'y prendre un plaisir sincère.

De temps à autre pourtant, ces songeries agréables étaient interrompues par des rafales de vent qui, soufflant Dieu sait d'où, cinglaient le visage du personnage important, lui envoyaient des paquets de neige à la figure, et s'engouffrant sous la pèlerine du manteau, la relevaient violemment ou bien en entortillaient brusquement sa tête, l'obligeant ainsi à de continuels efforts pour s'en dépêtrer.

Soudain, le personnage important sentit que quelqu'un le saisissait fortement au collet. Tournant la tête, il vit un homme de petite taille, vêtu d'un uniforme usagé, et reconnut aussitôt avec terreur Akaky Akakiévitch. Sa face était blanche comme la neige, son expression, cadavérique. Mais l'horreur du personnage important dépassa

1. En français dans le texte.

toutes les limites, lorsque la bouche du mort s'ouvrit et lui soufflant au visage une odeur sépulcrale prononça ces paroles :

« Ah! c'est toi enfin! Enfin je te prends... chose... au collet. C'est ton manteau qu'il me faut. Tu n'as pas fait rechercher le mien, tu m'as même engueulé! Eh bien! maintenant donne-moi le tien! »

Le malheureux personnage important faillit mourir de peur. Bien qu'il se montrât très ferme au ministère, et en général vis-à-vis des inférieurs, et bien qu'à son aspect martial, chacun s'écriât aussitôt : « Oh! oh! quel caractère! » en cette occurrence, semblable en cela à bien des gens bâtis en Hercule, il ressentit une telle épouvante qu'il craignit non sans raison quelque crise maladive. Il jeta son manteau loin de soi, au plus vite, et cria au cocher d'une voix éperdue :

— A la maison! à toute vitesse!

Entendant ces mots, prononcés sur un ton qu'on n'emploie généralement qu'aux instants décisifs de l'existence et que suivent souvent des gestes très réels, le cocher rentra sa tête dans ses épaules pour plus de sûreté et fouetta son cheval qui fila comme une flèche.

Dix minutes plus tard, le personnage important se trouvait déjà devant le perron de sa maison. Pâle et tremblant, ayant abandonné son manteau il était revenu chez lui au lieu d'aller chez Carolina Ivanovna. Il se traîna jusqu'à sa chambre et y passa une nuit très agitée, si bien que le lendemain, au thé du matin, sa fille lui dit candidement :

— Tu es tout pâle aujourd'hui, papa.

Mais papa se taisait; et il ne raconta à personne ce qui lui était arrivé, où il avait été et chez qui il se disposait à aller.

Cet événement lui produisit une très forte impression. Depuis lors, les phrases : « Comment osez-vous ? Comprenez-vous devant qui vous êtes ? » se firent beaucoup plus rares dans sa bouche. Et lorsqu'il les prononçait, ce n'était pas avant d'avoir compris de quoi il s'agissait.

Mais ce qui est encore plus remarquable, c'est que depuis lors, les apparitions du fonctionnaire-fantôme cessèrent complètement : il faut croire que le manteau de Son Excellence lui convint très bien. On n'entendit plus parler en tout cas de manteaux volés. Et pourtant, bien des gens défiants continuaient à s'agiter et assuraient que le revenant se montrait encore dans certains quartiers éloignés.

En effet, un factionnaire du quartier de Kolomna vit de ses propres yeux le fantôme apparaître subitement à un coin de rue; mais étant d'une constitution quelque peu débile (si bien qu'une fois même un porcelet échappé d'une cour l'avait renversé à terre, aux rires de quelques cochers qu'il avait obligés ensuite à lui payer un paquet de tabac), étant, dis-je, d'une constitution débile, ce factionnaire n'osa point arrêter le revenant, mais le suivit dans l'obscurité jusqu'à ce que le fantôme, s'étant retourné, lui eût demandé enfin : « Qu'est-ce que tu veux ? » et montré un poing d'une dimension exceptionnelle, même chez les vivants. Le factionnaire répondit : « Je ne veux rien », et fit aussitôt demi-tour.

Le fantôme, d'ailleurs, était cette fois de taille beaucoup plus haute et portait d'immenses moustaches. Se dirigeant, sembla-t-il, vers le pont Oboukhov, il disparut dans les ténèbres nocturnes.

LE JOURNAL D'UN FOU

Le 3 octobre.

Il s'est produit aujourd'hui un événement extraordinaire. Je me suis levé assez tard ce matin, et, lorsque Mavra m'apporta mes bottes cirées, je lui demandai l'heure. Ayant appris que dix heures avaient déjà sonné depuis longtemps, je me hâtai de m'habiller. J'avoue que j'aurais préféré ne pas aller au Ministère, prévoyant la mine renfrognée qu'allait me faire notre chef de bureau. Il y a déjà longtemps qu'il me dit : « Quel gâchis as-tu donc toujours dans la tête, mon ami ? Tu te démènes parfois comme un forcené, et il t'arrive d'embrouiller à tel point les dossiers que le diable lui-même ne pourrait s'y reconnaître. Tu oublies dans le titre les majuscules et n'indiques ni la date, ni le numéro. »

Maudit héron! il m'envie certainement, parce que je suis installé dans le bureau du directeur, où je taille des plumes pour Son Excellence.

Bref, je ne serais pas allé au Ministère n'eût été l'espoir que j'avais de voir le caissier et de réussir peut-être à arracher à ce Juif une avance sur mes appointements. En voilà encore un type, celui-là! Qu'il consente jamais à payer d'avance l'argent du mois! Seigneur mon Dieu! vous attendriez plutôt jusqu'au Jugement dernier. Vous aurez beau l'implorer, crevez si vous voulez, soyez dans la dernière misère, il ne vous donnera rien, ce vieux singe. Et chez lui, sa propre cuisinière lui flanque des gifles : le monde entier le sait.

Je ne vois pas les avantages que peut offrir un Ministère : on y gagne fort peu. Ah! dans l'Administration Provinciale, à la Chambre des Comptes ou à la Trésorerie, c'est tout autre chose. Regardez celui-ci qui griffonne, terré dans son coin! Un vilain petit frac, une face qui vous donne envie de cracher; mais voyez un peu la villa qu'il loue! N'essayez pas de lui offrir une tasse de porcelaine dorée : « C'est tout juste bon pour un médecin », dit-il. Il lui faut au moins une paire de trotteurs, ou bien une voiture, ou bien un col de castor dans les trois cents roubles. Il est humble d'aspect et parle d'un ton délicat : « Voulez-vous bien me prêter votre petit canif pour tailler cette plume. » Et, pour finir, il vous dépouille un solliciteur jusqu'à la chemise.

Il est vrai, d'autre part, que nos bureaux sont plus convenables; il y règne une propreté que l'Administration Provinciale ne connaîtra jamais; les tables sont en acajou et tous les chefs se vouvoient. Oui, je l'avoue, n'eût été ce ton poli, il y a déjà longtemps que j'aurais abandonné le Ministère.

J'endossai mon vieux manteau et pris mon parapluie, car il pleuvait à verse. Il n'y avait personne dans les rues, sauf quelques femmes du peuple qui passaient, leurs jupons relevés sur la tête. Quelques marchands russes munis de parapluies et des garçons de bureau me tombèrent également sous les yeux. Quant aux nobles, je n'en aperçus qu'un seul, un des nôtres, un fonctionnaire. Je le vis à un carrefour. Aussitôt je me dis : « Ah! ah! Non, mon garçon, ce n'est pas au Ministère que tu vas, tu te hâtes derrière celle-ci qui court devant toi, et tu regardes ses petits pieds. »

Ah! quelles rusées canailles nous faisons, nous autres fonctionnaires! Dieu m'est témoin, nous ne le cédons en rien aux officiers, quels qu'ils soient : une petite, bien nippée, vient-elle à passer, elle est aussitôt accostée par un des nôtres.

Tandis que je songeais à cela, je vis une voiture s'arrêter à la porte du magasin devant lequel je passais. Je la reconnus immédiatement : c'était la voiture de notre directeur. « Mais qu'a-t-il besoin d'aller dans ce magasin ? me dis-je. C'est certainement sa fille. »

Je me serrai contre le mur. Le valet ouvrit la portière, et elle sauta hors de la voiture, tel un oiselet. Quel regard elle lança à droite et à gauche! Comme elle battit des paupières et des sourcils! Seigneur, mon Dieu! Je suis perdu, complètement perdu.

Mais quel besoin a-t-elle de sortir par un temps aussi pluvieux ? Direz-vous encore que les femmes n'ont pas la passion de tous ces chiffons ? Elle ne me reconnut pas; moi-même, d'ailleurs, je m'efforçai de m'envelopper le plus étroitement possible dans mon manteau, car il est fort sale et sa forme, en outre, est très démodée : on porte maintenant des manteaux à cols amples, or le mien est garni de petits collets superposés; de plus, le drap n'en est pas décati.

N'ayant pu se glisser dans le magasin, son petit chien resta dans la rue. Je le connais, ce petit chien. On l'appelle Medji. Je me tenais là depuis une minute à peine, lorsque j'entendis soudain une petite voix aiguë : « Bonjour, Medji. » En voilà une histoire! Qui parle donc ? Je regardai autour de moi, et vis deux dames sous un parapluie : l'une d'elles était vieille, l'autre, toute jeune. Mais elles étaient déjà passées lorsque j'entendis de nouveau près de moi : « Ce n'est pas gentil de ta part, Medji. » Que diable est-ce là ? Je vis que Medji flairait un petit chien qui suivait les dames. « Ah! ah! me dis-je. Ne serais-je pas ivre par hasard ? Mais cela ne m'arrive que rarement, me semble-t-il. » « Non, Fidèle, tu as tort de croire cela », prononça... je vis que c'était Medji qui prononçait ces paroles... « J'ai été... ouah, ouah..., j'ai été... ouah, ouah, ouah... très malade. »

Voyez un peu ce roquet! Qu'en dites-vous ? J'avoue que je fus très étonné de l'entendre parler comme un homme. Mais plus tard, ayant bien réfléchi à cela, je cessai de m'étonner. En effet, il y a eu déjà beaucoup d'exemples de ce genre. On raconte qu'en Angleterre un poisson sortit de l'eau et prononça deux mots en une langue si étrange que les savants essayent depuis trois ans de la comprendre, mais n'y parviennent pas. J'ai lu également dans les journaux que deux vaches étaient entrées dans une boutique et avaient demandé une livre de thé.

Cependant, je le confesse, je fus étonné bien davantage encore lorsque Medji dit : « Je t'ai écrit, Fidèle, Polkane ne t'a certainement pas remis ma lettre. »

Que le diable m'emporte! De ma vie je n'ai encore entendu dire que les chiens puissent écrire. Seuls les nobles savent écrire correctement. Il est vrai que certains jeunes marchands, des commis et même des serfs se mettent aussi parfois à griffonner. Mais leur gribouillage n'est pour la plupart du temps que mécanique : ni virgules, ni points, ni style.

Cela m'étonna. J'avoue que depuis un certain temps, je commence à entendre parfois et à voir des choses que personne encore n'a jamais vues ni entendues.

« Suivons ce petit chien, me dis-je. Je saurai qui il

est, ce qu'il pense... » J'ouvris mon parapluie et suivis les deux dames. Nous traversâmes la rue Gorokhovaïa, tournâmes dans la Mestchanskaïa, puis dans la Stoliarnaïa, et enfin, près du pont Koukouchkine, nous nous arrêtâmes devant une grande maison.

Je connais cette maison. C'est la maison de Zverkov. En voilà une bâtisse! Quelles sortes de gens n'y trouve-t-on pas!... Que de cuisinières, que d'étrangers! Et quant aux nôtres, aux fonctionnaires, ils sont là, les uns sur les autres, serrés comme des harengs. J'y ai, moi aussi, un ami qui joue très bien de la trompette.

Les dames montèrent au cinquième étage. « Parfait, me dis-je; maintenant je n'irai pas plus loin, mais j'ai repéré les lieux, et à la première occasion j'en profiterai. »

Le 4 octobre.

C'est aujourd'hui mercredi, et j'étais par conséquent dans le cabinet de travail du directeur. Je vins exprès un peu plus tôt et, m'étant installé, je taillai toutes les plumes.

Notre directeur est probablement un homme extrêmement intelligent. Son bureau est plein d'armoires remplies de livres. J'ai lu les titres de certains d'entre eux : que de science, que de science! Nous n'oserions même pas nous y frotter, nous autres. Rien que des livres allemands ou français. Et son visage, mon Dieu! Quelle importance brille dans ses regards. Je ne l'ai jamais encore entendu prononcer un mot inutile. Parfois seulement, lorsqu'on lui présente des papiers à signer, il lui arrive de demander : « Quel temps fait-il ? — Il fait humide, Votre Excellence. »

Ah! c'est bien autre chose que nous! Un vrai homme d'Etat.

Je remarque cependant qu'il m'aime tout particulièrement.

Si sa fille, elle aussi... fichtre... Rien, rien. Silence!

Ai lu *l'Abeille*. Sont-ils assez sots, ces Français! Que veulent-ils donc ? Vraiment, je leur donnerais volontiers une bonne volée de bois vert. J'ai lu également la description fort agréable d'un bal, faite par un propriétaire de Koursk. Les propriétaires de Koursk écrivent généralement très bien.

Après cela, je remarquai que midi et demi avait déjà sonné, mais que notre chef n'était pas encore sorti de sa chambre à coucher. Vers une heure et demie, il se produisit cependant un événement que nulle plume ne saurait décrire.

La porte s'ouvrit; je crus que c'était le directeur et je bondis de ma chaise, mes papiers à la main. Mais c'était elle, elle-même. Anges célestes! comme elle était habillée! La robe qu'elle portait était d'une blancheur de cygne. Oh! quelle splendeur! Et quand elle me regarda, ce fut le soleil, Dieu m'est témoin, ce fut le soleil. Elle me salua et dit : « Papa, n'est-il pas venu ? » Aïe, aïe, aïe, quelle voix! Un canari, un vrai canari.

« Excellence, voulus-je lui dire, ne me faites pas mettre à mort, et si toutefois vous voulez m'exécuter, faites-le de votre noble main. » Mais que le diable m'emporte! La langue me fourcha, je ne sais comment, et je ne pus que dire : « Non, Excellence. »

Elle me regarda, puis regarda les livres et laissa tomber son mouchoir. Je me précipitai à toutes jambes, glissai sur ce maudit parquet et faillis m'écraser le nez; je me retins cependant et ramassai le mouchoir.

Anges du ciel! Quel mouchoir! En batiste, et d'une finesse! Quel ambre! de l'ambre pur. Tout respire en lui la noblesse.

Elle remercia et eut un léger sourire, si bien que ses lèvres sucrées frémirent à peine; ensuite elle sortit.

Je restai encore une heure; soudain entra leur valet, qui dit : « Rentrez chez vous, Avksenty Ivanovitch, Monsieur est déjà sorti. »

Je déteste la valetaille : toujours vautrés dans l'antichambre, ces gens-là ne daignent même pas vous faire un signe de tête. Mais il y a plus encore : une de ces canailles s'est même permis, une fois, de m'offrir une prise sans se lever. Ne sais-tu donc pas, serf stupide, que je suis un fonctionnaire, que je suis d'origine noble ?

Néanmoins, je pris mon chapeau et mis moi-même mon manteau, car ces messieurs ne vous le présenteront jamais, et je sortis.

A la maison, je passai la plus grande partie de la journée étendu sur mon lit. Ensuite, je copiai quelques vers vraiment gentils :

Une heure loin de ma mie,
Je crus être privé d'elle un an :
Plein de haine alors pour la vie,
Puis-je vivre sans elle un instant ?

C'est certainement l'œuvre de Pouchkine. Le soir, m'étant enveloppé dans mon manteau, je me dirigeai vers le perron de Son Excellence, et j'attendis longtemps. Ne sortira-t-elle pas en calèche ? J'aurais voulu la voir encore une petite fois. Mais non, elle ne sortit pas.

Le 6 novembre.

Le chef de bureau m'a mis en rage. Lorsque j'arrivai au Ministère, il m'appela auprès de lui et me parla ainsi : « Dis-moi, je t'en prie, ce que tu fais ? — Comment, ce que je fais ? je ne fais rien, lui répondis-je. — Réfléchis-y bien. Tu as déjà plus de quarante ans : il est temps de devenir raisonnable. Que t'imagines-tu ? Crois-tu que je ne connais pas toutes tes frasques ? Tu cours après la fille du directeur. Mais regarde-toi donc! Songe un peu à ce que tu es! Tu n'es qu'un zéro, rien de plus. Tu ne possèdes pas un sou vaillant. Regarde au moins ton visage dans la glace. Comment peux-tu même songer à cela ? »

Que le diable l'emporte! Parce que son visage ressemble quelque peu à une fiole de pharmacien, parce qu'il a sur la tête une mèche de cheveux frisés en toupet, et qu'il porte la tête haute et l'enduit de je ne sais quelle pommade à la rose, il s'imagine déjà que tout lui est permis, à lui seul.

Je comprends, je comprends pourquoi il est furieux contre moi. Il m'envie; il a peut-être remarqué les témoignages de bienveillance qui me sont accordés de préférence aux autres. Mais je crache sur lui. Conseiller de Cour! La belle affaire! Il suspend sa montre à une chaîne d'or et se commande des bottes à trente roubles la paire. Que le diable l'emporte! Suis-je, moi, un roturier quelconque ? Suis-je fils d'un tailleur ou d'un soldat ? Je suis noble. Et puis, quoi, moi aussi je puis atteindre un haut grade. Je n'ai que quarante-deux ans, c'est précisément l'âge où la vraie carrière ne fait que commencer. Attends un peu, l'ami! Nous aussi nous serons colonel, et peut-être même quelque chose de plus encore, avec l'aide de Dieu. Nous aussi nous aurons un appartement qui sera peut-être plus beau encore que le tien. Pourquoi donc t'es-tu mis en tête qu'il n'y a que toi de convenable ? Si je portais un habit à la mode, si je me nouais au cou une cravate comme la tienne, tu n'irais même pas à la semelle de mes bottes. Pas d'argent — voilà le malheur.

Le 8 novembre.

J'ai été au théâtre. On y jouait un vaudeville : *Filatka, le benêt russe*. J'ai bien ri. Il y avait encore un autre vaudeville avec des vers très amusants sur les avoués, et tout particulièrement sur un certain registrateur de collège; des vers assez hardis; je m'étonnais même que la censure les eût laissé passer.

Quant aux marchands, on disait carrément qu'ils trompaient le peuple et que leurs fils faisaient la noce et s'efforçaient de jouer aux nobles. Il y avait aussi un couplet fort amusant sur les journalistes : qu'ils aiment à injurier tout le monde et que l'auteur demande au public de prendre sa défense. Les auteurs, aujourd'hui, écrivent des pièces fort amusantes. J'aime à aller au théâtre. Dès qu'il m'arrive d'avoir un sou en poche, impossible de résister : j'y vais. Mais, parmi nous autres, fonctionnaires, il y a de vrais pourceaux : pour rien au monde ils n'iront au théâtre, ces paysans, à moins qu'on ne leur donne un billet gratuit. Une actrice chanta fort bien. Je me souvins de l'autre... Ah! fichtre! Rien, rien... Silence!

Le 9 novembre.

A huit heures, j'allai au Ministère. Le chef de bureau fit mine de n'avoir pas remarqué mon entrée. Moi aussi, de mon côté, je me tins comme si rien ne s'était passé entre nous.

J'ai parcouru et compulsé des dossiers et suis parti à quatre heures. Passé devant l'appartement du directeur, mais n'ai vu personne. Après le dîner, je suis resté la majeure partie du temps allongé sur mon lit.

Le 11 novembre.

J'ai travaillé aujourd'hui dans le bureau de notre directeur. J'ai taillé vingt-trois plumes; et pour elle, pour la fille de Son Excellence, j'en ai taillé quatre. Il aime qu'il y ait beaucoup de plumes toutes préparées. Oh! oh! quel cerveau il doit avoir! Il se tait toujours, mais j'imagine qu'il ne cesse de réfléchir.

Je voudrais bien savoir à quoi il pense le plus, ce qui se passe dans cette tête... Je voudrais bien voir de plus près la vie de ces gens, toutes leurs manigances et leurs courtisaneries; comment ils sont, ce qu'ils font dans leur cercle; — voilà ce que je voudrais connaître.

J'ai songé plusieurs fois à entamer une conversation avec Son Excellence; mais ma langue ne veut absolument pas m'obéir. Que le diable m'emporte! Je ne parle, pour finir, que du temps qu'il fait, absolument impossible de dire autre chose.

Je voudrais bien jeter un regard dans leur salon, dont on voit parfois la porte entrouverte sur une autre chambre...

Ah! quel riche ameublement! Quelles glaces, et quelles porcelaines!

Je voudrais bien glisser un œil plus loin, dans ses appartements à elle... Voilà ce que j'aurais désiré voir. Son boudoir, avec tous ces petits vases, ces petits pots, ces fleurs, sur lesquelles on n'oserait même pas souffler, sa robe étalée, plus semblable au zéphyr qu'à une robe... Je voudrais jeter un regard dans sa chambre à coucher... C'est là que je verrais, j'imagine, des choses prodigieuses. Un vrai paradis, je m'imagine, et tel qu'il ne s'en trouve point aux cieux.

Ah! si je pouvais voir ce tabouret sur lequel elle pose son petit pied en sortant du lit, et comment elle chausse ce pied d'un bas aussi blanc que la neige! Aïe, aïe, aïe! Rien... rien... Silence!

Aujourd'hui cependant, ce fut comme une illumination soudaine. Je me souvins de la conversation des deux chiens que j'avais entendue dans la perspective Nevsky.

« Très bien, me dis-je en moi-même. Maintenant je

saurai tout. Il faut se saisir de la correspondance qu'ont échangée entre eux ces deux vilains chiens. J'y découvrirai probablement certaines choses. »

J'avoue qu'un jour j'appelai auprès de moi Medji et lui dis : « Ecoute, Medji, nous sommes seuls en ce moment; si tu veux, je fermerai même la porte, ainsi personne ne pourra nous voir. Dis-moi tout ce que tu sais de ta demoiselle : comment est-elle ? ce qu'elle fait ? Je te jure que je ne révélerai rien à personne. »

Mais le rusé chien serra la queue entre ses jambes, se fit tout plat et se glissa dehors sans bruit, comme s'il n'avait rien entendu.

Je soupçonnais depuis longtemps que les chiens étaient beaucoup plus intelligents que les hommes. J'étais même sûr qu'ils pouvaient parler, mais qu'il y a en eux un certain entêtement. Ils sont de grands politiciens : ils observent tout, les moindres pas de l'homme. Oui, demain j'irai absolument dans la maison de Zverkov, je questionnerai Fidèle; et, si j'y parviens, je m'emparerai de toutes les lettres que lui a écrites Medji.

Le 12 novembre.

A deux heures de l'après-midi, je sortis pour voir Fidèle et la questionner.

J'ai en horreur les choux, dont l'odeur s'échappe de toutes les boutiques de la rue Mestchanskaïa. Et avec ça, de dessous les portes cochères des maisons se répand une puanteur tellement infernale que je fus obligé de m'enfuir à toutes jambes en me bouchant le nez. Et les vils artisans dans leurs ateliers émettent tant de fumée et de suie, qu'il est absolument impossible pour un homme de noble naissance de se promener dans ce quartier.

Quand je parvins au sixième étage et que j'eus sonné, une fillette vint m'ouvrir qui n'était vraiment pas mal, avec de petites taches de rousseur. Je la reconnus : c'était celle-là même qui accompagnait la vieille dame. Elle rougit légèrement, et je compris aussitôt : « Toi, ma colombe, tu voudrais un fiancé. »

« Que désirez-vous ? me demanda-t-elle. — J'ai besoin de parler à votre chien. »

La petite était sotte.

Je compris aussitôt qu'elle était sotte. A ce moment, le chien accourut en aboyant; je voulus le saisir, mais la sale bête faillit me mordre au nez. J'aperçus cependant sa corbeille dans un coin. Hé, hé! voilà précisément ce qu'il me faut.

Je m'approchai, bouleversai la paille qui remplissait la corbeille et, à mon extrême satisfaction, en retirai une liasse de petits papiers. A cette vue, le vilain chien me mordit d'abord au mollet; puis, lorsqu'il eut senti que j'avais pris les papiers, il se mit à gémir et à faire le beau; mais je dis : « Non, mon petit, adieu », et je m'enfuis.

Je suppose que la fillette me prit pour un fou, car elle fut extrêmement effrayée. De retour chez moi, je me disposai à me mettre aussitôt au travail et à déchiffrer ces lettres, car aux bougies je vois assez mal; mais Mavra imagina de laver le plancher. Ces stupides Finnoises ont le goût de la propreté toujours mal à propos. J'allai donc me promener et réfléchir à cet événement.

Maintenant, enfin, je saurai toutes leurs affaires; je connaîtrai tous les ressorts et parviendrai jusqu'au fond des choses. Ces lettres me révéleront tout. Les chiens sont des êtres intelligents; ils sont au courant des relations politiques, et je trouverai certainement là tout ce qui concerne notre personnage : son portrait et toutes ses actions. Il y aura aussi quelque chose sur celle qui... Rien... Silence!

Vers le soir, je rentrai à la maison. Je passai la plus grande partie du temps sur mon lit.

Le 13 novembre.

Eh bien! Voyons un peu! L'écriture est assez lisible, et cependant on y remarque quelque chose de canin. Lisons!

« Ma chère Fidèle. Je ne puis encore m'habituer à ton nom bourgeois. N'aurait-on pu vraiment t'en donner un plus joli ? « Fidèle, Rose », quelle platitude! Laissons cela... Je suis bien heureuse que nous ayons eu l'idée de nous écrire. » C'est écrit très correctement. La ponctuation et les accents mêmes sont à leur place. Notre chef de bureau lui-même ne serait pas capable d'écrire ainsi, bien qu'il prétende avoir été dans je ne sais quelle université. Voyons la suite.

« Un des plus grands bonheurs du monde, me semble-t-il, c'est de pouvoir partager avec un autre ses idées, ses sentiments, ses impressions. »

Hum! Cette pensée est puisée dans un ouvrage traduit de l'allemand. Le titre m'échappe.

« Je parle ainsi d'après mon expérience, bien que je n'aie pas parcouru le monde au-delà des portes de notre maison. Mon existence ne s'écoule-t-elle pas dans l'abondance ? Mademoiselle, que son papa appelle « Sophie », m'aime à en perdre la raison... »

Aïe, aïe! Rien, rien... Silence!

« Papa me caresse très souvent aussi. Je prends du thé et du café à la crème. Ah! ma chère, je dois te dire que je ne trouve aucun agrément aux grands os que notre Polkane ronge à la cuisine. Seuls les os de gibier sont bons, et encore lorsque personne n'en a sucé la moelle. Mélanger ensemble plusieurs sauces est excellent, pourvu qu'il n'y ait ni câpres ni verdure. Mais je ne connais rien de pis que cette habitude qu'on a de donner aux chiens des boulettes de pain. A table, un monsieur quelconque qui a tenu dans ses mains Dieu sait quoi, se met à rouler du pain entre ses doigts, puis t'appelle et te fourre une boulette dans les dents : refuser ne serait pas poli, et te voilà obligée de manger avec dégoût; cependant, tu manges. »

Le diable sait ce que c'est! Quelles stupidités! Comme s'il n'y avait pas de sujet plus intéressant. Voyons un peu à la page suivante : n'y trouverons-nous pas des choses plus sérieuses ?

« ... Je t'informerai très volontiers de tous les événements qui se passent chez nous. Je t'ai parlé du personnage principal que Sophie appelle « papa ». C'est un homme très étrange... »

Ah! nous y voilà enfin. Oui, je le savais bien : ils envisagent tout d'un point de vue politique. Voyons ce qu'on dit de papa.

« ... Un homme très étrange. La plupart du temps, il se tait; il parle très rarement. Mais, il y a une semaine, il ne cessait de se parler à lui-même : « L'obtiendrai-je, ne l'obtiendrai-je pas ? » Il prenait un bout de papier dans une main, serrait l'autre main vide, et disait : « L'obtiendrai-je, ne l'obtiendrai-je pas ?... » Une fois, il me posa aussi cette question : « Qu'en penses-tu, Medji ? l'obtiendrai-je ou non ? » Je n'y compris absolument rien, je reniflai sa botte et m'éloignai. Une semaine après, ma chérie, papa rentra chez lui tout joyeux. Durant toute la matinée, il reçut des messieurs en uniforme qui le félicitaient de je ne sais quoi. A table, il fut extrêmement gai, comme je ne l'avais jamais encore vu, et se lança dans des anecdotes. Après le dîner, il me souleva jusqu'à son cou et dit : « Regarde un peu, Medji, ce qu'il y a là. » Je vis un petit ruban. Je le flairai, mais ne perçus aucun arôme. Pour finir, je le léchai légèrement : c'était un peu salé... »

Hum! Ce petit chien se permet, me semble-t-il... gare au fouet! Ah! il est donc ambitieux! C'est bon à savoir.

« Adieu, ma chère. Je cours, etc..., etc... Je terminerai ma lettre demain. — Eh bien, bonjour. Me voici de nouveau avec toi. Aujourd'hui, mademoiselle Sophie... »

Ah! voyons un peu ce que fait Sophie. Fichtre! rien... rien... Continuons.

« ... Mademoiselle Sophie était dans une grande agitation. Elle se préparait à aller au bal, et moi, j'étais très contente de pouvoir t'écrire en son absence. Ma Sophie est toujours heureuse quand elle va au bal, bien qu'elle se fâche presque chaque fois au moment de s'habiller. Je ne puis comprendre pourquoi les hommes s'habillent. Pourquoi ne pas sortir comme nous, par exemple ? C'est commode et simple. Je ne comprends pas non plus, ma chère, le plaisir qu'on trouve à aller au bal. Sophie revient du bal à six heures du matin, et je devine presque toujours à son aspect pâle et hâve qu'on n'a pas donné à manger à la pauvrette. J'avoue que je serais tout à fait incapable de vivre ainsi. Si l'on ne me donnait pas de sauce de perdreau ou d'ailes de poulet, je... je ne sais pas ce qui m'arriverait. Le gruau à la sauce est excellent aussi; quant aux carottes, aux navets, aux artichauts, ce n'est pas bon du tout. »

Le style est extrêmement inégal. On voit immédiatement que ces lettres ne sont pas d'un homme : cela commence bien, et puis ça finit par une chiennerie quelconque. Voyons encore une lettre. Oh, oh! celle-ci est assez longue. Hum! et elle ne porte pas de date.

« Ah! ma chérie, comme l'approche du printemps se fait sentir! Mon cœur bat comme s'il attendait quelqu'un. J'entends un bruit continuel dans mes oreilles, si bien qu'il m'arrive souvent de rester quelques minutes debout à écouter près de la porte, une patte levée. Je t'avouerai que j'ai beaucoup de courtisans. Assise à ma fenêtre, souvent je les examine. Ah! si tu savais combien certains d'entre eux sont laids. Ce chien de basse-cour, par exemple, un lourdaud, terriblement stupide; la bêtise est écrite sur son visage. Il passe gravement dans la rue et s'imagine qu'il est un personnage très important; il croit qu'à sa vue tout le monde ne songe qu'à l'admirer. Mais pas du tout. Je n'ai même pas fait attention à lui, comme si je ne l'avais pas vu.

« Et ce dogue épouvantable qui s'arrête devant ma fenêtre. S'il se dressait sur ses pattes de derrière, ce que ce grossier personnage ne sait certainement pas faire, il dépasserait d'une tête entière le papa de ma Sophie, qui est cependant d'assez grande taille et gros. Cet imbécile est probablement d'une insolence extrême. J'ai commencé à grogner, mais il ne s'en est nullement préoccupé : pas le moindre effet. La langue pendante, ses immenses oreilles baissées, il regardait la fenêtre. En voilà un paysan! Mais t'imagines-tu, ma chère, que mon cœur accueille avec indifférence tous les prétendants ? Oh, non... Si tu voyais un de mes adorateurs qui saute par-dessus la clôture de la maison voisine et qui s'appelle Trésor!... Ah, ma chérie!... quel délicieux petit museau! »

Au diable! En voilà des stupidités! Comment est-il possible de remplir ses lettres de pareilles fadaises! Faites-moi voir l'homme! Je veux connaître l'homme. J'exige qu'on me serve une nourriture spirituelle qui rassasie et réjouisse mon âme, et au lieu de cela, on m'offre des bêtises... Tournons la page; ne sera-ce pas plus intéressant ?

« Sophie était assise près d'un guéridon et cousait quelque chose. Je regardais par la fenêtre, car j'aime à voir les passants. Soudain entra le valet qui annonça : « Tiéplov. — Fais entrer », s'écria Sophie, et elle se mit à me serrer dans ses bras : « Ah! Medji, Medji! Si tu savais qui c'est! un brun, gentilhomme de la chambre, et des yeux noirs comme l'agate. » Et Sophie s'enfuit dans sa chambre. Une minute après entra un jeune gentilhomme de la chambre, le visage orné de favoris noirs. Il s'approcha de la glace, arrangea ses cheveux et examina la pièce. Je grondai un peu et m'assis à ma place accoutumée. Sophie revint bientôt et lui dit gaiement bonjour en réponse à son profond salut. Et moi, comme si je ne remarquais rien, je continuais de regarder par la fenêtre. Cependant je tournai la tête un peu de côté, m'efforçant d'entendre ce qu'ils disaient. Ah! ma chère, de quelles vétilles ils causaient! Ils parlaient d'une dame qui, au bal, au lieu d'une figure en avait dansé une autre, d'un certain Bobov qui, dans son jabot, ressemblait fort à une cigogne et manqua de tomber; ils disaient que je ne sais quelle Lidina s'imaginait avoir des yeux bleus tandis qu'ils étaient verts, et autres choses de ce genre... « Pourrait-on comparer le gentilhomme de la chambre à Trésor! me disais-je. Ciel! quelle différence! D'abord, le gentilhomme de la chambre a un large visage tout à fait lisse et encadré de favoris, comme s'il avait noué autour un mouchoir noir; tandis que Trésor a un petit museau fin, et au milieu même du front, une tache blanche. Peut-on comparer la taille de Trésor à celle du gentilhomme de la chambre ? Et les yeux, les manières, les façons sont tout autres aussi. Oh! quelle énorme différence! Je ne comprends pas ce qu'elle a pu trouver dans son Tiéplov. Pourquoi l'admire-t-elle tant ? »

Il me semble, à moi aussi, qu'il y a là quelque chose qui n'est pas clair. Il ne se peut pas que ce Tiéplov ait pu la charmer ainsi. Voyons plus loin.

« Si ce gentilhomme de la chambre peut lui plaire, alors, me semble-t-il, ce fonctionnaire qui se tient dans le bureau de papa peut aussi finir par lui plaire un beau jour. Ah! ma chère, si tu savais comme il est laid! Une vraie tortue dans un sac!... »

Qui serait-ce bien ?...

« Son nom de famille est très étrange. Il est toujours assis et taille des plumes. Ses cheveux ressemblent fort à une botte de foin. Papa l'envoie parfois en course comme un domestique... »

Il me semble que c'est moi que vise cette sale chienne. Je ne vois pas en quoi mes cheveux ressemblent à une botte de foin...

« Sophie ne peut jamais se retenir de rire lorsqu'elle le regarde. »

Tu mens, maudite chienne! En voilà une méchante langue! Comme si je ne comprenais pas que tout cela n'est que l'œuvre de l'envie! Comme si je ne connaissais pas l'auteur de ces tours! C'est le chef de bureau. Cet homme m'a juré une haine irréconciliable, et il me fait du tort, il me fait du tort à chaque pas... Mais voyons encore une lettre; peut-être que tout s'expliquera de soi-même.

« Ma chère Fidèle, excuse-moi de ne t'avoir pas écrit depuis si longtemps. J'étais dans une béatitude parfaite. Il a vraiment dit juste, cet écrivain, que l'amour est une seconde vie. Et, en plus, il s'est produit chez nous de grands changements. Le gentilhomme de la chambre vient chaque jour à la maison. Sophie l'aime à la folie. Papa est très gai. J'ai même entendu dire par notre Grigory qui balaye les planchers en se parlant presque toujours à lui-même, que le mariage aurait lieu bientôt, car papa veut absolument que sa fille épouse un général, ou un gentilhomme de la chambre ou un colonel de l'armée... »

Que le diable les emporte! Je n'en peux plus... Gentilhomme de la chambre, général, il n'y en a que pour eux! Tout ce qu'il y a de meilleur au monde tombe entre les mains des gentilshommes de la chambre ou bien des généraux. Vous découvrez quelque pauvre petit trésor, vous croyez le saisir, mais un gentilhomme de la chambre ou un général vous l'arrache. Au diable! Je voudrais être général, non pas pour obtenir sa main, et tout le reste... Non, je voudrais être général rien que pour voir comment ils se mettraient alors à tourner autour de moi, à faire toutes leurs simagrées et leurs révérences de Cour, et pouvoir leur dire ensuite : « Je crache sur vous deux! » Que le diable les emporte! C'est désolant! Je déchirai en petits morceaux les lettres de cette chienne stupide.

Le 3 décembre.

Cela ne se peut. Mensonges! Le mariage n'aura pas lieu. Quelle importance cela a-t-il qu'il soit gentilhomme de la chambre ? Ce n'est qu'un certain grade; ce n'est pas un objet visible qu'on puisse prendre en main. Le fait d'être gentilhomme de la chambre ne vous ajoute pas un troisième œil au milieu du front, n'est-ce pas ? Son nez n'est pas en or, n'est-il pas vrai ? Il est comme le mien, comme celui de tout le monde; il flaire avec son nez et ne mange pas; il éternue et ne tousse pas.

J'ai déjà maintes fois essayé de débrouiller d'où proviennent toutes ces différences... Pourquoi suis-je conseiller titulaire ? Quel sens cela a-t-il ? Il se peut que je ne sois nullement conseiller titulaire. Je suis peut-être un comte quelconque ou bien un général, et je n'ai que l'apparence d'un conseiller titulaire. Il se peut que je ne sache pas moi-même encore qui je suis.

On connaît tant d'exemples historiques! Un homme ordinaire, pas même un noble, mais tout simplement un petit bourgeois ou un paysan... et voilà que brusquement on découvre que c'est un grand personnage, un baron, que sais-je encore ! Si un paysan peut devenir tout cela, que ne peut alors devenir un noble ?

Soudain, par exemple, j'entre chez notre directeur, en uniforme de général ; mon épaule droite est garnie d'une épaulette, mon épaule gauche est garnie d'une épaulette, et un ruban bleu barre ma poitrine... Eh bien, que me chantera alors ma belle ? Que dira son papa lui-même, notre directeur ? Oh ! c'est un grand ambitieux. C'est un maçon, c'est certainement un franc-maçon ; bien qu'il feigne d'être ceci ou cela, je remarquai immédiatement qu'il était franc-maçon. S'il tend la main à quelqu'un, ce n'est jamais que deux doigts. Mais ne puis-je pas être nommé à l'instant même gouverneur général, ou bien, intendant, ou bien quelque chose d'autre encore ? Je voudrais savoir pourquoi je suis conseiller titulaire ? Pourquoi précisément conseiller titulaire ?

Le 5 décembre.

Aujourd'hui, durant toute la matinée, j'ai lu les journaux. Il se passe des choses bien étranges en Espagne... Je n'ai même pu débrouiller complètement ce qui s'y tramait. On écrit que le trône est supprimé, que les hauts dignitaires se trouvent dans une situation difficile pour élire l'héritier, et que c'est là la cause des émeutes qui ont éclaté. Cela me paraît extrêmement étrange... Comment le trône peut-il être supprimé ? On dit qu'une certaine doña doit monter sur le trône. Mais une doña ne peut monter sur le trône. Non, elle ne le peut en aucune façon. Le trône doit être occupé par un roi. « Mais, dit-on, il n'y a pas de roi. » Il est impossible qu'il n'y ait pas de roi. L'État ne peut exister sans roi. Le roi existe, mais il se tient sans doute caché quelque part. Il se peut même qu'il soit en Espagne, mais certaines raisons de famille peut-être, ou bien la crainte des pays voisins, — de la France par exemple, ou d'autres pays, — l'obligent à se cacher ; peut-être y a-t-il encore d'autres raisons.

Le 8 décembre.

J'étais déjà prêt à me rendre au Ministère, quand certaines considérations, certaines réflexions me retinrent. Les affaires d'Espagne ne me sortent pas de la tête. Comment se peut-il qu'une doña devienne reine ? On ne permettra pas cela. Et tout d'abord l'Angleterre ne le permettra pas. Et puis, il y a encore les affaires politiques de toute l'Europe, l'empereur d'Autriche, notre Empereur...

J'avoue que tous ces événements m'ont à tel point anéanti et bouleversé que je n'ai vraiment pu m'occuper de rien durant toute la journée. Mavra me fit observer que j'étais extrêmement distrait à table. Et en effet, je crois que dans ma distraction je jetai à terre deux assiettes qui se sont aussitôt brisées en morceaux.

Après le dîner, je suis allé me promener à la foire, mais je n'ai retiré rien d'instructif de cette promenade.

Je restai la plupart du temps étendu sur mon lit, à réfléchir aux affaires d'Espagne.

L'an 2000, le 43 avril.

C'est aujourd'hui le jour du plus grand des triomphes. L'Espagne a un roi. Il s'est retrouvé. Et ce roi, c'est moi.

C'est aujourd'hui seulement que je l'ai appris. J'avoue que ce fut comme si j'avais été illuminé soudain par un éclair. Je ne comprends pas comment j'avais pu croire et m'imaginer que j'étais conseiller titulaire.

Comment cette idée inepte, folle, a-t-elle pu entrer dans ma tête ? Encore heureux que personne ne se soit avisé de m'enfermer dans une maison de fous. Maintenant, tout m'est clair. Maintenant, je vois tout comme sur ma main. Tandis qu'avant, je ne comprends pas bien pourquoi, avant, tout m'apparaissait comme à travers un brouillard.

Et tout cela provient, je suppose, de ce que les hommes s'imaginent que le cerveau se trouve dans la tête. Pas du tout : c'est le vent qui souffle de la mer Caspienne qui nous l'apporte.

D'abord, j'annonçai à Mavra qui j'étais. Lorsqu'elle entendit que le roi d'Espagne se tenait devant elle, elle leva les bras et faillit mourir de terreur : la sotte n'avait jamais encore vu de roi d'Espagne.

Cependant j'essayai de la calmer et, par des paroles gracieuses, je tâchai de l'assurer de mes bonnes dispositions, lui disant que je n'étais nullement fâché de ce qu'elle m'eût parfois mal nettoyé mes bottes. Car ce sont de petites gens, et l'on ne peut leur parler de choses élevées.

Elle eut peur, parce qu'elle est persuadée que tous les rois d'Espagne sont semblables à Philippe II... Mais je lui fis comprendre qu'il n'y a presque aucune ressemblance entre Philippe II et moi, et que je n'ai même pas un seul capucin.

Je ne suis pas allé au Ministère. Que le diable l'emporte! Non, mes amis, maintenant vous ne m'aurez plus! je ne copierai plus vos vilaines paperasses!

Le 86 martobre,
entre le jour et la nuit.

Aujourd'hui, j'ai reçu la visite de notre huissier qui est venu me dire de me rendre au Ministère : il y a déjà plus de trois semaines que je n'y suis plus allé.

Mais les gens sont injustes : ils calculent le temps par semaines. Ce sont les Juifs qui ont introduit cela, car leur rabbin se lave pendant ce temps.

Cependant, en manière de plaisanterie, je suis allé au Ministère. Le chef de bureau s'imaginait que j'allais le saluer et m'excuser, mais je le regardai d'un air indifférent, sans trop de colère, mais aussi sans trop de bienveillance, et je m'assis à ma place comme si je ne remarquais personne.

Je parcourais du regard la canaille administrative et songeais : « Si vous saviez qui se trouve parmi vous! Dieu du ciel! Quel chambardement ce serait! Et, d'ailleurs, le chef de bureau lui-même se mettrait à me saluer jusqu'à terre, comme il se courbe aujourd'hui devant le directeur. » On me passa quelques papiers, afin que j'en fisse un résumé. Mais je n'y touchai même pas.

Quelques instants après, tout le monde s'affaira; on

annonça le directeur. Nombre de fonctionnaires se précipitèrent à qui mieux mieux au-devant de lui pour se faire remarquer; mais moi, je ne bougeai point. Lorsqu'il traversa nos bureaux, tous boutonnèrent leur habit; moi je ne fis pas un geste.

Un directeur ? Que je me mette, moi, à trembler devant lui ? Jamais! Lui, un directeur ? Un bouchon ordinaire, un simple bouchon, rien de plus, comme ceux qui servent à boucher les bouteilles.

Ce qui m'amusa le plus, ce fut lorsqu'on me glissa un papier qu'il me fallait signer. Ils s'imaginaient que j'allais signer tout au bas de la feuille : Conseiller titulaire un tel. Pensez-vous! Et à l'endroit le plus en vue de la page, où signe notre directeur, je traçai : « FERDINAND VIII ».

Il eût fallu voir quel silence respectueux s'établit aussitôt. Mais je me contentai de faire un geste de la main et dis : « Point de marques de soumission, c'est inutile », et je sortis.

De là je me rendis tout droit dans l'appartement du directeur. Il n'était pas chez lui. Le domestique ne voulait pas me laisser entrer, mais je lui dis de telles choses qu'il en eut les bras coupés. Je me dirigeai vers son cabinet de toilette. Elle était assise devant son miroir; elle bondit et recula devant moi. Je ne lui dis pourtant pas que j'étais le roi d'Espagne. Je lui dis seulement qu'un bonheur l'attendait, qu'elle ne pouvait même se figurer, et que, malgré toutes les intrigues de nos ennemis, nous serions réunis. Je ne voulus rien dire de plus et je sortis.

O la femme! Quel être perfide! C'est maintenant seulement que j'ai compris ce qu'était la femme. Personne n'a jamais su jusqu'ici de qui elle était amoureuse : c'est moi le premier qui l'ai découvert. La femme est amoureuse du diable. Je ne plaisante pas.

Les physiciens n'écrivent que des bêtises lorsqu'ils disent qu'elle est ceci et cela : elle n'aime que le diable.

Voyez-la qui, de l'une des premières loges, pointe ses jumelles. Vous croyez qu'elle regarde ce gros bonhomme couvert de décorations ? Pas du tout : elle regarde le diable qui se tient derrière son dos. Le voilà qui s'est caché dans les plis de son frac. Le voilà qui fait signe du doigt à la femme. Et elle l'épousera; je vous assure qu'elle l'épousera.

Et ceux-là, leurs pères titrés, ceux-là qui font des courbettes, se faufilent à la Cour et disent qu'ils sont des patriotes, qu'ils sont ceci et cela; ce sont des pensions, des pensions que recherchent ces patriotes. Pour de l'argent, ils vendraient leur père, leur mère et Dieu lui-même, ces ambitieux, ces Judas. Ce n'est que l'ambition; et cette ambition provient de ce que nous avons sous la langue un globule, et dans ce globule un petit ver, gros comme une tête d'épingle, fabriqué par un certain barbier qui demeure dans la rue Gorokhovaïa. Je ne me rappelle plus comment on l'appelle, mais je sais de source certaine qu'en compagnie d'une sage-femme il veut répandre partout le mahométisme. Voilà pourquoi, en France, la grande majorité du peuple a déjà adopté, dit-on, la religion de Mahomet.

Pas de date du tout.
Le jour était sans date.

Je me suis promené incognito dans la perspective Nevsky. Passa l'Empereur. Tout le monde se découvrit, moi aussi. Toutefois, je ne fis aucunement voir que j'étais le roi d'Espagne.

J'ai trouvé qu'il n'était pas convenable de révéler ainsi, devant tout le monde, qui j'étais, car il faut tout d'abord que je sois présenté à la Cour. Ce qui m'arrêtait seulement jusqu'ici, c'était que je n'avais pas encore de costume national espagnol. Si je pouvais avoir au moins un manteau royal! J'avais d'abord songé à en commander un chez un tailleur; mais ce sont tous des ânes bâtés. De plus, ils négligent complètement leur travail et se lancent dans les affaires, et la plupart d'entre eux s'occupent de paver les rues.

J'ai résolu de transformer en manteau royal mon nouvel uniforme que je n'ai mis encore que deux fois. Mais pour que ces canailles ne me le gâchent pas, j'ai décidé de le coudre moi-même, en ayant soin de fermer les portes à clef afin que personne ne me voie. Je l'ai taillé entièrement à coups de ciseaux, car la forme doit être toute différente.

Je ne me souviens pas de la date ;
il n'y avait pas de mois non plus ;
le diable sait ce que c'était.

Le manteau royal est complètement prêt et cousu. Mavra poussa un cri lorsque je le revêtis. Cependant, je ne me décide pas à me présenter à la Cour : la députation espagnole n'est pas encore arrivée. En l'absence des députés, cela ne serait pas convenable : ma dignité n'aurait aucun poids. Je les attends d'une heure à l'autre.

Le 1er.

La lenteur des députés m'étonne beaucoup. Quelles sont donc les raisons qui les retiennent ? Serait-ce la France ? Oui, c'est le pays qui nous est le plus hostile.

J'ai été m'informer à la poste pour savoir si les députés espagnols n'étaient pas arrivés. Mais le maître de poste est tout à fait stupide : il ne sait rien. « Non, me dit-il, il n'y a pas de députés espagnols ici ; mais si vous voulez écrire une lettre, nous l'accepterons conformément aux tarifs en vigueur. »

Que le diable l'emporte ! Qu'est-ce qu'une lettre ? Bêtises que tout cela ! Ce sont les pharmaciens qui écrivent des lettres, et encore après avoir au préalable mouillé leur langue avec du vinaigre, car autrement leur visage se couvrirait de dartres.

Madrid, le 30 februar.

Ainsi donc, je suis en Espagne ; et cela s'est produit si rapidement que je puis à peine reprendre mes esprits.

Ce matin, des députés espagnols se sont présentés devant moi, et je suis parti avec eux en carrosse. L'extraordinaire rapidité du voyage me parut étrange. Nous avons voyagé si vite que nous avons atteint les frontières espagnoles en une demi-heure.

D'ailleurs, maintenant il y a partout en Europe des chemins de fer et des bateaux à vapeur, qui vont extrêmement vite.

Quel étrange pays que l'Espagne ! Lorsque nous entrâmes dans la première chambre, je vis une multitude d'hommes au crâne rasé. Cependant je devinai que ce devaient être des Grands ou des soldats, car ils se rasent la tête. La façon d'agir du chancelier d'Etat, qui me menait par la main, me parut très étrange. Il me poussa dans une petite chambre et me dit :

« Reste là, et si tu continues à te faire appeler Ferdinand VIII, je saurai bien te faire passer cette envie. »

Mais comprenant bien que c'était uniquement une épreuve, je répondis négativement; et alors le chancelier me donna deux coups de bâton sur le dos avec une telle force que je faillis crier; mais je me retins, me rappelant que c'est la coutume des chevaliers lorsqu'on accède à une haute dignité; car les coutumes de la chevalerie subsistent encore jusqu'à présent en Espagne.

Resté seul, je résolus de m'occuper des affaires de l'Etat.

Je découvris que la Chine et l'Espagne étaient un seul et même pays, et que c'est par pure ignorance qu'on les considère comme des Etats séparés. Je conseille à tout le monde d'écrire exprès sur un papier : « Espagne »; ça se lira : « Chine ».

Mais je suis extrêmement peiné de l'événement qui doit avoir lieu demain. Demain, à sept heures, il se produira un événement étrange : la terre se posera sur la lune. Le célèbre chimiste anglais Wellington parle, lui aussi, de cela.

J'avoue que je ressentis une inquiétude cruelle, lorsque je me représentai l'extrême délicatesse et la fragilité de la lune. La lune, d'ordinaire, se fabrique à Hambourg, et fort mal... Je m'étonne que l'Angleterre ne fasse pas attention à cela. C'est un tonnelier bancal qui la fait, et l'on voit bien que cet imbécile n'a aucune idée de la lune. Il y a mis un cordage goudronné et de l'huile de bois; c'est de là que provient sur toute la terre cette puanteur terrible qui nous oblige à nous boucher le nez. C'est pour cela aussi que la lune est une sphère si délicate que les hommes n'y peuvent vivre et que maintenant elle est habitée uniquement par des nez. Voilà pourquoi nous ne pouvons apercevoir notre propre nez, car tous les nez sont dans la lune.

Et lorsque j'imaginai que la terre est une substance lourde et qu'en s'asseyant sur la lune elle risquait d'écraser nos nez en poussière, une inquiétude telle me saisit qu'ayant mis mes bas et mes souliers, je me précipitai dans la salle du Conseil d'Etat pour donner l'ordre à la police d'empêcher la terre de s'asseoir sur la lune.

Les Grands d'Espagne au crâne rasé, que je trouvai en nombre dans la salle du Conseil, étaient des gens très intelligents, et quand je leur dis : « Messieurs, sauvons la lune, car la terre veut s'asseoir dessus », ils se précipitèrent tous à la minute afin d'exécuter ma volonté royale, et plusieurs d'entre eux se mirent à sauter le long des murs pour arriver jusqu'à la lune. Mais en cet instant entra le grand chancelier, et à sa vue tous se dispersèrent. Je restai seul en ma qualité de roi. Mais, à mon grand étonnement, le chancelier me frappa de son bâton et me fit rentrer dans ma chambre. — Telle est la puissance des coutumes populaires en Espagne.

Janvier de la même année
qui arriva après februar.

Je ne parviens pas jusqu'ici à comprendre l'Espagne. Les coutumes populaires et les règles de l'étiquette de la Cour sont tout à fait extraordinaires. Je ne comprends pas, je ne comprends pas, je ne comprends absolument rien. Aujourd'hui j'eus beau crier de toutes mes forces que je ne voulais pas être moine, on me rasa la tête.

Mais je ne puis même songer à ce qui m'arriva, lorsqu'on se mit à me verser de l'eau froide sur la tête. Je n'ai jamais ressenti de souffrances aussi infernales. J'ai failli devenir enragé, si bien qu'on eut de la peine à me maintenir.

Je ne comprends pas du tout la signification de cette étrange coutume. Coutume stupide, inepte. Je ne conçois pas l'aberration des rois qui ne l'ont pas encore abolie jusqu'ici.

A en juger d'après les apparences, je me demande si je ne suis pas tombé entre les mains de l'Inquisition, et si celui que je prends pour le chancelier n'est pas le Grand Inquisiteur lui-même. Cependant, je ne parviens pas à comprendre comment le roi a pu être soumis aux tortures de l'Inquisition. Il est vrai que c'est peut-être la faute à la France, et surtout à Polignac. Oh, cette canaille de Polignac! Il a juré de me nuire jusqu'à ma mort. Et il me poursuit, il me poursuit. Mais je sais bien, mon ami, que c'est l'Anglais qui te conduit. L'Anglais est un grand politicien. Il tourne toujours autour du pot. Le monde entier sait bien que lorsque l'Angleterre prise du tabac, c'est la France qui éternue.

Le 25.

Le Grand Inquisiteur est de nouveau entré dans ma chambre aujourd'hui, mais ayant entendu ses pas de loin, je me cachai sous la chaise. Ne me voyant pas, il se mit à m'appeler. D'abord il cria : « Poprichtchine! » — Pas un mot, puis : « Avksénti Ivanovitch, conseiller titulaire, gentilhomme! » Je continuai de me taire — « Ferdinand VIII, roi d'Espagne! » Je voulais me montrer, mais ensuite je me dis : « Non, mon ami, tu ne m'attraperas pas. Je te connais. Tu vas recommencer à me verser de l'eau sur la tête. »

Mais il m'aperçut et me chassa à coups de bâton de dessous ma chaise. Ce maudit bâton fait terriblement mal. D'ailleurs j'ai été récompensé de tout cela par la découverte que j'ai faite aujourd'hui : j'ai appris que tout coq a son Espagne, et qu'elle se trouve sous ses plumes, non loin de sa queue.

Le Grand Inquisiteur me quitta, furieux, et me menaça de je ne sais quel châtiment.

Mais je méprise complètement sa rage impuissante, sachant très bien qu'il agit comme une machine, comme l'instrument de l'Angleterre.

L34 e Ms de l'an ɹəıɹʌəɟ 349

Non, je n'ai plus la force de supporter cela! Mon Dieu, que font-ils avec moi ? Ils me versent de l'eau froide sur la tête. Ils n'entendent pas, ils ne voient pas, ils ne m'écoutent pas. Que leur ai-je fait ? Pourquoi me tourmentent-ils ? Que veulent-ils de moi, malheureux que je suis ? Que puis-je leur donner ? Je n'ai rien. Je suis sans forces, je ne puis supporter ces tourments. Ma tête me brûle, et tout tourne autour de moi. Sauvez-moi! Enlevez-moi!

Donnez-moi des chevaux rapides comme la tempête!

En selle, cocher ! tintez, grelots ! chevaux, envolez-vous et emportez-moi hors de ce monde ! Plus loin, plus loin, que l'on ne voie plus rien, plus rien. Voici que le ciel tourbillonne devant moi, une petite étoile scintille dans le lointain ; une forêt file avec des arbres sombres et la lune ; un brouillard gris s'étend sous mes pieds ; une corde résonne dans le brouillard ; d'un côté, la mer, de l'autre, l'Italie ; on aperçoit même des isbas russes. Est-ce ma maison, là-bas, en bleu ? Est-ce ma mère, assise à la fenêtre ? Maman, sauve ton malheureux fils ! Verse une larme sur sa petite tête malade, regarde comme ils le tourmentent ! Serre-le contre ton sein, ton pauvre petit orphelin ! Il n'y a pas de place pour lui en ce monde ! on le chasse ! – Maman ! aie pitié de ton petit enfant malade !... Savez-vous que le dey d'Alger a une verrue juste sous le nez ?

LE NEZ

I

Le 25 mars, un événement tout à fait étrange s'est produit à Pétersbourg.

Le coiffeur Ivan Iakovlévitch, demeurant perspective Voznéssensky (le souvenir de son nom de famille est perdu, et son enseigne même ne porte rien de plus que la tête d'un monsieur au visage barbouillé de savon et l'inscription : *On saigne aussi*), le coiffeur Ivan Iakovlévitch s'éveilla d'assez bonne heure et sentit l'odeur du pain chaud. Se soulevant à demi sur son lit, il vit que son épouse, une dame assez respectable et qui appréciait beaucoup le café, retirait des pains du four.

— Aujourd'hui, Prascovia Ossipovna, je ne prendrai pas de café, dit Ivan Iakovlévitch; je mangerai plutôt du pain chaud et de l'oignon (Ivan Iakovlévitch se serait volontiers régalé de café et de pain frais, mais il savait qu'il était inutile de demander deux choses à la fois : Prascovia Ossipovna n'admettait pas ces fantaisies).

« Il n'a qu'à manger du pain, l'imbécile! songea la dame; tant mieux pour moi : il me restera plus de café. »

Et elle lança un pain sur la table.

Soucieux des convenances, Ivan Iakovlévitch enfila son habit par-dessus sa chemise et s'étant installé à table, il nettoya deux oignons, les saupoudra de sel, prit en main son couteau et, la mine solennelle, se mit en devoir de couper le pain. L'ayant partagé en deux, il aperçut à son grand étonnement une masse blanchâtre dans la mie; il piqua la chose avec précaution du bout de son couteau, puis la tâta du doigt : « C'est dur, se dit-il; qu'est-ce que cela pourrait bien être ? »

Il plongea ses doigts dans la mie et en retira... un nez!

Ivan Iakovlévitch en eut la respiration coupée. Il se

frotta les yeux et palpa l'objet : oui, c'était bien un nez. Et, de plus, un nez qu'il lui semblait connaître. La terreur se peignit sur le visage d'Ivan Iakovlévitch. Mais cette terreur n'était rien auprès de la colère qui s'empara de son épouse.

— Où as-tu coupé ce nez, animal ? s'écria-t-elle, furieuse. Canaille ! ivrogne ! Je vais te livrer à la police, brigand ! J'ai déjà entendu dire par trois personnes que tu tirailles tellement les nez en rasant qu'ils tiennent à peine.

Mais Ivan Iakovlévitch était à demi mort : il avait reconnu ce nez, qui n'était autre que le nez de l'assesseur de collège Kovalisv qu'il rasait chaque mercredi et chaque dimanche.

— Attends un peu, Prascovia Ossipovna ! Je vais l'envelopper dans un chiffon et le cacher dans un coin ; il restera là un petit temps, et ensuite je l'emporterai.

— Je ne veux rien entendre ! Que je permette, moi, de laisser traîner dans ma chambre un nez coupé !... Vieux croûton ! Il ne sait que repasser son rasoir sur le cuir et ne sera bientôt même plus capable de travailler comme il faut ! Chenapan ! Ne t'imagine pas que je vais répondre de toi au commissariat de police ! Ah, non !... saligaud ! stupide bûche ! Décampe ! Emporte-le où tu voudras, que je ne le voie plus !

Ivan Iakovlévitch demeurait tout étourdi ; il essayait de comprendre ce qui se passait et n'y parvenait pas. « Le diable sait comment c'est arrivé ! prononça-t-il enfin, en se grattant la nuque. Etais-je ivre ou non hier, en rentrant ? je n'en suis pas sûr ; mais tout semble indiquer que la chose est absurde, puisque le pain est une denrée cuite, tandis que le nez, lui, c'est tout différent... Je n'y comprends rien ! »

Ivan Iakovlévitch se tut. A la pensée que la police trouverait le nez chez lui et l'accuserait, il perdait complètement la tête. Il voyait déjà les cols rouges brodés d'argent, les épées... et il commençait à trembler de tout son corps. Il prit enfin ses hardes, ses bottes, endossa toute cette friperie, enveloppa le nez dans un chiffon et sortit, accompagné des recommandations peu amènes de son épouse.

Il voulait fourrer le nez dans quelque trou, sous la borne d'une porte cochère, ou bien le laisser tomber comme par hasard et disparaître ensuite dans une ruelle. Mais par malheur, il rencontrait tout le temps des connaissances qui lui demandaient aussitôt : « Où vas-tu ? » ou bien : « Qui rases-tu donc si matin ? » Et Ivan Iakovlévitch ne parvenait pas à saisir l'instant propice. Une fois, pourtant, il réussit à laisser tomber le nez; mais un factionnaire lui indiqua le paquet de loin, du bout de sa hallebarde, en lui disant : « Ramasse ça, tu as laissé tomber quelque chose! » Et Ivan Iakovlévitch fut obligé de ramasser le nez et de le remettre dans sa poche. Le désespoir l'envahit, d'autant plus que les passants se faisaient plus nombreux à mesure que les boutiques et les magasins ouvraient leurs devantures.

Il résolut d'aller au pont Issakiévsky : il réussirait peut-être à jeter le nez dans la Néva.

Mais je me sens quelque peu coupable de n'avoir encore rien dit d'Ivan Iakovlévitch, qui était un homme respectable sous tous les rapports.

Comme tout honnête artisan russe, Ivan Iakovlévitch était un ivrogne invétéré, et bien qu'il rasât quotidiennement le menton des autres, le sien était toujours hirsute. Le frac d'Ivan Iakovlévitch (Ivan Iakovlévitch ne portait jamais de redingote) était pie, c'est-à-dire qu'il était noir, moucheté de taches brun-jaune et grises; le col en était tout graisseux, et à la place des boutons tombés ne pendaient que des bouts de fil. Ivan Iakovlévitch était un grand cynique, et lorsque l'assesseur de collège Kovaliov lui disait, tandis qu'il le rasait : « Tes mains puent toujours, Ivan Iakovlévitch », Ivan Iakovlévitch répondait par une question : « Pourquoi donc pueraient-elles ? — Je n'en sais rien, mon ami, mais elles puent », disait l'assesseur de collège. Et Ivan Iakovlévitch, pour se venger, ayant aspiré une bonne prise, le barbouillait copieusement de savon, sous le nez, derrière l'oreille, sous la barbe, et partout où cela lui plaisait.

Ce respectable citoyen se trouvait déjà sur le pont Issakiévsky. Il regarda au préalable autour de lui, puis se pencha au-dessus du parapet, comme pour voir ce qui se passait sous le pont et s'il y avait beaucoup de poissons, et laissa tomber discrètement son paquet. Ivan Iakovlévitch se sentit aussitôt allégé d'un poids de dix pouds; il en eut même un sourire de joie et au lieu d'aller raser les mentons bureaucratiques, il se dirigea vers un certain établissement portant une enseigne : *Repas et thé*, pour y prendre un verre de punch; mais il aperçut soudain à l'autre bout du pont un officier de police d'aspect majestueux : larges favoris, tricorne sur la tête et épée au côté. Ivan Iakovlévitch se sentit défaillir. Or l'officier de police lui fit signe d'approcher et dit :

— Viens un peu ici, l'ami!

Connaissant les usages, Ivan Iakovlévitch enleva de loin sa casquette et accourut prestement :

— Je souhaite bonne santé à Votre Noblesse.

— Non, mon ami! Il ne s'agit pas de Noblesse! Dis un peu ce que tu faisais là, debout sur le pont ?

— Monsieur, je vous le jure! J'allais raser mes clients et je me suis simplement arrêté pour voir couler la rivière.

— Tu mens! tu mens! Tu ne t'en tireras pas comme cela. Réponds-moi immédiatement.

— Je suis prêt à raser Votre Noblesse deux et même trois fois par semaine, sans discuter, répondit Ivan Iakovlévitch.

— Non, mon ami! Bêtises que tout cela! Je suis rasé par trois coiffeurs qui considèrent même que je leur fais un très grand honneur. Mais aie plutôt la bonté de me dire ce que tu faisais là-bas.

Ivan Iakovlévitch pâlit...

Mais ici un brouillard recouvre les événements, et nul ne sait ce qui advint ensuite.

II

L'assesseur de collège Kovaliov s'éveilla assez tôt et fit des lèvres « brr...! », ainsi qu'il le faisait toujours lorsqu'il se réveillait, bien que lui-même n'eût pu expliquer pourquoi. Kovaliov s'étira et se fit apporter un petit miroir qui se trouvait sur la table : il voulait jeter un coup d'œil sur un petit bouton qui était apparu la veille au soir sur son nez. Mais, à son immense stupéfaction, il vit que l'endroit que devait occuper son nez était parfaitement lisse. Epouvanté, Kovaliov donna l'ordre de lui apporter de l'eau et s'en frotta les yeux : non, le nez n'y était pas! Il tâta avec la main, se pinça pour se convaincre qu'il ne dormait pas : il était bien éveillé, semblait-il. L'assesseur de collège Kovaliov bondit hors de son lit, se secoua : pas de nez! Il se fit aussitôt apporter ses vêtements et se précipita droit chez le maître de police.

Mais il est indispensable, entre-temps, de dire quelques

mots de Kovaliov, afin que le lecteur sache ce qu'était cet assesseur de collège.

Les assesseurs de collège qui obtiennent ce titre grâce à leurs certificats d'études ne peuvent être confondus avec les assesseurs de collège du Caucase. Les assesseurs de collège qui ont reçu une instruction supérieure... Mais la Russie est un pays si étrange que si l'on dit ne fût-ce qu'un seul mot d'un assesseur de collège quelconque, tous les assesseurs de collège, depuis Riga jusqu'au Kamtchatka, prendront cela à leur compte. Et ceci est vrai pour tous les grades, pour toutes les conditions. Kovaliov avait obtenu le grade d'assesseur de collège au Caucase, et comme il n'était assesseur que depuis deux ans, il ne l'oubliait pas une minute et, pour se donner plus d'importance, il ne s'intitulait jamais assesseur de collège, mais major. « Ecoute un peu, ma chère, avait-il coutume de dire lorsqu'il rencontrait une de ces femmes qui vendent des chemises dans les rues. Viens chez moi ; mon appartement se trouve à la Sadovaïa ; tu n'as qu'à demander : « Est-ce ici que demeure le major Kovaliov ? » Et chacun te l'indiquera. » S'il voyait un gentil minois, il lui donnait des instructions discrètes et ajoutait encore : « Tu demanderas, ma chérie, l'appartement du major Kovaliov. » Ainsi donc, à l'avenir, nous appellerons cet assesseur de collège : « major ».

Le major Kovaliov avait l'habitude de se promener chaque jour dans la perspective Nevsky. Le col de sa chemise était toujours très propre et fortement empesé. Ses favoris appartenaient à ce genre de favoris qu'on rencontre encore aujourd'hui chez les arpenteurs provinciaux, les architectes, les médecins militaires, et, d'une façon générale, chez tous ceux qui possèdent des joues roses et rebondies et qui jouent parfaitement bien au whist. Ces favoris coupent les joues par le milieu et se dirigent droit vers le nez. Le major Kovaliov portait en breloque une quantité de petits cachets en cornaline, les uns avec des armoiries et d'autres sur lesquels on avait gravé : *mercredi*, *jeudi*, *lundi*, et ainsi de suite.

Le major Kovaliov était venu à Pétersbourg dans un but pratique, pour y obtenir un poste en rapport avec son grade, une place de vice-gouverneur, s'il était possible, ou bien de chef de bureau dans une administration en vue. Le major Kovaliov n'avait rien non plus contre le mariage, à condition toutefois que la fiancée eût deux cent mille roubles de dot.

Le lecteur peut donc se représenter maintenant quelle fut la situation du major Kovaliov, lorsqu'il vit aux lieu et place de son nez, qui était régulier et très passable, une stupide surface parfaitement unie.

Comme par un fait exprès, pas un fiacre ne se montrait dans la rue, et il dut marcher à pied, emmitouflé dans son manteau, cachant son visage sous un mouchoir, comme s'il saignait du nez.

« Mais peut-être n'est-ce qu'une illusion ? Il est impossible que mon nez disparaisse comme ça, sans rime ni raison... » Tout en parlant ainsi, il entra dans une confiserie tout exprès pour se voir dans une glace. Par bonheur, la confiserie était vide; les garçons balayaient les salles et disposaient les chaises. Quelques-uns, les yeux bouffis de sommeil, portaient des plateaux chargés de petits pâtés tout chauds; des journaux de la veille, tachés de café, s'éparpillaient sur les tables et sur les chaises. « Grâce à Dieu! il n'y a personne! se dit Kovaliov; nous allons bien voir... » Il s'approcha timidement de la glace et regarda : « Le diable sait ce que c'est! En voilà une sale histoire! prononça-t-il en crachant. Si au moins il y avait encore quelque chose à la place du nez... mais rien!... »

Très vexé, se mordant les lèvres, il sortit de la pâtisserie et résolut, contre son habitude, de ne pas dévisager les passants et de ne sourire à personne. Soudain, il s'immobilisa auprès du perron d'une maison, pétrifié : un événement incompréhensible se passait sous ses yeux.

Une calèche s'arrêta devant le perron; la portière s'ouvrit et un monsieur en uniforme en sortit se courbant légèrement et monta précipitamment l'escalier. Quelles furent l'épouvante de Kovaliov et aussi sa stupéfaction, lorsqu'il reconnut en ce monsieur son propre nez.

A ce spectacle extraordinaire, il lui sembla que tous les objets se mettaient à tourner autour de lui, et à peine put-il se tenir sur ses jambes. Mais il résolut aussitôt d'attendre le retour du personnage et demeura là tout tremblant, en proie à la fièvre. Au bout de deux minutes, en effet, le nez reparut; il portait un uniforme brodé d'or avec un grand col droit, des gants de Suède et une épée au côté. D'après son bicorne à plumes, on pouvait croire qu'il avait le grade de conseiller d'Etat, et tout paraissait indiquer qu'il faisait une tournée de visites. Il jeta un regard rapide autour de lui, héla sa calèche, y monta et partit.

Le pauvre Kovaliov faillit devenir fou. Il ne savait que penser de cette extraordinaire aventure. Comment se pouvait-il, en effet, que ce nez, qui hier encore occupait sa place sur son visage à lui, Kovaliov, et ne pouvait marcher ni rouler en calèche, portât aujourd'hui un uniforme ? Kovaliov suivit en courant la voiture qui, par bonheur, n'alla pas loin et s'arrêta auprès du Gostinny Dvor [1].

Kovaliov se hâta de pénétrer dans le bâtiment en se frayant un passage à travers la foule des vieilles mendiantes dont il se moquait auparavant et qui se tiennent là, le visage recouvert d'un bandeau muni d'ouvertures pour les yeux. Il n'y avait pas encore beaucoup de monde. Kovaliov se sentait à tel point hébété qu'il ne savait à quoi se résoudre et cherchait partout des yeux l'étrange personnage. Il le vit enfin qui se tenait auprès d'une boutique. Le nez dissimulait son visage derrière son haut col et considérait très attentivement je ne sais quelle marchandise.

« Comment lui adresser la parole ? se dit Kovaliov. Tout, l'uniforme, le chapeau, indique que c'est un conseiller d'Etat. Que le diable m'emporte si je sais ce qu'il faut faire ! »

Se rapprochant, il se mit à toussoter ; mais le nez ne changea pas un instant d'attitude.

— Monsieur, dit Kovaliov s'efforçant de se donner du cœur ; Monsieur !...

— Que désirez-vous ? demanda le nez en se tournant vers Kovaliov.

— Il me semble étrange, Monsieur... je crois... vous devez connaître votre place. Et voilà que je vous trouve tout à coup... et où donc ! Convenez-en...

— Excusez-moi ; je ne parviens pas à comprendre ce que vous voulez dire... expliquez-vous.

« Mais comment lui expliquer cela ? » se demanda Kovaliov. Rassemblant pourtant toutes ses facultés, il dit :

— Certainement, je... d'ailleurs, je suis major. Il est inadmissible que je me promène sans nez, convenez-en. Une vendeuse d'oranges pelées sur le pont Voznéssensky peut se passer de nez ; mais moi, qui ai un poste en vue... et qui, de plus, connais nombre de dames, la conseillère

1. Vaste bâtiment renfermant des magasins et des dépôts de marchandises.

d'Etat Tchékhtariova et d'autre... jugez vous-même... Je ne sais pas, Monsieur (ici le major Kovaliov haussa les épaules), excusez-moi, mais si l'on se place au point de vue de l'honneur, du devoir... Vous devez convenir que...

— Je ne comprends absolument rien, répondit le nez. Expliquez-vous.

— Monsieur, prononça Kovaliov très dignement, je ne sais comment je dois accueillir vos paroles... Il me semble que la chose est parfaitement claire... Ou bien vous désirez... N'êtes-vous pas mon propre nez, Monsieur ?

Le nez regarda le major et fronça légèrement les sourcils.

— Vous vous trompez, Monsieur; nous n'avons rien de commun; il ne peut d'ailleurs y avoir de rapports étroits entre nous : si j'en juge d'après les boutons de votre uniforme, nous appartenons à des administrations différentes...

Ayant dit, le nez se détourna.

Kovaliov demeura tout étourdi, ne sachant que faire, que penser. En cet instant, il entendit le bruissement délicieux d'une robe : une dame âgée, toute couverte de dentelles, approchait, accompagnée d'une jeune personne mince, en robe blanche qui moulait très joliment sa taille, coiffée d'un chapeau jaune paille, pareil à une crème fouettée. Les deux dames étaient escortées d'un grand laquais à favoris épais, dont le manteau s'ornait d'une demi-douzaine de collets; il s'arrêta derrière elles et ouvrit sa tabatière.

Kovaliov se rapprocha, rajusta le col en batiste de sa chemise, vérifia les cachets en cornaline pendus à son gilet par une chaînette d'or et, souriant à droite et à gauche, dirigea son attention vers la jeune dame aérienne qui se penchait, semblable à une fleur printanière, et touchait son front de sa petite main blanche aux doigts diaphanes. Le sourire de Kovaliov s'épanouit encore lorsqu'il distingua sous le chapeau un petit menton rond d'une blancheur éblouissante et une joue où fleurissaient les premières roses... Mais il bondit brusquement en arrière comme sous une brûlure : il se souvint que l'emplacement que devait occuper son nez était vide maintenant, et ses yeux s'emplirent de larmes. Il se tourna pour dire tout droit au monsieur en uniforme qui avait pris le masque d'un conseiller d'Etat, qu'il n'était qu'une canaille, un misérable, qu'il n'était tout simplement que son propre nez à lui, Kovaliov. Mais le nez avait filé, poursuivant probablement sa tournée de visites.

Ceci plongea Kovaliov dans le désespoir. Il revint sur ses pas et s'arrêta un instant sous la colonnade, regardant attentivement de tous côtés, dans l'espoir de retrouver son nez. Il se souvenait très bien que celui-ci portait un chapeau à plumes et un uniforme brodé, mais il n'avait remarqué ni son manteau, ni la couleur de la calèche, ni la robe des chevaux; et il ne se rappelait pas non plus si le nez avait un valet de pied et quelle était sa livrée. D'ailleurs, les calèches se suivaient en si grand nombre et elles roulaient à une allure si rapide, que Kovaliov n'eût pu reconnaître celle qui l'intéressait, et l'eût-il même reconnue qu'il n'eût pu l'arrêter.

La journée était belle, ensoleillée. La perspective Nevsky était noire de monde. A partir du pont Politseisky et jusqu'au pont Anitchkov, le flot des dames s'écoulait, pareil à une cascade de fleurs. Voici le conseiller de cour que connaissait bien Kovaliov et qu'il appelait lieutenant-colonel, surtout en présence d'étrangers. Voilà Iarichkine, chef de bureau au Sénat, son grand ami, qui perdait constamment au whist lorsqu'il annonçait sans atout. Et voilà encore un autre major qui avait obtenu son grade d'assesseur de collège au Caucase. Il fait signe de la main à Kovaliov pour que celui-ci vienne le rejoindre.

« Ah! que le diable m'emporte! s'écria en lui-même Kovaliov. Eh! cocher! chez le maître de police!

Kovaliov prit place dans le fiacre et se mit aussitôt à presser le cocher : « Vas-y! à toute vitesse! »

— Le maître de police est-il chez lui ? demanda-t-il en entrant dans l'antichambre.

— Non, répondit l'huissier; il vient de sortir.

— En voilà une malchance!

— Oui, ajouta l'huissier. Il est parti il n'y a pas longtemps. Si vous étiez arrivé une petite minute plus tôt, vous l'auriez peut-être trouvé chez lui.

Le visage toujours caché sous son mouchoir, Kovaliov remonta dans le fiacre et s'écria d'une voix désespérée :

— En route!

— Dans quelle direction ? demanda le cocher.

— Tout droit!

— Comment, tout droit ? Nous sommes à un carrefour; faut-il tourner à droite ou à gauche ?

Cette question arrêta Kovaliov et l'obligea à réfléchir. Le mieux, dans sa situation, était de s'adresser avant tout au *Service des Mœurs*, non que ce service fût en relations directes avec la police, mais parce qu'il agissait plus rapidement que les autres. Quant à chercher justice auprès des chefs de l'administration à laquelle le nez avait déclaré appartenir, il n'y fallait pas songer : il ressortait en effet des propres réponses du nez qu'il n'y avait rien de sacré pour cet homme; il pouvait donc avoir menti en cela, comme il avait menti en déclarant qu'il ne l'avait jamais vu, lui, Kovaliov.

Le major se disposait donc déjà à se faire conduire au *Service des Mœurs*, lorsqu'il lui vint à l'esprit que cette canaille, ce misérable, qui avait agi d'une façon si impudente dès leur première rencontre, était parfaitement capable de mettre à profit ce délai pour fuir hors de la ville : toutes les recherches seraient vaines alors, ou bien, Dieu préserve! dureraient un mois.

Il eut enfin une inspiration qui lui parut venir du ciel : il résolut de se rendre directement au bureau de la presse et de faire paraître une annonce avec le signalement détaillé du nez, afin que chacun qui le rencontrât pût aussitôt le ramener à son propriétaire, ou, tout au moins, faire connaître à celui-ci le domicile du fuyard. Ayant pris cette décision, il se fit immédiatement conduire au bureau de la presse et, tout le long de la route, ne cessa de tambouriner sur le dos du cocher de ses deux poings en répétant : « Plus vite! sacripant! Plus vite! vaurien! — Eh! eh! Monsieur!... » disait le cocher en secouant la tête et en cinglant violemment son cheval dont le poil était aussi long que celui d'un épagneul.

Le fiacre s'arrêta enfin, et Kovaliov se précipita tout essoufflé dans la petite chambre où un employé grisonnant, vêtu d'un vieil uniforme et portant des lunettes, était assis à une petite table et, tenant son porte-plume entre les dents, comptait de la monnaie de cuivre.

— Qui reçoit ici les annonces ? s'écria Kovaliov. Ah! bonjour, Monsieur.

— Je vous salue, dit le vieux fonctionnaire levant les yeux et les rabaissant aussitôt sur les piles de monnaie disposées devant lui.

— Je veux publier...

— Permettez! Je vous demanderai d'attendre un petit instant, prononça le fonctionnaire, en inscrivant de la main droite un chiffre sur une feuille de papier et en déplaçant de la gauche deux boules sur le boulier. Un laquais en livrée galonnée et dont l'aspect assez propre indiquait qu'il appartenait à une maison aristocratique se tenait auprès de la table, un papier à la main. Estimant convenable de marquer une certaine prévenance, il dit :

— Le croiriez-vous, Monsieur! Le chien ne vaut pas plus de quatre-vingts kopeks, — ou plutôt, moi, je n'en donnerais pas huit, — mais la comtesse aime cette bête, je vous le jure! Et vous voyez : celui qui trouvera le chien aura cent roubles. S'il faut tout dire, entre nous, comme nous sommes là tous deux, les goûts des gens ne s'accordent nullement. Je comprends que tu aies un chien couchant, si tu chasses, ou bien un caniche; mets-y trois cents roubles, sans le regretter; mets-en mille! Mais que ce soit un beau chien!

Le vieux fonctionnaire écoutait d'un air approbateur tout en calculant le nombre de lettres que contenait le texte qu'on lui avait apporté.

Auprès de la table se pressaient des vieilles femmes, des garçons de magasin, des concierges, tenant à la main des feuillets de papier. Sur l'un on lisait que des maîtres vendaient un cocher sobre et honnête, d'autres offraient une calèche en excellent état, ramenée de Paris en 1814. Ici l'on cédait une fille de dix-neuf ans sachant très bien faire la lessive et apte également à tous les travaux domestiques. Celui-ci proposait un solide équipage auquel ne manquait qu'un seul ressort, et un jeune cheval pommelé, très ardent, âgé de dix-sept ans; cet autre, des graines de radis et de navet, nouvellement reçues de Londres. Ici on mettait en vente une maison de campagne avec toutes ses dépendances, deux boxes pour les chevaux et un terrain excellent pour y planter des sapins ou des bouleaux; là on adjugeait un lot de vieilles semelles, et les amateurs étaient invités à prendre part aux enchères qui avaient lieu quotidiennement de huit heures du matin à trois heures.

La chambre où se trouvait réuni tout ce monde était petite et l'air qu'on y respirait était fort lourd. Mais l'assesseur de collège Kovaliov ne pouvait pas s'en rendre compte : il avait caché son visage sous un mouchoir, et d'ailleurs son nez se trouvait en cet instant Dieu sait où.

— Monsieur, permettez-moi de vous demander... Je suis très pressé, dit-il enfin, impatienté.

— Tout de suite! tout de suite! Deux roubles et trois kopeks... Un instant! un rouble et soixante-quatre kopeks, disait l'employé à cheveux gris en distribuant leurs quittances aux vieilles femmes et aux concierges.

— Que désirez-vous ? dit-il enfin, s'adressant à Kovaliov.

— Je demande... fit Kovaliov. Il s'agit d'une escroquerie ou d'une friponnerie : je ne sais au juste. Je voudrais publier que celui qui m'amènera ce misérable recevra une bonne récompense.

— Permettez-moi de vous demander votre nom.

— Qu'avez-vous besoin de mon nom ? Je ne peux pas vous le dire. J'ai de nombreuses connaissances : la conseillère d'Etat Tchekhtariova, Pélaguéia Grigorièvna Podtotchina, la veuve d'un officier supérieur... Si soudain l'on apprend... Dieu m'en préserve ! Vous n'avez qu'à écrire tout simplement : Un assesseur de collège, ou mieux encore : Un major...

— Le fugitif était votre serf ?

— Il s'agit bien de serf ! Cela n'aurait pas été une si grande perte. C'est mon nez qui a décampé.

— Hum !... quel drôle de nom ! Et ce monsieur vous a volé une grosse somme ?

— Mon nez ! Vous comprenez tout de travers. C'est mon nez, mon propre nez qui a disparu on ne sait où. Le diable a voulu se moquer de moi.

— Mais comment a-t-il pu disparaître ainsi ? Je ne comprends pas très bien.

— Il m'est impossible de vous l'expliquer. Mais le plus grave, c'est qu'il se promène maintenant en ville sous l'aspect d'un conseiller d'Etat. Je vous prie donc d'annoncer que celui qui le trouvera n'a qu'à me l'amener aussi vite que possible. Soyez-en juge ! Comment puis-je me passer de cet organe si apparent ? S'il ne s'agissait que d'un doigt de pied ! Je fourre mon pied dans ma botte, et personne n'en sait rien... Je vais chaque jeudi chez la conseillère d'Etat Tchekhtariova. Et aussi chez Pélaguéia Grigorièvna Podtotchina, veuve d'un officier supérieur et qui a une très jolie fille... Ce sont d'excellentes connaissances... Jugez vous-même ! Comment puis-je maintenant... Impossible de me présenter devant elles.

Le fonctionnaire se mit à réfléchir, ainsi que l'indiquaient ses lèvres fortement serrées.

— Non, je ne peux faire paraître votre annonce, dit-il après un long silence.

— Comment ? Pourquoi ?

— Comme ça ! Le journal risque de perdre sa réputation. Si chacun se met à publier que son nez s'est enfui... On prétend déjà que les journaux ne font que répandre des faux bruits et des histoires fabuleuses.

— Mais pourquoi donc est-ce une histoire fabuleuse ? Il me semble qu'il n'y a là rien de particulier.

— Vous le croyez; mais je vous dirai que la semaine passée nous avons déjà eu une histoire analogue : un fonctionnaire est venu ici, comme vous êtes venu tantôt, et m'a remis un texte; l'annonce lui coûta deux roubles et soixante-treize kopeks; il s'agissait de la disparition d'un caniche noir. Qu'y avait-il d'extraordinaire à cela ? Mais les conséquences furent extrêmement désagréables : ce soi-disant caniche était en réalité le caissier de je ne sais plus quelle administration.

— Mais, dans mon annonce à moi, il ne s'agit pas de caniche, mais bien de mon propre nez, autrement dit : de moi-même !

— Non, je ne peux absolument pas publier cette annonce.

— Mais puisque mon nez a réellement disparu !

— Si vous n'avez plus de nez, c'est l'affaire du médecin; on dit qu'il y en a qui se font fort d'adapter aux gens les nez qu'ils désirent. Mais je vois que vous avez un caractère gai et que vous aimez la plaisanterie.

— Je vous jure !... Que Dieu m'en soit témoin ! D'ailleurs, puisque nous en sommes là, je puis vous montrer...

— Ne vous dérangez pas, dit le fonctionnaire en aspirant une bonne prise. Pourtant, si cela ne vous gêne pas trop, ajouta-t-il avec un mouvement de curiosité, il serait intéressant de voir cela.

L'assesseur de collège enleva le mouchoir qui recouvrait son visage.

— C'est extrêmement étrange, en effet, prononça le fonctionnaire. C'est tout uni; on dirait une crêpe fraîche. Oui, l'emplacement est parfaitement lisse.

— Eh bien ! continuerez-vous encore à discuter ? Vous voyez vous-même qu'il faut absolument faire paraître mon annonce. Je vous en saurai gré et suis heureux que cet événement m'ait donné l'occasion de faire votre connaissance.

Le major, on le voit, se laissait aller à de petites lâchetés.

— Ce n'est pas difficile de faire paraître votre annonce, dit le fonctionnaire; mais je n'en prévois nul avantage pour vous. Si vous le voulez absolument, racontez donc cette histoire à quelque écrivain habile de sa plume : il présentera la chose comme un jeu étrange de la nature et publiera son article dans l'*Abeille du Nord* (ici le fonctionnaire puisa encore une fois dans sa tabatière) pour l'instruction de la jeunesse (ici il s'essuya le nez), ou bien, simplement, pour la satisfaction de la curiosité publique.

L'assesseur de collège se sentit complètement démonté. Pourtant, ses regards étant tombés sur le bas de la page où se trouvait l'annonce des spectacles, un sourire faillit s'épanouir sur son visage à la lecture du nom d'une charmante actrice et sa main se dirigea vers sa poche pour y prendre un billet bleu (car les officiers supérieurs devaient être assis aux fauteuils, d'après Kovaliov), mais le souvenir de son nez absent gâta tout.

Le fonctionnaire lui-même paraissait touché de la situation difficile dans laquelle se trouvait Kovaliov. Désirant alléger ne fût-ce qu'un peu sa douleur, il jugea convenable de lui exprimer sa sympathie en quelques mots.

— Je suis vraiment désolé de ce qui vous arrive. Ne désirez-vous pas une prise ? cela dissipe les maux de tête et la mauvaise humeur, et c'est même très bon contre les hémorroïdes.

Sur ces mots, le fonctionnaire tendit à Kovaliov sa tabatière dont il fit élégamment sauter le couvercle qui s'ornait du portrait de je ne sais quelle dame en chapeau.

Cette offre, dénuée de toute arrière-pensée, mit le comble à l'exaspération de Kovaliov.

— Je ne comprends pas, s'écria-t-il, furieux, comment vous trouvez ici matière à plaisanterie. Ne voyez-vous pas qu'il me manque précisément l'organe avec lequel on prise ? Que le diable emporte votre tabac ! Je ne peux pas le voir maintenant, et non seulement votre détestable *Bérézinsky*, mais même le *Râpé*.

Ayant dit, il sortit, très irrité, et se fit conduire chez le commissaire du quartier.

Kovaliov pénétra chez ce personnage juste au moment où celui-ci, tout en s'étirant et en soupirant bruyamment, se disait : « Ah ! quel bon somme je vais faire ! » On pouvait en conséquence prévoir que la visite de l'assesseur de collège tombait mal. Le commissaire protégeait beaucoup les arts et l'industrie, mais il prisait par-dessus tout les assignats de l'Etat : « Ça c'est une chose, avait-il coutume de dire ; il n'y a rien de meilleur ! Ils ne demandent pas à manger, n'occupent que peu de place, se logent aisément dans la poche et ne se cassent pas en tombant. »

Le commissaire accueillit Kovaliov assez sèchement et lui dit que l'après-dîner n'était pas propice au travail, car la nature elle-même exigeait qu'on se reposât quelque peu après avoir mangé (l'assesseur de collège put ainsi constater que le commissaire n'ignorait pas les maximes des anciens sages) et qu'on ne s'aviserait certainement pas de voler le nez d'un homme honorable.

Le coup était direct. Il faut dire que Kovaliov était extrêmement susceptible : il pouvait excuser les attaques dirigées contre sa personne, mais ne pardonnait aucune atteinte à son grade. Il considérait même qu'il était loisible au théâtre d'attaquer les officiers subalternes, mais qu'il devait être interdit de toucher aux officiers supérieurs. L'accueil que lui fit le commissaire le blessa à tel point qu'il redressa la tête et prononça sur un ton très digne, les mains légèrement écartées du corps :

— Je l'avoue : je n'ai rien à dire après les remarques offensantes que vous venez de faire.

Sur ces mots, il sortit.

Il retourna chez lui, très déprimé. La nuit tombait déjà. Après toutes les démarches infructueuses qu'il venait de faire, son appartement lui parut triste et fort vilain. Dans l'antichambre il vit, étendu sur un sale divan de cuir, son domestique, Ivan, qui, couché sur le dos, s'amusait à cracher au plafond et y réussissait assez bien. L'indifférence de ce faquin le mit hors de lui. Il frappa Ivan au front du plat de son chapeau et dit :

« Cochon ! tu ne t'occupes que de bêtises ! »

Ivan se redressa vivement et se précipita à toutes jambes pour enlever le manteau de son maître.

Etant entré dans sa chambre, le major, triste et fatigué, se laissa tomber dans un fauteuil et dit enfin, après avoir poussé quelques soupirs :

« Mon Dieu ! mon Dieu ! pourquoi cette calamité ? Il eût mieux valu que je fusse privé d'une jambe ou d'un bras. Mais un homme sans nez ! on ne sait ce que c'est ! Ni homme ni oiseau. Il n'est bon qu'à jeter par la fenêtre. Si encore on me l'avait coupé à la guerre, si j'avais eu un duel et que c'eût été de ma faute... Mais je péris sans raison aucune.

« Non ! ajouta-t-il après avoir quelque peu réfléchi. C'est impossible. Il est inadmissible que mon nez ait disparu. C'est inimaginable. C'est un rêve, une hallucination. J'ai bu peut-être sans le remarquer, au lieu d'eau pure, cette eau-de-vie dont je me frictionne après m'être rasé. Cet imbécile d'Ivan n'a pas enlevé le flacon, et je l'ai vidé. » Voulant vérifier s'il n'était pas ivre, le major se pinça si fort qu'il poussa un cri. Cette douleur le convainquit qu'il était bel et bien éveillé. Il s'approcha tout doucement de la glace et ferma d'abord les yeux dans l'espoir que le nez se trouverait peut-être en place lorsqu'il les rouvrirait; mais dès qu'il se vit, il bondit aussitôt en arrière en s'exclamant : « Quelle sale tête!... »

C'était incompréhensible, en effet. Va encore pour une cuillère d'argent, pour un bouton, une montre ou quelque objet de ce genre... Mais perdre son nez! et de plus, dans son propre logis!

Ayant bien examiné les choses, le major Kovaliov en arriva à croire que la coupable n'était autre que Péla-guéia Grigorièvna Podtotchina, veuve d'un officier supérieur : elle voulait que Kovaliov épousât sa fille à qui le major prenait plaisir à faire la cour tout en évitant de se prononcer définitivement. Quand Podtotchina lui eut déclaré tout franchement qu'elle désirait les marier, il s'était dérobé et avait remisé ses beaux discours, prétextant qu'il était encore jeune et qu'il devait encore servir cinq ans pour avoir tout juste quarante-deux ans. Podtotchina, voulant se venger, avait évidemment résolu de lui jeter un sort et payé pour cela quelque sorcière. Il était impossible d'admettre, en effet, que le nez eût pu être coupé : personne n'était entré dans la chambre, et, d'autre part, le coiffeur Ivan Iakovlévitch l'avait rasé mercredi; or, pendant toute la journée du mercredi et même pendant celle du jeudi, le nez était encore à son poste, le major s'en souvenait très bien. De plus, il aurait certainement ressenti une douleur quelconque, et la plaie, sans conteste, n'aurait pu se cicatriser avec une telle rapidité et montrer une surface aussi parfaitement unie.

Il se mit à bâtir des plans : fallait-il poursuivre la veuve de l'officier devant les tribunaux en observant toutes les formes, ou bien était-il préférable de s'adresser d'abord directement à elle et de la confondre ?... Ces réflexions furent interrompues par une lumière qui brilla soudain à travers les fissures de la porte et fit savoir au major qu'Ivan avait déjà allumé la bougie dans l'antichambre. Puis apparut Ivan en personne portant cette bougie devant lui et illuminant toute la chambre. Le premier mouvement de Kovaliov fut de saisir un mouchoir et de recouvrir l'endroit où hier encore se dressait son nez, afin que le domestique ne demeurât pas stupidement bouche bée en voyant son maître sous un aspect si étrange.

A peine Ivan se fut-il retiré dans sa chambrette, qu'une voix inconnue retentit dans l'antichambre, disant : « Est-ce ici que demeure l'assesseur de collège Kovaliov ?

— Entrez ! Le major Kovaliov est ici, prononça notre héros tout en se levant précipitamment et en ouvrant la porte.

Un officier de police entra, un bel homme avec des favoris ni trop clairs ni trop foncés, et des joues suffisamment rebondies. C'était ce même inspecteur que nous avons vu au début de ce récit sur le pont Issakiévsky.

— Vous avez perdu votre nez ?

— En effet.

— Il est retrouvé.

— Que dites-vous ? s'exclama le major Kovaliov; la joie lui coupa la respiration. Il regardait de tous ses yeux l'officier qui se tenait en face de lui, et sur les joues et les lèvres pleines duquel se jouait la lumière vacillante de la bougie.

— Comment l'a-t-on retrouvé ?

— Par un hasard bien étrange. On l'a saisi juste à l'instant où il montait en diligence et se disposait à partir pour Riga. Il avait déjà préparé son passeport depuis longtemps au nom de je ne sais quel fonctionnaire. Et le plus extraordinaire, c'est que moi-même je l'avais pris tout d'abord pour un monsieur; mais par bonheur, j'avais mes lunettes avec moi, et j'ai pu ainsi constater que ce n'était qu'un nez. Car je suis myope, et si vous vous tenez ainsi devant moi, je ne vois que votre visage, mais ne distingue ni votre nez, ni votre barbe, ni aucun détail. Ma belle-mère, c'est-à-dire la mère de ma femme, ne voit rien non plus.

Kovaliov était bouleversé.

— Mais où donc est-il ? où est-il ? J'irai immédiatement...

— Ne vous dérangez pas. Sachant bien que vous en auriez besoin, je l'ai pris avec moi. Et ce qui est étrange, c'est que le principal coupable n'est autre que cette canaille de coiffeur de la rue Voznéssensky; il est d'ailleurs coffré. Je le soupçonnais depuis longtemps d'ivrognerie et de vol; pas plus tard qu'avant-hier, il a chipé dans une boutique toute une caisse de boutons. Votre nez est en parfait état.

A ces mots, l'officier de police plongea sa main dans sa poche et en retira le nez enveloppé de papier.

— C'est lui! s'écria Kovaliov, c'est bien lui! Faites-moi donc le plaisir de prendre une tasse de thé avec moi.

— Cela m'aurait fait grand plaisir, mais impossible : je vais d'ici à la maison d'arrêt... La vie est bien chère maintenant... J'ai une grande famille : ma belle-mère, c'est-à-dire la mère de ma femme, et plusieurs enfants; l'aîné me donne de grands espoirs... C'est un gamin très intelligent; mais je n'ai pas les moyens de l'instruire...

Après le départ de l'inspecteur, Kovaliov demeura un certain temps quelque peu étourdi, et ce n'est qu'au bout de plusieurs minutes qu'il parvint à recouvrer ses facultés, tant l'avait ébranlé la joie soudaine qu'il venait de ressentir. Il prit avec précaution le nez retrouvé entre ses mains et l'examina de nouveau attentivement.

« C'est lui, se dit-il. Voilà à gauche le petit bouton apparu hier. » Le major eut presque un rire de joie.

Mais rien ne dure ici-bas; c'est pourquoi la joie, passé le premier instant, est ressentie de moins en moins vivement et finit par se confondre insensiblement avec l'état habituel de l'âme, de même que les cercles engendrés sur l'eau par la chute d'une pierre vont s'atténuant et se confondant finalement avec la surface du liquide. Kovaliov se prit à réfléchir et comprit que l'affaire n'était pas encore terminée : le nez est retrouvé, mais il va falloir l'appliquer sur le visage et l'y faire tenir.

« Et s'il ne tient pas ? »

A cette question qu'il s'était posée à lui-même, le major Kovaliov pâlit.

Saisi d'une terreur indescriptible, il se précipita vers la table et approcha le miroir qui s'y trouvait : il s'agissait de ne pas placer le nez tout de travers. Ses mains tremblaient. Avec prudence et circonspection, il appliqua le nez à l'endroit qui lui était destiné. Horreur! le nez ne voulait pas tenir...

Il l'approcha de ses lèvres, le réchauffa légèrement de son haleine et l'appliqua de nouveau sur la surface lisse qui s'étendait entre les joues. Mais le nez n'adhérait pas.

« Allons! allons! remets-toi en place, imbécile! disait Kovaliov à son nez; mais celui-ci semblait de bois et retombait sur la table avec un bruit étrange, comme s'il eût été en liège.

Le visage du major grimaça nerveusement.

« Ne tiendra-t-il vraiment pas? » Mais quoi qu'il tentât pour faire adhérer le nez à la surface qu'il devait occuper, il n'y parvenait point, malgré tous ses efforts.

Il appela Ivan et l'envoya chercher le docteur qui occupait dans la maison même le bel appartement de l'entresol. Ce médecin était un homme de bonne mine; il portait de magnifiques favoris d'un noir d'ébène et avait une épouse fraîche et bien portante; il mangeait chaque matin des pommes crues et entretenait sa bouche dans un état de parfaite propreté en se gargarisant quotidiennement trois quarts d'heure durant et en se frottant les dents avec cinq brosses différentes.

Le docteur vint aussitôt. Il demanda quand s'était produit le malheur, puis saisit le major Kovaliov par le menton et lui donna du pouce une chiquenaude à l'endroit même où se trouvait auparavant le nez, si bien que le major rejeta brusquement la tête en arrière d'un mouvement violent et se cogna la nuque contre le mur. Le médecin déclara que ce n'était rien et lui conseillant de s'écarter quelque peu du mur, lui commanda d'incliner la tête à droite d'abord; ayant alors palpé l'endroit où aurait dû se dresser le nez, il fit « hum! », puis inclina la tête du major à gauche et fit de nouveau « hum! ». Pour finir, il lui donna encore une chiquenaude, et le major Kovaliov rejeta brusquement la tête en arriere, comme fait un cheval auquel on examine les dents. Ayant effectué toutes ces opérations, le médecin hocha la tête et dit :

— Non! impossible! Il est préférable que vous restiez tel que vous êtes; car cela peut tourner encore plus mal. On peut certainement faire adhérer votre nez; je suis prêt à vous l'appliquer tout de suite, mais je vous assure que la chose présente de grands inconvénients pour vous.

— Vous en avez de bonnes! Comment puis-je rester sans nez? dit Kovaliov. Ma situation ne peut empirer. En voilà une histoire! Que le diable m'emporte! Comment me montrer avec cette tête-là? J'ai de nombreuses relations : la conseillère d'Etat Tchekhtariova, la veuve d'un officier supérieur, Podtotchina... bien qu'après qu'elle a agi avec moi de la sorte je ne puisse avoir de rapports avec elle que par l'entremise de la police. Soyez bon! continua Kovaliov d'une voix implorante : n'y a-t-il pas quelque moyen? Remettez-le en place, même de travers, pourvu qu'il tienne; et je pourrais même dans certains cas le maintenir légèrement avec ma main. Je ne danse d'ailleurs pas et ne risque donc point de l'ébranler par quelque mouvement trop brusque. Pour ce qui concerne la rémunération de vos soins, vous pouvez être tranquille; dans la limite de mes moyens...

— Soyez-en certain, prononça le docteur d'une voix ni trop forte, ni trop faible, mais magnétique et prenante, je ne soigne jamais pour de l'argent : c'est contraire à tous mes principes et à mon art. Je me fais payer mes visites, il est vrai, mais c'est uniquement pour ne pas offenser les malades par mon refus. Je peux certainement remettre votre nez en place; mais je vous assure sur l'honneur, si vous n'avez pas confiance en ma parole, que votre situation ne ferait qu'empirer. Laissez agir la nature. Lavez-vous le plus souvent possible à l'eau froide, et je vous certifie que vous vous porterez tout aussi bien sans nez que si vous en aviez un. Quant à celui-ci, je vous conseille de le mettre dans un bocal avec de l'alcool en y ajoutant, ce qui vaudrait mieux encore, deux cuillerées d'esprit de sel et du vinaigre tiède; et vous pourrez alors en obtenir une somme considérable; moi-même, je suis prêt à vous l'acheter, à condition que vous n'en demandiez pas un prix trop exagéré.

— Non! non! je ne le vendrai pour rien au monde! s'écria au désespoir le major Kovaliov. Que le diable l'emporte plutôt!

— Excusez-moi, dit le docteur en prenant congé; je voulais vous être utile... Que faire ? vous avez pu constater vous-même que j'ai fait tout mon possible.

Sur ces mots, le docteur, très digne, quitta la chambre.

Plongé dans une prostration profonde, Kovaliov ne fit même pas attention à son visage; il ne remarqua que les manchettes de sa chemise, d'une pureté et d'une blancheur de neige et qui dépassaient légèrement les manches de son frac noir.

Le lendemain, il résolut d'écrire à Mme Podtotchina avant de déposer une plainte contre elle, espérant ainsi qu'elle lui rendrait sans lutte ce qu'elle lui avait enlevé.

Voici cette lettre :

Très respectable Alexandra Grigorievna,

Je ne peux comprendre votre étrange conduite. Soyez certaine qu'en agissant de la sorte, vous n'obtiendrez rien et ne pourrez m'obliger à épouser votre fille. Croyez-moi, la vérité sur mon nez est connue de tous, et l'on sait aussi que la principale coupable n'est autre que vous. Sa disparition subite de l'endroit qu'il occupait, sa fuite, ses déguisements, ses apparitions, tantôt sous l'aspect d'un fonctionnaire, et tantôt sous son aspect naturel, — tout cela n'est que le résultat des sorcelleries pratiquées par vous ou par ceux qui s'exercent comme vous à ce noble métier. Quant à moi, je considère de mon devoir de vous prévenir que si le nez en question n'est pas aujourd'hui même remis en place, je me verrai obligé de faire appel à la protection des lois.

J'ai l'honneur, quoi qu'il en soit, d'être avec tout mon respect

Votre humble serviteur,
Platon KOVALIOV.

Et voici la réponse qu'il reçut :

Très respectable Platon Kousmitch,

Votre lettre m'a extrêmement étonnée. Je vous avoue en toute sincérité que je ne m'y attendais nullement, ainsi qu'aux reproches injustifiés que vous me faites. Je vous préviens que je n'ai jamais reçu chez moi le fonctionnaire en question, ni sous un déguisement quelconque ni sous son aspect réel. J'ai reçu, il est vrai, à plusieurs reprises Philippe Ivanovitch Potantchikov, mais bien qu'il eût prétendu à la main de ma fille, étant d'une conduite honnête et extrêmement savant, je ne lui ai jamais donné aucun espoir. Vous parlez encore d'un certain nez : si vous voulez par cela faire entendre que j'ai tenté de vous conduire par le bout du nez, autrement dit de repousser votre demande, je suis très étonnée que ce soit précisément vous qui me disiez cela, puisque vous savez bien que je suis dans des dispositions toutes différentes, et que si aujourd'hui même vous demandez officiellement ma fille en mariage, je suis prête sur-le-champ à vous satisfaire, car cette union est l'objet de mes plus vifs désirs.

Dans cet espoir, je reste, Monsieur, toute disposée à vous servir.

Alexandra PODTOTCHINA.

« Non! se dit Kovaliov après avoir lu cette lettre, elle n'est pas coupable. Cela ne se peut. Cette lettre n'aurait pu être rédigée par quelqu'un qui se fût senti coupable d'un crime. »

L'assesseur de collège était savant en la matière, ayant déjà été chargé d'instruire maintes affaires criminelles lors de son séjour au Caucase.

« Mais, en ce cas, comment la chose s'est-elle produite ? Le diable seul y verrait clair », dit-il enfin, perdant tout courage.

Or, le bruit de cet événement extraordinaire se répandit bientôt dans toute la capitale ; et comme il est de coutume, on ne manqua pas de l'exagérer fortement. Les esprits étaient justement alors très enclins au merveilleux, et peu de temps auparavant le public avait été fort intéressé par des expériences de magnétisme ; de plus, l'histoire des chaises dansantes de la rue Koniouchennaïa était encore présente à toutes les mémoires. Rien d'étonnant donc à ce que bientôt l'on assurât que le nez de l'assesseur de collège Kovaliov se promenait quotidiennement dans la perspective Nevsky, à trois heures précises, ce qui provoquait chaque jour une grande affluence de curieux. Quelqu'un dit que le nez se trouvait dans le magasin de Junker, et il y eut auprès des vitrines de Junker une telle foule, une telle presse que la police fut obligée finalement d'intervenir. Un spéculateur à favoris et d'aspect respectable, qui vendait à l'entrée des théâtres des pâtisseries sèches, construisit tout exprès de solides petits bancs de bois qu'il offrait aux curieux pour s'y tenir debout au prix de quatre-vingts kopeks par personne... Un vieux colonel sortit de chez lui tout exprès de grand matin pour voir le nez bien à son aise ; il eut beaucoup de peine à fendre la foule : mais, à sa grande colère, il ne vit à travers la vitrine qu'un vulgaire gilet de flanelle et une lithographie représentant une jeune fille qui arrangeait son bas, tandis qu'un élégant monsieur à barbiche et portant un gilet en cœur la surveillait, caché derrière un arbre. Il y avait déjà une dizaine d'années d'ailleurs que cette lithographie était là, toujours à la même place.

S'écartant de la vitrine, le colonel s'écria, furibond, qu'il ne comprenait pas comment des bruits aussi stupides, aussi invraisemblables, pouvaient troubler les esprits.

Le bruit se répandit ensuite que le nez du major Kovaliov se promenait non dans la perspective Nevsky, mais dans le jardin Tavritchesky, et qu'il s'y montrait depuis longtemps, car déjà lors de son séjour, Khosrev Mirza [1] admirait fort ce jeu de la nature. Quelques étudiants de l'Académie de Chirurgie vinrent le voir, et une dame respectable et instruite demanda par lettre au gardien du jardin de montrer ce rare phénomène à ses enfants en faisant suivre, si possible, cette démonstration d'une petite conférence instructive et profitable à la jeunesse.

Ces événements firent la joie des habitués des réceptions mondaines, qui ont la spécialité de faire rire les dames : leurs provisions d'anecdotes étaient alors justement épuisées. Mais quelques personnes respectables et sérieuses manifestèrent un grand mécontentement : un monsieur déclara, indigné, qu'il ne comprenait pas comment de semblables absurdités pouvaient encore trouver crédit à notre époque éclairée, et il s'étonnait que le gouvernement ne s'en fût pas encore occupé : on voit que ce monsieur appartenait à cette catégorie de gens qui voudraient que le gouvernement se mêlât de tout et même de leurs disputes quotidiennes avec leur femme.

Ensuite... Mais ici, une fois de plus, un épais brouillard nous cache les événements, et l'on ne sait plus du tout ce qui arriva ensuite...

III

Il se passe vraiment des choses complètement extravagantes dans l'existence, et les événements ne présentent parfois aucune vraisemblance : ce nez qui circulait en ville, paré du grade de conseiller d'Etat et qui avait soulevé un tel tapage, ce même nez se retrouva soudain, comme si de rien n'était, à sa place naturelle, c'est-à-dire entre les joues du major Kovaliov.

Ceci se passait le 7 avril. S'étant éveillé ce jour-là de bonne heure et ayant jeté par hasard un regard dans la glace, Kovaliov vit son nez.

« Hé! hé! » s'écria Kovaliov, et sa joie fut telle qu'il manqua de se livrer, pieds nus, à une danse endiablée à travers la chambre; mais l'entrée d'Ivan l'en empêcha. Il se fit aussitôt apporter de l'eau pour ses ablutions et,

1. Grand-vizir du sultan Mahmoud, vint à Pétersbourg en 1829 en ambassade extraordinaire.

tout en se lavant, il se regarda de nouveau dans la glace : le nez est là! En s'essuyant, il regarda une fois de plus : le nez est toujours là!

— Regarde un peu, Ivan, dit-il. Il me semble que j'ai un petit bouton sur le nez. — Et tout en disant cela, il songeait : « En voilà une histoire, si Ivan me dit tout à coup : « Mais non, Monsieur! De quel bouton s'agit-il, puisque vous n'avez même pas de nez ? »

Mais Ivan dit :

— Non, Monsieur, pas le moindre bouton : le nez est propre.

« Voilà qui est bien! Que le diable m'emporte! » dit en lui-même le major, et il claqua des doigts.

En cet instant le coiffeur Ivan Iakovlévitch passa craintivement sa tête à travers la porte, comme un chat qu'on aurait fouetté pour avoir volé du lard.

— Tes mains sont-elles propres ? dis-le tout de suite! lui cria de loin Kovaliov.

— Elles sont propres, Monsieur.

— Tu mens!

— Je vous jure qu'elles sont propres, Monsieur!

— Fais bien attention!

Kovaliov s'assit. Ivan Iakovlévitch le couvrit d'une serviette et à l'aide du blaireau il transforma en un instant sa barbe et une partie de la joue en une crème épaisse, pareille à celle qu'on sert aux visiteurs aux anniversaires chez les marchands. « Voyez-vous cela! » se dit Ivan Iakovlévitch en jetant un regard au nez de Kovaliov; puis il pencha la tête et l'examina de profil. « Le voilà! Quand on y pense!... quelle histoire! » continua-t-il, et il regarda longuement le nez. Enfin, légèrement, avec toute la prudence qu'on peut imaginer, il allongea deux doigts pour le saisir par le bout. Telle était sa méthode.

— Eh! toi! attention à ce que tu fais! s'écria Kovaliov, et Ivan Iakovlévitch abaissa la main et resta un instant abasourdi et confus, comme il ne l'avait jamais été de sa vie. Enfin, il se mit à chatouiller prudemment le cou de Kovaliov de son rasoir, et bien que cela lui fût très incommode et qu'il eût beaucoup de difficulté à raser son client sans le tenir fortement par le bout du nez, pourtant, en appuyant son gros pouce rugueux contre la joue et les gencives inférieures de Kovaliov, il réussit tant bien que mal à vaincre tous les obstacles et à raser le major.

Quand il fut rasé, Kovaliov se hâta de s'habiller, prit un fiacre et se fit conduire droit à la pâtisserie. Dès l'entrée il cria : « Garçon! une tasse de chocolat! » et se dirigea aussitôt vers la glace : « Oui, le nez est à sa place! » Kovaliov se retourna gaiement et lança un regard railleur à deux militaires, dont l'un avait un nez de la grosseur d'un bouton de gilet. Ensuite il se rendit à la chancellerie du ministère où il briguait un poste de vice-gouverneur ou, en cas d'insuccès, celui de chef de service. En traversant le vestibule, il se regarda dans une glace : le nez était toujours là! Après cela, il rendit visite à un autre assesseur de collège ou major, grand persifleur, auquel il disait souvent en réponse à ses traits acérés : « Oh! toi! Je te connais! tu es un farceur! » En route il songea : « Si le major n'éclate pas de rire en me voyant, c'est un signe certain que tout est en place. » Mais l'assesseur de collège ne broncha pas. « Bien! très bien! Que le diable m'emporte! » se dit Kovaliov.

Chemin faisant, il rencontra Mme Podtotchina, la veuve de l'officier, et sa fille. Il les salua et fut accueilli par des exclamations joyeuses : il ne lui manquait évidemment rien. Il causa longtemps avec elles et, tout en parlant, tirant exprès devant elles sa tabatière de sa poche, il se chargea les deux narines copieusement et longuement, en se répétant en lui-même : « Voilà pour vous, femmes! têtes d'oiseau! Mais je n'épouserai tout de même pas la fille! Comme ça, *par amour*[1], tant qu'on veut! »

Et depuis lors, le major Kovaliov se promena partout : on le vit dans la perspective Nevsky, au théâtre, partout. Et son nez aussi; comme si de rien n'était, il se tenait coi sur le visage de Kovaliov et rien dans l'aspect de ce nez ne trahissait qu'il se fût jamais absenté. Et l'on voyait toujours le major Kovaliov de bonne humeur, souriant, faisant la chasse à toutes les jolies femmes sans exception; on le vit même s'arrêter devant une boutique de Gostinny Dvor pour y acheter la rosette d'une décoration, on ne sait dans quel but d'ailleurs, car il n'était chevalier d'aucun ordre.

Telle est l'histoire qui se déroula dans la capitale nordique de notre vaste empire.

C'est maintenant seulement que, tenant compte de toutes les circonstances, nous voyons qu'elle est parfai-

1. En français dans le texte.

tement invraisemblable; sans parler de l'évasion surnaturelle du nez et de son apparition dans différents endroits sous l'aspect d'un conseiller d'Etat, — choses vraiment étranges, — comment Kovaliov ne comprit-il pas qu'on ne pouvait annoncer la fuite du nez par la voie des journaux ? Je ne veux nullement dire que le prix de l'annonce me paraisse trop élevé : cela n'a aucune importance, et je ne suis pas de ceux qui tiennent à l'argent; mais, vraiment, c'est inconvenant, c'est ridicule, ce n'est pas bien... Et d'autre part, comment le nez s'est-il trouvé dans le pain cuit et comment Ivan Iakovlévitch lui-même ?... Non, je ne comprends pas! je ne le comprends pas du tout.

Mais le plus étrange, le plus inexplicable, c'est que les auteurs puissent choisir de tels sujets! Je l'avoue : c'est tout à fait incompréhensible! C'est véritablement... Non!... je ne comprends pas! En premier lieu, le pays n'en retire aucun avantage; en second lieu... mais en second lieu il n'en retire aucun avantage non plus. Bref, je ne sais pas...

Et néanmoins, malgré tout cela... bien qu'en effet on puisse admettre ceci et cela... et autre chose encore, il se peut tout de même... Mais d'ailleurs, on voit bien des choses bizarres... Et pourtant, lorsqu'on se met à y songer, il y a quelque chose dans tout cela. Quoi qu'on en puisse dire, de tels événements se produisent parfois; rarement, j'en conviens, mais ils se produisent tout de même.

LA PERSPECTIVE NEVSKY

Il n'y a rien de plus beau que la perspective Nevsky, tout au moins à Pétersbourg; et dans la vie de la capitale, elle joue un rôle unique!

Que manque-t-il à la splendeur de cette reine des rues de notre capitale ? Je suis certain que nul de ses habitants blêmes et titrés n'accepterait d'échanger la perspective Nevsky contre tous les biens de la terre. Tous en sont enthousiastes : non seulement ceux qui ont vingt-cinq ans, de jolies moustaches et des vêtements d'une coupe irréprochable, mais ceux aussi dont le menton s'orne de touffes grises et dont le crâne est aussi lisse qu'un plat d'argent.

Et les dames! Oh! quant aux dames, la perspective Nevsky leur offre encore plus d'agréments! Mais à qui donc n'en offre-t-elle pas ? A peine se trouve-t-on dans cette rue qu'on se sent aussitôt disposé à la flânerie. Si même vous avez quelque affaire sérieuse et urgente, dès que vous mettez le pied dans la perspective, vous oubliez immanquablement vos préoccupations. C'est le seul endroit où les gens se rendent non pas uniquement par nécessité, poussés par le besoin ou guidés par cet intérêt mercantile qui gouverne tout Pétersbourg. Il semble que les gens qu'on rencontre dans la perspective Nevsky soient des êtres moins égoïstes que ceux qu'on voit dans les rues Morskaïa, Gorokhovaïa, la perspective Liteïny, où l'avidité et l'intérêt se reflètent sur le visage des piétons, comme aussi de ceux qui roulent en calèche ou en drojki.

La perspective Nevsky est la grande ligne de communication pétersbourgeoise. C'est ici que l'habitant des faubourgs de la rive droite, qui depuis plusieurs années n'a plus revu son ami demeurant dans le quartier de la Barrière de Moscou, peut être certain de le rencontrer.

Nul journal, nul bureau de renseignements ne vous fourniront des informations aussi complètes que celles que vous recueillez dans la perspective Nevsky.

Quelle rue admirable! Le seul lieu de promenade de l'habitant de notre capitale, si pauvre en distractions. Comme ses trottoirs sont bien tenus! Et Dieu sait, pourtant, combien de pieds y laissent leurs traces! La lourde botte du soldat en retraite, sous le poids de laquelle devrait se fendre, semble-t-il, le dur granit; le soulier minuscule, aussi léger qu'une fumée, de la jeune dame qui penche la tête vers les brillantes vitrines des magasins, tel un tournesol vers l'astre du jour, et la botte éperonnée du sous-lieutenant riche en espérances et dont le sabre bruyant raye les dalles. Tout y marque son empreinte : aussi bien la force que la faiblesse.

Quelles fantasmagories s'y jouent! Quels changements rapides s'y déroulent en l'espace d'une seule journée!

Commençons par le matin, lorsque toute la ville fleure le pain chaud à peine retiré du four, et se trouve envahie par une multitude de vieilles femmes vêtues de robes et de manteaux troués, qui font la tournée des églises et poursuivent les passants pitoyables. A cette heure matinale, la perspective Nevsky est déserte : les gros propriétaires de magasins et leurs commis dorment encore dans leurs draps de Hollande, ou bien rasent leurs nobles joues et prennent leur café. Les mendiants se pressent aux portes des pâtisseries, où un Ganymède encore tout endormi, qui hier volait, rapide, telle une mouche, et servait le chocolat, se tient aujourd'hui, un balai à la main, sans cravate, et distribue de vieux gâteaux et des rogatons. Des travailleurs passent de leur démarche traînante, des moujiks russes dont les bottes sont recouvertes d'une telle couche de plâtre que même les eaux du canal Ekatérininski, célèbres pour leur pureté, ne pourraient les nettoyer.

A cette heure du jour, il serait gênant pour une dame de se trouver dans la rue, car le peuple russe affectionne les expressions fortes, et les dames n'en entendent jamais de semblables, même au théâtre. Parfois, son portefeuille sous le bras, un fonctionnaire endormi suit d'un pas dolent la perspective Nevsky, si celle-ci se trouve sur le chemin qui le conduit au ministère. On peut affirmer qu'à cet instant du jour, avant midi, la perspective Nevsky n'est un but pour personne, mais un lieu de passage : elle se peuple peu à peu de gens qui ont leurs occupations, leurs soucis, leurs ennuis, et qui ne songent nullement à elle.

Les moujiks discutent de quelques kopeks; les vieux et les vieilles se démènent et se parlent à eux-mêmes, parfois avec des gestes extrêmement expressifs; mais personne ne leur prête attention et ne se moque d'eux, excepté peut-être quelque gamin en tablier de coton, qui court à toutes jambes à travers la perspective en portant des bouteilles vides ou une paire de bottes. À cette heure, personne ne remarquera vos vêtements, quels qu'ils soient : vous pouvez porter une casquette au lieu de chapeau, votre col peut dépasser votre cravate — cela n'a aucune importance.

A midi, la perspective Nevsky est envahie par des précepteurs appartenant à toutes les nations, et leurs pupilles aux cols de batiste rabattus. Les *John* anglais et les *Jean* et *Pierre* français se promènent bras dessus bras dessous avec les jeunes gens confiés à leurs soins et leur expliquent avec un grand sérieux que les enseignes se placent au-dessus des devantures des magasins, afin que l'on sache ce qui se vend dans ces mêmes magasins. Les gouvernantes, pâles misses et Françaises roses, suivent d'une démarche majestueuse des fillettes délurées et fluettes, en leur recommandant de lever l'épaule gauche et de se tenir plus droites. Bref, à cette heure de la journée, la perspective Nevsky est un lieu de promenade pédagogique.

Puis, à mesure qu'on approche de deux heures, les gouvernantes, les précepteurs et leurs élèves se dispersent et cèdent la place aux tendres pères de ces derniers, qui se promènent en donnant le bras à leurs épouses, pâles et nerveuses, vêtues de robes multicolores et brillantes.

Peu à peu viennent se joindre à eux tous ceux qui ont terminé leurs occupations domestiques, plus ou moins sérieuses : les uns ont causé avec leur docteur du temps qu'il faisait ou d'un petit bouton apparu sur leur nez; les autres ont pris des nouvelles de la santé de leurs chevaux, ainsi que de celle de leurs enfants qui font montre de très grandes aptitudes. Ceux-ci ont lu attentivement l'affiche des spectacles et un important article de journal sur les personnages de marque de passage à Pétersbourg; ceux-là se sont contentés de prendre leur café ou leur thé.

Ensuite, l'on voit apparaître ceux qu'un sort enviable a élevés au rang béni de secrétaire particulier ou de fonctionnaire en mission spéciale. Puis, ce sont les fonctionnaires du Ministère des Affaires étrangères, lesquels se distinguent par la noblesse de leurs goûts et de leurs occupations.

Mon Dieu! que de belles fonctions, que de beaux emplois il existe de par le monde! Et comme ils ennoblissent et ravissent l'âme! Mais moi, je ne suis pas fonctionnaire, hélas! Je suis privé du plaisir de connaître l'amabilité de mes chefs.

Tous ceux que vous rencontrez alors perspective Nevsky vous enchantent par leur élégance : les hommes portent de longues redingotes et se promènent les mains dans les poches... Les femmes sont vêtues de manteaux de satin rose, blanc ou bleu pâle, et portent de splendides chapeaux.

C'est ici que vous pourrez admirer des favoris extraordinaires, des favoris uniques au monde qu'avec un art étonnant on fait passer par-dessous la cravate, des favoris noirs et brillants comme le charbon ou la martre zibeline. Mais ceux-ci, hélas! n'appartiennent qu'aux seuls fonctionnaires du Ministère des Affaires étrangères. Quant aux fonctionnaires des autres administrations, la Providence ne leur a accordé, à leur grand dépit, que des favoris roux. Vous pourrez rencontrer ici d'admirables moustaches que nulle plume, nul pinceau ne sont capables de reproduire, des moustaches auxquelles leur propriétaire consacre la meilleure partie de son existence et qui sont l'objet de tous ses soins au cours de longues séances, des moustaches arrosées de parfum exquis et enduites de rares pommades, des moustaches qu'on enveloppe pour la nuit de papier de soie, des moustaches qui manifestent les tendres soucis de leurs possesseurs et que jalousent les passants.

La multitude des chapeaux, des fichus, des robes — auxquels les dames demeurent fidèles parfois même deux jours de suite — est capable d'éblouir qui que ce soit : il semble que toute une nuée de papillons s'élève de terre et volette autour de la foule des noirs scarabées du sexe fort. Vous admirerez ici des tailles d'une finesse exquise, comme vous n'en avez jamais rêvé, des tailles minces, déliées, des tailles plus étroites que le col d'une bouteille, et dont vous vous écarterez respectueusement dans la crainte de les frôler d'un coude brutal, votre cœur se serrant de terreur à la pensée qu'il suffirait d'un souffle pour briser ce produit admirable de la nature et de l'art.

Et quelles manches vous verrez perspective Nevsky! Dieu, quelles manches! Elles ressemblent fort à des ballons, et l'on s'imagine parfois que la dame pourrait brusquement s'élever dans les airs, si elle n'était pas maintenue par son cavalier; soulever une dame dans les airs est aussi facile et agréable, en effet, que de porter à sa bouche une coupe de champagne.

Nulle part, lorsqu'on se rencontre, on ne se salue avec autant d'élégance et de noblesse qu'à la perspective Nevsky. Ici, vous admirerez des sourires exquis, des sourires uniques, véritables œuvres d'art, des sourires capables de vous ravir complètement; vous en verrez qui vous courberont et vous feront baisser la tête jusqu'à terre; d'autres, parfois, qui vous feront dresser le front plus haut que la flèche de l'Amirauté. Ici, vous croiserez des gens qui parlent des concerts et du temps qu'il fait, sur un ton d'une noblesse extraordinaire et avec un grand sentiment de leur propre dignité. Ici, vous rencontrerez des types étonnants et des caractères très étranges. Seigneur! que de personnages originaux on rencontre perspective Nevsky!

Il y a des gens qui ne manquent jamais, en vous croisant, d'examiner vos bottines; puis, quand vous serez passé, ils se retourneront encore pour voir les pans de votre habit. Je ne parviens pas encore à comprendre le manège de ces gens : je m'imaginais d'abord que c'étaient des cordonniers; mais pas du tout! La plupart occupent un poste dans différentes administrations, et quelques-uns d'entre eux sont parfaitement capables de rédiger de très beaux rapports. Les autres passent leur temps à se promener et à parcourir les journaux chez les pâtissiers; bref, ce sont des personnes très convenables.

A ce moment de la journée, entre deux et trois heures, lorsque la perspective Nevsky est le plus animée, on peut y admirer une véritable exposition des plus belles productions humaines.

L'un exhibe une élégante redingote à parements de castor; l'autre, un beau nez grec; le troisième, de larges favoris; celle-ci, une paire d'yeux charmants et un chapeau merveilleux; telle autre porte à son petit doigt fuselé une bague ornée d'un talisman; celle-là fait admirer un petit pied dans un soulier délicieux; ce jeune homme, — une cravate étonnante; cet officier, — des moustaches stupéfiantes.

Mais trois heures sonnent. L'exposition est terminée;

la foule se disperse. Changement complet. On dirait une floraison printanière : la perspective Nevsky se trouve soudain envahie par une multitude de fonctionnaires en habits verts. Les conseillers titulaires, de cour et autres, très affamés, se précipitent de toute la vitesse de leurs jambes vers leurs logis. Les jeunes registrateurs de collège, les secrétaires provinciaux et de collège se hâtent de mettre à profit les quelques instants dont ils disposent et arpentent la perspective Nevsky d'une démarche nonchalante, comme s'ils n'étaient pas restés enfermés six heures de suite dans un bureau. Mais les vieux conseillers titulaires et de cour marchent rapidement, la tête basse : ils ont autre chose à faire que de dévisager les passants; ils ne se sont pas encore débarrassés de leurs préoccupations : c'est le gâchis complet dans leur cerveau; on dirait des archives remplies de dossiers en désordre. Et longtemps encore ils ne voient partout que des cartons remplis de paperasses, ou bien le visage rond du directeur de la chancellerie.

A partir de quatre heures, la perspective Nevsky se vide, et il est peu probable que vous puissiez y rencontrer ne fût-ce qu'un seul fonctionnaire. Quelque couturière traverse la chaussée, en courant d'un magasin à l'autre, une boîte de carton au bras; ou bien c'est quelque pitoyable victime d'un légiste habile à dévaliser ses clients; quelque Anglaise, longue et maigre, munie d'un réticule et d'un petit livre; quelque garçon de recette à la maigre barbiche, en redingote de cotonnade pincée haut, personnage à l'existence instable et hasardeuse, et dont tout le corps paraît en mouvement, — le dos, les bras, les jambes, la tête, — lorsqu'il suit le trottoir dans une attitude pleine de prévenance. C'est aussi, parfois, un vulgaire artisan... Vous ne verrez personne d'autre à cette heure de la journée dans la perspective Nevsky.

Mais aussitôt que le crépuscule descend sur les rues et sur les maisons, aussitôt que le veilleur de nuit monte à son échelle pour allumer les réverbères et qu'aux fenêtres basses des magasins apparaissent les estampes qu'on n'ose exposer à la lumière du jour, la perspective Nevsky se ranime et s'emplit de nouveau de mouvement et de bruit.

C'est l'heure mystérieuse où les lampes versent sur toutes choses une lumière merveilleuse et attirante. Vous rencontrerez alors nombre de jeunes gens, célibataires pour la plupart, vêtus de redingotes et de manteaux bien chauds. On devine que ces promeneurs ont un but, ou plutôt qu'ils subissent une sorte d'impulsion vague. Leurs pas sont rapides mais incertains; de minces ombres glissent le long des murs des maisons, sur la chaussée, et effleurent presque de leur tête le pont Politzeïsky.

Les jeunes registrateurs de collège, les jeunes secrétaires de collège et secrétaires provinciaux se promènent longuement; mais les vieux fonctionnaires restent chez eux pour la plupart : ou bien parce que ce sont des hommes mariés, ou bien parce que leurs cuisinières allemandes leur font de la bonne cuisine. Vous rencontrerez pourtant à cette heure maints de ces respectables vieillards qui parcouraient à deux heures la perspective Nevsky d'un air si important, si noble; vous les verrez maintenant courir, tout comme les jeunes gens, et essayer de glisser un regard sous le chapeau d'une dame entrevue de loin, et dont les lèvres épaisses et les joues plâtrées de rouge et de blanc plaisent à tant de promeneurs, et tout particulièrement aux commis, aux garçons de recette, aux marchands qui circulent en bandes, en se donnant le bras.

— Arrête! s'écria le lieutenant Pirogov, en tirant brusquement par la manche le jeune homme en habit et en pèlerine qui marchait à ses côtés. L'as-tu vue ?

— Oui, elle est admirable! On dirait la Bianca du Pérugin.

— De laquelle parles-tu donc ?

— Mais d'elle! de celle qui a des cheveux bruns! Quels yeux! mon Dieu! Quels yeux! Ses traits, l'ovale du visage, le port de tête, quel rêve!

— Je te parle de la blonde qui venait derrière elle et s'est tournée de ce côté... Pourquoi donc ne la suis-tu pas, puisqu'elle te plaît tant ?

— Comment oserais-je! s'exclama, tout rougissant, le jeune homme en habit. Elle n'est pas de ces femmes qui circulent le soir dans la perspective Nevsky. C'est probablement une dame de la haute société, continua-t-il en soupirant. Son manteau à lui seul vaut plus de quatre-vingts roubles!

— Comme tu es naïf! s'écria Pirogov en le poussant de force dans la direction où se déployait le brillant manteau de la dame. Cours vite, sot! Elle va te passer sous le nez! Quant à moi, je vais suivre la blonde!

« Je sais bien ce que vous valez toutes! » songeait à part lui Pirogov avec un sourire de satisfaction, car il était certain que nulle beauté au monde ne pouvait lui résister.

Le jeune homme en habit s'engagea d'un pas timide et incertain dans la direction où se déployait au loin le manteau multicolore, dont les teintes s'illuminaient et s'assombrissaient tour à tour chaque fois que l'inconnue passait sous un réverbère ou s'en éloignait. Le cœur du jeune homme se mit à battre lourdement, et il ne put s'empêcher de précipiter ses pas. Il n'osait même songer à attirer sur sa personne l'attention de la dame dont les pieds effleuraient à peine le sol devant lui, et ne pouvait d'autant moins admettre la noire pensée qu'avait tenté de lui suggérer le lieutenant Pirogov. Il désirait seulement voir la maison qu'habitait la délicieuse créature qui lui paraissait être descendue directement du ciel sur le trottoir de la perspective Nevsky, et qui allait certainement prendre de nouveau son vol. Il se mit à courir si vite qu'il bouscula à plusieurs reprises des messieurs importants à favoris gris.

Ce jeune homme faisait partie de cette catégorie de gens qui produisent chez nous un effet très étrange et qui appartiennent à la population pétersbourgeoise au même titre, pourrait-on dire, qu'un visage entrevu en rêve fait partie du monde réel. Cette classe constitue une exception dans notre ville, où les habitants sont pour la plupart des fonctionnaires, des commerçants ou des artisans allemands.

Le jeune homme était un peintre. Un peintre pétersbourgeois! Quel être étrange! n'est-il pas vrai ? Un peintre dans la contrée des neiges! Dans le pays des Finnois, où tout est humide, plat, pâle, gris, brumeux!...

Ces peintres ne ressemblent en rien, d'ailleurs, aux peintres italiens, ardents et fiers comme leur patrie et son ciel bleu. Au contraire, ce sont pour la plupart des êtres doux, timides, insouciants, aimant pieusement leur art, et qui se réunissent entre eux dans quelque chambrette, autour de verres de thé, pour discuter de ce qui leur tient le plus à cœur, sans se soucier du superflu. Ils amènent volontiers chez eux quelque vieille mendiante qu'ils font poser six heures de suite en essayant de reproduire sur la toile ses traits tristes et effacés. Ils aiment également à peindre leur intérieur : une chambre remplie de débris artistiques, jambes et bras en plâtre, que la poussière et les années ont recouverts d'une teinte brune, des chevalets cassés, des palettes; ou bien, devant un mur taché de couleurs, quelque camarade en train de jouer de la guitare, tandis qu'à travers la fenêtre ouverte on entrevoit au loin la pâle Néva et quelques misérables pêcheurs vêtus de chemises rouges.

Le coloris de ces peintres est toujours gris, voilé, et porte ainsi la marque ineffaçable de notre ciel nordique. Et pourtant, c'est avec une réelle ferveur qu'ils s'adonnent à leur art. Beaucoup d'entre eux ont du talent, et s'ils pouvaient respirer l'air vivifiant de l'Italie, ils se développeraient certainement et fleuriraient aussi librement, aussi abondamment qu'une plante qu'on aurait transportée d'une chambre close à l'air libre.

Ils sont fort timides en général : les décorations, les grosses épaulettes les troublent à tel point que, bien malgré eux, ils abaissent leurs prix. Ils aiment parfois à s'habiller avec quelque recherche et une certaine élégance; mais cette élégance est toujours trop soulignée et produit l'effet d'une pièce neuve sur un vieil habit. Vous les verrez, par exemple, porter un frac d'une coupe parfaite et, par-dessus, un manteau sale, ou bien un gilet de velours richement brodé et un veston taché de couleurs. De même que vous pourrez facilement distinguer sur leurs études de paysage quelque nymphe dessinée la tête en bas et que, n'ayant pas trouvé d'endroit plus propice, ils ont jetée là, sur une de leurs anciennes toiles, à laquelle ils avaient pourtant travaillé jadis avec une ardeur joyeuse... Jamais ces jeunes gens ne vous regarderont droit dans les yeux; et s'ils vous fixent, c'est d'un regard trouble, incertain, qui ne vous pénètre pas comme les yeux aigus de l'observateur ou les yeux d'aigle de l'officier de cavalerie. Cela provient de ce que le peintre, tout en vous dévisageant, distingue sous vos traits ceux de quelque Hercule en plâtre qu'il a chez lui, ou bien entrevoit déjà le tableau auquel il compte prochainement travailler. C'est à cause de cela qu'il répond souvent tout de travers, sans suite, et les visions qui le poursuivent augmentent encore sa timidité.

C'est précisément à cette sorte d'artistes qu'appartenait le jeune homme dont nous venons de parler, le peintre Piskariov, timide et timoré, mais qui portait en lui un feu ardent, capable, sous l'action favorable des circonstances, d'embraser son âme.

Plein d'un trouble mystérieux, il se hâtait derrière la jeune femme, dont les traits l'avaient frappé, tout en s'étonnant lui-même de sa propre audace. Soudain, l'inconnue qui ravissait ses yeux, ses pensées, ses sentiments, tourna la tête de son côté et lui lança un bref regard.

Dieu! quels traits divins! Une chevelure aussi brillante que l'agate couronnait un front d'une blancheur éblouissante. Ces cheveux s'épandaient en boucles, dont quelques-unes, s'échappant de dessous le chapeau, effleuraient les joues que rosissait légèrement la fraîcheur du soir. Ses lèvres closes semblaient receler le secret de tout un essaim de rêves exquis. Tous les enchantements de notre enfance, toutes les richesses que nous versent la rêverie et la douce inspiration sous une lampe, tout cela semblait contenu dans les contours harmonieux de ses lèvres.

Elle regarda Piskariov, et le cœur du jeune homme frémit. Ce regard était sévère; ce visage reflétait la colère soulevée par cette poursuite insolente, mais sur ce divin visage l'expression de la colère même acquérait un charme particulier.

Frappé de confusion et de crainte, Piskariov s'arrêta, baissa les yeux. Mais comment risquer de perdre cet être exquis sans même essayer de connaître le temple où elle daignait habiter. La crainte de la perdre décida le jeune rêveur, et il reprit sa poursuite; mais, afin de la rendre moins importune, moins apparente, il s'écarta quelque peu et se mit à examiner d'un air détaché les enseignes, tout en ne perdant de vue aucun des mouvements de l'inconnue.

Les passants se faisaient plus rares, les rues devenaient moins animées. La jeune femme se retourna de nouveau, et il parut qu'un léger sourire brilla un instant sur ses lèvres. Il tressaillit, n'osant pourtant pas en croire ses yeux. Non! c'était probablement la lueur incertaine des réverbères qui avait créé cette illusion en glissant sur son visage. Non! c'étaient ses propres rêves qui le trompaient et le narguaient! Mais la respiration s'arrêta dans sa poitrine, tout son être frémit, comme sous l'action d'une flamme mystérieuse, et tous les objets autour de lui se recouvrirent soudain d'une sorte de brume; le trottoir se soulevait et fuyait sous ses pas, tandis que les chevaux et les calèches s'immobilisaient brusquement; le pont sous ses yeux s'étirait, se gondolait et son arc se rompait; les maisons se retournaient et se dressaient sur leurs toits; la guérite du factionnaire tombait à la renverse, tandis que sa hallebarde, ainsi que les lettres dorées et les ciseaux peints d'une enseigne paraissaient à Piskariov suspendus à ses propres cils. Et toutes ces transformations n'avaient été causées que par un seul regard, que par la seule inclinaison d'une jolie tête! Sans rien voir, sans rien entendre, ne se rendant même pas compte de ce qu'il faisait, il glissait rapidement sur les traces des petits pieds, ne songeant qu'à modérer ses pas qui tendaient à s'accorder au rythme des battements de son cœur.

Parfois, il se prenait à douter : avait-il bien compris l'expression favorable de son visage ? Et alors il suspendait sa course pour un instant; mais les battements de son cœur, une force irrésistible et le trouble de toutes ses sensations le projetaient en avant.

Il ne remarqua même pas la maison à quatre étages qui se dressa brusquement devant lui et lui lança au visage le regard de ses fenêtres brillamment éclairées; il ne sentit même pas la balustrade du perron, qui opposa à son élan le choc de ses barreaux de fer. Il vit seulement que l'inconnue montait rapidement l'escalier, se retournait, mettait un doigt sur ses lèvres et lui faisait signe de la suivre.

Ses genoux tremblèrent, ses sensations, ses pensées s'illuminèrent soudain; une joie aiguë, pareille aux traits de la foudre, transperça douloureusement son cœur. Non! ce n'est pas un rêve! Mon Dieu! quelle joie! quelle vie radieuse en un instant!

Mais tout cela n'est-il pas un songe ? Se pouvait-il que cette femme pour un regard céleste de qui il était prêt à donner sa vie, se pouvait-il qu'elle fût si bienveillante pour lui et lui accordât une telle faveur, alors que connaître seulement sa demeure lui paraissait un bonheur inouï ?

Il monta rapidement l'escalier.

Nulle image terrestre ne venait ternir sa pensée. L'ardeur qui le consumait n'était pas une passion sensuelle. Non! il était aussi pur en cet instant que l'adolescent vierge qui ne ressent encore qu'une aspiration indéfinie, toute spirituelle, vers l'amour. Et ce qui chez un débauché n'aurait éveillé que des désirs audacieux, éleva en lui, au contraire, et sanctifia encore davantage ses sentiments. Cette confiance que lui témoignait un être si faible et si beau, cette confiance lui imposait l'obligation d'une réserve chevaleresque, l'obligation d'exécuter fidèlement tous ses ordres. Et il ne désirait qu'une chose maintenant :

que ces ordres fussent aussi difficiles, aussi inexécutables que possible, afin de mettre d'autant plus d'ardeur à les accomplir. Il ne doutait pas que si l'inconnue lui avait manifesté une telle confiance, c'était que des circonstances importantes et mystérieuses l'y avaient obligée, et qu'elle allait exiger de lui des services difficiles ; mais il se sentait la force et le courage d'accomplir tout.

L'escalier montait en tournant, entraînant ses rêves exaltés dans ce mouvement circulaire. « Marchez prudemment ! » résonna, semblable à une harpe, une voix qui le remplit d'un trouble nouveau.

L'inconnue s'arrêta dans la pénombre d'un quatrième étage et frappa à une porte qui s'ouvrit aussitôt. Ils entrèrent ensemble.

Une femme assez jolie les accueillit, une bougie à la main ; mais elle regarda Piskariov d'une façon si étrange, si insolente, qu'il baissa involontairement les yeux. Ils pénétrèrent dans une chambre où le jeune homme aperçut trois femmes : l'une battait les cartes et faisait une réussite ; l'autre, assise au piano, jouait avec deux doigts quelque chose qui ressemblait vaguement à une polonaise ; la troisième, se tenant devant une glace un peigne à la main, démêlait ses longs cheveux ; et elle ne parut nullement songer à interrompre son occupation à la vue d'un visage étranger.

Il régnait tout autour un désordre déplaisant, pareil à celui qu'on observe dans la chambre d'un célibataire insouciant. Les meubles, assez convenables, étaient couverts de poussière ; des toiles d'araignées tapissaient les lambris ; dans l'entrebâillement de la porte menant à la chambre voisine brillait une botte à éperon et scintillaient les parements d'un manteau d'officier ; une voix d'homme se faisait entendre, accompagnée du rire d'une femme, qui résonnait sans gêne aucune.

Seigneur ! où était-il donc tombé ?

Il ne voulut pas croire d'abord à ce qu'il voyait et se mit à examiner attentivement les objets qui remplissaient la chambre ; mais les murs nus et les fenêtres sans rideaux témoignaient de l'absence d'une maîtresse de maison soigneuse. Les visages fatigués et usés de ces malheureuses créatures, dont l'une s'assit juste en face de lui et se mit à le dévisager avec autant d'indifférence que si elle avait fixé une tache sur un vêtement — tout lui disait clairement qu'il avait pénétré dans l'antre ignoble où se terre la triste débauche, fruit d'une instruction factice et de l'effroyable cohue des grandes villes, dans cet antre où l'homme étouffe sacrilègement tout ce qu'il y a en lui de pur et de sacré, tout ce qui fait la beauté de la vie, et s'en rit brutalement; où la femme qui réunit en elle toutes les perfections de la nature et en est le couronnement, se transforme en un personnage étrange, équivoque, qui, en perdant sa pureté, s'est trouvé privé de tous ses caractères féminins, a acquis les manières et l'impudence masculines et ne ressemble plus à l'être fragile qu'elle était, si délicieux, si différent de nous.

Piskariov fixait des regards stupéfaits sur la belle inconnue, comme pour se convaincre que c'était bien celle qui l'avait ensorcelé dans la perspective Nevsky. Oui, elle était toujours aussi belle! Ses cheveux étaient aussi splendides, ses yeux avaient encore leur expression céleste. Elle était fraîche et semblait ne pas avoir plus de dix-sept ans. On voyait que la débauche ne s'était emparée d'elle que depuis peu et n'avait pas encore effleuré ses joues, qu'ombrait légèrement un doux incarnat. Oui, elle était belle!

Il se tenait immobile, debout devant elle, et perdait déjà peu à peu la conscience de ce qui l'entourait, comme il l'avait perdue tantôt, dans la rue. Ce long silence fatigua l'inconnue, et elle sourit d'une façon significative en le regardant droit dans les yeux. Mais ce sourire, empreint d'une pitoyable impudence, paraissait aussi étrange sur son visage, lui convenait aussi peu que le masque de la piété sur la face d'un filou ou un livre de comptabilité aux mains d'un poète.

Il tressaillit. Elle ouvrit ses lèvres charmantes et se mit à parler; mais ce qu'elle disait était si bête, si plat! On pourrait croire qu'en perdant sa pureté, l'être humain perd en même temps son intelligence.

Il ne voulait plus rien entendre; il était vraiment ridicule et aussi naïf qu'un enfant : au lieu de mettre à profit les dispositions favorables de la belle, au lieu de se réjouir du hasard heureux qui se présentait brusquement, comme l'aurait fait certainement tout autre à sa place, il se précipita à toutes jambes vers la sortie, comme un sauvage, et prit la fuite à travers l'escalier.

Il se retrouva assis dans sa chambre, la tête baissée, tout le corps affaissé, semblable à un pauvre qui aurait ramassé une perle et l'aurait aussitôt laissé choir dans la mer.

« Si belle! des traits si divins! tombée si bas! Dans quel

lieu atroce!... » Il ne pouvait prononcer d'autres paroles.

En effet, jamais nous ne ressentons une pitié aussi douloureuse qu'à la vue de la beauté flétrie par le souffle pernicieux de la débauche. On conçoit encore que celle-ci s'allie à la laideur... Mais la beauté...! Elle ne s'accorde dans nos pensées qu'avec la seule pureté.

La jeune fille qui avait ensorcelé Piskariov était en effet merveilleusement belle, et sa présence dans ce milieu méprisable paraissait d'autant plus extraordinaire, d'autant plus incompréhensible. Tous ses traits étaient si parfaitement sculptés, l'expression de son visage était empreinte d'une si grande noblesse, qu'il était impossible de se représenter que la débauche eût déjà étendu ses griffes sur elle.

Elle aurait pu être la femme adorée d'un époux passionné, son paradis sur la terre, son trésor; elle aurait pu briller, telle une douce étoile, au centre d'un cercle familial joyeux d'obéir au moindre commandement tombé de ses lèvres exquises; elle aurait pu être la déesse d'une brillante société et trôner dans une salle de bal au parquet étincelant, sous la lumière des bougies, entourée du respect et de l'amour de ses adorateurs prosternés à ses pieds! Mais, hélas! de par la volonté de ne je sais quel esprit démoniaque aspirant à détruire l'harmonie de l'univers, elle avait été jetée avec d'affreux ricanements dans ce gouffre atroce!

Pénétré d'une pitié torturante, Piskariov demeurait assis devant sa bougie. Minuit avait déjà sonné depuis longtemps; l'horloge de la tour sonna ensuite la demie, mais il restait là, immobile, sans dormir et pourtant inactif. Cette inaction l'engourdit peu à peu, et il allait déjà s'assoupir, les murs de la chambre s'évanouissaient déjà, et seule la clarté de la bougie persistait encore à travers les visions du sommeil qui s'appesantissait sur ses paupières, lorsque des coups frappés à la porte le firent sursauter, et il revint brusquement à lui.

La porte s'ouvrit, livrant passage à un laquais vêtu d'une riche livrée. Jamais encore la chambrette de Piskariov n'avait accueilli semblable visite et, de plus, à une heure aussi tardive. Le jeune homme, tout interdit, dévisagea son visiteur avec une stupéfaction mêlée d'impatience.

« La demoiselle chez laquelle vous vous êtes rendu il y a quelques heures, prononça très poliment le laquais, m'a ordonné de vous demander de venir chez elle et vous envoie sa calèche. »

Piskariov demeurait debout, tout étourdi : une calèche! un laquais en livrée!... Non, il y a certainement quelque malentendu...

« Ecoutez, mon garçon, prononça-t-il avec une certaine gêne. Vous vous trompez de porte, certainement. Votre maîtresse vous a envoyé chez un autre. Ce n'est pas pour moi.

— Non, Monsieur! Je ne me suis pas trompé. C'est bien vous, n'est-ce pas, qui avez reconduit à pied une demoiselle jusqu'à la perspective Liteïny, au quatrième étage ?

— Oui, c'est moi.

— Eh bien! venez vite! Mademoiselle veut absolument vous voir et vous prie de vous rendre directement chez elle, dans son hôtel.

Piskariov descendit en courant l'escalier. Il y avait en effet une calèche dans la cour. Il y monta, la portière se referma, les pavés résonnèrent sous les sabots des chevaux et les rangées de maisons éclairées, les réverbères, les enseignes s'ébranlèrent et se mirent à glisser rapidement en arrière, des deux côtés de la calèche.

Piskariov essayait de réfléchir, mais il ne parvenait pas à comprendre ce qui se passait : une calèche! un laquais en livrée! un hôtel!... Il ne pouvait établir un rapprochement entre ce luxe et la chambre au quatrième, les fenêtres poussiéreuses et le piano discord.

La calèche s'arrêta net devant un perron splendidement illuminé, et Piskariov se sentit tout étourdi par le mouvement des voitures, les cris des cochers et la musique qui se déversait des fenêtres brillamment éclairées.

Le laquais à la riche livrée l'aida respectueusement à descendre et le fit entrer dans un vaste vestibule à colonnes de marbre, où se tenait un suisse tout doré et où l'on distinguait sous une grosse lampe une quantité de pelisses et de manteaux.

Un escalier ajouré à la rampe polie se dressait devant le jeune homme dans une atmosphère parfumée. Il monta rapidement et pénétra dans une salle, mais aussitôt recula, épouvanté, à la vue de la multitude qui s'y pressait. La diversité des visages et des costumes le confondit complètement : on aurait dit que quelque démon avait brisé l'univers en morceaux pour les mélanger ensuite sans aucun ordre. Les habits noirs, les brillantes épaules féminines, les lustres et les lampes, les écharpes de gaze, les rubans légers, les contrebasses massives qu'on apercevait à travers la balustrade des chœurs, — tout l'émerveillait.

Il y avait là, dans cette salle, tant de respectables vieillards et d'importants personnages couverts de décorations, tant de dames qui glissaient avec une grâce légère et fière sur le parquet reluisant ou bien se tenaient assises en rang, on parlait avec tant de désinvolture français et anglais, le maintien des jeunes gens en habit était si noble, ils causaient et se taisaient avec tant de dignité, sans un mot inutile, ils plaisantaient si discrètement, ils souriaient si respectueusement, leurs favoris étaient si bien soignés et ils exposaient leurs belles mains avec une telle élégance en corrigeant le nœud de leurs cravates, les jeunes filles paraissaient si aériennes, et, baissant leurs yeux adorables, semblaient plongées dans un ravissement tel, que notre héros...

Mais l'aspect intimidé de Piskariov qui se tenait adossé à l'une des colonnes, montrait suffisamment son désarroi.

Il remarqua que la foule entourait un groupe de danseurs et de danseuses. Celles-ci tournaient, enveloppées de ces étoffes transparentes qui nous viennent de Paris, vêtues de robes tissées d'air pur, semblait-il. Leurs petits pieds effleuraient dédaigneusement le parquet et paraissaient ne s'y poser que par condescendance. L'une d'elles les dépassait toutes en beauté et était vêtue avec encore plus d'élégance que les autres; sa toilette révélait un goût raffiné et d'autant plus exquis que la jeune fille ne paraissait nullement s'en préoccuper. Elle regardait sans la voir, aurait-on dit, la foule des spectateurs qui l'entouraient; ses longs cils s'abaissaient et se relevaient avec indifférence, et la blancheur éclatante de son visage apparut encore plus éblouissante lorsque, à une inclinaison de sa tête, une légère ombre glissa sur son front charmant.

Piskariov tenta de fendre la foule de ses admirateurs, afin de la voir de plus près; mais, à son grand dépit, une grosse tête garnie d'une épaisse chevelure crêpée la lui cachait constamment. De plus, la foule l'enserrait à tel point qu'il n'osait plus ni reculer ni avancer, de crainte de pousser quelque conseiller secret. Il réussit pourtant, après maints efforts, à se glisser au premier rang; mais arrivé là, et ayant jeté un regard sur ses vêtements pour s'assurer qu'ils étaient en ordre, que vit-il, mon Dieu!

Il était en redingote, une redingote toute tachée de couleurs ! Dans sa hâte à suivre le laquais, il avait oublié de changer de vêtements. Il rougit jusqu'aux oreilles ; il aurait voulu se terrer quelque part ; mais où et comment ? La muraille de brillants jeunes gens qui l'entouraient s'était déjà refermée derrière lui. Il n'avait maintenant plus qu'un désir : s'éloigner au plus vite de la belle jeune fille au front éclatant, aux cils soyeux. Il leva les yeux sur elle, tout honteux : ne le regardait-elle pas ? mon Dieu ! Elle est juste devant lui ! Mais qu'est-ce donc ? Comment cela est-il possible ?... « C'est elle ! » faillit-il s'écrier de toute la puissance de sa voix.

C'était elle en effet, celle-là même qu'il avait rencontrée dans la perspective Nevsky et accompagnée jusqu'à sa demeure.

Elle releva ses cils et enveloppa la foule de son clair regard. « Seigneur ! qu'elle est belle ! » fut-il seulement capable de murmurer, la respiration coupée. Elle parcourut des yeux le cercle entier, où chaque homme essayait d'attirer son attention. Mais avec quelle fatigue, avec quelle expression distraite elle détourna bientôt ses regards qui se croisèrent alors soudain avec ceux de Piskariov. Ciel ! quel paradis s'entrouvre subitement devant lui !... « Seigneur ! donne-moi la force de supporter ce bonheur ! Ma vie ne peut le contenir ! Il brisera mon corps et ravira mon âme !... »

Elle lui fit signe ; non de la main, non d'une inclinaison de la tête. C'est dans ses yeux expressifs qu'il put lire ce signe à peine perceptible et que personne ne remarqua. Mais lui, il le vit et le comprit.

Les danses durèrent longtemps ; tantôt, comme fatiguée, la musique s'éteignait, se mourait complètement, et tantôt éclatait soudain, bruyante. Mais enfin les danses s'arrêtèrent. Elle s'assit ; sa poitrine palpitait faiblement sous le fin voile de gaze ; sa main (quelle main admirable !) tomba sur ses genoux, et il sembla que la robe sous cette main palpitait aussi, comme vivante, et sa teinte mauve soulignait encore davantage la blancheur lumineuse des doigts.

L'effleurer ! Rien de plus ! Tout autre désir lui aurait paru trop téméraire. Il se tenait debout derrière sa chaise, n'osant même pas respirer.

« Vous vous êtes ennuyé, prononça-t-elle. Je me suis bien ennuyée aussi. Je remarque que vous me haïssez », ajouta-t-elle en abaissant ses longs cils.

« Vous haïr ! moi ! » faillit dire Piskariov, complètement éperdu. Et il allait certainement prononcer des paroles incohérentes, lorsque s'approcha d'eux un chambellan qui lança quelques traits spirituels et aimables. Son crâne s'ornait d'un élégant toupet bien frisé, et il montrait en parlant une rangée d'assez belles dents. Chacune de ses plaisanteries perçait le cœur de Piskariov d'un trait aigu. Enfin, par bonheur, quelqu'un s'adressa au chambellan qui se détourna pour répondre.

« Comme c'est insupportable ! dit-elle en levant sur le jeune homme ses yeux célestes. Je vais m'asseoir à l'autre bout de la salle. Rejoignez-moi ! »

Elle pénétra dans la foule et disparut. Il se précipita comme un fou, fendit la cohue et parvint à l'endroit qu'elle lui avait désigné.

« Oui, c'est bien elle. Elle est assise là... On dirait une reine, la plus belle de toutes... »

Elle le chercha des yeux.

« Vous voilà, dit-elle tout bas. Je serai franche avec vous. Les circonstances de notre première rencontre vous paraissent certainement bien étranges. Mais pouvez-vous vraiment croire que j'appartienne à la méprisable catégorie de ces créatures parmi lesquelles vous m'avez trouvée ? Mes actes peuvent vous sembler étranges. Mais je vais vous dévoiler un secret ; serez-vous capable de ne jamais le trahir ? » prononça-t-elle en le regardant droit dans les yeux.

« Oh ! oui. Je vous serai fidèle. »

Mais juste à cet instant un homme assez âgé s'approcha d'eux et, s'adressant à la jeune fille en une langue que Piskariov ne connaissait pas, il lui offrit son bras. Elle jeta à Piskariov un regard suppliant en lui faisant signe de rester là et de l'attendre. Mais, brûlant d'impatience, il était incapable d'obéir à un tel ordre, bien que venant d'elle. Il se leva pour la suivre, mais la foule les sépara. Il ne distinguait plus la robe mauve. Il allait d'une salle à l'autre, très agité, jouant des coudes, sans se gêner. Mais il ne voyait partout que des tables de jeu autour desquelles se tenaient assis, au milieu d'un silence de tombe, d'importants personnages. Dans un coin de la chambre, quelques messieurs mûrs discutaient des avantages que présentait la carrière militaire. Dans un autre groupe, des jeunes gens arborant des fracs d'une coupe irréprochable, causaient d'un ton léger de la vaste production d'un poète, travailleur acharné. Piskariov sentit qu'un monsieur d'allure respectable le saisissait par le bouton de son habit pour lui exposer ses idées, extrêmement judicieuses d'ailleurs. Mais il le repoussa brutalement, sans faire même attention à la décoration que le personnage portait au cou. Il réussit à s'introduire dans la pièce voisine : l'inconnue n'y était pas, pas plus que dans la suivante...

« Où est-elle ? Rendez-la-moi ! Je ne puis continuer à vivre sans l'avoir vue au moins une fois encore ! Je dois savoir ce qu'elle voulait me dire ! »

Mais toutes ses recherches demeuraient vaines. Inquiet, épuisé, il se blottit dans un coin, et se mit à dévisager les gens autour de lui. Mais, sous ces regards tendus et fixes, les objets perdirent peu à peu leurs contours, leurs couleurs, et il vit tout à coup apparaître les murs gris de sa chambre. Il leva machinalement les yeux : oui, voilà le chandelier, au fond duquel une mèche consumée jette ses dernières lueurs ; la chandelle est complètement fondue, et sur la table se voit une large tache de graisse.

Il avait dormi ! Ce n'était donc qu'un rêve !

Quel beau rêve ! Pourquoi fallait-il qu'il se réveillât ! Pourquoi n'avoir pas attendu, ne fût-ce qu'une minute encore ? Elle lui serait certainement apparue de nouveau. L'aube irritante, pénétrant dans la chambre, l'emplissait d'une lueur trouble et pénible. Tout était en désordre, tout était morne et triste. Que la réalité est donc affreuse ! Peut-on la comparer au rêve ! Il se déshabilla promptement, se coucha, s'enroula dans sa couverture, voulant à toute force évoquer son rêve interrompu. Le sommeil engourdit aussitôt son corps, en effet ; mais il ne lui accorda pas ce que Piskariov espérait : c'était tantôt le lieutenant Pirogov et sa pipe, tantôt le concierge de l'Académie, tantôt la tête de la vieille Finnoise dont il avait fait le portrait quelque temps auparavant, ou d'autres images aussi vaines.

Il resta au lit jusqu'à midi, espérant la voir encore une fois, mais la belle inconnue ne revint plus. « Oh ! la revoir, ne fût-ce qu'un instant seulement ! Revoir ses traits divins, son bras d'une blancheur aussi éblouissante que la neige des cimes inviolées ! Entendre encore son pas léger !... »

Incapable de réfléchir, il demeurait assis, désemparé, ébloui par sa vision, sans force pour s'occuper de quoi que ce fût, ses regards vagues tournés vers la fenêtre donnant sur la cour, où un porteur d'eau à l'aspect misérable remplissait des brocs, tandis que résonnait la voix chevrotante du marchand d'habits : « Vieux habits!... à vendre!... »

La réalité banale blessait douloureusement ses sens.

Il demeura dans cet état jusqu'au soir, et lorsque vint la nuit, il retourna avec joie dans son lit. Il fut obligé de lutter longtemps contre l'insomnie, mais finalement le sommeil vint clore ses paupières.

Un rêve encore!... Mais un rêve plat, stupide!... « Mon Dieu! aie pitié de moi! Fais-la apparaître à mes yeux, ne fût-ce que pour un instant!... »

La journée qui suivit se passa dans l'attente inquiète de la nuit. Il s'endormit, mais rêva encore une fois de je ne sais quel fonctionnaire, qui prenait parfois l'aspect d'un basson. « Oh! c'est insupportable!... Mais la voilà! C'est bien son visage! Ce sont ses longues boucles! Mais elle s'évanouit presque aussitôt; un voile grisâtre la cache... »

Toutes les puissances de son être finirent par se concentrer autour de ses rêves, et sa vie acquit alors un caractère étrange; on aurait dit qu'il dormait étant éveillé, et veillait au contraire dans son sommeil. Si quelqu'un l'avait vu, tandis qu'il se tenait assis devant une table vide ou marchait dans la rue, l'air absent, celui-là l'eût certainement pris pour un lunatique ou pour un ivrogne hébété par l'alcool. Son regard était vide de toute expression; sa distraction naturelle, se développant sans entrave, effaçait impérieusement de son visage toute pensée, tout sentiment. Il ne recommençait à vivre qu'à la tombée de la nuit.

Cet état d'esprit ruinait ses forces. Mais ce fut pis encore lorsque le sommeil, n'obéissant plus à ses désirs, l'abandonna complètement. Voulant sauvegarder son unique trésor, il essaya de tous les moyens pour combattre l'insomnie. Il avait entendu dire qu'il existait un remède excellent contre celle-ci, et qu'il suffisait pour dormir de prendre quelques gouttes d'opium. Il se souvint alors d'un marchand persan qui avait une boutique d'étoffes orientales et qui, chaque fois qu'il rencontrait Piskariov, lui demandait de lui peindre une jolie femme.

Piskariov résolut de s'adresser au Persan qui devait certainement avoir de l'opium.

Le marchand le reçut, assis sur son divan, les jambes ramenées sous lui.

— Qu'as-tu besoin d'opium ? lui demanda-t-il.

Piskariov lui confia son insomnie.

— Bien, je t'en donnerai; mais toi, tu me dessineras une belle femme. Il faut qu'elle soit vraiment belle, entends-tu ? Ses sourcils doivent être noirs et ses yeux aussi larges que des olives. Et tu me dessineras, assis à ses côtés et fumant ma pipe. Comprends-tu ? il faut qu'elle soit très belle.

Piskariov promit tout ce qu'il voulut. Le Persan quitta la chambre pour un instant et rentra portant un petit pot rempli d'une liqueur brune; il en versa prudemment la moitié dans un autre pot, qu'il remit à Piskariov en lui recommandant de ne pas en prendre plus de sept gouttes dans un verre d'eau. Piskariov se saisit avidement du petit récipient, qu'il n'aurait pas échangé contre un monceau d'or, et courut aussitôt à la maison.

Rentré chez lui, il versa quelques gouttes du liquide dans un verre et ayant bu, il se coucha.

« Dieu! quel bonheur! C'est elle! c'est bien elle! mais sous un aspect tout différent. Comme elle est jolie, assise à la fenêtre de cette maison de campagne, claire et propre! Sa robe est d'une simplicité aussi parfaite que celle que revêt la pensée d'un poète. Sa coiffure... comme elle est modeste, cette coiffure, et comme elle lui va bien! Un fichu léger recouvre son cou gracieux... Tout en elle respire la pudeur et tout en elle est harmonieux. Comme elle est souple, sa démarche gracieuse! Quelle musique évoquent ses pas et le bruissement de sa robe! Quelle douceur dans ce bras qu'enserre un bracelet formé de cheveux tressés! »

Les larmes aux yeux, elle lui dit : « Ne me méprisez pas. Je ne suis pas ce que vous croyez. Regardez-moi! regardez-moi bien : suis-je capable de faire ce dont vous m'accusez ? » Oh! non! non! Que celui qui ose l'accuser...

Il se réveilla, très ému, bouleversé, les yeux pleins de larmes.

« Mieux eût valu pour toi ne pas exister du tout, rester étrangère à ce monde, n'être que l'œuvre d'un artiste inspiré! Il n'aurait pas quitté sa toile, il t'aurait admirée sans cesse et t'aurait couverte de baisers!... Je n'aurais vécu, je n'aurais respiré que pour toi! J'aurais été heureux et n'aurais pas eu d'autres désirs! Je t'aurais invoquée comme mon ange gardien à mon réveil et avant de m'endormir! Et je me serais adressé à toi en me mettant au travail, chaque fois que j'aurais eu à exprimer quelque sentiment saint et sublime... Mais aujourd'hui! quelle situation affreuse! Que me donne son existence réelle ? En persistant à vivre, un fou peut-il faire le bonheur de ceux-là mêmes qui l'aimaient jadis, de ses amis, de ses parents ?... Quelle horreur que notre vie, et ses contrastes entre le rêve et la réalité!... »

Telles étaient à peu près les pensées qui occupaient continuellement son esprit. Il ne songeait à rien d'autre. Il ne mangeait presque pas et attendait chaque soir, avec toute l'impatience, avec toute l'ardeur d'un amoureux passionné, la visite de la vision adorée.

Grâce à la concentration de toutes ses pensées sur un objet unique, celui-ci acquit un tel pouvoir sur son imagination que l'image de la belle inconnue finit par le visiter presque chaque nuit, revêtant toujours un aspect complètement différent de celui sous lequel la jeune femme lui était apparue dans la réalité, car ses pensées étaient aussi pures que celles d'un enfant et dans ses rêves, l'image de la femme aimée se transfigurait entièrement.

Sous l'action de l'opium, son imagination s'enflamma encore davantage, et s'il y eut jamais un amant fou d'amour, malade de passion, torturé et malheureux, ce fut certainement lui.

Un de ces rêves l'emplit d'une joie particulièrement intense : il était dans son atelier, travaillant gaiement, sa palette à la main. Elle est là, auprès de lui; ils sont déjà mariés. Assise à ses côtés, elle suit son travail, son charmant coude posé sur le dossier de la chaise. Ses regards fatigués et dolents reflètent le doux fardeau du bonheur. La chambre, claire et propre, paraît un paradis... Mon Dieu! elle incline la tête et la pose sur sa poitrine à lui!... Jamais il ne fit de plus beau rêve.

Quand il s'éveilla le lendemain, il se sentit plus frais, plus dispos, moins distrait, et il conçut un projet étrange. Il se peut, songea-t-il, qu'elle ait été entraînée dans la débauche involontairement, par suite de quelque circonstance mystérieuse; il se peut que son âme soit déjà disposée au repentir et qu'elle aspire déjà à échapper à son atroce esclavage. Va-t-il assister indifférent à sa perte définitive, lorsqu'il suffit, peut-être, de lui tendre une main secourable pour lui éviter la mort ?

Ses pensées allèrent encore plus loin dans cette voie : « Personne ne me connaît, se disait-il; personne ne s'occupe de ce que je fais, et je n'ai cure de personne. Si elle manifeste un repentir sincère et consent à changer d'existence, je l'épouserai. Oui, je dois l'épouser; et je suis certain qu'en faisant cela, j'agis mieux que tant d'autres qui épousent leur cuisinière ou quelque créature tout à fait méprisable. Mon action est désintéressée et peut être même utile, si je parviens à rendre au monde son plus bel ornement. »

Ayant bien examiné ce plan, il sentit le sang affluer à ses joues. Il s'approcha de son miroir et fut lui-même épouvanté à la vue de son visage hâve et décharné. Il fit une toilette soignée, se lava, peigna ses cheveux, revêtit un nouveau frac et un gilet élégant, jeta un manteau sur ses épaules et sortit. Il aspira l'air frais et se sentit tout ragaillardi, comme un convalescent sorti pour la première fois après une longue maladie.

Son cœur battait fortement lorsqu'il s'engagea dans la rue où il n'avait plus mis le pied depuis la fatale rencontre. Il chercha longtemps la maison : ses souvenirs n'étaient plus suffisamment précis; il parcourut deux fois la longue rangée de bâtisses, sans parvenir à reconnaître celle qu'il cherchait. Enfin il la retrouva.

Il monta rapidement l'escalier et frappa à la porte. Ce fut elle qui la lui ouvrit. Oui! c'est bien elle! la vision mystérieuse! la belle inconnue de ses rêves, pour laquelle il vivait, si douloureusement, si voluptueusement. Elle est là, devant lui.

Il frémit, et sa faiblesse soudaine fut telle, qu'il faillit tomber et s'évanouir de bonheur. Elle se tenait devant lui, toujours aussi belle, bien que ses yeux fussent gonflés de sommeil, bien que ses joues, moins fraîches, eussent pâli. Elle était belle pourtant.

— Ah! s'exclama-t-elle à la vue de Piskariov en se frottant les yeux (bien qu'il fût déjà deux heures de l'après-midi). Pourquoi vous êtes-vous enfui si brusquement la fois passée ?

Il se laissa tomber sur une chaise, défaillant, mais sans la quitter des yeux.

— Je viens seulement de m'éveiller. On m'a ramenée à sept heures du matin; j'étais complètement ivre, ajouta-t-elle en souriant.

« Oh! tais-toi! Il vaudrait mieux que tu fusses muette que de prononcer de telles paroles! » Elle venait de révéler aux yeux de Piskariov l'image complète de son existence. Il résolut pourtant d'essayer de la convaincre. Rassemblant ses idées, d'une voix tremblante mais ardente, il se mit à lui dépeindre toute l'horreur de la vie qu'elle menait. Elle l'écoutait, l'air attentif, mais avec cette expression étonnée que provoque en nous la vue de quelque objet étrange ou inattendu. Elle regardait en souriant sa compagne qui, ayant déposé le peigne qu'elle tenait à la main, écoutait attentivement le jeune prédicateur.

— Je suis pauvre, il est vrai, dit Piskariov en terminant sa longue harangue; mais nous travaillerons. Nous nous efforcerons, en joignant nos efforts, d'améliorer notre vie. Il n'y a rien de plus agréable que de dépendre de soi seul. Je peindrai, et toi, assise auprès de moi et m'encourageant, tu t'occuperas de quelque ouvrage de couture; je suis certain que nous n'aurons à endurer nulle privation.

— Que je me mette à travailler, moi ? prononça la jeune fille d'un ton méprisant. Je ne suis pas une couturière ou une blanchisseuse pour travailler de mes mains!

Mon Dieu! Ces quelques mots reflétaient toute sa misérable existence, et exprimaient l'oisiveté et l'inertie, compagnes inséparables de la débauche.

— Épousez-moi! lança tout à coup d'un ton impudent la seconde femme qui jusque-là n'avait encore rien dit. Si je me mariais, je me tiendrais toujours ainsi. — Et ce disant, elle prêta à son pitoyable visage une expression stupide qui fit beaucoup rire la belle inconnue.

Non! c'en était trop! Il n'avait plus la force d'en supporter davantage. Il s'enfuit, éperdu.

L'esprit bouleversé, il erra tout le jour sans but, n'entendant rien, ne voyant rien. Personne ne sut jamais où et comment il avait passé la nuit. Le lendemain seulement, guidé par un instinct irraisonné, il rentra chez lui, le visage hagard, les cheveux en désordre, pareil à un insensé.

Il s'enferma dans sa chambre, n'y laissant pénétrer personne. Quelques jours se passèrent ainsi, puis une semaine, pendant laquelle la porte de son atelier ne s'ouvrit pas une seule fois. On s'inquiéta enfin, on l'appela, on frappa sans obtenir nulle réponse. On fit alors sauter la serrure de sa porte et l'on découvrit par terre son cadavre étendu, la gorge ouverte et tenant encore à la main un rasoir ensanglanté. D'après ses traits convulsés et la position des bras violemment déjetés, l'on comprit que sa main avait tremblé et qu'il avait souffert longtemps avant que son âme pécheresse eût enfin quitté son corps.

Ainsi périt, victime de sa passion insensée, le pauvre Piskariov, si doux, si modeste, si naïf et qui possédait certainement les germes d'un talent qui aurait pu brillamment se développer par la suite. Personne ne le pleura, personne ne fit à son corps l'aumône d'un regard, sauf l'inspecteur de police et le médecin municipal aux yeux indifférents.

Son cercueil fut transporté au cimetière d'Okhta sans pompe religieuse, et il ne fut accompagné que par le gardien du cimetière, lequel versa quelques larmes, parce qu'il avait précisément bu un coup de trop ce jour-là.

Même le lieutenant Pirogov ne se dérangea pas pour dire adieu à la dépouille de son ami, qu'il avait honoré pourtant de sa haute protection. D'ailleurs, le lieutenant Pirogov avait bien autre chose à faire : il était en effet engagé dans une aventure assez extraordinaire.

Occupons-nous donc de lui maintenant.

Je n'aime pas beaucoup les morts et les cadavres, et je suis toujours très agacé lorsqu'une procession funèbre vient traverser ma route et que je vois un invalide, vêtu comme un capucin, porter à son nez une prise de tabac de sa main gauche, la droite tenant un flambeau. J'éprouve un sentiment de dépit à la vue d'un riche catafalque et d'un cercueil capitonné de velours. Mais mon dépit s'allie à la tristesse lorsque je vois un cocher conduire à sa dernière demeure le cercueil de sapin d'un pauvre, que rien ne recouvre et qu'accompagne parfois, n'ayant rien de mieux à faire, quelque mendiante rencontrée au coin d'une rue.

Nous avons quitté, je crois, le lieutenant Pirogov au moment où ayant abandonné Piskariov, il s'était précipité sur les pas d'une jolie blonde.

Cette blonde était une créature mignonne et piquante. Elle s'arrêtait devant chaque magasin et se plongeait dans la contemplation des ceintures, boucles d'oreilles, fichus et autres colifichets exposés, tout en ne cessant de jeter des regards à droite et à gauche et de tourner la tête en arrière. « Je te tiens, ma chérie ! » se dit, très satisfait, Pirogov ; et relevant le collet de son manteau, afin de ne pas risquer d'être reconnu par quelque ami, il continua sa poursuite.

Mais il serait bon de présenter au préalable à mes lecteurs le lieutenant Pirogov.

Pourtant, avant de vous dire ce qu'était ce lieutenant

Pirogov, je crois qu'il faudrait donner quelques explications sur la société à laquelle il appartenait.

Certains officiers forment à Pétersbourg une sorte de classe moyenne. Vous rencontrerez immanquablement l'un de ces jeunes gens aux soirées et aux dîners des conseillers d'Etat et des conseillers d'Etat actuels, qui ont acquis ces titres par quarante années de service; quelques demoiselles, souvent montées en graine, aussi pâles et effacées que le ciel de Pétersbourg, une table à thé, un piano, une sauterie, constituent les éléments obligatoires de ces réunions, où sous la lampe vous verrez aussi scintiller quelque épaulette dorée, entre la robe de tulle d'une douce blonde et l'habit noir d'un frère ou d'un ami. Il est extrêmement difficile d'animer ces placides jeunes filles et de les faire rire; il faut beaucoup d'art pour y atteindre, ou, pour mieux dire, une absence totale de tout art; il faut dire des choses qui ne soient ni trop intelligentes ni trop spirituelles et qui n'exigent pas pour être comprises de trop grands efforts intellectuels. Mais on doit rendre en cela justice à ces messieurs : ils possèdent un talent spécial pour attirer l'attention de ces beautés et les faire rire; et la meilleure récompense de leurs efforts sont ces exclamations entrecoupées de rires que provoquent leurs plaisanteries : « Mais cessez donc! N'avez-vous pas honte de nous faire rire ainsi ? »

On rencontre rarement ces messieurs dans les sphères supérieures de la société, dont ils ont été éliminés par ceux qu'on nomme aristocrates. Ils sont considérés pourtant comme des jeunes gens instruits et bien élevés; ils aiment à discuter littérature; ils louent Boulgarine, Gretch et Pouchkine et raillent spirituellement et sur un ton méprisant les œuvres d'Orlov. Ils ne laissent jamais passer une conférence, fût-ce sur les méthodes de comptabilité ou sur l'agriculture. Au théâtre, on les voit à tous les spectacles, à moins qu'on n'y joue quelque pièce trop vulgaire pour leurs goûts raffinés; et les entreprises théâtrales ont en eux d'excellents clients. Ils aiment tout particulièrement les vers bien sonores et prennent plaisir à rappeler les acteurs en faisant grand tapage. Ceux d'entre eux qui professent dans des écoles militaires ou qui préparent aux examens militaires, finissent par avoir chevaux et voitures. Leurs relations s'étendent alors, et ils parviennent finalement à épouser quelque fille de marchand, bien dotée, sachant jouer du piano et pourvue d'une bande de parents à longues barbes. Mais cet honneur n'échoit à nos officiers que lorsqu'ils ont atteint au moins le grade de colonel, car, bien qu'elles fleurent encore souvent les choux aigres, nos barbes russes ne veulent avoir pour gendres que des Excellences ou, tout au moins, des colonels.

Tels sont donc les traits distinctifs de cette catégorie de jeunes gens, à laquelle appartenait le lieutenant Pirogov; mais celui-ci possédait encore de nombreuses qualités en propre. Il déclamait parfaitement les vers de la comédie *Le malheur d'avoir trop d'esprit* [1] et ceux de la tragédie *Dimitri Donskoï* [2], et était passé maître dans l'art de lancer des ronds de fumée qu'il enchaînait par douzaines. Il savait aussi raconter de jolies anecdotes. Mais je crois qu'il est assez difficile de dénombrer tous les talents dont le destin avait doté Pirogov. Il parlait volontiers des actrices et des danseuses, mais sur un ton moins dégagé que celui qu'emploient généralement les tout jeunes sous-lieutenants.

Il était très satisfait de son grade, obtenu depuis peu, et, bien qu'il répétât souvent, étendu tout de son long sur son divan : « Tout n'est que vanité! Me voilà lieutenant; mais quelle importance cela a-t-il ? » son amour-propre en était secrètement flatté pourtant, et dans le cours de la conversation il faisait volontiers allusion à son grade. Ayant même rencontré une fois dans la rue un scribe dont le salut ne lui sembla pas suffisamment respectueux, il l'arrêta aussitôt et lui fit observer en quelques mots brefs, mais bien sentis, qu'il avait devant lui un lieutenant et non pas quelque officier subalterne. Il fut d'autant plus éloquent en ce cas que deux dames assez jolies passaient justement devant lui.

Pirogov manifestait en général une grande admiration pour la beauté et l'élégance, et protégeait volontiers les débuts de son ami Piskariov; il se peut d'ailleurs qu'il fût guidé en cela par le désir de voir son mâle visage reproduit par le peintre sur une toile.

Mais assez parlé des qualités du lieutenant Pirogov! L'homme est un être si merveilleux qu'il est impossible de dénombrer en une fois toutes ses vertus, car à mesure qu'on les examine de plus près on y découvre de nouveaux détails, dont la description serait interminable.

1. Comédie de Griboïèdov.
2. Tragédie de Koukolnik.

Pirogov continuait donc de poursuivre la jolie inconnue, en lui posant de temps à autre des questions, auxquelles elle ne répondait qu'en émettant des sons brefs et inintelligibles.

Ils passèrent sous le porche humide de la porte de Kazan et pénétrèrent dans la rue Mestchanskaïa, la rue des boutiques de tabac, des petites épiceries, des artisans allemands et des « nymphes » finnoises. La dame blonde, se hâtant, entra en coup de vent dans une maison d'aspect plutôt minable. Pirogov la suivit. Ils montèrent rapidement, l'un derrière l'autre, un escalier de fer étroit et sombre. Elle poussa une porte dont Pirogov passa audacieusement le seuil sur ses traces.

Il se vit dans une vaste chambre aux murs noircis, au plafond enfumé. Le plancher était recouvert de tas de limaille de cuivre et de fer; une grande table supportait des cafetières, des chandeliers, des vis, des instruments. Pirogov devina aussitôt qu'il se trouvait chez un ferblantier. Traversant la chambre, l'inconnue disparut par une autre porte. Après un instant d'hésitation, Pirogov, selon l'habitude russe, résolut d'aller audacieusement de l'avant. Il suivit donc la jeune femme et entra dans une autre chambre qui ne ressemblait en rien à la première : la propreté et l'ordre qui y régnaient disaient que le maître de la maison était un Allemand.

Pirogov s'arrêta tout interdit : il vit devant lui Schiller, non pas le Schiller qui écrivit *Guillaume Tell* et *l'Histoire de la Guerre de Trente ans*, mais Schiller, le ferblantier bien connu de la rue Mestchanskaïa. Auprès de Schiller se tenait Hofmann, non pas l'écrivain Hofmann, mais le cordonnier qui a un atelier dans la rue Ofitserskaïa, un vieux camarade de Schiller. Celui-ci était complètement ivre. Assis sur une chaise, il frappait le plancher du pied et racontait je ne sais quelle histoire, en y mettant beaucoup de passion. Tout cela n'aurait pas trop étonné Pirogov, n'eût été la position respective des deux personnages.

Schiller était assis, la tête relevée, son gros nez en l'air, tandis que Hofmann pinçait ce nez entre les deux doigts de la main gauche et brandissait de la droite son couteau de cordonnier. Les deux personnages parlaient allemand, et comme Pirogov n'était pas fort en allemand et ne savait dire que « gut Morgen », il ne pouvait comprendre ce qui se passait.

Or voici ce que disait Schiller :

« Je ne veux pas! Je n'ai pas besoin de nez, criait-il en gesticulant. Je dépense pour ce nez trois livres de tabac par mois et je le paye à ce vilain marchand russe — car les boutiques allemandes ne vendent pas de tabac russe — quarante kopeks la livre, ce qui fait un rouble et vingt kopeks. Or, douze fois un rouble vingt, cela fait quatorze roubles et quarante kopeks. Tu entends, ami Hofmann ? Rien que mon nez me coûte quatorze roubles et quarante kopeks; mais les jours de fête je prise encore du *Râpé*, car je ne veux pas priser aux fêtes de ce détestable tabac russe. Je prise par an deux livres de *Râpé*, à trois roubles la livre. Six et quatorze, cela fait vingt roubles et quarante kopeks, que je dépense pour mon tabac chaque année. C'est un vol, n'est-il pas vrai, ami Hofmann ? (Hofmann qui était ivre aussi, répondit affirmativement.) Je suis un Allemand de la Souabe; j'ai un roi en Allemagne! Je ne veux pas de nez! Coupe-le-moi! Je te le donne! »

Si le lieutenant Pirogov n'était brusquement apparu, Hofmann aurait certainement coupé le nez de Schiller, car il avait déjà saisi son couteau comme pour tailler une semelle.

Schiller fut évidemment très dépité qu'un inconnu eût interrompu ainsi l'opération et, bien qu'il fût plongé dans la bienheureuse ivresse que procurent la bière et le vin, il comprit qu'il ne convenait pas d'être surpris dans cette situation. Mais Pirogov s'inclina légèrement et prononça avec la noblesse qui lui était coutumière :

— Excusez-moi!

— Va-t'en! fit d'une voix pâteuse Schiller.

Pirogov demeura tout interdit. Un tel accueil était nouveau pour lui. Le sourire qui s'épanouissait sur son visage disparut soudain, et il dit d'un ton blessé mais digne :

— Je suis étonné, Monsieur! Vous n'avez probablement pas remarqué que je suis un officier ?

— Qu'est-ce que cela me fait! Je suis un Allemand de Souabe! Je pourrais être moi-même officier : un an et demi aspirant, deux ans sous-officier, et demain je serai officier. Mais je ne veux pas servir dans l'armée. Voilà ce que je ferai avec les officiers, moi : pfuit!... Et c'est tout! — Schiller étendit la main et souffla dessus.

Le lieutenant Pirogov vit qu'il n'avait autre chose à faire qu'à se retirer. Mais cette manière d'agir, peu compatible avec la dignité de son grade, lui produisit une impression fort pénible. En descendant l'escalier, il s'arrêta plusieurs fois comme pour rassembler ses idées et réfléchir au moyen de faire sentir à Schiller l'inconvenance de sa conduite.

Il se dit enfin qu'on pouvait excuser Schiller, les fumées du vin appesantissant son cerveau. De plus, il songea à la jolie blonde et résolut de ne pas faire attention aux paroles de Schiller.

Le lendemain matin, de très bonne heure, Pirogov se rendit à l'atelier du ferblantier; il fut reçu dans la première chambre par la jolie blonde qui d'une voix sévère (elle allait d'ailleurs fort bien à son visage) lui demanda :

— Que désirez-vous ?

— Ah! bonjour, ma chérie! Vous ne me reconnaissez pas ? Ah! la coquine! quels beaux yeux!

Sur ces mots Pirogov tenta de saisir gentiment le menton de la jeune femme; mais celle-ci eut une exclamation craintive et répéta d'un ton aussi sévère :

— Que désirez-vous ?

— Vous voir. Je ne désire rien de plus! fit le lieutenant Pirogov, souriant agréablement et se rapprochant de la dame; mais, remarquant que celle-ci se disposait à s'enfuir, il ajouta : Je voudrais, ma chérie, commander des éperons. Pouvez-vous me faire des éperons ? Bien que pour vous aimer, les éperons ne soient nullement nécessaires; c'est une bride au contraire qu'il faudrait. Oh! quelles mains délicieuses!

Le lieutenant Pirogov se montrait toujours extrêmement galant dans de semblables situations.

— Je vais appeler mon mari! s'écria la jeune femme, et elle sortit.

Au bout de quelques minutes, Pirogov vit entrer Schiller, les yeux bouffis de sommeil et qui n'avait pas encore repris complètement ses esprits après sa beuverie. A la vue de l'officier, il revit comme en rêve les événements de la veille : il ne se souvenait pas exactement de ce qui s'était passé, mais sentant qu'il avait commis une bêtise, il accueillit l'officier d'un ton très rogue.

— Je ne peux pas prendre moins de quinze roubles pour des éperons, dit-il, voulant se débarrasser de Pirogov, car, en sa qualité d'honnête Allemand, il lui était pénible de regarder en face celui qui l'avait vu dans un état si peu correct.

Schiller aimait boire sans témoin, en compagnie de

quelques camarades, et se cachait alors de ses propres ouvriers.

— C'est bien cher, dit d'une voix douce Pirogov.

— Ce sera du travail allemand, prononça fermement Schiller, en se caressant le menton. Un Russe ne prendrait, il est vrai, que deux roubles.

— Je suis prêt à payer, pour vous prouver mon estime et afin de vous connaître de plus près. Je vous donnerai quinze roubles.

Schiller demeura un instant songeur et son cœur d'honnête artisan allemand ressentit une certaine honte; désireux d'éviter la commande de l'officier, il lui déclara qu'il ne pourrait terminer ce travail avant deux semaines; mais, sans discuter, Pirogov lui dit qu'il était prêt à attendre.

Le consciencieux Schiller se mit à réfléchir au moyen d'exécuter le travail de telle sorte qu'il pût réellement valoir quinze roubles.

A cet instant, la jolie blonde entra dans l'atelier et se mit à ranger les cafetières sur la table. Le lieutenant Pirogov profita de la songerie de Schiller pour s'approcher de sa femme et lui serrer le bras qui était nu jusqu'à l'épaule.

Cela déplut fort à Schiller.

— *Meine Frau !* s'écria-t-il.

— *Was wollen Sie doch ?* répondit la jolie blonde.

— *Gehen Sie* à la cuisine.

La jeune femme sortit.

— Ainsi donc, dans deux semaines, dit Pirogov.

— Oui, dans deux semaines, fit Schiller, tout songeur. J'ai beaucoup de travail en ce moment.

— Au revoir! Je repasserai.

— Au revoir, fit Schiller, en fermant la porte derrière l'officier.

Le lieutenant Pirogov résolut de ne pas s'arrêter en si beau chemin, bien qu'il fût évident que la jeune femme ne lui céderait pas facilement; mais Pirogov ne pouvait comprendre qu'on lui résistât, d'autant plus que sa belle prestance et son grade lui donnaient droit à quelque attention. Mais il faut dire que la femme de Schiller, tout en étant fort jolie, était aussi très sotte. D'ailleurs, la sottise ajoute un charme de plus à une jolie femme. Je connaissais, en effet, de nombreux maris qui étaient extrêmement satisfaits de la sottise de leur épouse : ils y voyaient l'indice d'une sorte d'innocence enfantine. La beauté produit de vrais miracles : tous les défauts moraux et intellectuels d'une jolie femme nous attirent vers elle, au lieu de nous en écarter, et le vice même, en ce cas, acquiert un charme particulier; mais dès que sa beauté disparaît, la femme est obligée d'être beaucoup plus intelligente que l'homme pour inspirer non pas l'amour, mais simplement le respect.

Pourtant, la femme de Schiller, bien que fort sotte, était fidèle à son devoir, aussi l'entreprise audacieuse de Pirogov avait-elle très peu de chance de réussir. Mais il y a toujours une sorte de volupté à vaincre les obstacles, et la conquête de la jolie Allemande présentait un très grand intérêt aux yeux du lieutenant. Il vint souvent se renseigner au sujet des éperons qu'il avait commandés; si bien que Schiller, fort ennuyé, fit tout son possible pour terminer ce travail au plus tôt. Les éperons furent enfin prêts.

— Oh! quel beau travail! s'écria le lieutenant Pirogov à la vue des éperons. Comme ils sont bien taillés. Notre général n'en a certainement pas d'aussi beaux!

L'amour-propre de Schiller s'épanouit. Ses regards s'animèrent et il se réconcilia intérieurement avec Pirogov. « L'officier russe est un homme intelligent », se dit-il.

— Pouvez-vous me faire une gaine pour un poignard que j'ai chez moi ?

— Mais certainement, dit Schiller, en souriant aimablement.

— En ce cas, faites-moi donc une gaine; je vous apporterai le poignard; un beau poignard turc. Mais je désirerais que la gaine fût d'un autre style.

Schiller crut recevoir une bombe sur le crâne. Son front se fronça. « En voilà une histoire! » se dit-il, en se reprochant amèrement d'avoir provoqué cette commande. Refuser eût été malhonnête, d'autant plus que l'officier russe avait loué son travail. Il accepta donc la nouvelle commande en hochant la tête, très dépité. Mais le baiser, qu'en sortant, Pirogov planta audacieusement en plein sur les lèvres de la jolie blonde le plongea dans de fort désagréables réflexions.

Je crois bon de faire faire ici au lecteur plus ample connaissance avec Schiller.

Schiller était un parfait Allemand, dans le sens le plus complet de ce terme. Dès l'âge de vingt ans, dès ce temps heureux où le Russe mène une existence instable et facile, Schiller avait fixé les moindres détails de sa vie, et jamais il n'admit, sous aucun prétexte, la moindre dérogation à l'ordre qu'il avait établi. Il avait résolu de se lever à sept heures, de dîner à deux heures, d'être exact en son travail et de s'enivrer tous les dimanches. Il s'était également promis d'amasser en dix ans cinquante mille roubles, et cette décision était tout aussi irrévocable qu'un arrêt du destin, car il arriverait plutôt à un fonctionnaire d'oublier de saluer son chef qu'à un Allemand de ne pas exécuter sa parole. Il ne variait jamais ses dépenses, et si le prix des pommes de terre montait, il ne dépensait pas un kopek de plus, mais réduisait simplement ses achats; son estomac ne s'en montrait pas toujours satisfait, mais il s'y habituait vite. L'ordre qui réglait son existence était si sévère, qu'il avait décidé de ne pas embrasser sa femme plus de deux fois par jour, et afin de ne pas être tenté de l'embrasser plus souvent, il ne mettait jamais qu'une petite cuillerée de poivre dans sa soupe.

Le dimanche, pourtant, cet ordre était moins rigoureusement observé, parce que Schiller buvait alors deux bouteilles de bière et une bouteille d'anisette, contre laquelle il pestait toujours d'ailleurs. Il buvait tout autrement que les Anglais qui, immédiatement après le dîner, s'enferment chez eux à clef et se saoulent dans la solitude. Non! en bon Allemand, il s'enivrait avec passion, pourrait-on dire, en compagnie du cordonnier Hofmann ou du menuisier Kuntz, Allemand lui aussi, et grand ivrogne par surcroît.

Tel était donc le brave Schiller, que la conduite du lieutenant Pirogov plaçait dans une situation très difficile. Bien que Schiller fût Allemand et possédât un caractère placide, les agissements du lieutenant Pirogov excitaient en lui une certaine jalousie. Il se cassait la tête pour trouver le moyen de se débarrasser de l'officier russe. Pirogov, de son côté, tout en fumant la pipe avec ses camarades, — car la Providence a décrété que là où il y aurait des officiers, il y aurait aussi des pipes, — Pirogov laissait entendre avec un sourire significatif qu'il avait une intrigue en train avec une charmante blonde qui n'avait déjà plus rien à lui refuser, bien qu'il eût failli un moment perdre tout espoir de réussite.

Un jour, en flânant dans la rue Mestchanskaïa et en examinant la maison qu'ornait l'enseigne de Schiller, où l'on avait dessiné des cafetières et des bouilloires, il vit à sa grande joie la tête de la jeune femme qui se penchait à la fenêtre et regardait les passants. Il s'arrêta, lui fit signe de la main et lui dit : « Gut Morgen ! » La femme de Schiller le salua comme une connaissance.

— Votre mari est-il là ? lui demanda-t-il.

— Oui, dit-elle.

— Mais quand donc n'y est-il pas ?

— Il sort chaque dimanche, répondit la petite sotte.

« Cela est bon à savoir, se dit Pirogov. Il faut en profiter. »

Le dimanche suivant, il se présenta inopinément. Schiller était absent, en effet. Sa femme manifesta une certaine frayeur au premier instant; mais Pirogov se montra cette fois très prudent et la salua respectueusement, en faisant valoir sa taille fine et souple. Il plaisanta d'une façon fort agréable et pleine de discrétion; mais la petite sotte ne répondait à ses jolies phrases que par des monosyllabes.

Ayant tout tenté et voyant qu'il ne parvenait pas à l'égayer, le lieutenant lui proposa de danser. Elle accepta aussitôt, car les Allemandes n'aiment rien tant que la danse.

Pirogov fondait là-dessus les plus grands espoirs : tout d'abord, il faisait plaisir à la jeune femme; puis il avait ainsi l'occasion de montrer l'élégance de ses manières; ensuite, au cours des danses, on pouvait se rapprocher, embrasser la gentille Allemande et mener l'aventure à bonne fin. Bref, il escomptait un prompt succès.

Il se mit à chantonner je ne sais quelle gavotte, sachant bien qu'avec les Allemandes il fallait agir progressivement. La jolie blonde se plaça au milieu de la chambre et leva un petit pied délicieux. Ceci suscita à tel point l'enthousiasme de Pirogov qu'il se précipita sur elle pour l'embrasser. La jeune femme poussa des cris aigus, ce qui ne fit qu'ajouter à son charme aux yeux de Pirogov. Il couvrait déjà son visage de baisers, lorsque la porte s'ouvrit brusquement, livrant passage à Schiller et à ses deux amis, Hofmann et Kuntz. Ces respectables artisans étaient tous trois ivres comme toute la Pologne.

Je laisse au lecteur à juger de la rage et de la stupéfaction de Schiller.

— Animal ! s'écria-t-il, furibond. Comment oses-tu embrasser ma femme ? Tu n'es pas un officier russe, tu es un misérable ! Que le diable t'emporte ! je suis un Allemand, moi, et non pas un cochon russe. N'est-ce pas, ami Hofmann ? (Hofmann opina de la tête.) Oh ! mais je ne veux pas porter de cornes, moi! Tiens-le au collet, ami! Je ne veux pas! criait-il en gesticulant, tandis que son visage avait pris la teinte rouge vif de son gilet. Je demeure à Pétersbourg depuis huit ans. J'ai une mère en Souabe et mon oncle est à Nuremberg. Je suis un Allemand et non pas une bête à cornes! Déshabillons-le, ami Hofmann! Tiens-le par les jambes, Kuntz!

Les ·Allemands saisirent le lieutenant Pirogov aux jambes et aux bras. En vain essaya-t-il de se débattre : ces trois honnêtes artisans auraient pu figurer parmi les plus solides Allemands que comptait Pétersbourg, et ils agirent avec le lieutenant si brutalement que je ne trouve pas, je l'avoue, les mots nécessaires pour décrire cette triste aventure.

Je suis certain que le lendemain Schiller eut une fièvre violente et qu'il trembla comme une feuille dans l'attente de la police; il aurait donné Dieu sait quoi pour que les événements de la veille ne se fussent pas produits. Mais on ne peut rien changer à ce qui est arrivé.

Rien n'aurait pu se comparer à la rage de Pirogov. Le souvenir de ce qu'on lui avait fait endurer le rendait presque fou. La Sibérie, le fouet lui semblaient une vengeance insuffisante. Il se précipita chez lui pour s'habiller et se rendre aussitôt chez le général, et lui décrire sous les couleurs les plus sombres la conduite révoltante des artisans allemands. Il résolut de déposer en même temps une plainte par écrit à l'Etat-Major; et s'il ne parvenait pas à tirer de cet affront une vengeance suffisamment éclatante, il irait encore plus loin...

Mais tout cela se termina d'une façon bien étrange et inattendue. En route, il entra pour se restaurer dans une pâtisserie et mangea deux gâteaux feuilletés, en parcourant l'*Abeille du Nord ;* il sortit de là quelque peu calmé. La soirée, de plus, était délicieusement douce, et cela lui donna l'envie de flâner un peu dans la perspective Nevsky. Vers neuf heures, il se sentit plus calme et se dit qu'il n'était pas convenable d'aller déranger le général un dimanche, et que d'ailleurs ce personnage n'était probablement pas chez lui. Il alla donc finir sa soirée chez un ami, inspecteur d'une commission de contrôle, où il retrouva avec plaisir plusieurs officiers de son régiment. Il passa là quelques heures fort agréables et dansa la mazurka avec tant de brio qu'il recueillit les applaudissements des dames et des messieurs!

Le monde est organisé bien étrangement, pensais-je,

en flânant il y a trois jours dans la perspective Nevsky et en songeant aux deux événements que je viens de relater. Comme le destin se joue mystérieusement de nous! Obtenons-nous jamais ce que nous désirons ? Arrivons-nous à réaliser ce à quoi nos facultés paraissent nous prédisposer ? Non! C'est tout le contraire qui se produit constamment.

La destinée octroie à celui-ci des chevaux admirables, mais il roule en calèche, profondément indifférent et sans prêter nulle attention à la beauté de son attelage; tandis que cet autre, qui est possédé d'une passion ardente pour la race chevaline, doit se promener à pied et se contenter de claquer de la langue à la vue des trotteurs des autres. Celui-là possède un excellent cuisinier, mais une bouche si petite, par malheur, qu'il est incapable d'avaler plus de deux bouchées. Cet autre a une bouche plus large que l'arc de triomphe de l'Etat-Major, mais il doit se contenter, hélas! de pommes de terre. Le destin se joue de nous bien étrangement!

Mais les aventures les plus extraordinaires sont celles qui se déroulent dans la perspective Nevsky. Oh! n'ayez jamais nulle confiance en ce que vous y voyez! Je m'enveloppe toujours bien soigneusement dans mon manteau, lorsque je traverse la perspective Nevsky, et tâche de ne pas regarder de trop près ceux que j'y rencontre. Tout n'est que mensonge ici, tout n'est que rêve, et la réalité est complètement différente des apparences qu'elle revêt.

Vous vous imaginez que ce monsieur qui se promène dans des habits si élégants est fort riche ? Pas du tout : il ne possède que ces vêtements. Vous croyez que ces deux personnages obèses, arrêtés devant cette église, discutent de son architecture ? Détrompez-vous : ils admirent ces deux corbeaux qui se tiennent si étrangement l'un en face de l'autre. Vous pouvez croire que cet homme qui agite ses bras, très excité, raconte comment sa femme a jeté par la fenêtre un billet doux à un officier inconnu. Mais non! il s'agit de La Fayette. Vous croyez que ces dames... Mais ayez encore moins confiance en ces dames qu'en qui que ce soit.

Ne regardez pas tant les vitrines des magasins! Les objets qu'on y voit exposés sont très jolis, mais ils coûtent un trop grand nombre d'assignats. Mais surtout, que Dieu vous garde bien de glisser vos regards sous le chapeau des dames! Si bel effet que produise, le soir, en se déployant au loin, le manteau d'une jolie femme, je ne le suivrai point.

Eloignez-vous autant que possible des réverbères et passez votre chemin aussi vite que vous le pouvez. Tenez-vous pour heureux s'ils se contentent d'arroser vos vêtements d'une huile puante. Tout, d'ailleurs, respire ici le mensonge ; elle ment à chaque heure du jour et de la nuit, cette perspective Nevsky ; mais surtout lorsque les lourdes ténèbres descendent sur ses pavés et recouvrent les murs jaune paille et blancs des maisons, lorsque la ville s'emplit de lumières et de tonnerres et que des myriades de calèches passent en trombe au milieu des cris des postillons penchés sur le col de leurs chevaux, tandis que le démon lui-même allume sa lampe et éclaire hommes et choses, qui revêtent alors un aspect illusoire et trompeur.

LE PORTRAIT

Première partie

Aucune des boutiques du bazar Chtchoukine n'attirait autant de monde que celle du marchand de tableaux. Elle offrait en effet un assemblage d'objets des plus hétéroclites. Peints pour la plupart à l'huile et recouverts d'un vernis verdâtre, les tableaux étaient placés dans des cadres dorés et clinquants : hivers aux arbres tout blancs, crépuscules rougeoyant comme des incendies, paysans flamands, pipe à la bouche, le bras déjeté, plus semblables à des dindons en manchettes qu'à des êtres humains. Quelques portraits aussi : Kozrev Mirza en bonnet de coton, des généraux inconnus en tricorne, le nez de travers. À la devanture des boutiques de ce genre pendent également des liasses de feuilles grossièrement imprimées qui témoignent des dons naturels du peuple russe. L'une d'elles représentait la princesse Miliktrissa Kirbitièvna[1] ; une autre, la ville de Jérusalem dont les maisons et les églises avaient été inondées avec désinvolture d'une coulée rouge qui avait débordé sur une partie du sol et sur deux moujiks en prière, les mains dans des moufles. Ces œuvres trouvent généralement peu d'acheteurs mais attirent en revanche quantité de curieux. On est sûr d'y voir bayer aux corneilles quelque valet riboteur, une cantine à la main avec le dîner de son maître qui ne mangera certainement pas une soupe trop chaude ; un soldat, cet habitué des marchés en plein vent, qui offre deux canifs ; une marchande ambulante avec sa boîte remplie de chaussures… Chacun admire à sa façon. Les moujiks désignent les choses du doigt, les soldats examinent gravement ; les gamins, les apprentis rient et se

1. Personnage des contes populaires russes.

bousculent devant les caricatures. Les vieux domestiques en manteau de gros drap ne regardent que pour passer le temps. Quant aux marchandes, aux jeunes paysannes, elles s'empressent d'écouter ce que disent les gens et de voir ce qu'ils voient.

Un jeune peintre, Tchartkov, qui passait devant la boutique, s'arrêta involontairement. Son vieux manteau, son costume inélégant révélaient l'homme qui entièrement absorbé par son travail ne consacre guère de temps à sa toilette, occupation cependant si attrayante pour la jeunesse. S'étant arrêté devant la boutique, il commença par rire intérieurement à la vue de ces affreux tableaux. Mais il se prit ensuite à réfléchir, se demandant qui donc pouvait avoir besoin de telles œuvres. Que le peuple écarquillât les yeux sur les feuilles à bon marché dont les sujets lui étaient familiers, compréhensibles, cela ne l'étonnait guère; mais où se prenaient les acheteurs de ces barbouillages à l'huile, sales et bariolés ? Qui pouvait avoir besoin de ces paysans flamands, de ces paysages rouges et bleus qui avaient visiblement la prétention d'atteindre à un niveau supérieur de l'art et n'en manifestaient que le profond avilissement ? Et il était impossible de les prendre pour la production d'un enfant autodidacte, car dans ce cas, en dépit du manque de sensibilité et du caractère caricatural de l'ensemble, on y aurait saisi quelque élan impétueux. Or ce qui apparaissait ici, c'était tout simplement la stupidité, une décrépitude impuissante qui visait à l'art alors que sa place était parmi les métiers les plus vils, une incapacité qui, fidèle cependant à sa nature, introduisait le métier dans l'art même. C'étaient précisément les couleurs, la manière, la main experte d'un artisan, d'un automate grossièrement fabriqué, bien plutôt que celle d'un être humain.

Tchartkov demeura longtemps devant ces toiles affreuses et finit par ne plus y penser, cependant que le propriétaire de la boutique, un petit homme tout gris en manteau de gros drap, dont la barbe datait du dimanche précédent, lui parlait déjà depuis un bon moment, fixait son prix, avant même de savoir ce qui plaisait au peintre, ce qu'il voulait...

— Pour ces moujiks que voici et ce petit paysage, je ne prendrai qu'un billet de dix roubles. Quelle peinture ! Elle vous tape dans l'œil, tout simplement ! Ils viennent d'arriver de la salle des ventes. Le vernis n'est pas encore sec... Et voyez cet hiver! Prenez l'hiver! Quinze roubles. Le cadre seul vaut davantage. Ça, c'est un hiver!

Sur ce, le marchand donna une légère chiquenaude à la toile, sans doute pour montrer la bonne qualité de l'hiver. « Faut-il les attacher ensemble et les porter chez vous ? Où habitez-vous ? Eh, petit, une ficelle! »

— Attends, l'ami, pas si vite! dit le peintre, revenu à lui en voyant que l'habile marchand commençait pour de bon à ficeler les tableaux. Mais quelque peu gêné de ne rien acheter après être resté si longtemps dans la boutique, Tchartkov ajouta : « Attends un peu; je vais voir si je trouve ici quelque chose à ma convenance. » S'étant baissé, il se mit à fouiller parmi de vieilles peintures poussiéreuses, à moitié effacées; amoncelées en tas sur le plancher, elles ne jouissaient visiblement d'aucune estime. Il y avait là de vieux portraits de famille dont les descendants auraient été sans doute introuvables; des toiles déchirées sur lesquelles on ne distinguait à peu près rien, des cadres dédorés. En un mot, toutes sortes de débris. Mais le jeune homme se mit à les examiner. « Qui sait ? songeait-il, peut-être trouverai-je quelque chose! » Il avait plus d'une fois entendu parler de tableaux de grands maîtres découverts parmi les balayures d'une boutique de bric-à-brac.

Voyant où il farfouillait, le marchand cessa de se démener, retrouva sa mine importante et reprit sa place habituelle près de la porte d'où il appelait les passants en leur désignant la boutique de la main. « Par ici, mon petit père! Voilà des tableaux! Entrez, entrez! Ils viennent d'arriver de la salle des ventes! » Ayant crié ainsi tout son saoul, presque toujours en vain, et bavardé son content avec le marchand de chiffons qui juste en face se tenait également sur le seuil de sa petite boutique, il se rappela qu'il avait un client chez lui; tournant le dos à la foule il rentra dans la boutique. « Eh bien, mon petit père, avez-vous fait votre choix ? » Le peintre se tenait déjà depuis un long moment immobile devant un portrait dans un cadre immense, autrefois splendide, mais qui ne conservait maintenant que quelques traces de dorure çà et là.

C'était le visage desséché d'un vieillard aux pommettes saillantes, au teint de bronze. Les traits de ce visage semblaient avoir été saisis à un moment où ils étaient en proie à une agitation convulsive, et la violence qui s'y exprimait n'avait rien de nordique : c'était l'ardeur d'un midi flamboyant que l'auteur y avait fixée. Le vieillard était drapé dans un ample manteau oriental. Si poussiéreux et abîmé que fût le portrait, l'ayant nettoyé, Tchartkov décela le travail d'un maître. Il paraissait inachevé mais la puissance du pinceau était frappante. Le plus extraordinaire, c'étaient les yeux : le peintre semblait y avoir consacré tout son talent, toute l'énergie de son pinceau. Ces yeux regardaient, ils regardaient littéralement du fond du tableau, à tel point que leur étrange vivacité en détruisait l'harmonie. Lorsque le jeune homme approcha le tableau de la porte, le regard se fit encore plus intense. Et la foule eut presque la même impression. Une femme s'écria : « Il regarde! il regarde! » Et elle recula. Tchartkov éprouva un sentiment pénible, indéfinissable, et posa le portrait à terre.

— Eh bien, prenez le portrait, dit le patron.

— Combien ? demanda le jeune homme.

— Pourquoi serais-je exigeant? Donnez-m'en soixante-quinze kopeks.

— Non.

— Alors qu'offrez-vous ?

— Vingt kopeks, dit le peintre prêt à partir.

— Eh, en voilà un prix!... Mais pour vingt kopeks vous n'auriez même pas le cadre. Sans doute n'avez-vous pas véritablement l'intention de l'acheter... Monsieur, Monsieur, revenez! Ajoutez au moins dix kopeks! Prenez, prenez! Donnez vingt kopeks!... Vrai, uniquement pour que vous m'étrenniez, parce que vous êtes mon premier acheteur, uniquement pour cela.

Sur ce il agita la main comme pour dire : « Tant pis, un tableau de perdu! »

Ainsi Tchartkov, qui ne s'y attendait aucunement, se trouva avoir acheté un vieux portrait. « Pourquoi l'ai-je acheté ? se demandait-il. Qu'en ai-je besoin ? » Mais rien à faire! Il sortit de sa poche une pièce de vingt kopeks, la tendit au marchand et partit, le portrait sous le bras. En chemin il se rappela qu'il venait de donner ses derniers vingt kopeks. Son humeur s'assombrit : le dépit et un morne sentiment de vide l'envahirent au même instant. « Au diable! Ce monde est bien mauvais! » dit-il avec la conviction d'un Russe dont les affaires vont mal. Et presque machinalement il hâta le pas, indifférent à tout.

La lueur rouge du couchant recouvrait encore une moitié du ciel et répandait sa tiède lumière sur les maisons situées en face, tandis que d'autre part s'étendait le rayonnement bleuâtre et froid de la lune. Les maisons et les jambes des passants projetaient sur le sol des ombres légères, presque transparentes, pareilles à de longues queues. L'étrange lumière de ce ciel, diaphane, équivoque, finit par attirer l'attention du peintre dont les lèvres laissèrent échapper ces mots : « Quels tons délicats ! » et immédiatement après : « Au diable ! C'est vexant ! » Puis, remontant le portrait qui glissait continuellement de dessous son aisselle, il hâta le pas.

Epuisé et en transpiration, il atteignit enfin son logis dans la quinzième avenue de Vassili Ostrov[1]. Il monta péniblement, essoufflé, l'escalier inondé d'eaux ménagères et orné des traces qu'y déposaient chiens et chats. Au coup qu'il frappa à sa porte il n'obtint pas de réponse : il n'y avait personne. S'étant appuyé au rebord de la fenêtre, il s'apprêtait à une longue attente lorsqu'il entendit derrière lui les pas de son homme à tout faire, un gars en chemise bleue, qui lui servait de modèle, broyait ses couleurs et balayait le plancher, pour le salir aussitôt de ses bottes. Il s'appelait Nikita et en l'absence de son maître passait tout son temps au-dehors. Il tâtonna longuement, à cause de l'obscurité, avant de parvenir à introduire la clef dans la serrure. La porte enfin ouverte, Tchartkov entra dans l'antichambre où régnait un froid insupportable, comme chez la plupart des peintres qui d'ailleurs n'y font pas attention. Sans se débarrasser de son manteau entre les mains de Nikita, le jeune homme passa dans l'atelier, vaste pièce carrée, basse de plafond, aux vitres givrées, remplie de tout un bric-à-brac artistique : fragments de mains en plâtre, cadres tendus de toile, esquisses commencées et abandonnées, draperies suspendues aux chaises.

Fatigué, il enleva son manteau, posa distraitement le portrait entre deux petites toiles et se laissa tomber sur un divan étroit dont on n'eût pu dire qu'il était tendu de cuir, car celui-ci et la rangée de clous de cuivre qui le fixait autrefois existaient depuis longtemps chacun pour soi, de sorte que Nikita fourrait sous le cuir, bas noirs, chemises, tout le linge sale.

Etant resté un moment étendu — pour autant qu'il était possible de s'étendre sur ce petit divan étroit — le jeune homme réclama une bougie.

— Pas de bougie, dit Nikita.

1. L'île Vassili, à l'embouchure de la Néva.

— Comment ? Il n'y en a pas ?

— Mais hier déjà il n'y en avait plus.

Le peintre se rappela que déjà la veille, on manquait effectivement de bougie. Il se tut, se laissa dévêtir et endossa sa robe de chambre fort usée.

— Et puis, le propriétaire est venu, dit Nikita.

— Oui, pour se faire payer, je le sais, dit le peintre avec un geste de la main.

— Et il n'est pas venu seul, continua Nikita.

— Avec qui donc ?

— Je ne sais pas... avec un commissaire de police.

— Un commissaire ? Pourquoi ?

— Je ne sais pas pourquoi... Il disait que le terme n'était pas payé.

— Eh bien, que va-t-il se passer ?

— Je ne sais pas ce qui va se passer... S'il ne veut pas payer, qu'il disait, qu'il déménage. Ils reviendront demain.

— A leur aise! fit Tchartkov avec une indifférence mélancolique, et il s'abandonna à son humeur morose.

C'était un peintre de talent, promis à un bel avenir. A certains moments, comme par à-coups, ses œuvres témoignaient de dons d'observation, de réflexion, de ses élans vers la nature. « Prends garde, mon ami, lui répétait son professeur. Tu as du talent. Ce serait péché de le dissiper. Mais tu es impatient. Quelque chose t'attire, te plaît, et tu ne t'occupes plus de rien d'autre, le reste n'existe pas pour toi, tu t'en moques, tu n'y jettes pas un regard. Prends garde de ne pas devenir un peintre à la mode. Tes couleurs commencent déjà à se heurter avec un peu trop de désinvolture. Ton dessin n'est pas suffisamment ferme, parfois lâche même, la ligne manque de netteté. Tu te laisses déjà séduire par l'éclairage à la mode, par le tape-à-l'œil. Fais attention, encore un peu et tu vas sombrer dans le genre anglais... Prends garde, la vie mondaine t'attire. Je te vois parfois un foulard élégant au cou, un chapeau à reflets. Il est certes tentant de gagner de l'argent avec de petits tableaux au goût du jour, des portraits; mais le talent ne se développe pas ainsi, il se perd. Patiente, réfléchis bien en te mettant à l'ouvrage. Ne te soucie pas d'élégance. Que les autres gagnent de l'argent! Ton heure viendra. »

Le professeur avait en partie raison. Notre peintre avait envie parfois de s'amuser, de bien s'habiller, bref, de profiter de temps à autre de sa jeunesse. Cependant il était capable de se dominer. Le pinceau en main, il lui arrivait de tout oublier; et lorsqu'il l'abandonnait, il sortait, lui semblait-il, d'un beau songe. Son goût se développait visiblement. Il ne comprenait pas encore toute la profondeur de Raphaël, mais était déjà sous le charme de la manière large et rapide du Guide, s'arrêtait devant les portraits du Titien, admirait les Flamands. L'ombre qui enveloppe les vieux tableaux ne s'était pas encore complètement dissipée pour lui, mais il commençait à la percer, bien que dans son for intérieur il ne fût pas d'accord avec son professeur selon qui les vieux maîtres nous dépassaient infiniment. Sous certains rapports même, croyait Tchartkov, le XIXe siècle leur était de beaucoup supérieur; il avait atteint dans l'imitation de la nature plus de vie, plus d'éclat. En un mot, il jugeait en l'occurrence comme juge généralement la jeunesse lorsqu'elle prend orgueilleusement conscience de ce qu'elle a déjà accompli.

Il s'irritait parfois de voir un peintre étranger de passage, un Français, un Allemand, qui peut-être n'avait même pas de vocation artistique, faire sensation et, grâce uniquement à l'éclat de sa couleur, à la désinvolture conventionnelle de son pinceau, gagner en un clin d'œil une fortune.

Ces pensées ne lui venaient pas les jours où absorbé dans son travail il en oubliait le boire et le manger, il oubliait le monde entier; elles survenaient lorsqu'il se trouvait aux prises avec les nécessités de la vie, lorsqu'il ne pouvait acheter ni pinceaux ni couleurs, et qu'un propriétaire importun venait dix fois par jour lui réclamer l'argent du loyer. Alors son imagination surexcitée par la faim lui rendait enviable le sort du peintre riche, et l'idée lui venait — idée qui surgit fréquemment dans une tête russe — de tout envoyer au diable et de faire la noce, par dépit, envers et contre tout. Et tel était à peu près son état d'esprit en ce moment.

« Patience, patience! se dit-il. Oui, mais il y a tout de même une limite à la patience! Patience! mais avec quel argent dînerai-je demain ? Personne ne m'en prêtera. Et si je vendais tous mes tableaux, tous mes dessins, on ne m'en donnerait que vingt kopeks. Ils m'ont été certainement utiles, je le sens; ce n'est pas en vain que j'y ai travaillé, chacun d'eux m'a appris quelque chose. Mais à quoi bon!... Des études, des esquisses, et puis encore des études et des esquisses! Et ainsi sans fin... Et qui donc les achètera, mon nom étant inconnu ? Et qui d'ailleurs a besoin de dessins d'après l'antique ou d'après un modèle d'atelier, de mon *Amour de Psyché* inachevé, de la perspective de ma chambre, du portrait de Nikita, supérieur pourtant, à franchement parler, aux œuvres de tel portraitiste à la mode ?... En somme, pourquoi est-ce que je me torture et peine sur l'alphabet ainsi qu'un élève, alors que je pourrais briller comme tant d'autres et devenir riche tout comme eux ?... »

A peine eut-il prononcé ces mots qu'il tressaillit et pâlit. Un visage convulsé le regardait, qui semblait sortir d'une toile posée sur le plancher; deux yeux terrifiants fixaient les siens comme s'ils se disposaient à le dévorer, la bouche menaçante imposait le silence. Epouvanté, le jeune homme allait crier, appeler Nikita dont les ronflements puissants lui parvenaient de l'antichambre. Mais il se ressaisit et éclata de rire, sa peur dissipée : c'était le portrait qu'il venait d'acheter et qu'il avait totalement oublié. La lumière de la lune qui éclairait la pièce était tombée sur lui et lui avait communiqué une vie étrange. Tchartkov se mit à l'examiner et à le frotter. Ayant passé sur lui à plusieurs reprises une éponge humide et enlevé ainsi les saletés qui s'y étaient incrustées, il l'accrocha au mur, et la qualité de l'œuvre le frappa encore davantage : le visage avait presque repris vie et les yeux le regardaient si intensément qu'il tressaillit et recula, stupéfait : « Il regarde, s'exclama-t-il, il regarde avec des yeux humains ! » Il se souvint brusquement de ce que son professeur lui avait naguère conté, au sujet du portrait que l'illustre Léonard de Vinci, après y avoir travaillé pendant des années, considéra toujours comme inachevé, mais qui, selon Vasari, était au jugement de tous l'œuvre la plus parfaite, la plus achevée. Les yeux surtout émerveillaient les contemporains; les moindres veines à peine visibles se trouvaient reproduites sur la toile.

Pourtant le portrait que Tchartkov avait devant lui présentait quelque chose de bizarre qui n'était déjà plus de l'art, qui détruisait même l'harmonie de l'œuvre : les yeux vivaient, c'était des yeux humains ! On les eût dit arrachés à un être vivant et enchâssés ici. On ne ressentait plus cette noble volupté qui s'empare de l'âme devant l'œuvre de l'artiste, si horrible que soit son sujet; on éprouvait ici un sentiment pénible, angoissant. « Que signifie cela ? » se demandait involontairement le peintre.

« C'est tout de même la nature, la nature vivante! Pourquoi donc ce sentiment étrange, pénible ? Faut-il croire que l'imitation littérale, servile, de la nature est déjà en soi criminelle et résonne comme un cri aigu, discordant? Ou bien faut-il croire que si l'on traite l'objet avec indifférence, si l'on ne sympathise pas avec lui, il apparaît nécessairement dans son affreuse réalité ? Non éclairé par la lumière de cette pensée mystérieuse cachée en tout, il prend alors l'aspect sous lequel apparaît le corps humain lorsque voulant comprendre sa beauté, armé d'un bistouri on le dissèque et l'on découvre l'horreur du corps humain. Pourquoi la simple, la vulgaire nature se montre-t-elle chez tel peintre dans une sorte de clarté et, loin de se sentir avili, le spectateur éprouve au contraire une jouissance après laquelle tout coule, se meut autour de lui plus régulièrement, plus sereinement ? Et pourquoi cette même nature paraît-elle chez un autre peintre triviale, sale ? Pourtant, ne lui a-t-il pas été fidèle lui aussi ? Non, non, et non! Il lui manque une certaine lumière... Ainsi en est-il d'un paysage dans la nature : si beau qu'il soit il lui manque quelque chose en l'absence du soleil. »

Tchartkov s'approcha de nouveau du portrait pour examiner ces yeux extraordinaires et s'aperçut, horrifié, qu'ils semblaient en effet le regarder. Ce n'était plus une copie de la nature, c'était la vie étrange qui aurait éclairé le visage d'un mort sorti de sa tombe. Etait-ce l'effet de la lune, cette inspiratrice de rêves morbides, qui prête aux choses un aspect tout différent de celui qu'elles présentent dans la réalité diurne, ou de quelque autre cause ? En tout cas, le peintre eut peur soudain de sa solitude dans cette pièce. Il s'éloigna doucement du portrait, s'en détourna, s'efforça de ne plus le regarder; pourtant, il lui jetait involontairement des regards obliques. Pour finir, il n'osa même plus marcher dans la pièce; il lui semblait que quelqu'un allait le suivre, et à tout moment il se retournait craintivement. Il n'avait jamais été peureux, mais ses nerfs, son imagination étaient sensibles, et ce soir-là il ne parvenait pas à s'expliquer sa crainte instinctive. Il s'assit dans un coin; mais là encore il lui semblait que quelqu'un allait se pencher par-dessus son épaule pour le dévisager. Et les ronflements de Nikita, qui lui parvenaient de l'antichambre, ne dissipaient pas sa peur. Lentement, sans lever les yeux, il quitta sa place et alla s'étendre sur son lit derrière un paravent. A travers une fente il pouvait voir l'atelier éclairé par la lune et le portrait au mur en face. Les yeux le fixaient d'une façon plus terrifiante encore et plus significative, comme s'ils ne voulaient regarder rien d'autre que lui. En proie à l'angoisse, il se releva, saisit un drap et en recouvrit entièrement le portrait.

Ceci fait, il se recoucha plus calme et se prit à songer à la misère des peintres, à leur destin pitoyable et à la voie douloureuse qui lui était promise, à lui, sur cette terre. Il ne pouvait s'empêcher toutefois de regarder à travers la fente du paravent le portrait recouvert du drap dont la lune intensifiait la blancheur. Et il lui parut que les terribles yeux transparaissaient peu à peu à travers la toile. Epouvanté, il y attacha son regard comme pour se convaincre que c'était absurdité pure. Et cependant, non... il voit, il voit nettement... le drap a disparu, le portrait est entièrement découvert et, négligeant tout ce qui l'entoure, le regarde droit dans les yeux; il fouille littéralement son âme. Son cœur se glaça. Et voici que le vieillard remue, s'appuie des deux mains au cadre, se soulève, sort les jambes et saute à terre... A travers la fente du paravent, on voit maintenant le cadre vide... Un bruit de pas retentit dans la pièce; il se rapproche... Le cœur du pauvre peintre se mit à battre violemment; le souffle coupé par l'effroi, il s'attendait à tout moment à ce que le vieillard vînt jeter un coup d'œil derrière le paravent. Et en effet, il apparut derrière le paravent, et ses grands yeux roulaient dans son visage de bronze. Tchartkov voulut crier, mais sentit qu'il n'avait plus de voix; il tenta de bouger, de faire un mouvement quelconque, mais ses membres ne remuaient plus. La bouche ouverte, la respiration paralysée, il regardait la haute silhouette du fantôme vêtu d'une sorte de manteau oriental, et attendait ce qu'il allait faire. Le vieillard s'assit presque à ses pieds, puis il sortit quelque chose de son ample manteau; c'était un sac. Il le dénoua, et le saisissant par les deux bouts, le secoua : de lourds rouleaux, pareils à de petites colonnes, tombèrent avec un bruit sourd sur le plancher. Chacun était enveloppé de papier bleu et portait l'inscription : *1 000 ducats*. Ayant dégagé ses mains osseuses des larges manches, le vieillard se mit à défaire les rouleaux. L'or brilla. Quelles que fussent l'angoisse et la terreur folle du peintre, il dévorait l'or des yeux; immobile, il le regardait scintiller entre les mains décharnées qui défaisaient et refaisaient les rouleaux, il écoutait son tintement frêle. Et il s'aperçut que l'un des rouleaux était tombé à l'écart des autres, tout près de son chevet. Il s'en empara d'un geste convulsif en regardant avec effroi le vieillard : ne l'avait-il pas vu ? Mais celui-ci paraissait très occupé. Il ramassa tous ses rouleaux, les remit dans le sac et partit sans un regard pour le jeune homme.

Le cœur battant, Tchartkov écoutait le bruit des pas qui s'éloignait. Sa main se crispait sur le rouleau qu'il tremblait de perdre, lorsque soudain il entendit les pas se rapprocher du paravent : sans doute le vieillard s'était-il aperçu qu'il lui manquait un rouleau. Et il apparut de nouveau, jeta encore un coup d'œil au peintre... Celui-ci, au désespoir, serra violemment le rouleau, fit un effort pour bouger, poussa un cri et s'éveilla...

Il était inondé de sueur, son cœur battait avec une violence qui ne pouvait être dépassée, sa poitrine était oppressée comme si elle allait laisser échapper son dernier souffle. « Ce n'était donc qu'un rêve ! Est-il possible ? » dit-il en se prenant la tête à deux mains. Pourtant la netteté de la terrible apparition n'avait rien d'un rêve. Revenu déjà à lui, il avait vu le vieillard rentrer dans le cadre, il avait même vu onduler un pan de son ample vêtement ; sa main d'ailleurs avait encore l'impression d'avoir tenu un instant auparavant quelque chose de lourd. La lune qui éclairait la pièce extrayait de ses recoins obscurs ici une main de plâtre, là une draperie sur une chaise, une toile, ailleurs des pantalons, des chaussures sales. C'est alors seulement qu'il s'aperçut qu'il n'était plus couché, mais se tenait debout devant le portrait. Comment se trouvait-il là ? Il ne parvenait pas à le comprendre. Ce qui le surprit encore davantage, c'est que le portrait fût découvert ; le drap ne l'enveloppait plus. Figé de peur, il voyait des yeux humains, vivants, plonger en lui. Une sueur froide couvrit son visage ; il voulut s'éloigner, mais ses pieds semblaient enracinés au sol. Et il vit — non, ce n'était certainement pas un rêve ! — il vit bouger les traits du vieillard, ses lèvres s'allonger vers lui comme pour l'aspirer... Il se rejeta en arrière avec un cri désespéré et se réveilla...

« Aurait-ce été encore un rêve ? » Le cœur battant à se rompre, il tâta des mains alentour de soi. Oui, il était sur son lit, derrière le paravent, dans la position même où il s'était endormi. Le rayonnement lunaire remplissait l'atelier, et à travers la fente du paravent on voyait le portrait recouvert du drap, exactement comme il l'avait lui-même étendu. Cela aussi avait donc été un rêve. Mais la main crispée se souvenait encore qu'elle avait serré quelque chose; le cœur palpitait violemment, l'angoisse était insupportable... A travers la fente il ne quittait pas le drap des yeux. Et voilà qu'il le voit clairement s'entrouvrir comme si des mains s'agitaient par-dessous, s'efforçant de le rejeter. « Mon Dieu! Qu'est-ce cela ? » s'écria-t-il horrifié en se signant... et il s'éveilla.

Un rêve, encore, toujours! Il bondit hors du lit, éperdu, à moitié fou, ne comprenant absolument rien à ce qui lui arrivait. Etait-ce un cauchemar, les sortilèges d'un démon, le délire de la fièvre, ou s'agissait-il d'un être réel ? Il alla vers la fenêtre et ouvrit le vasistas pour essayer d'apaiser son agitation, de calmer le torrent de sang qui roulait impétueusement dans ses veines. Et le souffle du vent froid le ranima. La lune répandait toujours sa lumière sur les toits et les murs blancs des maisons, bien que le ciel fût maintenant plus fréquemment parcouru de petits nuages. Le silence régnait. Parfois seulement l'oreille percevait au loin, au fond de quelque ruelle invisible, le bruit grinçant d'un fiacre dont le cocher dormait au pas de sa rosse paresseuse, dans l'attente d'un client attardé.

Le peintre resta un long moment à regarder, la tête hors du vasistas. Les signes avant-coureurs de l'aube apparaissaient déjà au ciel. Sentant ses paupières s'appesantir, il ferma le vasistas, s'éloigna, s'étendit sur son lit et sombra bientôt dans un sommeil de plomb.

Il s'éveilla très tard, et dans cet état désagréable que l'on éprouve lorsqu'on a dormi dans un air vicié; il avait mal à la tête... Le jour était blafard, il régnait dans l'atelier une humidité pénétrante qui s'introduisait par les fissures des fenêtres encombrées de tableaux et de toiles préparées. Sombre, mécontent, tel un coq trempé, il s'assit sur son divan déchiré, ne sachant au juste ce qu'il allait faire, quand il se souvint brusquement de son rêve. A mesure qu'il se le rappelait, ce rêve acquérait dans son imagination une réalité si angoissante qu'il se demanda : était-ce vraiment un rêve, un accès de délire ou bien tout autre chose, un fantôme ?...

Il arracha le drap et examina attentivement l'étrange portrait au grand jour. L'extraordinaire vivacité des yeux était en effet surprenante, mais il n'y découvrait rien de particulièrement terrifiant; pourtant ils éveillaient en l'âme une impression pénible, inexplicable. Malgré tout, il ne parvenait pas à se convaincre que tout cela n'avait été qu'un rêve : il lui semblait qu'un fragment de réalité s'y était étrangement introduit. Dans le regard même du vieillard et l'expression de son visage, quelque chose semblait dire qu'il était venu le visiter cette nuit. Et la main du peintre sentait encore le poids d'un objet que quelqu'un lui aurait arraché un moment auparavant. S'il avait serré le rouleau seulement un peu plus fort, lui semblait-il, il l'aurait retrouvé dans sa main à son réveil.

« Mon Dieu! fit-il avec un profond soupir. Ne fût-ce qu'une partie de cet argent! » Et son imagination lui fit voir les rouleaux avec leur inscription alléchante — « *1 000 ducats* » — s'échapper du sac; l'enveloppe s'ouvrait, l'or brillait, l'enveloppe se refermait... Et lui maintenant, il restait là, assis, et regardait stupidement dans le vide, incapable de s'arracher à cette vision, comme un enfant devant un entremets qui lui fait venir l'eau à la bouche quand il voit les autres en manger.

Enfin il entendit un coup à la porte, qui le fit péniblement revenir à lui. Le propriétaire entra, accompagné du commissaire de police, personnage dont la vue, comme on le sait, est encore plus désagréable aux petites gens que ne l'est aux riches celle d'un solliciteur.

Le propriétaire de la maison modeste où habitait Tchartkov était tel que sont ordinairement les propriétaires de maisons situées quelque part dans la quinzième avenue de Vassili Ostrov ou dans les quartiers de la rive droite, ou bien encore dans une ruelle écartée du faubourg de Kolomna. C'était un homme comme on en voit beaucoup en Russie et dont le caractère se laisse aussi peu définir que la couleur d'un veston usagé. Etant jeune, il avait été capitaine, puis était entré dans l'administration; expert en l'art de jurer et de fouetter, il était à la fois habile et sot et soignait sa mise... Avec l'âge, ses divers traits s'étaient fondus en une sorte de masse terne, indéfinissable. Veuf, à la retraite, il avait cessé de plastronner, de faire l'élégant, de chercher querelle aux gens. Il n'aimait qu'à prendre du thé en échangeant des propos oiseux avec des amis; ou bien il arpentait sa chambre, mouchait sa chandelle. Tous les mois, régulièrement, il allait toucher son argent chez ses locataires. Une clef à la main, il sortait dans la rue pour examiner son toit et expulser le concierge du réduit où il se cachait pour dormir. Bref, après avoir mené une existence désordonnée et avoir été abondamment secoué sur les routes cahoteuses, il ne lui restait plus que de plates habitudes.

— Voyez vous-même, Baruch Kousmitch, dit le propriétaire à l'officier de police en ouvrant largement les bras. Il ne paye pas, il ne paye pas !

— Qu'y puis-je si je n'ai pas d'argent ? Attendez et je payerai.

— Mais moi, mon petit père, je ne puis attendre, répliqua le propriétaire irrité. J'ai comme locataires Pogodine, un lieutenant-colonel, depuis sept ans ; Anna Pétrovna Boukhmisterova qui loue un hangar et une écurie à deux stalles, et a trois serfs à son service... Voilà quels sont mes locataires. Pour parler net, chez moi il n'est pas admis de ne pas payer son terme. Veuillez payer immédiatement et quitter les lieux.

— En effet, puisque vous vous y êtes engagé, vous devez payer, déclara le commissaire en hochant légèrement la tête, et il glissa un doigt sous un bouton de son uniforme.

— Comment payer ! Voilà la question ! Je n'ai pas un kopek en ce moment.

— Dans ce cas, acquittez-vous avec les produits de votre profession, dit le commissaire. Ivan Ivanovitch acceptera peut-être d'être payé en tableaux.

— Non, mon petit père, grand merci pour les tableaux ! Encore si leurs sujets étaient nobles, on aurait pu les suspendre au mur : quelque général décoré par exemple ou le portrait du prince Koutouzov. Mais lui, voyez, il a peint un moujik, un moujik en chemise, son domestique qui broie ses couleurs... Faire le portrait de ce cochon ! Il m'a chipé tous les clous des targettes, cette canaille ! Je le rosserai ! Tenez, regardez ce qu'il dessine : sa chambre. Si encore il la représentait propre, bien rangée. Mais non, il la dessine avec toute sa crasse et les débris qui traînent partout ! Voyez comme il m'a souillé cette pièce !... Chez moi on reste des sept ans, le colonel, Anna Pétrovna Boukhmisterova... Je vous le dis, il n'y a de pire locataire qu'un peintre : un cochon qui vit en cochon. Que Dieu m'en préserve !

Et tout cela le pauvre peintre devait l'écouter patiemment. Cependant le commissaire s'était mis à examiner les tableaux, les études, et il montra aussitôt que son âme était plus sensible que celle du propriétaire, et même pas complètement inaccessible aux impressions artistiques.

— Hé ! dit-il en pointant l'index vers une toile qui représentait une femme nue. Le sujet est... comment dire... folâtre... Et pourquoi cette tache noire sous le nez de celui-ci ! Aurait-il répandu son tabac ?

— C'est l'ombre, répondit sèchement Tchartkov sans lever les yeux vers lui.

— On aurait pu la transporter en quelque autre endroit ; sous le nez elle est trop apparente, observa le commissaire. Et ce portrait, qui est-ce ? continua-t-il en s'approchant du vieillard. Il est vraiment effrayant. Etait-il aussi effrayant en réalité ?... Oh ! mais il vous regarde, positivement !... Voyez-moi ce fier-à-bras ! Qui est-ce ?

— C'est un..., commença Tchartkov, mais il ne put achever la phrase : un craquement avait retenti. Sans doute le commissaire avait-il serré un peu fort le cadre du portrait entre ses mains pataudes de policier. Les planchettes latérales s'étaient défoncées. L'une d'elles tomba par terre, entraînant dans sa chute un rouleau enveloppé de papier bleu, qui résonna lourdement. L'inscription, *1 000 ducats*, sauta aux yeux de Tchartkov. Il se précipita comme un fou pour le ramasser, et l'ayant saisi il le serra convulsivement dans sa main qui s'abaissa sous le poids.

— Ne serait-ce pas le tintement de l'argent ? dit le commissaire ; il avait entendu tomber quelque chose sur le plancher mais n'avait pu voir ce que c'était tant le geste de Tchartkov pour s'en emparer avait été rapide.

— Ce que j'ai ne vous regarde pas.

— Cela me regarde au contraire, car vous devez payer votre propriétaire, et vous avez de l'argent mais refusez de payer... Voilà ce qui importe.

— Je le payerai aujourd'hui même.

— Et pourquoi refusiez-vous jusqu'à présent et causiez-vous du dérangement au propriétaire, et à la police par surcroît ?

— Parce que je ne voulais pas toucher à cet argent. Je payerai tout ce soir même et déménagerai demain, je ne resterai pas chez un tel propriétaire.

— Eh bien, Ivan Ivanovitch, il vous payera, dit le commissaire en se tournant vers le propriétaire. Et si vous n'obtenez pas entière satisfaction ce soir, alors, excusez-nous, monsieur le peintre, nous agirons.

Sur ce, il mit son tricorne et sortit dans l'antichambre suivi du propriétaire qui, la tête basse, semblait pensif.

« Le diable les a emportés, grâce à Dieu », se dit

Tchartkov en entendant se refermer la porte d'entrée. Il jeta un coup d'œil dans l'antichambre, envoya Nikita en course sous quelque prétexte pour rester seul, ferma la porte derrière lui, rentra dans sa chambre et, le cœur battant, se mit en devoir de défaire le rouleau. Il contenait des ducats, tous neufs, étincelants telles des flammes. Assis devant le tas d'or, Tchartkov, à moitié fou, ne cessait de se demander : « N'est-ce point un rêve ? » Il y avait exactement mille ducats dans le rouleau, semblable en tout à ceux dont il avait rêvé. Il passa quelques minutes à palper les pièces, à les examiner, sans parvenir à reprendre ses esprits.

Toutes les histoires de trésors enfouis, de cassettes munies de tiroirs secrets légués par des ancêtres prévoyants à leurs descendants, surgirent soudain dans son imagination. Il songeait : « Quelque aïeul, en l'occurrence, n'avait-il pas eu de même l'idée de laisser à son petit-fils un cadeau dissimulé dans le cadre d'un portrait de famille ? » Saisi d'un délire romantique, il se demandait même s'il n'y avait pas là quelque rapport secret avec son propre destin, si l'existence du portrait n'était pas liée à la sienne et s'il ne lui était pas prédestiné. Poussé par la curiosité, il se mit à examiner le cadre. Une petite gorge avait été aménagée dans un des côtés et si habilement recouverte d'une planchette qui la rendait invisible que les ducats y seraient restés paisiblement jusqu'à la fin des siècles sans l'intervention de la grosse patte du commissaire.

Considérant le portrait, il fut frappé à nouveau de la haute qualité du travail, de l'extraordinaire fini des yeux : ils ne lui paraissaient plus effrayants maintenant. Et cependant ils éveillaient à chaque fois en l'âme un trouble pénible. « De qui que tu sois l'aïeul, se dit-il, je te placerai en tout cas sous verre et te donnerai en remerciement un cadre doré ! » Il couvrit de la main le tas d'or étalé devant lui et son cœur battit violemment à ce contact. « Qu'en faire ? se demandait-il en le considérant. Ma vie maintenant est assurée pour trois ans au moins... Je puis m'enfermer dans mon atelier, travailler. J'ai de quoi acheter des couleurs, de quoi payer repas, thé, logement, tout mon entretien. Personne ne viendra m'ennuyer, m'empêcher de travailler. Je m'achèterai un bon mannequin, me commanderai un petit torse de plâtre, modèlerai les jambes; je placerai une Vénus; j'aurai des gravures des meilleurs tableaux. Si je travaille trois ans sans me hâter, sans songer à vendre, je les battrai tous et deviendrai un bon peintre. »

Ainsi parlait-il en accord avec ce que lui soufflait la raison; mais une autre voix se faisait entendre en lui, plus puissante, plus sonore. Et quand il eut jeté un nouveau regard à l'or, ses vingt-deux ans et son ardente jeunesse tinrent un langage différent. Tout ce qu'il avait contemplé jusqu'ici avec des yeux envieux, tout ce qu'il avait admiré de loin, l'eau à la bouche, était maintenant à sa disposition. Oh! comme battait son cœur dès qu'il y songeait seulement! Porter un frac à la mode, fêter la fin de son long jeûne, louer un bel appartement, aller ce soir même au théâtre, chez le pâtissier, à... etc.! Il saisit l'argent et se trouva dans la rue.

Avant tout, il se rendit chez un tailleur et s'habilla de neuf des pieds à la tête; puis ne cessant de s'admirer comme un enfant, il acheta des parfums, des pommades, loua sans marchander, à première vue, un splendide appartement sur la perspective Nevsky, avec des glaces et des vitres d'une seule pièce. Il acheta par hasard, en passant, un face-à-main fort coûteux et, toujours par hasard, quantité de cravates, plus qu'il n'en avait besoin. Il se fit friser les cheveux chez un coiffeur, parcourut deux fois la ville en calèche sans nulle raison, se bourra de bonbons dans une confiserie et entra chez un restaurateur français dont il se faisait jusqu'ici une idée aussi vague que de l'empire de Chine. Il y dîna d'un air désinvolte, en jetant des regards assez fiers aux autres dîneurs, en ne cessant de se contempler dans une glace en face de lui et d'arranger sa chevelure... Il but une bouteille de champagne pour la première fois de sa vie. Le vin lui porta à la tête et il se retrouva dans la rue dans cette disposition d'esprit où, selon l'expression russe, on traite le diable de compère à compagnon. Il se promena, faisant la roue, braquant son face-à-main sur les passants. Ayant aperçu sur le pont son ancien professeur, il passa rapidement devant lui comme s'il ne l'avait pas vu, si bien que l'autre, stupéfait, resta longtemps immobile, le visage en point d'interrogation.

Le même soir, tout ce qui se trouvait dans l'atelier — chevalet, toiles, tableaux — fut transporté dans le splendide appartement. Tchartkov disposa bien en vue ce qu'il avait de mieux; le reste il le jeta dans un coin. Il arpentait les magnifiques pièces en se regardant constamment dans les grandes glaces. Le désir invincible de saisir immédiatement la gloire par le collet et de montrer à tous ce qu'il pouvait faire, surgit à nouveau dans son âme. Il entendait déjà crier partout : « Tchartkov! Tchartkov! Avez-vous vu le tableau de Tchartkov! Quel coup de pinceau! Quel puissant talent! » Il marchait de long en large dans une sorte d'extase, emporté Dieu sait où par son imagination.

Le lendemain même, muni d'une dizaine de ducats, il alla demander à l'éditeur d'un quotidien très répandu de lui venir généreusement en aide. Le journaliste le reçut cordialement, le traita aussitôt de « Maître » en lui serrant les mains, s'enquit minutieusement de son nom, de celui de son père, de son domicile, et dès le lendemain, à la suite d'une réclame pour de nouvelles chandelles, le journal publiait sous le titre : *L'extraordinaire talent de Tchartkov*, l'article suivant :

« Nous nous hâtons de réjouir les habitants éclairés de la capitale en leur annonçant une acquisition magnifique à tous points de vue, peut-on dire. Tout le monde est d'accord pour reconnaître qu'il se trouve parmi nous nombre de physionomies intéressantes, de beaux visages; mais il nous manquait jusqu'ici les moyens miraculeux qui permettent de les transposer sur la toile pour les confier à la postérité. Cette lacune est comblée maintenant : un peintre s'est trouvé qui réunit en lui tout ce qu'il faut pour cela. Désormais nos beautés pourront être sûres de se voir reproduites dans toute leur grâce aérienne, légère, délicieuse, agréable, merveilleuse, pareille à celle des papillons voletant de fleur en fleur. Le respectable père de famille se verra entouré de toute sa famille. Le marchand, le guerrier, le citoyen, l'homme d'Etat, tous prolongeront leur carrière avec une ardeur renouvelée... Hâtez-vous, hâtez-vous! Passez chez lui en rentrant de promenade, d'une entrevue avec un ami, d'une visite à une cousine, en sortant d'un brillant magasin! Hâtez-vous, d'où que vous veniez! Le splendide atelier du peintre (perspective Nevsky, numéro...) regorge de portraits dus à son pinceau, dignes des Van Dyck et des Titien. On ne sait ce qui frappe en eux davantage : leur fidélité, leur ressemblance avec l'original ou l'extraordinaire éclat, la fraîcheur des couleurs. Gloire à vous, ô peintre! Vous avez tiré un bon numéro à la loterie. Vive André Pétrovitch! (le journaliste affectionnait visiblement le ton familier). Travaillez à votre renommée et à la nôtre! Nous saurons vous rendre justice. L'affluence générale et en conséquence la fortune (bien que certains parmi nous, journalistes, la dédaignent), seront votre récompense. »

Tchartkov lut cette publicité avec un secret plaisir. Son visage rayonnait. La presse parlait de lui, et cela était tout nouveau pour lui. Il lut et relut ces lignes. La comparaison avec Van Dyck et Titien le flatta énormément. La phrase : « Vive André Pétrovitch! » lui plut également beaucoup. Un journal l'appelait par son nom et son patronyme! C'était un honneur qu'il n'avait jamais encore connu. Il se mit à arpenter la pièce d'un pas rapide en ébouriffant ses cheveux. Il s'asseyait dans un fauteuil, puis se levait brusquement pour s'asseoir sur un divan, tout en se représentant comment il allait recevoir visiteurs et visiteuses. Il s'approchait d'une toile, mimait le geste désinvolte et élégant de la main maniant le pinceau.

Le jour suivant, on sonna à sa porte; il courut ouvrir. Une dame entra suivie d'un valet en livrée doublée de fourrure : la dame était accompagnée d'une toute jeune fille de dix-huit ans, sa fille.

— Monsieur Tchartkov ? s'enquit la dame.

Le peintre s'inclina.

— On écrit tant de choses sur vous. Vos portraits sont le comble de la perfection, paraît-il. — La dame approcha son face-à-main de ses yeux et courut examiner les murs sur lesquels il n'y avait rien. — Mais où sont vos portraits ?

— On les a emportés, répondit le peintre quelque peu troublé. Je viens d'emménager dans cet appartement et ils sont encore en route... ils ne sont pas arrivés...

— Vous avez été en Italie ? demanda la dame qui, ne trouvant rien d'autre à examiner, tourna vers lui son face-à-main.

— Non, mais j'avais l'intention d'y aller... D'ailleurs, pour le moment j'ai remis ce voyage à plus tard... Voici des fauteuils, vous êtes sans doute fatiguées ?

— Je vous remercie, je suis restée longtemps assise en voiture. Ah, j'aperçois enfin vos œuvres! dit la dame en courant vers le mur opposé, et elle braqua son face-à-main sur les études, les perspectives et les portraits posés à terre. « *C'est charmant, Lise! Lise, venez ici* [1] *!* Une

1. En français dans le texte, ainsi que les mots en italique qui suivent.

chambre dans le goût de Teniers. Tu vois ? Du désordre, du désordre, une table, sur la table un buste, une main, une palette... Et voilà de la poussière... Vois comme la poussière est dessinée! *C'est charmant!* Et sur cette autre toile, une femme se lavant le visage. *Quelle jolie figure!...* Ah, *ce petit moujik! Lise, Lise*, un petit moujik en chemise russe! Regarde, un petit moujik!... Vous ne faites donc pas seulement des portraits ?

— Oh, ce n'est pas grand-chose... des amusettes... des études.

— Dites-moi, quelle est votre opinion sur les portraitistes actuels ? Il n'y en a plus comme le Titien maintenant, n'est-il pas vrai ? Ce n'est plus cette force de coloris, cette... Quel dommage que je ne puisse exprimer en russe... (la dame était amateur de peinture et avait parcouru avec son face-à-main toutes les galeries d'Italie). Cependant, M. Nol[1]... Ah, comme il peint! Quel pinceau extraordinaire! Je trouve même qu'il y a plus d'expression dans ses visages que dans ceux du Titien. Vous ne connaissez pas M. Nol ?

— Qui est ce Nol ?

— M. Nol ? Ah, quel talent! Il a peint Lise quand elle n'avait pas douze ans. Il faut absolument que vous veniez chez nous. Lise, montre-lui ton album. Vous savez, nous sommes venues pour que vous commenciez immédiatement son portrait.

— Comment donc! Je suis prêt à l'instant.

Il avança rapidement son chevalet tendu de toile, prit sa palette, fixa intensément le petit visage pâle de la jeune fille. S'il eût connu la nature humaine, il eût aussitôt lu sur ce visage une passion enfantine pour les bals, l'ennui, le poids des heures creuses précédant et suivant le dîner, le désir de courir fêtes et réceptions en arborant de nouvelles toilettes, et aussi les traces d'une morne application à divers arts, indispensables, selon la mère, à l'éducation de l'âme et du sentiment. Mais le peintre ne voyait qu'un visage délicat dont la chair, qui avait la transparence de la porcelaine, tentait son pinceau, une sorte de langueur séduisante, un cou fin et blanc, la grâce aristocratique de la taille. Et il se préparait déjà à triompher, à montrer l'éclat et la légèreté de son pinceau qui n'avait eu encore affaire qu'aux traits durs de grossiers modèles, aux sévères antiques et aux copies de quelques maîtres classiques. Il

1. *Nol* signifie en russe zéro.

voyait déjà en imagination apparaître sur sa toile ce visage fragile.

— Vous savez, dit la dame, et ses traits prirent une expression presque touchante... Je voudrais... Elle porte une robe... Je ne voudrais pas, je vous l'avoue, qu'elle soit dans la robe à laquelle nous sommes tellement habitués. Je voudrais qu'elle soit vêtue simplement et assise à l'ombre d'un arbre, au milieu de quelque pré, avec au loin des troupeaux ou un bois... Pour qu'elle n'ait pas l'air de se préparer à aller au bal ou à quelque soirée mondaine... Ces bals, je vous l'avoue, tuent à tel point l'âme, détruisent à tel point les derniers restes de nos sentiments !... Il faudrait, comprenez-vous ? que tout soit aussi simple que possible ! (Hélas ! les visages cireux de la mère et de la fille montraient qu'elles avaient dansé à ces bals à n'en plus pouvoir.)

Tchartkov se mit au travail. Il installa son modèle, il réfléchit un moment, prit mentalement ses points de repère en traçant une ligne imaginaire du bout de son pinceau, ferma à demi un œil, recula, regarda de loin, commença son esquisse et l'acheva en une heure... Il en fut satisfait et se mit à peindre. Dans le feu du travail il avait tout oublié, oublié même la présence de deux dames de l'aristocratie. Repris par de vieilles habitudes, il laissait échapper des sons inarticulés, chantonnait de temps à autre, ainsi qu'il arrive aux peintres plongés dans leur travail. Sans cérémonie, rien que d'un mouvement de pinceau, il faisait redresser la tête à son modèle, qui commençait à s'agiter et à manifester une extrême fatigue.

— Assez, cela suffit pour la première séance, dit la dame.

— Encore un moment, dit Tchartkov, que son travail absorbait.

— Non, il est temps. Lise, il est trois heures. — La dame sortit une petite montre attachée à sa ceinture par une chaînette d'or. — Oh, qu'il est tard ! s'écria-t-elle.

— Une petite minute seulement ! insista Tchartkov d'une voix enfantine, naïve, suppliante.

Mais la dame ne paraissait aucunement disposée à satisfaire ce jour-là les exigences artistiques du peintre. Elle lui promit en revanche de rester davantage la prochaine fois.

« C'est tout de même vexant, se disait Tchartkov. Je commençais seulement à m'échauffer. » Et il se souvint que personne ne l'interrompait, ne l'arrêtait lorsqu'il travaillait dans son atelier de Vassili Ostrov. Nikita pouvait rester assis des heures sans bouger et tu le peins aussi longtemps que le cœur t'en dit... Il lui arrivait même de s'endormir sans quitter la pose... Mécontent, Tchartkov déposa sur une chaise palette et pinceau et considéra la toile d'un air vague.

Un compliment de la dame le tira de sa songerie. Il se précipita pour accompagner ses visiteuses jusqu'à la porte. Sur l'escalier il fut invité à venir les voir et à dîner la semaine suivante. Il rentra chez lui rasséréné. La dame aristocratique l'avait complètement charmé. Ces êtres lui paraissaient jusqu'ici inaccessibles, nés uniquement pour passer à toute vitesse dans de merveilleuses calèches avec valets en livrée et cocher imposant, en jetant des regards indifférents sur les gens pauvrement vêtus qui se traînaient à pied. Et voilà qu'un de ces êtres entre dans son atelier, lui demande de faire son portrait, l'invite à dîner!... Ravi, dans une sorte d'ivresse, il s'offrit en récompense un dîner fin et une soirée au théâtre, suivie d'une nouvelle promenade en voiture à travers la ville.

Les jours suivants, Tchartkov fut incapable de songer même au travail quotidien. Il ne pouvait que se tenir prêt dans l'attente de la minute où retentirait le coup de sonnette. La dame arriva enfin avec sa pâle enfant. Il les fit asseoir, avança la toile non sans désinvolture cette fois et quelque prétention à l'élégance mondaine, et se mit à peindre. La journée ensoleillée et le bon éclairage le favorisèrent. Il distingua dans son frêle modèle maints détails qui saisis et portés sur la toile pouvaient conférer au portrait une grande valeur; il vit qu'il lui était possible de produire quelque chose sortant de l'ordinaire s'il réussissait à rendre la nature dans toute sa plénitude, telle qu'elle lui apparaissait maintenant. Et lorsqu'il sentit qu'il allait exprimer ce que d'autres n'avaient point encore remarqué, il eut même de légers battements de cœur. Le travail l'absorba complètement; tout à son pinceau il oublia de nouveau que son modèle était de haute naissance. Retenant son souffle, il voyait qu'il parvenait à reproduire les traits fins, la chair presque translucide de cette jeune fille de dix-sept ans. Il saisissait la moindre nuance, un léger reflet jaune, une ombre bleuâtre, à peine visible, sous les yeux. Il s'apprêtait même à reproduire un minuscule bouton surgi sur le front, quand il entendit soudain, au-dessus de lui, la voix de la mère : « Pourquoi cela ? disait la dame. C'est inutile. Et puis, à certains endroits, c'est un peu jaune, semble-t-il... Et ici, on dirait de petites taches sombres. » Le peintre expliqua que les tons légers et agréables du visage étaient dus précisément à ces taches, à ces reflets jaunâtres qui s'harmonisaient heureusement. Mais il lui fut répondu qu'ils ne s'harmonisaient nullement et n'avaient rien à voir avec les tons, que ce n'était qu'illusion de sa part. « Mais permettez-moi, ici, à ce seul endroit, une petite touche de jaune », fit naïvement le peintre. On ne le lui permit cependant pas. On lui dit que Lise était justement mal disposée ce jour-là, mais que d'ordinaire il n'y avait rien de jaunâtre sur son visage qui frappait au contraire par sa fraîcheur particulière.

Il se mit tristement à effacer ce que son pinceau avait fait surgir sur la toile. Maints traits à peine perceptibles disparurent, et avec eux disparut en partie la ressemblance. Il commença apathiquement à couvrir le tableau de ce ton uniforme, banal, qui confère aux visages, même peints d'après nature, un aspect froid, irréel, que l'on retrouve dans les devoirs d'élèves. Mais la dame fut satisfaite de la disparition du coloris offensant. Elle se montra seulement surprise que le travail avançât si lentement; on lui avait dit, ajouta-t-elle, qu'il achevait un portrait en deux séances. Le peintre ne sut que répondre. Les dames se levèrent, se disposant à partir. Il déposa son pinceau et les reconduisit jusqu'à la porte, puis demeura longtemps immobile devant son tableau, accablé. Il le considérait stupidement et il y revoyait ces traits d'une grâce bien féminine, ces tons aériens qu'avait saisis, qu'avait impitoyablement détruits son pinceau.

Sous le coup de cette impression, il déplaça le portrait et alla chercher parmi des esquisses une tête de Psyché commencée autrefois, puis abandonnée. Elle était habilement dessinée mais froide, abstraite, dépourvue de personnalité. N'ayant rien d'autre à faire, il s'y remit en s'attachant à fixer sur la toile tout ce qu'il avait observé sur le visage de son aristocratique visiteuse. Les traits, les nuances, les tons notés alors, s'ordonnaient maintenant, purifiés, tels qu'ils nous apparaissent lorsque le peintre, s'étant imprégné de la nature, s'en éloigne pour créer une œuvre qui l'égale. Psyché s'animait et la pensée qui y transparaissait à peine commença peu à peu à revêtir un corps visible. Sans le vouloir, le peintre conférait à Psyché le type de beauté de la jeune fille mondaine, et de ce fait elle acquérait cette expression particulière qui permet de juger l'œuvre véritablement originale. Il semblait que Tchartkov, ayant commencé par utiliser chacun des détails de l'original, eût réussi ensuite à les fondre ensemble. Il se passionna pour son ouvrage et s'y consacra exclusivement pendant plusieurs jours. Les deux dames le surprirent en plein travail et il n'eut pas le temps d'enlever le tableau du chevalet. Toutes deux poussèrent une exclamation de joyeuse surprise et battirent des mains.

— Lise, Lise! Ah, que c'est ressemblant! *Superbe, superbe!* Quelle bonne idée vous avez eue de l'habiller d'un costume grec! Ah, quelle surprise!

Le peintre ne savait comment les tirer de cette agréable erreur. Honteux, baissant la tête, il dit à mi-voix :

— C'est Psyché.

— Sous l'aspect de Psyché ? C'est charmant, dit la mère en souriant, et la fille sourit aussi.

— Psyché, c'est ce qui te va le mieux, n'est-il pas vrai, Lise ? *Quelle idée délicieuse!* Mais quel art! C'est du Corrège! Je vous l'avoue, j'avais entendu parler de vous et lu ce qu'on écrivait de vous, mais je ne savais pas que vous aviez un tel talent. Il faut absolument que vous fassiez aussi mon portrait.

La dame, visiblement, voulait aussi paraître sous l'aspect de quelque Psyché.

« Comment vais-je m'en sortir ? se demanda le peintre. Mais puisqu'elles y tiennent, Psyché passera pour ce qu'elles veulent. »

— Asseyez-vous encore un moment, dit-il. Je voudrais faire encore quelques petites retouches.

— Oh, je crains que vous ne... Elle est si ressemblante!

Le peintre comprit que c'était la teinte jaune qu'elles redoutaient et il les tranquillisa en leur expliquant qu'il se contenterait de donner plus d'éclat et d'expression aux yeux. A dire vrai il avait honte et voulait renforcer la ressemblance dans la mesure du possible, afin que personne plus tard ne pût lui reprocher son impudence. Et en effet, les traits de la pâle jeune fille finirent par apparaître plus nettement à travers l'image de Psyché.

— Assez, dit la mère qui commençait à craindre que la ressemblance ne devint trop grande.

Le peintre fut largement récompensé : sourires, argent, compliments, serrements de mains, invitations à dîner.

Le portrait fit du bruit dans la ville. La dame le montra à ses amies : tout le monde admira l'art avec lequel le peintre avait réussi à maintenir la ressemblance tout en conférant au modèle la beauté. Ceci fut dit, bien entendu, non sans une certaine rougeur d'envie. Et le peintre fut brusquement assailli de commandes. Toute la ville, semblait-il, voulait se faire portraiturer par lui. On sonnait à tout moment à sa porte. Cela avait son bon côté, la diversité de cette multitude de visages permettant au peintre d'enrichir son expérience. Par malheur, il était difficile de s'entendre avec ces gens, des gens occupés, toujours pressés, ou des mondains, plus occupés encore que les autres et, en conséquence, impatients à l'extrême. Tous ils exigeaient un travail rapide et bien fait. Tchartkov s'aperçut qu'il lui était impossible de poursuivre une œuvre jusqu'à son terme, qu'il devait uniquement compter sur la rapidité et l'habileté de son pinceau, ne saisir que l'ensemble, l'expression générale, sans se perdre dans les détails, bref, qu'il ne pouvait absolument pas rendre la nature dans sa perfection. Il faut ajouter que chacun avait ses propres prétentions. Les dames exigeaient que le peintre rendît surtout l'âme, le caractère, sans se soucier du reste, mais que les angles fussent arrondis, les petits défauts atténués et même, si possible, complètement supprimés, afin qu'on ne pût détacher les yeux de ce visage et qu'on en tombât amoureux. Aussi, en prenant la pose arboraient-elles parfois des expressions qui frappaient le peintre de stupéfaction. L'une essayait de faire exprimer par son visage la mélancolie, une autre, la rêverie ; la troisième voulait à toutes forces rapetisser sa bouche et serrait les lèvres jusqu'à les réduire à un point de la grosseur d'une tête d'épingle. Et malgré tout, ces dames exigeaient de lui de la ressemblance et du naturel.

Les hommes ne le cédaient en rien aux femmes. C'était un port de tête énergique, viril, qu'exigeait celui-ci ; cet autre un regard inspiré ; les yeux de ce lieutenant de la garde devaient évoquer Mars. Le fonctionnaire s'arrangeait pour que son visage apparût aussi franc et noble que possible et pour que sa main s'appuyât sur un livre portant en lettres d'or bien lisibles : « A toujours défendu la vérité ».

Au début, de telles exigences donnaient la fièvre au peintre : il fallait tout peser, réfléchir, or on ne lui accordait que très peu de temps. Finalement, il comprit de quoi il retournait et ne se tracassa plus. Il devinait même à l'avance, d'après deux ou trois mots, comment chacun désirait se voir représenté. A qui voulait Mars il flanquait Mars; qui rêvait à Byron obtenait une attitude byronienne. Les dames désiraient-elles devenir Corinne, Aspasie ou une ondine, il y consentait très volontiers en ajoutant encore au modèle, de sa propre initiative, une belle apparence, ce qui, on le sait, ne gâte jamais rien, et fait même parfois pardonner au peintre un manque de ressemblance. L'extraordinaire rapidité et la désinvolture de son pinceau le surprirent bientôt lui-même. Quant à ceux qu'il peignait, ils étaient, bien entendu, ravis et proclamaient son génie.

Tchartkov devint le peintre à la mode. Il dînait en ville, accompagnait les dames aux expositions et même à la promenade, s'habillait avec une grande élégance et déclarait que le peintre appartient à la société et se doit de tenir son rang, que les artistes s'habillent généralement Dieu sait comment, ne savent pas se conduire dans le monde, ignorent les bonnes manières et manquent totalement d'instruction. Chez lui, dans son atelier, il établit l'ordre, la propreté, engagea deux valets de belle prestance, choisit des élèves élégants, prit l'habitude de changer plusieurs fois par jour de costumes d'intérieur, de se friser, soigna son attitude vis-à-vis de ses visiteurs, s'attacha à se rendre aussi séduisant que possible afin de produire une bonne impression sur les dames. En un mot, il fut bientôt impossible de reconnaître en lui le modeste artiste qui, autrefois, travaillait dans son réduit de Vassili Ostrov.

Il discourait maintenant avec aplomb de l'art et des artistes : il assurait que l'on plaçait trop haut les vieux maîtres, que jusqu'à Raphaël, tous avaient peint bien plutôt des harengs saurs que des corps humains, que la haute spiritualité que l'on découvrait dans leurs œuvres n'existait que dans l'imagination de ceux qui les contemplaient, que Raphaël lui-même ne peignait pas toujours bien et que beaucoup de ses tableaux ne devaient leur célébrité qu'à la tradition; que Michel-Ange n'était qu'un vantard qui voulait seulement faire admirer ses connaissances anatomiques et manquait complètement de grâce. Pour ce qui était du véritable éclat, de la puissance du coloris et du pinceau, on ne les trouvait que chez les peintres actuels... Ici, tout naturellement et involontairement, il en arrivait à lui-même. « Non, je ne comprends pas, disait-il, comment les autres peuvent rester là à peiner. Celui qui traîne des mois sur un tableau est, selon moi, un artisan et non un artiste. Je ne puis admettre qu'il ait du talent. Le génie crée hardiment et rapidement. Ainsi moi, continuait-il en s'adressant à ses visiteurs, ce portrait, je l'ai peint en deux jours, cette tête, en un jour; ceci, en quelques heures, et ceci, en un peu plus d'une heure. Non, je... je le déclare franchement : pour moi, ce qui se fait à pas comptés, ce n'est pas le produit de l'art mais du métier. »

Ainsi discourait-il devant ses visiteurs, et ceux-ci admiraient la puissance et la rapidité de son pinceau, s'exclamaient même de surprise et ensuite se disaient entre eux : « C'est un talent, un véritable talent! Comme il parle! Voyez briller ses yeux! *Il y a quelque chose d'extraordinaire dans toute sa personne.* »

Il était flatté de ce qu'on disait de lui; il se réjouissait comme un enfant quand les journaux faisaient son éloge, bien qu'il eût payé ces louanges de sa poche. Il distribuait ces articles, et goûtait un plaisir enfantin à les faire lire comme par hasard à ses amis et connaissances. Sa renommée grandissait, les commandes affluaient.

Déjà cependant il commençait à en avoir assez de ces portraits, de ces gens toujours pareils, dont il connaissait par cœur les attitudes, les allures. C'était maintenant sans grand plaisir qu'il les peignait; se bornant parfois à esquisser tant bien que mal la tête, le reste il le confiait à ses élèves. Au début, il avait tout de même essayé de trouver quelque nouvelle pose, cherché la force, l'éclat qui surprennent. Ceci même l'ennuyait maintenant. Réfléchir, inventer le fatiguait; cela dépassait ses forces; et d'ailleurs il n'en avait pas le temps : l'existence dissipée qu'il menait, la société où il s'appliquait à jouer le rôle d'un homme du monde, tout cela l'éloignait du travail, l'empêchait de se concentrer. Sa peinture devenait froide, terne et il s'enfermait progressivement dans des formes conventionnelles, fixées une fois pour toutes. Les visages des fonctionnaires et des militaires, tous sur le même patron, glacés, apprêtés, comme sanglés dans un uniforme, offraient peu de champ à son pinceau, qui perdait le souvenir des magnifiques draperies, des mouvements violents, de la passion. Et bien entendu, il ne pouvait être question de grouper des figures, de rendre une action dramatique. Tchartkov n'avait devant lui que des uniformes, des corsets, des fracs, toutes choses en face desquelles le peintre se sent de glace et perd toute imagination. Ses œuvres, à présent, manquaient même des qualités les plus ordinaires. Elles continuaient pourtant à se répandre, elles continuaient à avoir du succès; mais les vrais connaisseurs et les peintres se contentaient de hausser les épaules devant ses derniers ouvrages. Certains, qui avaient connu Tchartkov autrefois, ne parvenaient pas à comprendre qu'il eût pu perdre ce talent qui s'était si brillamment manifesté dès ses débuts, et ils essayaient vainement de deviner la cause du déclin d'un artiste à peine parvenu au plein épanouissement de ses forces.

Mais Tchartkov n'entendait pas ces propos. Il approchait maintenant de l'âge mûr, devenait un esprit posé, prenait du poids, son corps s'élargissait. Les journaux, les revues joignaient déjà à son nom les adjectifs « estimé », « éminent »; on lui offrait déjà des postes officiels, honorifiques, on lui demandait d'assister aux examens, de participer à des comités. Comme il arrive toujours lorsqu'on atteint un âge respectable, il prenait résolument le parti de Raphaël et des maîtres anciens, non qu'il se fût convaincu entièrement de leur haute valeur, mais pour les jeter à la tête des jeunes. A l'exemple des gens âgés, il accusait toute la jeunesse sans exception d'immoralité et de mauvais esprit, croyait que l'inspiration n'existait pas, que tout était fort simple pourvu que les choses fussent bien réglées, soumises à un ordre compassé, uniforme... En un mot, il en était à ce stade où les moindres élans retombent, où nul puissant archet n'atteint plus l'âme et n'éveille de sonores échos dans le cœur, où le contact de la beauté n'enflamme plus les forces vierges. Alors les sens à demi calcinés deviennent plus sensibles au tintement de l'or, écoutent plus attentivement sa musique tentatrice et peu à peu, sans s'en rendre compte, se laissent endormir par elle.

La gloire ne peut apporter de joie à celui qui l'a volée sans la mériter : elle ne fait vibrer que l'âme qui en est digne. C'est pourquoi toute l'ardeur de Tchartkov, tous ses sentiments s'orientèrent vers l'or. L'or devint sa passion, son idéal, son tourment, sa volupté, son but... Les paquets de billets s'accumulaient dans ses coffres, et comme tous ceux qui se voient gratifiés de ce don terrible, il devint sombre, indifférent à tout, l'or excepté, un avare, un thésauriseur. Il était sur le point de se transformer en l'un de ces êtres étranges comme l'on en rencontre beaucoup dans notre monde insensible, ces êtres que l'homme plein de vie considère avec horreur, pareils à des cercueils de pierre qui auraient un cadavre en guise de cœur... Mais un événement secoua violemment Tchartkov et réveilla toutes ses énergies.

Il trouva un jour sur sa table une lettre de l'Académie des Beaux-Arts qui le priait, en tant que membre de cette institution, de venir donner son opinion sur une œuvre nouvelle qu'un peintre russe avait envoyée d'Italie où il se perfectionnait dans son art. Ce peintre, un des anciens camarades de Tchartkov, passionné de peinture depuis l'enfance, s'était voué à l'art avec toute l'ardeur de son âme. Abandonnant ses parents, ses amis, ses habitudes les plus chères, il s'était précipité vers le pays où sous des cieux éclatants mûrit la majestueuse pépinière des arts, vers la cité merveilleuse, Rome, dont le nom fait battre à grands coups le cœur enflammé de l'artiste. Là, il s'était plongé dans le travail, vivant comme un ermite, ne se laissant distraire par rien. Il ne se souciait point de ce qu'on pouvait dire de son caractère, de sa maladresse dans ses rapports avec les gens, de sa méconnaissance des usages mondains, de la pauvreté de ses vêtements compromettante pour le renom des peintres. Que ses camarades fussent contents ou non de lui, il ne s'en préoccupait pas. Il négligea tout, il sacrifia tout à l'art. Il parcourait inlassablement les galeries de tableaux, passait des heures devant les œuvres des vieux peintres, à la poursuite de leurs secrets. Jamais il ne terminait une toile sans être retourné à plusieurs reprises auprès de ces grands maîtres pour recueillir la leçon éloquente et muette de leurs œuvres. Il ne participait pas aux entretiens animés, aux discussions; il n'était ni pour les puristes ni contre les puristes. Il rendait à chacun ce qui lui revenait en toute justice et n'en retenait pour soi que le meilleur. Finalement, il ne garda qu'un seul maître : le divin Raphaël; tel un poète qui, après avoir lu maints ouvrages divers pleins de charme et de grandes beautés, garderait comme livre de chevet la seule *Iliade* d'Homère, ayant découvert qu'elle contient tout ce que l'on peut désirer, qu'il n'est rien qu'elle n'ait déjà reflété dans toute sa plénitude et en une forme parfaite. Aussi, le jeune peintre retira-t-il de la fréquentation de cette école une très haute idée de la création artistique, sa pensée une force de pénétration extraordinaire, son pinceau, un charme raffiné.

Quand Tchartkov arriva, une foule immense d'amateurs se pressait déjà devant le tableau. Le silence le plus profond, chose rare dans les assemblées de ce genre, régnait cette fois dans la salle. Tchartkov prit immédiatement la mine importante du connaisseur et s'approcha du tableau. Mais, Seigneur! qu'est-ce qu'il vit!

Pure, immaculée, belle comme une fiancée, l'œuvre du peintre se dressait devant lui. Modeste, simple, innocente, divine, elle planait au-dessus de tout. On eût dit que les célestes figures surprises par tant de regards fixés sur elles, baissaient, confuses, leurs beaux cils... Les connaisseurs, stupéfaits, contemplaient l'œuvre de ce pinceau inconnu. Tout ici, semblait-il, se trouvait réuni : l'étude de Raphaël que reflétait la noblesse des attitudes, et l'étude du Corrège dont témoignait la richesse du coloris. Mais ce qui s'imposait par-dessus tout, c'était la force créatrice que recélait l'âme même du peintre; elle semblait imprégner le moindre détail, et cette force intérieure ordonnait toute chose. Partout ici se retrouvaient les lignes souples, ondoyantes, que nous offre la nature et que seul aperçoit l'œil de l'artiste créateur alors que le copiste les rend anguleuses. Il était évident que tout ce que le peintre avait extrait du monde extérieur, il l'avait enclos d'abord en son âme pour ensuite le faire jaillir de cette source en un chant solennel, harmonieux. Et l'abîme incommensurable qui sépare la création de l'artiste d'une copie de la nature apparut clairement, même aux profanes.

Impossible presque de décrire le silence dans lequel étaient plongés les spectateurs en contemplation devant le tableau : nul bruit, pas le moindre murmure; cependant que l'œuvre semblait de minute en minute grandir, s'élever au-dessus de tout ce qui l'entourait, devenir plus belle, plus lumineuse, pour apparaître enfin dans toute sa splendeur, fruit de cet instant divin d'inspiration, pareil à un éclair, que toute une vie ne sert qu'à préparer. Des larmes involontaires étaient prêtes à s'échapper des yeux des spectateurs. Tous les goûts, si grossières et insolentes que fussent leurs déviations, semblaient s'unir dans un hymne muet à la gloire de l'œuvre.

Tchartkov demeurait immobile, bouche bée. Il ne revint à lui que lorsque tout le monde s'étant mis à parler, à discuter des mérites du tableau, on se tourna vers lui pour connaître son opinion. Il voulut reprendre son air habituel, indifférent, voulut émettre un de ces jugements banals que jettent les peintres à l'âme desséchée, comme par exemple : « Oui... sans aucun doute, on ne peut nier le talent du peintre... il y a quelque chose... On voit qu'il cherchait à exprimer quelque chose... cependant, l'essentiel... » En ajoutant naturellement un de ces compliments qui ne font de bien à personne... Il voulut le faire, mais les paroles moururent sur ses lèvres; pour toute réponse il éclata en sanglots et se précipita dehors comme un fou.

Insensible à ce qui l'entourait, il se tint un moment immobile au milieu de son magnifique atelier. Son être bouleversé s'était instantanément réveillé comme s'il avait retrouvé sa jeunesse, comme si les étincelles de son talent éteint s'étaient rallumées. Le bandeau était tombé de ses yeux. Dieu! perdre ainsi les meilleures années de sa jeunesse, étouffer la flamme qui couvait peut-être dans sa poitrine, qui aurait jailli peut-être, haute et claire, aurait peut-être, elle aussi, arraché des larmes d'admiration et de gratitude... Et tout cela, l'avoir détruit, détruit sans pitié!... On eût dit que tous les élans, toutes les ardeurs qu'il avait connus autrefois soudain ressuscitaient tous ensemble en son âme.

Il saisit ses pinceaux et s'approcha du chevalet. La sueur de l'effort humecta son front. Un seul désir l'animait, une seule passion l'embrasait : il voulait peindre l'ange déchu. Ce sujet convenait le mieux à son état d'esprit. Mais, hélas! les personnages, les attitudes étaient guindées; les groupes manquaient de cohésion. Son imagination, son pinceau obéissaient depuis trop longtemps à une ordonnance conventionnelle, uniforme, et ses efforts pour rompre les chaînes dont lui-même s'était chargé, se traduisaient par des incorrections, des erreurs. Il avait dédaigné de gravir l'échelle longue et pénible des expériences successives qui mènent à la connaissance des lois fondamentales du grand art.

La colère le prit. Il fit enlever de son atelier toutes ses œuvres récentes, toutes ces images froides, véritables gravures de mode, les portraits de hussards, de dames, de conseillers d'Etat, s'enferma dans sa chambre, donna l'ordre de ne recevoir personne, se mit à l'ouvrage et le poursuivit avec la persévérance d'un adolescent, d'un élève. Mais combien cruellement le décevait tout ce qui naissait sous sa main! Il se trouvait à chaque pas arrêté par l'ignorance des principes les plus élémentaires; un métier routinier paralysait ses efforts et dressait devant son imagination un mur infranchissable. Son pinceau revenait involontairement aux formes rabâchées. Les mains se disposaient toujours de la même façon, les têtes n'osaient se permettre quelque mouvement inusité; les plis mêmes des vêtements répétaient la leçon apprise et refusaient d'obéir, de se draper sur des corps aux attitudes inaccoutumées. Et tout cela, Tchartkov le sentait, il le sentait, le voyait lui-même!

« Mais ai-je vraiment du talent ? se dit-il finalement. Ne me suis-je pas leurré ? » Il s'approcha de ses anciens tableaux sur lesquels il avait travaillé autrefois avec tant de désintéressement, de sincérité, là-bas, dans la solitude de son réduit de Vassili Ostrov, loin des gens, des distractions, des plaisirs. S'étant approché de ces toiles, il se mit à les examiner toutes attentivement; il les regardait et il revoyait sa pauvre existence d'autrefois. « Oui, fit-il désespérément, j'ai eu du talent. On en voit partout les signes et les traces! »

Soudain il tressaillit de tout son corps : ses yeux venaient de rencontrer d'autres yeux qui le fixaient intensément. C'était l'extraordinaire portrait acheté au bazar de Chtchoukine. Il avait été enfoui sous d'autres toiles et le peintre n'y pensait absolument plus. Et comme par un fait exprès, maintenant que tous les portraits et tableautins à la mode qui remplissaient l'atelier avaient été emportés, il réapparaissait. Et lorsque Tchartkov se souvint de l'étrange histoire de ce portrait, lorsqu'il se rappela que c'était précisément lui, ce portrait bizarre, qui avait été en un certain sens la cause de sa transformation, que c'était ce trésor si miraculeusement obtenu qui avait excité tous ses vains désirs et tué son talent, — la rage faillit submerger son âme.

Il fit immédiatement enlever le portrait abhorré; mais cela ne l'apaisa point : il était bouleversé jusqu'au tréfonds de l'être. Il connut alors ces tourments exceptionnels qu'éprouve un talent médiocre lorsqu'il s'efforce de s'exprimer plus intensément qu'il n'en est capable et n'y parvient pas, ces tourments qui engendrent parfois en l'adolescent des rêves de grandeur mais se transforment en une soif stérile lorsqu'il s'évade de la rêverie, ces affreux tourments qui poussent l'homme aux pires crimes.

L'envie s'empara de lui, une envie enragée. La bile montait à son visage à la vue d'une œuvre marquée du sceau du talent; il grinçait des dents et la dévorait d'un œil de basilic. Le projet le plus infernal qu'homme eût jamais conçu naquit en son âme, et il entreprit de le réaliser avec une fureur démoniaque. Il se mit à acheter ce que l'art produit de meilleur. Puis, une belle œuvre acquise au prix fort, il l'emportait précautionneusement chez lui, se précipitait dessus comme un tigre, la lacérait, la coupait en morceaux et la piétinait avec des rires voluptueux. Les immenses richesses qu'il avait accumulées lui donnaient la possibilité de satisfaire cette passion infernale. Il ouvrit ses coffres, défit ses sacs remplis d'or. Nul monstre d'ignorance ne détruisit jamais autant de beaux ouvrages que ce furieux vengeur. Venait-il à une vente publique, personne n'espérait plus pouvoir acheter quelque œuvre de qualité. On eût dit que le ciel en courroux eût envoyé ce fléau sur la terre dans le dessein d'en détruire l'harmonie.

Cette horrible passion marquait affreusement son visage fielleux; la haine d'un monde qu'il maudissait éclatait sur ses traits. Il était comme l'incarnation de l'effroyable démon qu'a dépeint Pouchkine. Sa bouche ne proférait que des paroles empoisonnées, des critiques acerbes. En l'apercevant dans la rue, fût-ce de loin, pareil à une harpie, tous, et même ses connaissances, essayaient de le fuir, d'éviter cette rencontre qui suffisait à empoisonner leur journée, assuraient-ils...

Heureusement pour l'art et le monde, une existence aussi tendue, aussi contraire à la nature, ne pouvait durer longtemps. La violence des passions, leur virulence dépassaient les faibles forces humaines. Les accès de rage, de folie, se firent plus fréquents et Tchartkov devint finalement la proie d'un mal terrible. La phtisie accompagnée d'une fièvre cruelle s'empara de lui avec une telle rapidité qu'en trois jours il ne resta plus de lui qu'une ombre, cependant qu'apparaissaient tous les signes d'une démence incurable. Plusieurs hommes parfois ne parvenaient pas à le maintenir. Il croyait revoir les yeux depuis longtemps oubliés, les yeux vivants de l'extraordinaire portrait, et il sombrait alors dans une fureur effroyable. Tout ceux qui entouraient son lit prenaient l'aspect d'horribles portraits; ceux-ci se dédoublaient, se multipliaient, recouvraient les murs, le plancher, le plafond et plongeaient en lui le regard de leurs yeux vivants. La pièce s'élargissait, se prolongeait à l'infini pour contenir tous ces yeux fixes.

Le médecin qui le soignait et avait entendu vaguement parler de son étrange histoire, essayait par tous les moyens de découvrir quelque rapport secret entre les visions du peintre et les circonstances de sa vie, mais il n'y parvenait pas. Le malade ne comprenait rien, il ne sentait rien hormis ses tortures ; il ne faisait entendre que des paroles décousues et des hurlements affreux.

Enfin sa vie s'arrêta dans un dernier sursaut de souffrances muettes. Son cadavre était effrayant. On ne retrouva rien de ses immenses richesses ; mais à la vue des débris lacérés de tant de nobles œuvres dont la valeur dépassait plusieurs millions, on comprit le terrible usage qu'il avait fait de sa fortune.

Seconde partie

Un grand nombre de coupés, de drojkis et de calèches stationnaient devant le porche de l'immeuble où se déroulait la vente aux enchères des biens d'un de ces riches amateurs d'art qui ont doucement somnolé toute leur vie parmi les zéphyrs et les amours, qui ont innocemment passé pour des mécènes et ont ingénument dépensé pour cela des millions amassés par leurs ancêtres, et même souvent par leur travaux passés. Ces mécènes, comme on le sait, n'existent plus désormais, et notre XIXe siècle a pris depuis longtemps déjà la physionomie ennuyeuse du banquier qui ne jouit de ses millions que sous l'aspect de chiffres alignés sur le papier.

La longue salle était remplie de la foule la plus bigarrée de visiteurs, accourus comme des oiseaux de proie sur un cadavre abandonné. Il y avait là toute la flottille des marchands russes du Gostinny Dvor et même du marché aux puces, en habit bleu à l'allemande. Leur aspect et l'expression de leurs visages étaient ici quelque peu plus durs, plus douloureux et ne signifiaient pas cette obligeance mielleuse qui se voit tant chez le marchand russe quand il est dans sa boutique devant un client. Ici, ils ne faisaient pas de cérémonies, bien qu'il se trouvât dans cette salle un grand nombre de ces aristocrates dont, ailleurs, ils étaient prêts à épousseter les bottes à coups de révérences. Ici, ils étaient totalement désinvoltes, palpaient sans façon les livres et les tableaux, souhaitant connaître la valeur d'un bien, et surenchérissaient hardiment sur les prix proposés par les comtes connaisseurs. Il y avait là beaucoup de visiteurs obligés des ventes aux enchères, tenus d'être présents tous les jours au lieu de déjeuner ; des aristocrates connaisseurs, qui avaient cru nécessaire de ne pas laisser passer l'occasion d'agrandir leur collection et n'avaient pas trouvé d'autre occupation entre midi et une heure ; enfin de ces messieurs nobles, aux vêtements et aux poches fort minces, qui apparaissent là chaque jour sans but intéressé, uniquement pour voir comment la chose se terminera, qui donnera le plus, qui le moins, qui surenchérira sur qui et qui emportera quoi.

Un grand nombre de tableaux étaient amassés pêle-mêle, parmi les meubles et les livres au chiffre de l'ancien propriétaire, qui n'avait peut-être pas eu la louable curiosité d'y jeter un coup d'œil. Des vases chinois, des plateaux de table en marbre et des meubles neufs et anciens aux lignes cintrées, avec des griffons, des sphinx et des pattes de lion, dorés ou sans dorure, des lustres, des quinquets, tout était entassé, sans l'ordre qu'on voit dans les magasins. Tout cela formait une sorte de chaos des arts. Le sentiment que nous éprouvons généralement à la vue d'une vente aux enchères, c'est la peur : tout y ressemble un peu à un cortège funèbre. La salle où elle se déroule, toujours assez obscure, les fenêtres, encombrées de meubles et de tableaux, qui ne laissent passer qu'un jour avare, le silence répandu sur les visages, et la voix mortuaire du commissaire priseur, qui frappe de son marteau et chante le service funèbre des malheureux arts réunis là d'une manière bizarre, tout cela renforce encore l'étrange sentiment de malaise.

La vente, semble-t-il, battait son plein. Toute une foule de gens comme il faut, se bousculant, s'agitait à l'envi autour d'un objet. De tous côtés résonnaient les mots « rouble, rouble, rouble », sans laisser le temps au commissaire priseur de répéter la somme offerte, qui avait déjà atteint le quadruple de la mise à prix. La foule assemblée s'agitait à propos d'un portrait qui ne pouvait qu'arrêter même les connaisseurs les moins avertis. Le pinceau d'un grand peintre s'y révélait de manière évidente. Le portrait avait visiblement déjà été restauré et rénové plusieurs fois, et représentait les traits basanés de quelque oriental vêtu d'un vaste vêtement, dont le visage avait une expression extraordinaire, étrange ; mais surtout, les assistants étaient frappés par la vie extraordinaire des yeux. Plus on les regardait, plus ils semblaient pénétrer au plus profond de l'être.

Cette étrangeté, ce tour de force extraordinaire du peintre, captaient l'attention presque générale. Beaucoup des enchérisseurs se retirèrent, parce qu'on en offrait un prix invraisemblable. Il ne resta que deux aristocrates célèbres, amateurs de peinture, qui ne voulaient pour rien au monde renoncer à cette acquisition. Ils s'échauffaient et auraient vraisemblablement porté l'enchère à des hauteurs impossibles, si l'un des assistants n'avait soudain prononcé ces mots : « Permettez-moi d'interrompre un moment votre dispute. J'ai peut-être, plus que quiconque, des droits sur ce portrait. » Ces mots tournèrent aussitôt vers lui l'attention de tous. C'était un homme bien fait, d'environ trente-cinq ans, aux longues boucles noires. Un visage agréable, plein d'une claire insouciance, montrait une âme étrangère à tous les vains tracas du monde ; il n'y avait dans son costume aucune prétention à la mode : tout révélait en lui un artiste. C'était précisément le peintre B, que connaissait personnellement une grande partie de l'assistance. « Mes paroles vous sembleront bien étranges, poursuivit-il, voyant l'attention générale dirigée vers lui, mais si vous acceptez d'écouter une brève histoire, vous verrez peut-être que j'ai eu raison de les prononcer. Tout me prouve que ce portrait est bien celui que je cherche. » Une curiosité bien naturelle enflamma tous les visages, et le commissaire priseur lui-même demeura bouche bée, le marteau suspendu, prêt à écouter. Au début du récit, beaucoup tournaient involontairement les yeux vers le portrait, puis tous attachèrent leurs regards sur le seul conteur, à mesure que son récit devenait plus captivant.

« Vous connaissez, commença-t-il, cette partie de la ville qu'on appelle Kolomna. Elle ne ressemble en rien aux autres quartiers de Pétersbourg ; ce n'est ni la ville, ni la province ; on croit entendre, en pénétrant dans les rues de Kolomna, tout désir et toute ardeur juvénile vous quitter. Là l'avenir n'entre pas, là tout est silence et abandon, tout ce qui s'est retiré de l'agitation de la capitale. Là viennent vivre les fonctionnaires retraités, les veuves, les petites gens qui, ayant des relations au Sénat, se condamnent à rester là presque toute leur vie ; les cuisinières retirées du service, qui, après avoir traîné toute la journée dans les marchés et avoir échangé des sornettes avec le garçon d'épicerie, rapportent tous les jours pour cinq kopecks de café et quatre kopecks de sucre ; et enfin toute cette catégorie de gens qu'on peut qualifier d'un seul mot : “ cendreux ” ; des gens dont les vêtements, les visages, les cheveux, les yeux, ont un aspect terne, cendreux, comme les jours où le ciel n'est ni orageux ni ensoleillé, mais simplement incertain, où le brouillard se répand, et retire aux objets toute netteté. On peut y compter les ouvreurs de théâtre à la retraite, les conseillés titulaires à la retraite, les disciples de Mars à la retraite, l'œil crevé et la lèvre enflée. Ces gens-là sont totalement apathiques : ils marchent sans rien regarder, ils se taisent sans penser à rien. Dans leur chambre il n'y a pas grand chose : parfois un simple flacon de vodka russe qu'ils sirotent tout uniment toute la journée sans que cela leur porte fortement à la tête, comme le ferait une brutale absorption, de celles qu'affectionne les dimanches le jeune artisan allemand, ce gaillard de la rue Mechtchanskaïa, seul maître du trottoir après minuit.

La vie à Kolomna est terriblement isolée : on y rencontre rarement une voiture, à part celle des comédiens, qui de son tonnerre, sonnante et cliquetante, trouble le silence général. Là, rien que des piétons ; un fiacre y passe bien souvent sans passager, transportant du foin pour sa rosse barbue. On peut trouver un appartement à cinq roubles par mois, café du matin compris. Les veuves à pension sont les noms les plus aristocratiques ; elles se conduisent décemment, balaient souvent leur chambre, commentent avec leurs amies la cherté de la viande et du chou ; il y a souvent chez elles une fille toute jeune, créature effacée, muette, parfois jolie, un horrible chien et une pendule dont le balancier frappe lamentablement. Puis viennent les comédiens, auxquels leurs cachets ne permettent pas de quitter Kolomna, peuple libre comme tous les artistes, vivant pour le plaisir. Assis en robe de chambre, ils réparent leur pistolet, collent du carton pour fabriquer toutes sortes d'objets utiles dans la maison, jouent aux échecs ou aux cartes avec un ami de passage, et passent ainsi la matinée, et la soirée presque de même, à l'exception, parfois, d'un punch.

Après ces gros bonnets et cette aristocratie de Kolomna, vient un menu fretin extraordinaire. Et il est aussi difficile de l'énumérer que de dénombrer la multitude d'insectes qui pullulent dans le vieux vinaigre. Il y a là des vieilles qui prient ; des vieilles qui s'enivrent ; des vieilles qui prient et s'enivrent à la fois ; des vieilles qui joignent les deux bouts par des moyens inconcevables, et traînent comme des fourmis leurs vieux chiffons et leur linge, depuis le pont Kalinkine jusqu'au marché aux puces, l'y vendre pour quinze kopecks ; bref, c'est souvent la lie la plus misérable de l'humanité, dont pas un économiste politique charitable n'a trouvé le moyen d'améliorer la condition. Si je les ai mentionnés, c'est pour vous montrer que cette population se trouve souvent dans la nécessité de chercher un secours immédiat et temporaire, de recourir à des emprunts. Alors s'installent parmi eux des usuriers d'une espèce particulière, qui prêtent sur gage de petites sommes avec de gros intérêts. Ces petits usuriers sont parfois plus insensibles que tous les grands, parce qu'ils surgissent au milieu de la pauvreté et des haillons misérables étalés au grand jour, que l'usurier riche ne voit pas, n'ayant affaire qu'à des clients qui arrivent en carrosse. Aussi tout sentiment humain s'éteint-il prématurément dans leur âme.

Parmi ces usuriers, il y en avait un... Mais il faut vous dire que l'histoire que j'ai entrepris de raconter se passe au siècle dernier, plus précisément sous feue l'impératrice Catherine II. Vous pouvez bien comprendre que l'aspect même de Kolomna et la vie qui s'y déroule ont dû changer considérablement. Donc, parmi ces usuriers, il y en avait un, un être extraordinaire à tous les égards, installé depuis longtemps dans cette partie de la ville. Il allait vêtu d'un ample costume oriental ; son teint sombre révélait ses origines méridionales, mais de quelle nation il était exactement, indien, grec ou persan, personne n'aurait pu le dire avec certitude. Sa taille presque extraordinaire, son visage basané, émacié, calciné, son teint effrayant, inconcevable, ses grands yeux, brillant d'un feu extraordinaire, ses sourcils épais, broussailleux, le distinguaient très nettement de tous les habitants cendreux de la capitale. Son logis lui-même ne ressemblait pas aux autres petites maisons de bois. C'était une bâtisse de pierre comme les marchands génois en construisirent beaucoup autrefois, avec des fenêtres irrégulières, de hauteurs inégales, des volets et des verrous de fer. Cet usurier se distinguait aussi des autres par le fait qu'il pouvait avancer n'importe quelle somme à n'importe qui, de la plus misérable des petites vieilles jusqu'au grand seigneur prodigue de la cour.

On voyait souvent devant chez lui les plus brillants équipages, à la vitre desquels regardait parfois la tête d'une fastueuse dame du grand monde. La rumeur répétait que ses coffres de fer étaient pleins à craquer de pièces, de richesses, de diamants et de toutes sortes de gages, mais cependant il ne possédait pas cette rapacité propre aux autres usuriers. Il donnait son argent avec empressement, proposant, semblait-il, des délais de remboursement fort avantageux. Mais par d'étranges opérations arithmétiques, il obligeait ses créanciers à monter jusqu'à des intérêts exorbitants. C'est du moins ce que disait la rumeur. Mais le plus étrange de tout, et ce qui ne pouvait manquer de frapper beaucoup de gens, c'était l'étrange sort de tous ceux avaient reçu de lui de l'argent ; tous avaient terminé leur vie de façon malheureuse. Était-ce simplement l'opinion des gens, des superstitions absurdes ou des bruits répandus à dessein, on ne le sut jamais. Mais plusieurs événements survenus en peu de temps au vu et au su de tous, frappèrent vivement les esprits.

Dans l'aristocratie du temps, un jeune homme portant un grand nom attira bientôt les regards. Il s'était distingué tout jeune au service de l'État, ardent admirateur du vrai et du bien, zélateur de tout ce qu'engendraient l'art et l'esprit humain, et promettant de devenir un mécène. Il fut bientôt dignement distingué par l'impératrice elle-même, qui lui confia un poste important, parfaitement conforme à ses aspirations, un poste où il pourrait faire beaucoup pour les sciences et pour le bien en général. Le jeune seigneur s'entoura de peintres, de poètes, de savants. Il voulait donner du travail à tous, tout encourager. Il entreprit à ses frais nombre d'éditions utiles, passa maintes commandes, créa des prix d'encouragement, dépensa pour cela des sommes énormes, et pour finir se ruina. Mais mû par un mouvement généreux, il ne voulut pas renoncer à son œuvre, chercha partout des fonds et s'adressa enfin au fameux usurier. Ayant souscrit chez lui un emprunt considérable, l'homme en peu de temps changea du tout au tout : il devint l'oppresseur, le persécuteur de l'esprit et du talent naissants. Il se mit à voir les faiblesses de chaque œuvre, à prendre en mauvaise part chaque mot qu'il entendait. Alors survint, par malheur, la Révolution française. Elle lui servit soudain de prétexte à toutes les vilenies possibles. Il se mit à voir en toute chose une orientation révolutionnaire, il lui semblait entendre des allusions partout. Il devint si soupçonneux, qu'il se mit à se soupçonner lui-même, à écrire les dénonciations les plus terribles et les plus injustes, fit une multitude de malheureux.

Il va de soi que de tels actes ne pouvaient manquer de parvenir enfin jusqu'au trône. La magnanime impératrice fut saisie d'horreur, et pleine de cette générosité qui pare les monarques, elle prononça des paroles qui n'ont pu nous parvenir textuellement, mais dont le sens profond s'imprima en bien des cœurs. L'impératrice remarqua que ce n'était pas sous un gouvernement monarchique qu'on réprimait les hauts et nobles mouvements de l'âme, ce n'était pas là qu'on méprisait et qu'on persécutait les œuvres de l'esprit, de la poésie et des Beaux-Arts ; qu'au contraire, seuls les monarques étaient leurs protecteurs ; que Shakespeare, Molière, s'étaient épanouis sous leur protection magnanime, tandis que Dante n'avait pu trouver de refuge dans sa patrie républicaine ; que les vrais génies surgissaient aux époques d'éclat et de puissance des États et des souverains, et non pas lors de ces événements politiques insensés et de cette terreur républicaine, qui jusqu'à présent n'avaient pas donné au monde un seul poète ; qu'il faut distinguer les poètes, les artistes, car ils n'inspirent à l'âme que la paix et une belle sérénité, et non pas l'agitation et les griefs ; que les savants, les poètes et tous les artistes sont comme des perles et des diamants sur la couronne de l'empereur ; ils ornent l'époque d'un grand souverain et augmentent son éclat. Bref, au moment où elle prononçait ces mots, l'impératrice était d'une beauté divine. Je me souviens que les vieillards ne pouvaient en parler sans verser de larmes. Tout le monde prit part à l'affaire. Il faut noter, à l'honneur de notre fierté nationale, que le cœur russe est toujours plein d'un beau sentiment : prendre le parti de l'opprimé. Le grand seigneur qui avait trahi la confiance fut châtié de façon exemplaire et chassé de sa place. Mais il lut un châtiment bien plus terrible encore sur les visages de ses compatriotes. C'était un mépris décisif et général. On ne peut raconter les tourments de cette âme vaniteuse ; l'orgueil, l'ambition trompée, les espoirs détruits, tout se confondit, et sa vie se termina dans d'effrayants accès de folie et de fureur.

Un autre événement frappant se produisit aussi aux yeux de tous : des beautés dont ne manquait pas à l'époque notre capitale nordique, l'une avait sans conteste la première place. C'était un merveilleux mélange de la beauté du Nord et de celle du Midi, un diamant comme il s'en trouve rarement dans le monde. Mon père avouait qu'il n'avait de sa vie rien rencontré de pareil. Tout semblait réuni en elle : la richesse, l'intelligence et le charme de l'âme. Elle avait une foule de soupirants, dont le plus remarquable était le prince R, le plus noble, le meilleur de tous les jeunes gens, au très beau visage, aux élans chevaleresques et généreux, l'idéal sublime des romans et des femmes, un Grandison [1] à tout point de vue. Le prince R était passionnément, follement amoureux, et il était aimé d'un amour aussi ardent. Mais les parents de la jeune fille trouvèrent le parti inégal. Les domaines héréditaires du prince ne lui appartenaient plus depuis longtemps, sa famille était en disgrâce, et le mauvais état de ses affaires était connu de tous. Soudain, le prince quitte momentanément la capitale, comme pour améliorer ses affaires, et peu de temps après, il reparaît, entouré d'un faste et d'un éclat incroyables. Des bals et des fêtes splendides le font connaître à la cour. Le père de la belle jeune fille lui devient favorable et des noces du plus haut intérêt sont célébrées dans la ville. D'où venaient le changement et la fortune inouïe du fiancé, personne ne put l'expliquer avec certitude ; mais on disait qu'il avait conclu quelque pacte avec l'incroyable usurier, et lui avait emprunté de l'argent.

Quoi qu'il en soit, le mariage occupa toute la ville. Les fiancés étaient l'objet d'une envie générale. Tous connaissaient leur amour ardent et constant, les difficultés longuement supportées de part et d'autre, la dignité des deux amants. Les femmes passionnées se représentaient par avance la félicité paradisiaque dont jouiraient les jeunes époux. Mais il en alla tout autrement. En un an, un terrible changement se produisit chez le mari. Le venin de la jalousie soupçonneuse, de l'intolérance, des caprices incessants empoisonna entièrement son noble et beau caractère. Il devint le tyran et le bourreau de sa femme et, ce que personne n'aurait pu prévoir, en vint aux actes les plus inhumains, et même à la violence. En un an, personne ne put reconnaître cette femme qui naguère brillait et traînait derrière elle une foule de soupirants soumis. Enfin, n'ayant plus la

1. Héros du roman *Sir Charles Grandison* de Richardson (1754).

force de supporter davantage son pénible destin, elle parla la première de divorce. Le mari entra en fureur à cette seule pensée. Dans un premier mouvement de violence, il fit irruption dans sa chambre armé d'un couteau, et l'aurait sans doute égorgée sur le champ si on ne l'avait saisi et retenu. Dans son accès de rage et de désespoir il retourna le couteau contre lui-même, et termina sa vie dans d'horribles souffrances. À part ces deux exemples, survenus au vu et au su de toute la bonne société, on en racontait quantité d'autres, qui s'étaient produits dans les classes inférieures et s'étaient presque tous terminés tragiquement. Là, un homme honnête et sobre était devenu un ivrogne ; là, un commis de boutique s'était mis à voler son patron ; là, un cocher, qui depuis plusieurs années conduisait honnêtement son fiacre avait égorgé un client pour quelques sous.

Il était inévitable que de tels événements, souvent racontés avec quelque exagération, ne produisissent une terreur involontaire chez les modestes habitants de Kolomna. Personne ne doutait que cet homme ne fût habité d'une puissance maligne. On disait qu'il proposait des conditions à faire dresser les cheveux sur la tête, que jamais aucun malheureux n'osait ensuite révéler à autrui ; que son argent possédait un attrait particulier, s'enflammait tout seul et portait des signes étranges... Bref, toutes sortes de bruits absurdes. Et il est remarquable que toute cette population de Kolomna, tout ce monde de pauvres vieilles, de petits fonctionnaires, de petits artistes, en un mot tout ce menu fretin que nous avons seulement nommé, s'accordèrent à supporter plutôt la dernière extrémité que de s'adresser au terrible usurier ; on trouva même des vieilles mortes de faim, qui avaient préféré laisser périr leur corps plutôt que perdre leur âme. En le rencontrant dans la rue, on éprouvait un effroi involontaire. Le passant s'écartait prudemment et longtemps après regardait encore cette silhouette démesurée qui disparaissait au loin. Son seul aspect était déjà si extraordinaire, qu'on était tenté de lui prêter malgré soi une existence surnaturelle. Ces traits forts, si profondément creusés qu'on n'en voit pas de tels chez les humains ; ce teint calciné, couleur de bronze ; cette épaisseur démesurée des sourcils, ses yeux insupportables, effrayants, même les vastes plis de son habit oriental, tout semblait dire qu'auprès des passions qui faisaient mouvoir ce corps, celles des autres hommes paraissaient bien pâles.

Mon père s'arrêtait et restait immobile chaque fois qu'il le rencontrait, et chaque fois ne pouvait se retenir de prononcer ces mots : " C'est le diable, c'est tout à fait le diable ! " Mais il me faut sans tarder vous présenter mon père, qui est, du reste, le véritable sujet de cette histoire. Mon père était un homme remarquable à bien des égards. C'était un de ces peintres comme il y en a peu, un de ces prodiges comme seule la Russie en fait surgir de son sein encore vierge, un peintre autodidacte, qui avait cherché en son âme, sans professeur ni école, les règles et les lois, guidé par la seule soif du perfectionnement, et suivait pour des raisons peut-être inconnues de lui-même, la seule voie que lui montrait son âme ; un de ces prodiges spontanés, que leurs contemporains traitent souvent, avec mépris, d'ignares ; que ne refroidissent pas les moqueries et leurs propres échecs ; qui n'y trouvent que plus d'élan et de force et élèvent leur âme bien au-dessus des œuvres qui leur avaient valu le titre d'ignares. Par un instinct intime supérieur il devinait dans tout sujet la présence d'une pensée ; il découvrit par lui-même le sens de l'expression " peinture d'histoire " ; il découvrit pourquoi une simple tête, un simple portrait de Raphaël, de Léonard de Vinci, de Titien, du Corrège, pouvait être appelé de la peinture d'histoire, et pourquoi un immense tableau au contenu historique ne serait quand même qu'un *tableau de genre*, malgré tous les efforts du peintre vers la peinture d'histoire.

Son sentiment intime et ses convictions propres orientèrent son pinceau vers des sujets chrétiens, degré supérieur et sublime de l'élévation. Il n'était ni orgueilleux ni irritable, ce qui le distinguait du caractère de bien des peintres. C'était un caractère ferme, un homme honnête, droit et même fruste, couvert d'une sorte d'écorce rugueuse, non dénué d'une certaine fierté d'âme, et qui parlait des hommes à la fois avec indulgence et dureté. " À quoi bon les regarder, disait-il toujours, ce n'est pas pour eux que je travaille. Ce n'est pas dans un salon que j'accroche mes toiles, on les expose à l'église. Qui me comprendra me remerciera, qui ne me comprendra pas priera tout de même Dieu. Rien ne sert de blâmer l'homme du monde s'il ne connaît rien à la peinture : sa pensée va vers les cartes, il s'y connaît en vins, en chevaux – que faut-il de plus à un seigneur ? Peut-être ira-t-il encore tâter de ceci ou de cela, il ira faire le savant et ne nous laissera plus vivre. À chacun son domaine, que chacun s'occupe de ses affaires. Mieux vaut un homme qui dit franchement n'y rien connaître, que l'hypocrite qui prétend savoir ce qu'il ignore et qui salit et gâte tout. " Il travaillait pour un maigre salaire, c'est-à-dire le salaire qui lui était indispensable pour entretenir sa famille et continuer de pouvoir travailler. En outre, jamais il ne refusa d'aider un ami ou de tendre une main secourable à un peintre malheureux ; il avait la foi simple et pieuse de nos ancêtres, et de là venait peut-être que sur les visages qu'il représentait apparaissait cette expression sublime, que n'ont pu découvrir les talents les plus brillants. Enfin, par la constance de son travail et par la fermeté de la voie qu'il s'était tracée, il commença à obtenir le respect de ceux-là même qui l'avaient traité d'ignare et d'autodidacte mal dégrossi. On lui faisait sans cesse des commandes pour des églises, et il travaillait sans relâche. L'un de ces travaux l'occupa fort. Je ne me souviens plus exactement de son sujet, je sais seulement que sur le tableau devait figurer l'esprit des ténèbres. Il réfléchit longuement à la forme qu'il lui donnerait. Il voulait représenter sur son visage tout le poids qui oppresse l'homme. Durant ses réflexions l'image du mystérieux usurier se glissait parfois dans son esprit, et il pensait malgré lui : " Voilà celui que je devrais prendre pour modèle du diable. " Songez donc à sa stupeur lorsque un jour, travaillant dans son atelier, il entendit frapper à la porte et vit aussitôt le terrible usurier entrer chez lui. Il ne pouvait se retenir d'éprouver un frisson intérieur, qui parcourut son corps malgré lui.

" Tu es peintre ? dit-il à mon père sans cérémonie.

– Oui, dit mon père, abasourdi, attendant la suite.

– C'est bien. Dessine mon portrait. Je vais peut-être bientôt mourir, je n'ai pas d'enfants ; mais je ne veux pas mourir complètement, je veux vivre. Peux-tu peindre un portrait qui soit absolument vivant ? "

" Que rêver de mieux ?, se dit mon père. C'est lui-même qui se propose comme diable pour mon tableau. " Il donna sa parole. Ils s'accordèrent sur l'heure et sur le prix, et dès le lendemain mon père était chez lui avec sa palette et ses pinceaux. La cour aux grands murs, les chiens, les portes et les verrous de fer, les fenêtres cintrées, les coffres recouverts d'étranges tapis et enfin l'extraordinaire maître des lieux lui-même, assis immobile devant lui, tout cela fit sur mon père une étrange impression. Les fenêtres étaient masquées et encombrées à dessein de manière à ne laisser filtrer le jour que par le haut. « Diable, que son visage est bien éclairé en ce moment ! », se dit-il à lui-même, et il se mit à peindre avidement, comme de crainte de voir disparaître cet heureux éclairage. « Quelle force ! se répétait-il, si je représente ne serait-ce qu'à moitié ce qu'il est maintenant, ce sera la fin de tous mes saints et de tous mes anges, qui pâliront devant lui. Quelle force diabolique ! il jaillira tout simplement de ma toile, si je suis tant soit peu fidèle à la nature. Quels traits extraordinaires ! » répétait-il sans cesse, redoublant d'ardeur, et il voyait déjà quelques traits commencer à se transporter sur la toile.

Mais plus il s'en approchait, plus il éprouvait une sorte de malaise, une inquiétude qu'il ne comprenait pas lui-même. Cependant, il s'obligea malgré cela à suivre avec une exactitude scrupuleuse chaque trait, chaque expression, même les plus imperceptibles. Il s'occupa tout d'abord de l'exécution des yeux. Il y avait tant de force dans ces yeux, qu'il semblait impossible de songer à les rendre tels qu'ils étaient. Cependant, il décida malgré tout de traquer en eux le moindre détail, de découvrir leur secret... Mais à peine avait-il commencé d'entrer en eux et de s'y plonger avec son pinceau, qu'une étrange répulsion surgit dans son âme, un malaise incompréhensible, tel qu'il dut lâcher son pinceau un moment avant de le reprendre. Enfin cela devint intolérable : il sentit ces yeux pénétrer en son âme, et y provoquer un tumulte inconcevable. Le deuxième, le troisième jour, l'impression fut encore plus forte. Il se mit à avoir peur. Il jeta son pinceau et dit tout net qu'il ne pouvait plus peindre cet homme. Il fallut voir l'étrange usurier changer à ces mots. Il se jeta à ses pieds et le pria d'achever le portrait, disant que son destin et son existence sur la terre en dépendaient, que le peintre avait déjà touché de son pinceau ses traits vivants, que s'il les traduisait fidèlement, sa vie serait contenue dans le portrait par une force surnaturelle, qu'à travers lui il ne mourrait pas complètement, qu'il lui fallait exister en ce monde. Mon père fut horrifié par ces paroles : elles lui parurent si étranges et si terribles qu'il abandonna pinceaux et palette et se précipita à toutes jambes hors de la pièce. Il y pensa toute la journée et toute la nuit, et au matin il reçut de l'usurier le portrait, apporté par une femme, la seule créature qu'il eût à son service, qui déclara que son maître ne voulait pas du portrait, qu'il n'en donnait pas un sou et le renvoyait. Le soir même il apprit que l'usurier était mort et qu'on s'apprêtait déjà à l'enterrer selon les rites de sa religion. Tout cela parut à mon père d'une étrangeté inexplicable.

Cependant, à partir de ce moment, un changement sensible apparut dans son caractère : il éprouvait une inquiétude, une angoisse dont il ne comprenait pas lui-même la cause, et il accomplit bientôt un acte que personne n'aurait pu attendre de sa part. Depuis quelque temps, un petit cercle de connaisseurs et d'amateurs commençait à s'intéresser aux travaux d'un de ses élèves. Mon père avait toujours vu en lui du talent et l'appréciait tout particulièrement. Soudain, il se mit à éprouver de l'envie. Tout l'intérêt et tout le bruit qui entouraient l'élève lui devinrent insupportables. Enfin, il apprit, pour comble de son malheur, qu'on lui avait proposé de peindre un tableau pour une riche église récemment édifiée. Cela le fit exploser : “ Non, je ne laisserai pas ce blanc-bec triompher. Il est trop tôt, mon ami, pour songer à jeter les vieux par-dessus bord. J'ai encore de la force, grâce à Dieu. Nous allons voir qui éliminera l'autre le premier. ”

Et cet homme droit, honnête dans l'âme, usa des intrigues et des manigances qu'il avait toujours combattues ; il obtint enfin qu'on créât un concours pour ce tableau et que d'autres peintres pussent y participer. Après quoi il s'enferma dans sa chambre et se mit fébrilement au travail. Il semblait vouloir y mettre toutes ses forces, tout son être. Et il en sortit en effet une de ses meilleures œuvres. Personne ne doutait qu'il obtiendrait la première place. Les tableaux étaient exposés, et tous les autres semblaient auprès du sien comme la nuit auprès du jour, quand soudain l'un des membres du jury, un ecclésiastique si je ne m'abuse, fit une remarque qui frappa tout le monde. “ Il y a certes beaucoup de talent dans le tableau de ce peintre, dit-il, mais il n'y a pas de sainteté sur les visages ; il y a même, au contraire, quelque chose de démoniaque dans les yeux, comme si la main du peintre avait été guidée par un sentiment impur. ” Tous regardèrent le tableau et ne purent qu'être convaincus de la vérité de ces paroles. Mon père se précipita vers sa toile comme pour vérifier par lui-même cette remarque si blessante et s'aperçut avec horreur qu'il avait donné à presque toutes les figures les yeux de l'usurier. Ils avaient le même regard démoniaque et destructeur, à tel point qu'il en frémit malgré lui. Son tableau fut refusé, et il dut entendre, à son indicible dépit, que la première place revenait à son élève.

On ne peut décrire dans quel état de rage il rentra chez lui. Il faillit battre ma mère, chassa tous ses enfants, brisa ses pinceaux et son chevalet, arracha du mur le portrait de l'usurier, demanda un couteau et fit allumer un feu dans la cheminée, dans l'intention de le mettre en pièces et de le brûler. Un de ses amis, un peintre aussi, entra dans la chambre et le surprit dans son élan ; c'était un bon vivant, toujours content de lui-même, qui ne s'encombrait pas d'aspirations élevées, qui accomplissait gaiement tout le travail qui se présentait et se mettait encore plus gaiement à table devant un bon repas.

“ Que fais-tu, que t'apprêtes-tu à brûler ? demanda-t-il, et il s'approcha du portrait. Par pitié, c'est une de tes meilleures œuvres. C'est l'usurier qui est mort récemment ; oui, c'est tout à fait lui ; tu as vraiment fait mouche. Jamais de son vivant ses yeux n'ont regardé comme sur ton tableau.

– Eh bien, je vais voir comment ils regardent dans le feu.

– Arrête, au nom de Dieu, dit l'ami en le retenant, donne-le moi plutôt, s'il t'offense l'œil à ce point. ” Mon père refusa d'abord, puis céda, et le bon vivant, merveilleusement heureux de son acquisition, emporta le portrait. Lorsqu'il fut sorti, mon père se sentit soudain rasséréné, comme si son angoisse avait disparu avec le portrait. Il s'étonna lui-même de ses mauvais sentiments, de son envie et du changement manifeste de son caractère. En examinant son acte, il s'affligea de toute son âme et prononça ces mots : “ Non, c'est Dieu qui m'a puni ; mon tableau a subi une humiliation méritée. Il m'a été inspirée par le désir de ruiner un frère. L'envie démoniaque a guidé mon pinceau, un sentiment démoniaque devait s'en dégager. ” Il se mit sans tarder en quête de son ancien élève, le serra très fort dans ses bras, lui demanda pardon et s'efforça autant qu'il put de réparer ses torts envers lui. Ses travaux reprirent leur cours paisible, mais son visage paraissait plus souvent pensif. Il priait davantage, restait plus souvent silencieux et ne jugeait plus les gens aussi abruptement. Bientôt un événement imprévu l'ébranla encore davantage.

Il n'avait plus revu depuis longtemps l'ami qui lui avait demandé le portrait. Il s'apprêtait à aller le voir quand l'homme entra soudain dans la chambre à l'improviste. Après avoir échangé quelques propos avec mon père, il lui dit :

« Eh bien, mon ami, tu n'avais pas tort de vouloir brûler ce portrait. Par le diable, il y a en lui quelque chose d'étrange... Je ne crois pas aux sorcières, mais crois-moi si tu veux : il y a en lui une puissance maléfique...

– Comment ? fit mon père.

– Eh bien voilà : dès que je l'ai eu accroché dans ma chambre, j'ai ressenti une humeur si noire... comme si j'avais voulu égorger quelqu'un. De ma vie je n'avais connu d'insomnies, et voilà que non seulement j'en avais, mais que je faisais des rêves... Je ne peux pas dire moi-même si c'étaient des rêves ou autre chose : un esprit essayait de m'étouffer et le maudit vieillard me hantait sans cesse. Bref, je ne peux pas te dire dans quel état j'étais. Il ne m'était jamais rien arrivé de pareil. J'errai comme un fou tous ces jours-là, j'éprouvais une appréhension, comme un pressentiment désagréable. Je sentais que je ne pouvais dire à personne rien de gai ni de sincère, comme si un espion s'était trouvé à côté de moi. J'ai donné ce portrait à mon neveu, qui me l'avait demandé, et c'est seulement après que j'ai cru sentir une pierre tomber de mes épaules. J'ai tout à coup retrouvé ma gaieté, comme tu le vois. Eh bien, mon ami, tu as fabriqué le diable ! »

Durant ce récit mon père écouta avec une constante attention, puis il demanda : « Et le portrait se trouve toujours chez ton neveu ? »

– Chez mon neveu, que non ! Il n'a pas pu le supporter, dit le bon vivant. Il faut croire que l'âme de l'usurier s'était transportée là : il sortait du cadre, il marchait dans la pièce, ce que raconte mon neveu est tout simplement incompréhensible. Je l'aurais pris pour un fou si je n'avais pas éprouvé presque la même chose. Il l'a vendue à un collectionneur de tableaux, mais lui non plus n'a pas pu y tenir et s'en est débarrassé. »

Ce récit fit sur mon père une forte impression. Il prit la chose au sérieux, sombra dans l'hypocondrie et finit par se convaincre entièrement que son pinceau avait été l'instrument du diable, qu'une partie de la vie de l'usurier était mystérieusement passée dans le portrait et semait maintenant le trouble chez les hommes, leur inspirant des impulsions démoniaques, détournant le peintre de son chemin, suscitant les tourments terrifiants de l'envie, etc. Trois malheurs survenus après cela, la mort subite de son épouse, d'une fille, et d'un fils tout petit, lui apparurent comme un châtiment du ciel et il résolut fermement de quitter le monde. Dès que j'eus neuf ans, il me fit entrer à l'Académie des Beaux-Arts, paya ses créanciers, et se retira dans un monastère isolé où il prit bientôt l'habit. Là, par l'austérité de sa vie, par l'observance absolue de toutes les règles du monastère, il étonna toute la communauté. Le supérieur, en apprenant quel artiste il était, lui enjoignit de peindre le principal tableau de l'église. Mais l'humble frère dit tout net qu'il était indigne de peindre, que son pinceau était profané, qu'il devait d'abord, par le travail et de grands sacrifices, purifier son âme pour mériter d'entreprendre une telle œuvre.

On ne voulut pas le contraindre. Il augmenta pour lui-même, autant qu'il fut possible, l'austérité de la vie monastique. Enfin cette vie même ne lui parut plus assez austère. Avec la bénédiction du supérieur il s'éloigna dans un lieu reculé pour être absolument seul. Là il se construisit une cellule avec des branches d'arbres ; il ne se nourrissait que de racines crues, transportait des pierres d'un endroit à l'autre, restait de l'aube au crépuscule debout au même endroit les mains levées vers le ciel en prononçant une prière ininterrompue. Il semblait, en un mot, se mettre à l'épreuve jusqu'aux limites du supportable, jusqu'à l'incroyable abnégation dont on ne trouve d'exemple que dans la vie des saints.

Ainsi, durant plusieurs années, il épuisa son corps, tout en le revigorant par la force vivifiante de la prière. Enfin, un jour, il vint au monastère et dit d'une voix ferme au supérieur : “ Maintenant je suis prêt. S'il plaît à Dieu, j'accomplirai ma tâche. ” Il prit pour sujet la Nativité de Jésus. Il y travailla toute une année sans sortir de sa cellule, se nourrissant à peine d'aliments grossiers, priant sans cesse. À la fin de l'année, le tableau était achevé. C'était une véritable merveille de l'art. Il faut savoir que ni les frères ni le supérieur n'avaient de vastes connaissances en peinture, mais tous furent frappés par l'extraordinaire sainteté des figures. Le sentiment d'humilité divine et de douceur sur le visage de la Vierge mère penchée sur son Enfant, la sagesse profonde dans les yeux de l'Enfant divin, qui semblaient prévoir un lointain avenir, le silence solennel des Rois mages frappés par le miracle divin, qui se prosternaient à Ses pieds, et enfin la paix sacrée, ineffable, qui embrassait tout le tableau, tout cela apparaissait avec une beauté si forte, si puissante, que l'impression était magique. Toute la communauté s'agenouilla devant la nouvelle image, et le supérieur attendri prononça ces mots : “ Non, il est impossible qu'un homme, avec le seul secours de l'art humain, produise un pareil tableau : une force sacrée, sublime, a guidé ton pinceau, et la bénédiction du Ciel a touché ton travail. ”

À la même époque, j'achevais mes études à l'Académie, je reçus la médaille d'or, et avec elle l'heureuse perspective d'un voyage en Italie, le plus beau rêve d'un peintre de vingt ans. Il ne me restait qu'à faire mes adieux à mon père, dont j'était séparé depuis déjà douze ans. J'avoue que son image même s'était depuis longtemps effacée de ma mémoire. J'avais déjà un peu entendu parler de l'austère sainteté de sa vie et je m'attendais à lui trouver le rude aspect d'un ascète, étranger à toute chose hormis sa cellule et sa prière, épuisé, desséché par le jeûne perpétuel et les veilles. Mais quelle surprise quand apparut devant moi un vieillard très beau, presque divin ! Son visage ne paraissait pas émacié ; il était illuminé d'une joie céleste. Sa barbe blanche comme neige et ses cheveux fins, presque aériens, de la même teinte argentée se répandaient de manière pittoresque sur sa poitrine et le long des plis de son froc noir, et tombaient jusqu'à la corde qui ceignait ce pauvre habit monastique. Mais ce qui me surprit le plus, ce fut de l'entendre prononcer des mots, exprimer des pensées sur l'art, dont j'avoue que je les garderai longtemps en mémoire, comme j'aimerais que le fît chacun de mes confrères.

“ Je t'attendais, mon fils, dit-il quand je m'approchai pour recevoir sa bénédiction. Tu as devant toi le chemin que va désormais suivre ta vie. Ton chemin est pur, ne t'en détourne pas. Tu as du talent ; le talent est le plus précieux don de Dieu, ne le dévoie pas. Examine, étudie tout ce que tu verras, soumets tout à ton pinceau, mais sache trouver en toute chose un sens profond, et surtout, tâche de découvrir le grand secret de la création. Heureux l'élu qui le possède. Il n'y a pas pour lui de sujet inférieur dans la nature. Dans l'insignifiant, l'artiste-créateur est aussi sublime que dans le sublime ; dans le vil, plus rien de vil pour lui, car la belle âme de la chose créée transparaît, invisible, au travers ; et le vil a déjà reçu une expression sublime, car il a traversé le purgatoire de son âme. L'art apporte à l'homme un aperçu du paradis céleste, divin, et c'est pour cette seule raison qu'il est supérieur à tout. Et autant la paix solennelle est supérieure à toute agitation mondaine, autant la création est supérieure à la destruction ; autant l'ange par la seule innocence intacte de son âme lumineuse est supérieur à toutes les forces innombrables et aux passions orgueilleuses de Satan, autant la création sublime de l'art est supérieure à tout au monde. Sacrifie tout à l'art et aime-le passionnément, non pas de cette passion qui respire la concupiscence terrestre, mais d'une passion tranquille, céleste ; sans elle, l'homme n'a pas le pouvoir de s'élever au-dessus de la terre, ni de faire résonner les sons prodigieux de l'apaisement. Car c'est pour l'apaisement et la réconciliation de tous que descend sur la terre l'œuvre sublime de l'artiste. Elle ne peut susciter de trouble dans les âmes, mais telle une prière sonore elle tend sans cesse vers Dieu. Mais il y a des minutes, de sombres minutes... »

Il s'arrêta, et je remarquai que son visage lumineux s'assombrissait soudain, comme si un nuage était passé un instant au-dessus de lui. « Il y a eu un événement dans ma vie, dit-il. Aujourd'hui encore je ne comprends pas ce qu'était cette image étrange que j'ai peinte. Elle avait tout d'une apparition diabolique. Je sais que le monde nie l'existence du diable et je n'en parlerai donc pas. Mais je dirai seulement que je l'ai peinte avec répugnance, sans éprouver alors le moindre amour pour mon travail. J'ai voulu m'y contraindre par la force et, étouffant la voix de mon âme, être fidèle à la nature. Ce n'était pas une œuvre d'art, c'est pourquoi les sentiments qui saisissent tous ceux qui voient ce tableau sont essentiellement des sentiments de révolte, d'angoisse, ce ne sont pas les sentiments de l'artiste, car jusque dans l'angoisse l'artiste respire la paix. On m'a dit que ce portrait passe de main en main et sème des impressions pénibles, éveillant chez l'artiste un sentiment d'envie, de haine obscure pour son frère, une mauvaise soif d'opprimer et de persécuter. Que le Tout-Puissant te garde de ces passions-là ! Il n'y a rien de plus terrible. Mieux vaut supporter l'amertume de toutes les persécutions possibles que de faire porter sur autrui la seule ombre de la persécution. Préserve la pureté de ton âme. Celui qui porte en lui le talent doit avoir l'âme plus pure que tous. À un autre il sera beaucoup pardonné, mais pas à lui. L'homme qui est sorti de chez lui en habit de fête aux couleurs claires, il suffit qu'une roue l'éclabousse d'une seule tache de boue, pour que la foule l'entoure, le montre du doigt et parle de sa malpropreté, sans remarquer les nombreuses taches sur les autres passants, vêtus d'habits ordinaires. Car sur les habits ordinaires on ne remarque pas les taches. "

Il me bénit et me serra dans ses bras. Jamais de ma vie je n'avais connu d'émotion aussi sublime. C'est avec vénération, plus qu'avec une affection filiale, que je me serrai contre sa poitrine, et que je baisai ses longs cheveux argentés. Une larme brillait dans ses yeux. " Mon fils, satisfais mon unique demande, me dit-il au moment des adieux. Peut-être t'arrivera-t-il de voir quelque part le portrait dont je t'ai parlé. Tu le reconnaîtras aussitôt à ses yeux extraordinaires et à son expression surnaturelle – quoi qu'il en soit, détruis-le... "

Jugez vous-mêmes si je pouvais ne pas jurer solennellement de satisfaire cette demande. Pendant quinze ans je ne rencontrai rien qui ressemblât tant soit peu à la description faite par mon père. Et tout à coup, aujourd'hui, dans cette vente... »

Ici, le peintre, interrompant son discours, tourna les yeux vers le mur pour regarder encore une fois le portrait. Toute la foule des auditeurs fit aussitôt le même mouvement, cherchant des yeux le portrait extraordinaire. Mais à leur plus grand étonnement, il n'était plus sur le mur. Un murmure et un tumulte confus parcoururent toute la foule, puis on entendit clairement ce mot : « Volé ! » Quelqu'un avait eu le temps de l'emporter, profitant de l'attention des auditeurs captivés par le récit. Et les assistants restèrent longtemps abasourdis, ne sachant s'ils avaient réellement vu ces yeux extraordinaires, ou si ce n'avait été qu'un rêve, apparu un instant à leurs yeux fatigués d'avoir longuement contemplé de vieux tableaux.

Dossier

DOSSIER

1 *Gogol : des diableries ukrainiennes aux* Âmes mortes

2 *Pétersbourg, capitale inquiétante*

3 *L'humour : Sterne et le nez de Tristram Shandy*

4 *Aspects du récit fantastique*

5 *Récits de la folie*

6 *Gogol devant la critique*

1 — *Gogol : des diableries ukrainiennes aux* Âmes mortes

Si on laisse de côté son tout premier essai littéraire, *Hans Küchelgarten*, poème romantique sentimental, très mal reçu par la critique, Gogol connaît un succès très rapide avec une première série de textes, des contes folkloriques, dont il puise l'inspiration dans ses origines ukrainiennes. Il écrit de Pétersbourg à sa mère pour lui demander de se renseigner sur les coutumes des villages les plus reculés, et il reconstitue ainsi l'image d'une Ukraine fantaisiste mais crédible, faite pour donner au public pétersbourgeois une illusion d'authenticité.

Les Veillées du hameau

Le recueil des *Veillées* (ou *soirées*) *du hameau près de Dikanka*, publié en deux volumes (1831 et 1832), est censé avoir été écrit par un apiculteur, Panko le rouge, qui, dans la préface, s'adresse aux lecteurs distingués avec une bonhomie truculente, et les invite à venir goûter son miel à Dikanka.

Les huit nouvelles qui composent le recueil font intervenir le surnaturel avec la même évidence que le merveilleux des contes de fées. Certaines sont macabres et inquiétantes, d'autres tirent l'étrange vers le cocasse, mais toutes ont en commun un même personnage principal, le diable, qui apparaît tantôt sous des traits humains, tantôt comme une force maléfique insaisissable, tantôt encore sous la forme d'un diablotin farceur, comme dans l'exemple qui suit, tiré du conte « La Nuit de Noël ». Le récit s'ouvre sur un ciel étoilé, où une sorcière, à cheval sur son balai, fait disparaître les étoiles. Le diable survient à son tour pour dérober la lune.

Le diable, cependant, s'approchait de la lune à pas de loup, et déjà il allongeait le bras pour la saisir, lorsque soudain il retira vivement la main, comme s'il s'était brûlé, se suça les doigts, secoua la jambe, essaya de nouveau de l'autre côté, et de nouveau bondit en arrière en retirant sa main. Mais malgré ces échecs répétés, le diable, ce rusé compère, ne renonça pas à ses vilains tours. Revenant à la charge, il saisit brusquement la lune à deux mains, puis, soufflant et grimaçant, se mit à la faire sauter d'une main dans l'autre, comme un paysan qui a pris un tison de sa main nue pour allumer sa pipe ; enfin il la glissa hâtivement dans sa poche, et continua son chemin comme si de rien n'était.
À Dikanka, personne n'avait remarqué que le diable volait la lune. Sans doute le secrétaire cantonal, tandis qu'il sortait à quatre pattes de l'auberge, l'avait-il vue soudain se mettre à danser dans le ciel, et en assurait-il le village entier en prenant Dieu à témoin ; mais les paroissiens hochaient la tête et allaient même jusqu'à se moquer de lui. Mais quelle raison avait le diable de se résoudre à une aussi coupable entreprise ? Eh bien la raison, la voici : il savait que le riche Cosaque Tchoub avait été invité par le sacristain à venir manger la *koutia*• en compagnie du maire, d'un parent du sacristain, chantre à l'archevêché, qui portait une redingote bleue et savait prendre les notes les plus basses, ainsi que du Cosaque Sverbygouz et de quelques autres ; et que, outre la *koutia*, il y aurait encore de l'eau-de-vie aux épices et toutes sortes de choses à manger. Or, pendant ce temps-là, la fille de Tchoub, qui était la plus belle fille du village, resterait seule à la maison, et recevrait

• *Gâteau de riz aux raisins secs.*

sans doute la visite du forgeron, un athlète et un gaillard de premier ordre, que le diable aimait encore moins que les sermons du Père Kondrat. À ses heures de loisir, le forgeron s'amusait à peindre, et il passait pour le meilleur peintre des environs. Le centenier L...ko lui-même, lorsqu'il était encore en vie, l'avait fait venir exprès à Poltava pour orner la palissade qui entourait sa maison. Toutes les écuelles qui servaient aux Cosaques de Dikanka à manger leur *bortsch*• étaient décorées par le forgeron. Le forgeron craignait Dieu et peignait souvent l'image des saints : on voit encore dans l'église de T. son portrait de saint Luc l'évangéliste. Mais le triomphe de son art était un tableau qu'il avait peint sur la paroi de l'église, à la droite de l'entrée, où il avait représenté saint Pierre au jour du Jugement dernier, les clefs à la main, chassant l'esprit mauvais des enfers ; le diable effrayé courait de-ci de-là, se sentant perdu, et les pécheurs, jusque-là ses prisonniers, le pourchassaient à coups de fouets, de bûches et de tout ce qui pouvait leur tomber sous la main. À l'époque où le peintre avait entrepris ce travail et peignait son tableau sur un grand panneau de bois, le diable avait fait de son mieux pour le gêner : en cachette, il lui poussait le bras, faisait voltiger des cendres dans la forge pour en parsemer le tableau ; mais rien n'y fit : l'ouvrage fut mené à bien et le tableau transporté à l'église et scellé dans le mur, près de l'entrée. Et depuis ce jour-là, le diable s'était juré de tirer vengeance du forgeron.

• *Soupe à la betterave et au chou.*

Il n'avait plus qu'une nuit pour rouler sa bosse ici-bas ; mais en cette dernière nuit, il cherchait encore un moyen de décharger sa bile sur le forgeron. Voilà pourquoi il s'était résolu à voler la lune, comptant sur la paresse et l'indolence du vieux Tchoub, et sur la distance qui séparait son isba de la demeure du sacristain : la route passait en dehors du village, longeait les moulins et le cimetière, contournait le ravin. Encore s'il y avait eu le clair de lune : l'eau-de-vie aux épices et la vodka macérée avec du safran auraient pu alors décider Tchoub. Mais par une nuit si noire, c'était peine perdue que de vouloir le faire descendre de son poêle et sortir de sa maison. Et le forgeron, malgré sa force, ne se serait jamais risqué à rendre visite à la fille en présence du père, avec lequel il était depuis longtemps en mauvais termes [1].

Le recueil des *Veillées* connaît un succès immense. En 1835 (la même année que le recueil des *Arabesques,* qui contient déjà trois des *Nouvelles de Pétersbourg*), Gogol lui donne une suite avec *Mirgorod,* du nom d'une petite ville d'Ukraine qui signifie « Monde-ville », recueil en deux volumes qui comprend le roman historique *Tarass Boulba*, la seule fiction de l'auteur d'où la dérision soit absente.

LE RÉVIZOR

La principale comédie de Gogol, *Le Révizor* (1836), est peut-être la plus célèbre du théâtre russe. La pièce a connu un immense retentissement dès sa première représentation en présence du tsar Nicolas Ier, qui en avait lui-même ordonné la mise en scène (la pièce avait ainsi échappé à la censure). La caricature des notables de province et la satire de la bureaucratie russe ont fait scandale en même temps qu'elles réjouissaient le public libéral.
C'est à Pouchkine que Gogol doit le sujet de sa comédie : le poète lui a raconté l'histoire d'un journaliste qui, voyageant en Bessarabie, a été pris pour un inspecteur du gouvernement (un *révizor*). À partir de cette anecdote, Gogol crée Khlestiakov, un jeune fonctionnaire pétersbourgeois, voyageant en province et ruiné au jeu. Dans la petite ville où il s'est arrêté, une

1. Gogol, *Les Soirées du hameau* (*Les Nouvelles ukrainiennes*), trad. M. Aucouturier, in *Œuvres complètes*, Gallimard, Bibliothèque de la Pléiade, 1966, p. 121-122.

lettre officielle annonce au gouverneur la visite imminente d'un *révizor*. Les notables, affolés, s'interrogent : ce jeune homme, descendu à l'auberge, et qui refuse de payer, ne serait-il pas justement le *révizor* incognito ? L'élégance et l'aplomb de Khlestiakov vont lui permettre de passer, d'abord malgré lui, pour le *révizor* attendu. Les habitants ridicules, à la fois malhonnêtes et stupides, sont prêts à croire ses mensonges les plus grossiers•.

• *Il se prétend, entre autres, l'auteur du* Mariage de Figaro, *et proclame : « Demain, je serai nommé Feldmaréchal... »*

Surpris au début par ces changements (l'aubergiste menaçait de le chasser), le héros va profiter sans scrupules de l'hospitalité obséquieuse de ses hôtes, leur emprunter de fortes sommes, et même se fiancer à la fille du gouverneur, avant de disparaître brusquement. Aussitôt après son départ, la lecture publique d'une lettre de Khlestiakov à un ami, où il se moque tour à tour de tous les notables de la ville, révèle la supercherie. Le gouverneur, atterré, tire de sa mésaventure une leçon désabusée. Sa tirade, l'une des plus célèbres du théâtre russe, montre un effet de distanciation humoristique analogue à celui des *Nouvelles de Pétersbourg* : le gouverneur évoque la comédie dont il est un personnage, et, s'adressant aux spectateurs, les désigne comme le sujet de la caricature dont ils sont en train de rire.

LE GOUVERNEUR, *furieux*

Voilà, regardez, regardez, vous autres, le monde entier, la chrétienté entière, tous, regardez ce Gouverneur tourné en dérision ! Ah, imbécile, imbécile ! (*Il se menace lui-même du poing.*) Et toi lourdaud, qui as pris un blanc-bec, une lavette, pour un personnage important ! Et le voilà maintenant qui roule sur toutes les routes en faisant tinter ses grelots ! Il répandra cette histoire à travers le monde entier. Et non seulement tu deviendras un objet de risée, mais il se trouvera encore un barbouilleur, un écrivassier, pour te fourrer dans une comédie ! Ah, c'est trop vexant ! Ni le titre ni le grade ne l'arrêteront, et tous crieront, applaudiront... De quoi riez-vous ? C'est de vous-même que vous riez• ! Ah, vous ! (*Il trépigne.*) Ah, tous ces gratte-papier, s'il ne dépendait que de moi... Ah, pisse-copie, libéraux maudits, engeance diabolique ! Je vous ficellerai dans un sac, moi, je vous enduirai de farine, je vous coudrai dans la doublure du chapeau du diable ! (*Il brandit le poing et frappe le sol de ses talons.*) Ah, je ne m'en suis pas encore remis ! Décidément, quand Dieu veut vous punir, il commence par vous ôter la raison ! En quoi, vraiment, ce freluquet ressemblait-il à un révizor ? En rien. Pas l'ombre de la plus petite ressemblance ! Et voilà que vous tous, vous vous êtes mis à brailler : « Le révizor ! Le révizor ! » Voyons, qui de vous le premier a lâché que c'était le révizor ? Répondez !

• Le personnage s'adresse ici aux spectateurs.

ARTEMY PHILIPPOVITCH••, *écartant les bras*
Comment c'est arrivé, je serais incapable de le dire, quand bien même on me tuerait ! C'est comme si un brouillard était tombé sur moi... Le diable a tout embrouillé [1].

•• Surveillant des établissements de bienfaisance.

LES ÂMES MORTES

L'écriture des *Âmes mortes* a été la principale occupation de Gogol pendant dix-sept ans, de 1835 à 1852. Inspirée encore une fois d'une idée de Pouchkine, à partir d'une escroquerie réelle, la première partie du roman est publiée en 1842. Quant à la seconde partie, Gogol en annonce plusieurs fois l'achèvement, mais brûle successivement les trois versions qu'il en a rédigées – les fragments qu'il en reste, moralisateurs et ennuyeux, sont infiniment éloignés de la verve satirique de la première partie. En effet, converti à une

1. Gogol, *Le Révizor*, trad. A. Adamov, GF-Flammarion, 1989, p. 219-220.

religiosité fanatique, Gogol voudrait que la suite corrige l'immoralité de la première partie, où l'on voit Tchitchikov, son héros, parvenir à ses fins sans être jamais inquiété. Tchitchikov profite d'une absurdité bureaucratique : les propriétaires de serfs paient un impôt sur les « âmes• » qu'ils possèdent même après leur mort, jusqu'au prochain recensement. Le héros parcourt la province, et, toujours affable et patient, il convainc les propriétaires terriens, des hobereaux ridicules et satisfaits, de lui vendre, pour une somme modique, leurs serfs morts. Il se constitue ainsi une propriété fictive grâce à laquelle il pourra ensuite obtenir un emprunt.

• Les serfs (mâles uniquement) se comptent en « âmes ». On est ainsi propriétaire de cent, trois cents âmes... Le servage ne sera aboli en Russie qu'en 1861.

Mais Gogol joue, bien sûr, sur la double entente du mot « âmes•• ». Sous la verve comique et la satire, c'est une vision très sombre de la Russie, qui est proposée. Non pas que Gogol prenne parti contre le servage – il n'a rien d'un libéral et ses idées sont profondément réactionnaires. Le triomphe de Tchitchikov marque plutôt son pessimisme à l'égard de la nature humaine, que ses tentatives de réécriture « positive » ne parviendront pas à transformer.

•• La valeur symbolique du récit est suggérée par le sous-titre de l'œuvre, « poème » (et non « roman »).

Dans l'extrait suivant, on voit à l'œuvre la caricature d'un milieu, celui des notables de province, déjà atttaqués dans *Le Révizor*. Le contraste entre les gros et les maigres peut rappeler le genre du caractère tel que l'ont pratiqué les grands moralistes. On peut penser, par exemple, aux *Caractères* de La Bruyère, où sont opposés Giton et Phédon, le premier, riche gras et satisfait de lui-même, le second, pauvre, maigre et timide [1].

---

1. La Bruyère, *Les Caractères*, VI, 83.

Cet extrait se situe au premier chapitre du roman : Tchitchikov vient d'arriver dans la ville de N..., et s'y fait aussitôt des amis parmi les fonctionnaires. Il se rend à une soirée chez le gouverneur, où il est d'abord ébloui par les lumières et par le luxe des toilettes féminines. Son regard se tourne ensuite vers les hommes.

Les messieurs comme partout appartenaient à deux catégories. Les uns, maigres, parmi lesquels certains tournaient autour des dames, tandis que d'autres se distinguaient à peine des hommes du monde de Pétersbourg ; les mêmes favoris, taillés avec goût, les mêmes visages bien rasés, et la même indifférence auprès des jolies femmes qu'ils faisaient rire cependant en leur parlant français, tout comme à Pétersbourg.
Les gros hommes ventrus appartenaient à la seconde catégorie. Ceux-ci dédaignaient ostensiblement les dames et attendaient impatiemment l'heure où le domestique préparait la table verte pour le whist•. C'était des visages pleins et ronds ; on voyait ici la marque d'une petite vérole, là une verrue ; de même les cheveux se portaient les uns en toupet, les autres en brosse ou « à la diable m'emporte » comme disent les Français.

• *Jeu de cartes répandu au XIXe siècle, ancêtre du bridge.*

Les ventrus étaient les fonctionnaires les plus estimés de la ville. Hélas ! Ceux-là savent mieux conduire leurs affaires que les maigres sur cette terre ! On ne se sert des maigres que faute de mieux, ils changent facilement de place, leur existence est légère, aérienne, incertaine. Au contraire les ventrus n'ont jamais de postes instables ; quand ils posent leur séant quelque part, ils y demeurent puissants et pleins d'espoir ; la place tient bon et fléchirait-elle, eux ne tomberaient pas. Ils n'aiment pas le luxe, leur frac n'est pas si bien coupé que celui des maigres, mais leurs bourses sont toujours pleines d'une divine abondance.
En moins de trois ans, le maigre ne possède plus rien qui ne soit hypothéqué, tandis que le ventru, sans se donner de mal, devient vite propriétaire d'une petite maison au bout de la ville, achetée au nom de sa femme, puis encore d'une autre maison à l'autre extrémité du bourg... Bref, petit à petit, le village entier lui appartient. Enfin les

ventrus, après avoir servi Dieu et le tsar, jouissant d'une considération générale, quittent le service, déménagent et deviennent propriétaires fonciers ; ce sont alors de beaux seigneurs russes très hospitaliers qui vivent largement. Enfin, pour être fidèles à la vieille tradition russe, les héritiers de ces ventrus deviennent des maigres après avoir gaspillé tout le bien paternel [1].

1. Gogol, *Les Âmes mortes*, trad. M. Séménoff, GF-Flammarion, 1990, p. 71-72.

2 — *Pétersbourg, capitale inquiétante*

La ville de Saint-Pétersbourg• a été fondée en 1703, sur un terrain marécageux, à l'embouchure de la Néva dans la mer Baltique, par le tsar Pierre le Grand••, qui lui a donné son nom, et elle est devenue la capitale de l'empire russe en 1715 (après Moscou, qui avait elle-même remplacé Kiev au Moyen Âge). Construite par de grands architectes, italiens et français notamment, elle devait être, selon le vœu du tsar, « une fenêtre de la Russie sur l'Europe ». Ville monumentale, dont le centre rassemble palais, statues, places immenses, c'est aussi une ville de canaux, qu'on a pu comparer à Venise (voir plan). La splendeur architecturale de Pétersbourg a fait de son éloge un thème obligé de la littérature russe dès le XVIIIe siècle, et on le trouve, entre autres, chez des auteurs comme Lomonossov, Dierjavine ou Viazemski.

À partir de Pouchkine•••, l'évocation de la ville prend aussi en compte sa dimension inquiétante. Déjà avant lui, le poète polonais Adam Mickiewicz••••, dans ses poèmes « Pétersbourg » et « Le Monument de Pierre le Grand », s'en était pris à la Russie, ennemie traditionnelle de la Pologne, et à son tsar tyrannique dont la ville était le symbole. Le monument équestre de Pierre le Grand, statue emblématique de la ville, est l'œuvre du Français Falconet : il représente le tsar victorieux, le bras tendu en avant, sur un cheval

• *Les Russes n'emploient jamais son nom complet,* Sankt-Peterbourg, *mais* Peterbourg. *Ce nom allemand, dû à la germanophilie de Pierre le Grand, a été russisé en Petrograd en 1914, puis remplacé par Léningrad en 1924, à la mort de Lénine. La ville a retrouvé son nom d'origine en 1991.*

•• *Pierre Ier (1672-1725), dit Pierre le Grand. Son règne est marqué par des réformes visant à moderniser la Russie sur le modèle occidental, imposées néanmoins par une autorité étatique absolue. Sa politique d'annexion tendait à trouver un débouché maritime à l'empire vers le Nord (mer Baltique) ou vers le Sud (Turquie).*

••• *Alexandre Sergueïevitch Pouchkine (1799-1837), poète, dramaturge et romancier, considéré comme le fondateur de la littérature*

russe. Ses principales œuvres sont la tragédie Boris Godounov *(1824-25), le roman en vers* Eugène Onéguine *(1823-30), et ses nouvelles, les* Récits de Bielkine *(1830) et* La Dame de pique *(1833).*
•••• *Adam Mickiewicz (1798-1855), le plus célèbre poète polonais, avait été condamné à l'exil en Russie en 1824 et s'était lié avec Pouchkine.*

cabré, écrasant un serpent. Gogol mentionne, dans « Le Manteau », « la vieille histoire du commandant de place auquel on était venu dire qu'on avait coupé la queue du cheval de Falconet » (p. 34). La plaisanterie n'est pas anodine et va bien au-delà d'un sous-entendu obscène : le cheval cabré, sculpté par Falconet, est un chef-d'œuvre d'équilibre, puisqu'il ne repose que sur trois points, les pieds postérieurs et la queue. Couper la queue du cheval, c'est faire tomber le monument, donc, symboliquement, détruire la ville...

POUCHKINE, LE CAVALIER DE BRONZE

Pouchkine, répondant peut-être à Mickiewicz [1], compose en 1833 *Le Cavalier de bronze*, récit en vers qui porte le sous-titre de *Nouvelle pétersbourgeoise*. Il commence en effet par un éloge de la ville et de sa beauté.

Je t'aime, création de Pierre,
J'aime ton élégance austère,
Le cours souverain de ton fleuve
Et sa bordure de granit,
Les festons de fer de tes grilles
Et de tes nuits lourdes de songes
Le clair-obscur, l'éclat sans lune
Quand j'écris ou lis dans ma chambre
Sans veilleuse et que je distingue
L'amas dormant des rues désertes –
Et que luit la Flèche Amirale
Et que l'aube, sans laisser l'ombre
De la nuit masquer les cieux d'or,
Chasse en hâte le crépuscule
Après demi-heure de nuit.
J'aime ton rude hiver : gelées,
Air immobile, traîneaux qui courent

1. C'est du moins la thèse d'A. Meynieux, dans sa notice au *Cavalier de bronze*, André Bonne, 1959.

Le long du large fleuve, et filles,
Faces plus roses que les roses,
Éclat, bruit et rumeur des bals,
Et dans les soupers des garçons
Pétillement mousseux des coupes
Et flamboiement bleuté du punch.
J'aime l'animation guerrière
Des parades du Champ de Mars
Et cette uniforme beauté
Des fantassins et des chevaux,
Ces lambeaux d'étendards vainqueurs
Ordonnés en ligne mouvante
Et, transpercés dans les batailles,
Ces casques de bronze qui brillent [1].

Mais l'admiration laisse vite place à l'angoisse : défi audacieux du tsar à la nature, la ville est menacée par des inondations. Cependant que le héros du poème, Eugène, un modeste fonctionnaire, amoureux d'une humble jeune fille, Paracha, projette de l'épouser, l'inondation survient : les eaux de la Néva montent dans la nuit ; Eugène, grimpé sur un lion de marbre, les observe, angoissé. Lorsqu'elles sont redescendues, il se précipite en barque chez Paracha. En découvrant la maison effondrée, il perd la raison et éclate de rire. Il devient une sorte de clochard, vivant de la charité. Un jour, il se trouve devant la statue équestre de Pierre le Grand, et le menace du poing. Le cavalier de bronze lui semble alors quitter son socle et le poursuivre à travers la ville. On peut voir dans cet affrontement la révolte impuissante de l'individu devant la tyrannie du pouvoir étatique, dont la ville et la statue sont les symboles. Le poème a été censuré par le tsar Nicolas Ier, qui a demandé que des modifications soient

1. Pouchkine, *Le Cavalier de bronze*, trad. A. Meynieux, *op. cit.*, p. 20-21.

apportées. Pouchkine les ayant refusées, le texte n'a été publié qu'après sa mort, en 1837.

Et le pauvre dément tourna
Autour du socle de l'idole
Et regarda farouchement la face
Du souverain de la moitié du monde.
Il étouffait. Il appuya
Son front contre la grille froide.
Ses yeux se voilèrent de brume,
Un feu lui parcourut le cœur,
Son sang se mit à bouillonner. Et sombre
Il s'arrêta devant la fière Idole,
Et serrant les dents, doigts crispés,
Comme possédé du démon :
« Bravo, bâtisseur de miracles ! –
Murmura-t-il tremblant de rage, –
Je m'en vais te... » Et tout à coup
Il se mit à fuir au plus vite.
Il avait cru que du terrible tsar
Lentement vers lui se tournait
La face flambant d'ire soudaine...
À travers la place déserte
Il court et entend derrière lui,
Tel un grondement de tonnerre
Un galop pesant qui résonne
Sur le pavé qu'il fait trembler.
Et le bras tendu dans l'espace
Sous un pâle rayon de lune
Le suit le Cavalier de bronze
Sur son coursier dont le galop résonne.
Et toute la nuit, où qu'il aille,
Derrière le pauvre dément
Partout, le Cavalier de Bronze
Galope au bruit lourd des sabots [1].

L'image ambivalente de Pétersbourg, cité à la fois majestueuse et écrasante, la figure d'Eugène, petit fonctionnaire aux humbles aspirations, et la folie qui le frappe, sont des thèmes qu'on retrouve dans les nouvelles de Gogol, en particulier « Le Journal d'un fou » et « Le Manteau ». C'est aussi

1. *Ibid.*, p. 35-36.

de 1833 que date la première esquisse du « Journal d'un fou », il est donc impossible d'y chercher une influence précise du poème de Pouchkine. « Le Manteau », en revanche, date de 1839.

LERMONTOV, LA PRINCESSE LIGOVSKAÏA

Le récit *La Princesse Ligovskaïa*, commencé en 1836 et inachevé, fait apparaître pour la première fois le personnage de Petchorine, qui reviendra dans un second récit, le chef-d'œuvre de Lermontov•, *Un héros de notre temps* (1840). Le premier récit est profondément ancré dans un cadre pétersbourgeois – qui sera totalement abandonné dans le second : *La Princesse Ligovskaïa* est l'histoire d'un aristocrate, d'un mondain. Mais les premières lignes du récit y conduisent, curieusement, de manière oblique : elles ont pour centre un passant anonyme, que la calèche de Petchorine renverse, et dont il ne sera plus question. C'est l'occasion, pour l'auteur, de mettre en place une petite scène de rue et le portrait d'un humble fonctionnaire. On peut y lire l'influence des premières nouvelles publiées par Gogol sur ce thème (le recueil des *Arabesques*, comprenant « La Perspective Nevski » et « Le Journal d'un fou », avait paru en 1835). Comme chez Gogol, le Pétersbourg de Lermontov est moins un espace monumental qu'un grouillement humain, que ce soit la foule diverse des rues ou le public élégant des théâtres et des bals.

• Mikhaïl Iourievitch Lermontov (1814-1841), poète et romancier russe. Il a consacré à Pouchkine le poème « La mort du poète » (1837). Exilé au Caucase, il y a situé plusieurs de ses œuvres, notamment les poèmes « Le démon » et « Le novice » (1838), et son récit Un héros de notre temps *(1839-1840).*

En 1833, le 21 décembre à quatre heures après midi, la foule se pressait, comme d'habitude, dans la rue de l'Ascension, et il y avait dans cette foule un jeune fonctionnaire. Notez bien le jour et l'heure, car ce jour-là et à cette heure-là se produisit l'événement à partir duquel s'enchaînent les aventures diverses survenues à mes héros et héroïnes, dont je me suis promis de transmettre l'histoire à la postérité, pour autant que la postérité lira des romans... Ainsi donc, un jeune fonctionnaire descendait la rue de l'Ascension, venant de son ministère, fatigué d'un travail monotone et rêvant d'une gratification et d'un bon déjeuner – car tous les fonctionnaires rêvent ! Il portait une casquette de forme indéfinie et un manteau bleu marine ouaté au collet de castor usagé. Il était malaisé de distinguer les traits de son visage, en raison de sa visière, de son collet et du crépuscule ; il ne semblait pas avoir hâte de rentrer chez lui, et il savourait et l'air pur du soir glacial, qui versait à travers la brume de l'hiver ses rayons roses sur les toits des maisons, et l'éclat alléchant des magasins et des pâtisseries ; levant par moments les yeux avec une émotion véritablement poétique, il se heurtait à quelque chapeau rose et présentait des excuses embarrassées : le perfide chapeau rose prenait un air fâché, puis glissait un regard sous la casquette et, après quelques pas, se retournait comme attendant de nouvelles excuses ; vainement ! le jeune fonctionnaire manquait totalement de perspicacité !... Mais plus fréquemment encore il s'arrêtait pour badauder devant la vitrine d'un magasin ou d'une pâtisserie étincelante de feux magiques et de magnifiques dorures ; longuement, avec insistance, avec envie il contemplait les objets exposés, puis, revenant à la réalité, il reprenait son chemin avec un profond soupir et une stoïque fermeté. Mais ses plus terribles bourreaux étaient les cochers : il haïssait les cochers : « *Barine*• ! Où est-ce que je vous mène ? Une voiture, *barine* ? À votre service ?... » C'était le supplice de Tantale, et il détestait du fond de l'âme les cochers [1].

• *Monsieur !*

Dossier

1. Lermontov, « La Princesse Ligovskaïa », in *Un héros de notre temps,* trad. G. Aucouturier, Gallimard, 1976, Folio, p. 21-22.

Gogol,
Notes sur Pétersbourg

La revue *Le Contemporain*, fondée par Pouchkine, publie, en octobre 1836, dans le même numéro que « Le Nez », des *Notes sur Pétersbourg*. La première partie de ces notes [1] propose un parallèle entre Pétersbourg et Moscou, ancienne capitale de l'empire, qui représente face à la nouvelle, mondaine et factice, un mode de vie plus suranné mais plus authentique. On y devine la trace des déceptions du jeune provincial arrivé dans la capitale sept ans plus tôt, et y ayant souffert toutes sortes de maux, depuis le froid jusqu'à l'humiliation dans la recherche d'un poste de fonctionnaire. Malgré la familiarité qui le lie maintenant à la ville, malgré le succès, Gogol reste critique à l'égard de Pétersbourg, représenté ici comme un personnage, dans une caricature qu'on peut rapprocher des premières pages de « La Perspective Nevski ».

Quelle idée, vraiment, d'aller reléguer la capitale de la Russie tout au bout du monde ! Et quelle nation bizarre nous sommes : notre capitale, c'était Kiev ; mais comme il y faisait trop chaud, nous avons transféré nos pénates à Moscou, et comme à Moscou il ne faisait pas assez froid, nous nous en sommes pris à la Providence, qui nous a gratifiés de Saint-Pétersbourg. [...]
Pétersbourg est un homme d'ordre, un Allemand exact qui suppute tout avec économie et regarde au fond de sa poche avant de donner une soirée ; Moscou est un gentilhomme russe qui s'en donne à cœur joie quand il s'amuse, et ne s'inquiète pas de prodiguer ses ressources [...]. Les revues moscovites parlent de Kant, de Schelling, etc. ; celles

1. La deuxième partie de l'article pose les bases d'un théâtre national russe.

de Pétersbourg ne parlent que du public et des mœurs bien-pensantes. À Moscou, les revues marchent avec leur temps mais paraissent toujours en retard ; à Pétersbourg, elles ne suivent pas le siècle, mais paraissent avec exactitude à la date fixée. À Moscou, les hommes de lettres mangent de l'argent, à Pétersbourg ils en gagnent. Moscou sort toujours emmitouflé dans une pelisse d'ours, et le plus souvent pour aller à un dîner ; Pétersbourg en redingote de ratine•, les deux mains dans les poches, file à toute allure à la Bourse ou au bureau [...]. Moscou ne se soucie pas de ses habitants, et envoie des marchandises dans toute la Russie, Pétersbourg vend des cravates et des gants à ses fonctionnaires [...]. Moscou est nécessaire à la Russie, Pétersbourg a besoin de la Russie. À Moscou, on rencontre rarement un bouton armoirié sur un habit, à Pétersbourg, il n'y a pas d'habit sans boutons armoiriés [1].

• *« Tissu de laine épais, dont le poil est tiré en dehors et frisé. » (Robert)*

Dossier

UNE AUTRE CAPITALE INQUIÉTANTE : LONDRES VU PAR POE

L'évocation de la foule pétersbourgeoise au début de « La Perspective Nevski » pourrait être mise en parallèle avec celle qui ouvre le récit d'Edgar Poe, « L'Homme des foules » (1840). Le narrateur, assis derrière la vitre d'un café londonien, observe la foule qui passe dans la rue, et dont la densité se transforme au fil des heures. Chez le Russe, les catégories sociales se succèdent dans l'avenue au cours de la journée ; chez l'Américain, elles coexistent simultanément, et l'évocation s'organise selon un classement vertical, de haut en bas, depuis les gentilshommes jusqu'aux prostituées.

Le plus grand nombre de ceux qui passaient avaient un maintien convaincu et propre aux

1. Gogol, *Notes sur Pétersbourg*, trad. H. Mongault et G. Aucouturier, in *Œuvres complètes*, *op. cit.*, p. 524-525.

affaires, et ne semblaient occupés qu'à se frayer un chemin à travers la foule. Ils fronçaient les sourcils et roulaient les yeux vivement ; quand ils étaient bousculés par quelques passants voisins, ils ne montraient aucun symptôme d'impatience, mais rajustaient leurs vêtements et se dépêchaient. D'autres, une classe fort nombreuse encore, étaient inquiets dans leurs mouvements, avaient le sang à la figure, se parlaient à eux-mêmes et gesticulaient, comme s'ils se sentaient seuls par le fait même de la multitude innombrable qui les entourait. Quand ils étaient arrêtés dans leur marche, ces gens-là cessaient tout à coup de marmotter, mais redoublaient leurs gesticulations, et attendaient, avec un sourire distrait et exagéré, le passage des personnes qui leur faisaient obstacle. S'ils étaient poussés, ils saluaient abondamment les pousseurs et paraissaient accablés de confusion. – Dans ces deux vastes classes d'hommes, au-delà de ce que je viens de noter, il n'y avait rien de bien caractéristique. Leurs vêtements appartenaient à cet ordre qui est exactement défini par le terme : décent. C'étaient indubitablement des fournisseurs, des agioteurs – les eupatrides• et l'ordinaire banal de la société –, hommes de loisir et hommes activement engagés dans les affaires personnelles, et les conduisant sous leur propre responsabilité. [...]

• Nom donné, dans les commencements d'Athènes, à la première classe du peuple et conservé plus tard à des familles nobles chargées des affaires religieuses.

La race des commis sautait aux yeux et, là, je distinguai deux divisions remarquables. Il y avait les petits commis des maisons à *esbroufe*, – jeunes messieurs serrés dans leurs habits, les bottes brillantes, les cheveux pommadés et la lèvre insolente. En mettant de côté un certain je ne sais quoi de fringant dans les manières [...], le genre de ces individus me parut un exact *fac-similé* de ce qui avait été la perfection du bon ton douze ou dix-huit mois auparavant. Ils portaient les grâces de rebut de la *gentry* ; – et cela, je crois, implique la meilleure définition de cette classe.

Quant à la classe des premiers commis de maisons solides, ou des *steady old fellows*, il était impossible de s'y méprendre. On les reconnaissait à leurs habits et pantalons noirs ou bruns, d'une tournure confortable, à leurs cravates et à leurs gilets blancs, à leurs larges souliers d'apparence solide, avec des bas épais ou des guêtres. Ils avaient tous la tête légèrement chauve, et l'oreille droite, accoutumée dès longtemps à tenir la plume, avait contracté un singulier tic d'écartement. J'observai qu'ils ôtaient ou remettaient toujours leurs chapeaux avec les deux mains, et qu'ils portaient des montres avec de courtes chaînes d'or d'un modèle solide et ancien. Leur affectation, c'était la respectabilité – si toutefois il peut y avoir une affectation aussi honorable.

Il y avait bon nombre des ces individus d'une apparence brillante que je reconnus facilement pour appartenir à la race des filous de la *haute pègre* dont toutes les grandes villes sont infestées. [...]

Les joueurs de profession – et j'en découvris un grand nombre – étaient encore plus aisément reconnaissables. Ils portaient toutes les espèces de toilettes, depuis celle du parfait *maquereau*, joueur de gobelets, au gilet de velours, à la cravate de fantaisie, aux chaînes de cuivre doré, aux boutons de filigrane, jusqu'à la toilette cléricale, si scrupuleusement simple, que rien n'était moins propre à éveiller le soupçon. Tous cependant se distinguaient par un teint cuit et basané, par je ne sais quel obscurcissement vaporeux de l'œil, par la compression et la pâleur de la lèvre. Il y avait, en outre, deux autres traits qui me les faisaient toujours deviner : un ton bas et réservé dans la conversation, et une disposition plus qu'ordinaire du pouce à s'étendre jusqu'à faire angle droit avec les doigts. – Très souvent, en compagnie des ces fripons, j'ai observé quelques hommes qui différaient un peu par leurs habitudes ; cependant, c'étaient toujours des oiseaux de même plumage. On peut les définir : des *gentlemen* qui vivent de leur esprit. Ils se divisent, pour dévorer le public, en deux bataillons, – le genre dandy et le genre militaire. Dans la première classe, les caractères principaux sont : longs cheveux et sourires ; et dans la seconde : longues redingotes et froncements de sourcils.

En descendant l'échelle de ce qu'on appelle *gentility*, je trouvai des sujets de méditation plus noirs et plus profonds. Je vis des colporteurs juifs avec des yeux de faucon étincelants dans des physionomies dont le reste n'était qu'abjecte humilité ; de hardis mendiants de profession bousculant des pauvres d'un meilleur titre, que le désespoir seul avait jetés dans les ombres de la nuit pour implorer la charité ; des invalides tout faibles et pareils à des spectres sur qui la mort avait placé une main sûre, et qui clopinaient et vacillaient à travers la foule, regardant chacun au visage avec des yeux pleins de prière, comme en quête de quelque espérance perdue ; de modestes jeunes filles qui revenaient d'un labeur prolongé vers un sombre logis, et reculaient plus éplorées qu'indignées devant les œillades des drôles dont elles ne pouvaient même pas éviter le contact direct ; des prostituées de toute sorte et de tout âge – l'incontestable beauté dans la primeur de sa féminité, faisant rêver de la statue de Lucien dont la surface était de marbre de Paros et l'intérieur rempli d'ordures, la lépreuse en haillons, dégoûtante, et absolument déchue, la pure enfant à la forme non mûre, mais déjà façonnée par une longue camaraderie aux épouvantables coquetteries de son commerce, et brûlant de l'ambition dévorante d'être rangée au niveau de ses aînées dans le vice ; des ivrognes innombrables et indescriptibles, ceux-ci déguenillés, chancelants, désarticulés, avec le visage meurtri et les yeux ternes, ceux-là avec leurs vêtements entiers, mais sales, une crânerie légèrement vacillante, de grosses lèvres sensuelles, des faces rubicondes et sincères, d'autres vêtus d'étoffes qui jadis avaient été bonnes, et qui maintenant encore étaient scrupuleusement brossées, des hommes qui marchaient d'un pas plus ferme et plus élastique que nature, mais dont les physionomies étaient terriblement pâles, les yeux atrocement effarés et rouges, et qui, tout en allant à grands pas à travers la foule, agrippaient avec des doigts tremblants tous les objets qui se trouvaient à leur portée ; et puis des pâtissiers, des commissionnaires, des porteurs de charbon, des ramoneurs ; des joueurs d'orgue, des montreurs de singes, des marchands de chansons, ceux qui vendaient avec ceux qui chantaient ; des artisans déguenillés et des travailleurs de toutes sortes épuisés à la peine – et tous pleins d'une activité bruyante et désordonnée qui affligeait l'oreille par ses discordances et apportait à l'œil une sensation douloureuse [1].

1. Edgar Poe, « L'Homme des foules », in *Nouvelles Histoires extraordinaires*, trad. Ch. Baudelaire, GF-Flammarion, 1965, p. 96-100.

3 L'humour : Sterne et le nez de Tristram Shandy

Le narrateur des *Nouvelles de Pétersbourg* s'écarte parfois de son récit, en l'interrompant par un commentaire qui constitue une sorte d'écriture au deuxième degré. Ainsi, dès la première phrase du « Manteau », il s'interrompt : « Il y avait au ministère de... Mais il vaut mieux ne pas nommer ce ministère•. » (p. 29). Ailleurs, il justifie les lacunes d'un récit par son ignorance (p. 36), par l'oubli (p. 45, p. 87), par son indifférence (p. 55) ou encore par un brouillard qui envahit la page (p. 90, p. 109). La distance par rapport au texte, qui semble paradoxalement interdire au lecteur de croire à l'histoire qu'on lui raconte, culmine à la fin du « Nez », où le narrateur sape les bases mêmes du récit qu'il vient de faire : « le plus étrange, le plus inexplicable, c'est que les auteurs puissent choisir de tels sujets ! » (p. 112).

Cette forme d'humour est issue d'une tradition qui prend sa source dans des romans parodiant le genre épique, comme ceux de Rabelais et le *Don Quichotte* de Cervantès••. Au début de *Don Quichotte*, par exemple, le narrateur refuse de situer son récit :

> Dans une bourgade de la Manche, dont je ne veux pas me rappeler le nom, vivait, il n'y a pas longtemps, un *hidalgo* [1]...

• Le jeu du second degré se double d'une ironie vis-à-vis de la censure, non seulement la censure politique, mais aussi celle des critiques et des journaux : de telles anticipations semblent en effet propres à la désamorcer.

•• Miguel de Cervantès y Saavedra (1547-1616), le plus célèbre écrivain espagnol, notamment auteur de La Galatée *(1585), de* Don Quichotte *(1605-1615) et des* Nouvelles exemplaires *(1613).*

1. Cervantès, *L'Ingénieux Hidalgo don Quichotte de la Manche*, trad. L. Viardot, GF-Flammarion, 1969, p. 51.

Le même procédé, démultiplié, se retrouve dans l'*incipit* de *Jacques le fataliste* (1773) de Diderot :

> Comment s'étaient-ils rencontrés ? Par hasard, comme tout le monde. Comment s'appelaient-ils ? Que vous importe ? D'où venaient-ils ? Du lieu le plus prochain. Où allaient-ils ? Est-ce que l'on sait où l'on va [1] ?

Mais c'est surtout dans *Tristram Shandy* (1759-1767) de Sterne•, l'un des principaux modèles de Diderot, que Gogol a puisé les procédés de cette écriture humoristique.

• *Laurence Sterne (1713-1768) romancier anglais, également auteur du* Voyage sentimental en France et en Italie *(1768).*

LAURENCE STERNE,
VIE ET OPINIONS DE TRISTRAM SHANDY, GENTILHOMME

Sterne semble bien avoir inventé, en marge du roman, un genre nouveau : *Tristram Shandy* est un roman sans intrigue. La ligne très ténue de la vie du héros, racontée à la première personne, n'y est qu'un support, un prétexte, à des digressions cocasses sur les sujets les plus divers, qui viennent sans cesse l'interrompre, sans souci de la chronologie ni de la logique : « Incontestablement, écrit-il, c'est du soleil des digressions que nous vient la lumière. Elles sont la vie et l'âme de la lecture [2]. » Le narrateur y apostrophe le lecteur, l'invitant, par exemple, au début du cinquième livre, à s'asseoir sur les quatre premiers. Il commente plaisamment son récit, y introduit pages blanches ou noires, lignes d'astérisques, voire ara-

1. Diderot, *Jacques le fataliste et son maître,* GF-Flammarion, 1997, p. 17.
2. Sterne, *Vie et opinions de Tristram Shandy*, trad. Ch. Mauron (1946), GF-Flammarion, 1982.

besques illisibles, pour marquer des silences qu'il n'explique pas toujours. L'histoire de Tristram Shandy progresse donc très lentement : elle commence à sa conception, et les quatre premiers livres sur neuf, soit près de trois cents pages, ne vont pas au-delà de sa naissance.

Outre la pratique de la digression et l'écriture au second degré, Gogol a pu trouver chez Sterne une exploitation comique du motif du nez (et Sterne ne se prive pas de souligner très explicitement, sous prétexte de les récuser, les sous-entendus sexuels qu'on peut y voir). Tristram Shandy a le nez écrasé à la naissance par le forceps d'un obstétricien maladroit. La nourrice annonce au père la mauvaise nouvelle :

> En le mettant au monde avec son instrument diabolique, il lui a écrasé le nez [...] et l'a aplati comme une galette et il confectionne un appareil pour le redresser avec un morceau de coton et un bout de baleine pris à mon corset [1].

Le père, fier des longs nez de sa famille, et qui collectionne les écrits sur le sujet, tombe, en l'apprenant, dans une sorte d'hébétude, ainsi que son frère, l'oncle Toby.

> Chapitre XXX
>
> – *Tout ce qui va dans la bourse n'est pas gain.* Si mon père avait reçu le bonheur de lire les plus vieux livres et la grâce de penser le plus étrangement du monde, il était par contre soumis à l'inconvénient de tomber dans des désespoirs aussi bizarres et fantastiques ; celui qui l'accablait présentement en fournit le meilleur exemple.
>
> Sans doute un père souffrira toujours si des forceps, tout scientifiquement appliqués qu'ils soient, brisent la cloison nasale de son fils, surtout s'il s'est donné autant de mal pour l'engendrer. Cependant, un tel accident ne justifie ni une dou-

1. *Ibid.*, p. 204.

leur extravagante ni la façon peu chrétienne dont mon père s'y abandonna.

L'explication me demandera une demi-heure pendant laquelle je laisserai mon père sur son lit et mon oncle Toby dans son vieux fauteuil à boules de laine.

Chapitre XXXI

Voilà une exigence extravagante, s'écria mon bisaïeul en froissant le papier qu'il jeta sur la table. D'après le compte que voici votre fortune, madame, s'élève à deux mille livres, pas un shilling de plus, et vous voudriez que je vous en fisse trois cents de revenu dotal ?

– C'est, répondit ma bisaïeule pour compenser chez vous une absence presque totale – de quoi ? – de nez !

Avant de me risquer à employer le mot nez une deuxième fois et pour éviter toute confusion dans cette partie intéressante de mon histoire, je ne ferais pas mal, on le voit, d'en donner ma définition afin de fixer avec exactitude le sens où je désire être entendu. Les auteurs méprisent trop souvent cette précaution par négligence ou fausseté d'esprit : et voilà pourquoi, à mon sens, les disputes de nos théologiens n'ont pas la clarté démonstrative de celles qui concernent les feux follets, par exemple, ou tout autre sujet de philosophie naturelle. Que faire, donc, si l'on veut éviter d'errer dans le brouillard jusqu'au jour du jugement dernier ? Donner avec l'intention de s'y tenir, une bonne définition du terme principal – celui dont on aura trop d'occasions de changer le sens comme on change un billet en menue monnaie. Cela fait, que le père des confusions vienne éblouir, s'il en a le pouvoir et glisser, s'il en a la science, un autre sens dans notre tête ou celle du lecteur. Dans un ouvrage de strict enseignement moral et de raisonnement serré tel que celui-ci, il serait inexcusable de négliger cette précaution. Dans les livres précédents, j'ai trop souvent donné prise au goût de l'équivoque et trop compté sur la pureté d'esprit de mes lecteurs : le ciel m'est témoin de la cruauté avec laquelle le monde s'en est vengé.

– Ce terme a deux sens, s'est exclamé Eugenius au cours de notre promenade, pointant l'index vers le mot fente à la page de ce livre des livres.

– Deux sens, répéta-t-il.
– Voici deux chemins, répliquai-je avec brusquerie, l'un boueux, l'autre net, lequel prendrons-nous ?
– Le second naturellement, répondit Eugenius.
– Eugenius, lui dis-je, en lui posant la main sur la poitrine, définir c'est se défier. Ainsi je triomphai de lui, mais comme toujours dans nos discussions, sottement. Un point cependant me console : ma sottise n'est pas obstinée. Donc :
Je vais définir le mot nez non sans supplier auparavant lecteurs ou lectrices, quels que soient leur âge, leur complexion et leur condition, de se garder, par amour de Dieu et de leur salut, contre toute tentation du démon les incitant par art ou par malice à mettre dans le mot un autre sens que celui précisé ci-dessous. Par le mot nez tout au long de ce chapitre des nez et partout ailleurs dans mon ouvrage où le mot nez peut paraître, j'entends un nez : rien de plus, rien de moins.

Chapitre XXXII

Oui, de nez, répéta ma bisaïeule. – Morbleu ! cria mon bisaïeul en empoignant cet appendice, il n'est pas si petit, il a bien un pouce de plus que celui de mon père. Or, le nez de mon bisaïeul ressemblait, je le jure, à celui des hommes, femmes et enfants habitant l'île d'Ennasin• visitée par Pantagruel. Soit dit en passant, si vous voulez connaître l'étrange façon de s'apparier pratiquée par ce peuple à nez plat, lisez le livre car, quant à le trouver vous-même, vous ne le pourrez jamais.
– Ils avaient, monsieur, le nez en as de trèfle.
– Il a, madame, réaffirma mon bisaïeul, en se pinçant l'arête du nez entre le pouce et l'index, un bon pouce de plus que celui de mon père.
– Vous voulez dire que celui de votre oncle, répliqua ma bisaïeule.
Mon bisaïeul s'avouant vaincu défroissa le papier et signa l'article.

• *Allusion au chapitre* IX *du* Quart Livre *de Rabelais. Les habitants d'Ennasin « ont le nez en figure d'un as de trèfle. Pour cette cause, le nom antique de l'île était Ennasin » (littéralement : nez coupé).*

Chapitre XXXIII

– Quel revenu exorbitant nous devons verser pour ce petit bien, dit ma grand-mère à mon grand-père.

– Mon père, répliqua celui-ci, n'avait pas plus de nez que sur ma main.

Ma bisaïeule survécut douze ans à mon grand-père ; mon père dut donc tout ce temps payer cent cinquante livres à la Saint-Michel et à l'Annonciation.

Nul ne payait ses dettes de meilleure grâce que mon père. Il vous jetait les cent premières livres sur la table guinée après guinée, avec cette allègre et bienveillante brusquerie qu'une âme généreuse, et elle seule, peut mettre à jeter de l'argent ; mais aussitôt entamée la cinquantaine suivante il poussait d'ordinaire un hem ! énergique, se frottait méditativement l'aile du nez avec le gras de son index, insinuait prudemment son doigt entre sa tête et la coiffe de sa perruque, considérait chaque pièce sur ses deux faces avant de s'en séparer et parvenait rarement au bout des cinquante livres sans devoir sortir son mouchoir pour s'essuyer les tempes.

Préservez-moi, Seigneur, de ces esprits persécuteurs qui ne font pas la part de ces ressorts intimes. Puissé-je ne jamais coucher sous les tentes de ceux qui, rigoureux sans relâche, ignorent impitoyablement la force de l'éducation et la puissance déterminante des opinions que nous ont transmises nos ancêtres.

En trois générations, ce préjugé quant aux longs nez avait solidement pris racine dans notre famille. La tradition n'avait cessé de peser en sa faveur et l'intérêt venait le renforcer tous les six mois. On aurait tort d'en faire tout l'honneur à la bizarrerie de mon père ; cette fantaisie ne ressemblait pas aux autres ; dans une large mesure on pouvait dire qu'il l'avait sucée avec le lait maternel. Il y avait mis du sien toutefois. L'éducation avait implanté l'erreur (si c'en est une), il l'avait arrosée et mûrie jusqu'au point de perfection.

Il déclarait souvent, lorsqu'il développait ce sujet, qu'il pouvait à peine concevoir comment les plus grandes familles d'Angleterre supportaient une succession ininterrompue de six à sept nez courts. Et l'un des plus graves problèmes de la vie civile doit se poser, ajoutait-il d'ordinaire, quand une même suite de nez longs et vermeils en enfilade ne vient pas triomphalement remplir les vides du corps politique. Il se flattait souvent du haut rang qu'avait occupé la famille Shandy sous Henri VIII et en trouvait la cause non dans un génie politique mais seulement dans la longueur des nez. La roue avait tourné ensuite, comme pour les autres familles, et la nôtre ne s'était jamais relevée du coup qu'avait été pour elle le nez de mon bisaïeul. – Un véritable as de trèfle, s'écriait-il en secouant la tête, jamais famille ne tourna pire atout !

Belle, tendre et douce lectrice ! Vers quel objet votre imagination vous emporte-t-elle ? Ou l'homme n'est que mensonge ou, quand je parle du nez de mon bisaïeul, j'entends cet organe extérieur de l'odorat, cette partie du corps humain qui se dresse fièrement au milieu du visage et qui, s'il faut en croire les peintres, quand le visage est beau et le nez respectable, doit en former au moins le tiers de la longueur mesurée à partir de la racine des cheveux.

Quelle aubaine pour un auteur [1] !

Parmi les autres motifs que Gogol a pu emprunter à Sterne, on peut citer les aléas du choix d'un prénom : à cause d'une étourderie de la nourrice, Shandy, qui devait être prénommé Trismégiste, est baptisé Tristram – alors que son père avait rédigé un mémoire sur son horreur pour ce prénom (p. 267, livre IV, ch. XIV). On peut voir une influence de ce passage dans la scène du baptême d'Akaky Akakiévitch au début du « Manteau », où l'accouchée refuse tous les noms de saints du calendrier qu'on lui propose pour en choisir un qui n'est pas moins ridicule (p. 30).

1. *Ibid.*, p. 206-210.

4 Aspects du récit fantastique

Il serait hors de propos, dans les limites de ce dossier, de prétendre illustrer les tendances du récit fantastique en Europe à l'époque de Gogol. Les extraits présentés ici ne visent qu'à offrir un très bref aperçu sur quelques œuvres majeures du genre, qui permettent de mettre en perspective la singularité du fantastique gogolien.

DÉFINITIONS : FANTASTIQUE, ÉTRANGE, FANTAISIE

Les définitions les plus connues du genre fantastique, comme celles de Roger Caillois ou de Tzvetan Todorov, se fondent sur la présence d'un cadre quotidien, ancré dans le réel, au sein duquel le surnaturel viendrait faire irruption de manière inattendue et propre à susciter des interprétations concurrentes, soit rationnelles, soit irrationnelles. Ces définitions reposent sur une distinction très utile entre le fantastique et le féerique ou merveilleux (celui des contes de fées, des *Mille et Une Nuits*), où le surnaturel ne surprend pas.

Il est important de distinguer entre ces notions proches et trop souvent confondues. Le féerique est un univers merveilleux qui s'ajoute au monde réel sans lui porter atteinte ni en détruire la cohérence. Le fantastique, au contraire, manifeste un scandale, une déchirure, une irruption insolite, presque insupportable dans le monde réel [...].
Le conte de fées se passe dans un monde où l'enchantement va de soi et où la magie est la règle. Le surnaturel n'y est pas épouvantable, il n'y est pas même étonnant, puisqu'il constitue la

substance même de l'univers, sa loi, son climat. Il ne viole aucune régularité : il fait partie de l'ordre des choses ; il est l'ordre ou plutôt l'absence d'ordre des choses [...].
Au contraire, dans le fantastique, le surnaturel apparaît comme une rupture de la cohérence universelle. Le prodige y devient une agression interdite, menaçante, qui brise la stabilité d'un monde dont les lois étaient jusqu'alors tenues pour rigoureuses et immuables. Il est l'impossible, survenant à l'improviste dans un monde d'où l'impossible est banni par définition.
D'où une seconde et non moins décisive opposition. Alors que les contes de fées ont volontiers un dénouement heureux, les récits fantastiques se déroulent dans un climat d'épouvante et se terminent presque inévitablement par un événement sinistre qui provoque la mort, la disparition ou la damnation du héros. Puis la régularité du monde reprend ses droits. C'est pourquoi le fantastique est postérieur à la féerie et, pour ainsi dire, la remplace. Il ne saurait surgir qu'après le triomphe de la conception scientifique d'un ordre rationnel et nécessaire des phénomènes, après la reconnaissance d'un déterminisme strict dans l'enchaînement des causes et des effets. En un mot, il naît au moment où chacun est plus ou moins persuadé de l'impossibilité du miracle. Si désormais le prodige fait peur, c'est que la science le bannit et qu'on le sait inadmissible, effroyable. Et mystérieux : on n'a pas assez remarqué que la féerie, parce que féerie, excluait le mystère [1].

L'ouvrage de Tzvetan Todorov, *Introduction à la littérature fantastique*, se veut une réfutation de la thèse de Caillois. Il reprend cependant la distinction fondamentale entre merveilleux et fantastique, et définit le second en s'appuyant sur la notion d'hésitation : selon Todorov, le propre du fantastique tiendrait précisément à une hésitation, soit chez le lecteur, soit chez un personnage, entre deux explica-

1. Roger Caillois, « De la féerie à la science-fiction », Préface à l'*Anthologie du fantastique*, Gallimard, 1966.

tions possibles, rationnelle ou irrationnelle.

Nous sommes maintenant en état de préciser et de compléter notre définition du fantastique. Celui-ci exige que trois conditions soient remplies. D'abord, il faut que le texte oblige le lecteur à considérer le monde des personnages comme un monde de personnes vivantes et à hésiter entre une explication naturelle et une explication surnaturelle des événements évoqués. Ensuite, cette hésitation peut être ressentie également par un personnage ; ainsi le rôle de lecteur est pour ainsi dire confié à un personnage et dans le même temps où l'hésitation se trouve représentée, elle devient un des thèmes de l'œuvre ; dans le cas d'une lecture naïve, le lecteur réel s'identifie avec le personnage. Enfin il importe que le lecteur adopte une certaine attitude à l'égard du texte : il refusera aussi bien l'interprétation allégorique que l'interprétation « poétique ». Ces trois exigences n'ont pas une valeur égale. La première et la troisième constituent véritablement le genre ; la seconde peut ne pas être satisfaite. Toutefois, la plupart des exemples remplissent les trois conditions [1].

Au vrai, cette délimitation du genre fantastique ne fonctionne pleinement que pour un petit nombre de textes. Chez beaucoup d'auteurs, y compris des grands modèles du genre fantastique tel qu'il s'est mis en place au tournant des XVIIIe et XIXe siècles, l'irruption du surnaturel n'est pas plus surprenante que dans les contes de fées, et ne suscite, du coup, ni interrogations ni hésitations. La perte de l'ombre dans *Peter Schlemihl* de Chamisso, l'apparition du fantôme dans *La Dame de pique* de Pouchkine (des modèles essentiels pour Gogol) ne suscitent aucune tentative d'élucidation rationnelle, partant

1. Tzvetan Todorov, *Introduction à la littérature fantastique*, Seuil, 1970, p. 37-38.

aucune hésitation de la part des narrateurs. Aussi Jean-Louis Backès propose-t-il une autre définition du fantastique : rappelant d'abord que la terreur n'y est pas omniprésente, mais côtoie souvent l'ironie et l'humour, notamment chez Hoffmann, il définit le fantastique à partir de la notion de *fantaisie* (c'est ainsi qu'Hoffmann intitulait ses contes), empruntée à la musique.

> « Fantastique » dérive de « fantaisie ». Et « fantaisie » ne désigne pas seulement une des facultés de l'âme, comme on disait autrefois, ou une idée en l'air, une lubie. « Fantaisie » a un sens assez rigoureux dans le vocabulaire de la musique, non sans rapport avec « caprice ». Les deux mots peuvent désigner des compositions libres, souvent directement issues d'improvisations, et qui se caractérisent par une grande instabilité du tempo : le mouvement, lent, rapide, modéré, change très souvent.
>
> À ce titre, le mot « fantaisie » peut encore être rapproché du mot « rhapsodie » qui, étymologiquement, signifie « chant recousu », et qui désigne, là encore, une succession de mouvements divers, enchaînés sans pause [...].
>
> La référence musicale importe. Elle suggère une autre manière de composer, une distance prise par rapport aux normes classiques et à la rhétorique de la prétendue raison. Soit dit en passant, Hoffmann était musicien [1].

Jean-Louis Backès illustre son propos par l'exemple du « Manteau » de Gogol. Il rappelle l'interprétation de Boris Eikhenbaum (voir ci-dessous p. 260) : à l'encontre de la critique traditionnelle, qui cherche dans l'œuvre une valeur morale, Eikhenbaum « tient compte de l'aspect rhapsodique, esthétique de la composition » (p. 350) : le mélange des tons y est essentiel.

---

1. Jean-Louis Backès, *La Littérature européenne*, Belin, 1996, p. 348-349.

Trois grands modèles fantastiques : Chamisso, Hoffmann, Pouchkine

L'influence du conte fantastique de Chamisso•, *L'Étrange Histoire de Peter Schlemihl* (1824), a été immense ; Hoffmann en a même repris le personnage central dans son récit « Les Aventures de la nuit de la Saint-Sylvestre ». Un étrange homme en gris, qui s'avérera être le diable, propose à Schlemihl d'acheter son ombre, en échange d'une bourse inépuisable. Schlemihl, très pauvre, accepte, mais il va aussitôt le regretter : l'absence d'ombre va l'obliger à vivre caché, à ne sortir que la nuit, et lui interdire le mariage. Cette frustration du personnage privé d'un attribut essentiel peut avoir inspiré à Gogol certaines pages du « Nez », où Kovaliov se retrouve dans une situation analogue.

• *Adalbert von Chamisso (1781-1838), écrivain et naturaliste allemand d'origine française. Son œuvre littéraire se limite à* Peter Schlemihl, *à des poèmes, et au récit de son voyage autour du monde.*

Dans le passage qui suit, la vente de l'ombre vient d'avoir lieu, et Schlemihl en découvre les conséquences. On notera que ni chez le narrateur (qui est aussi le héros) ni chez les autres personnages le surnaturel ne provoque de surprise.

Je me ressaisis enfin et me hâtai de quitter ce lieu où j'espérais bien n'avoir plus rien à faire. Je commençai par emplir mes poches d'or, puis m'attachai solidement autour du cou les cordons de la bourse et la dissimulai elle-même en la plaçant sur ma poitrine. Je sortis du parc sans être remarqué, atteignis la grand-route et me dirigeai vers la ville. Comme j'approchais tout pensif de la porte, j'entendis appeler derrière moi : « Jeune homme ! hé ! jeune homme ! écoutez donc ! » Je me retournai, une vieille femme me criait : « Que monsieur prenne garde, il a perdu son ombre – Merci, petite mère ! » Je lui jetai une pièce d'or pour son charitable avis et me mis à marcher à l'ombre des arbres.

À la porte, je dus entendre de même la sentinelle dire : « Où monsieur a-t-il laissé son ombre ? » puis ce fut le tour de deux ou trois femmes : « Jésus-Marie ! le pauvre homme n'a pas d'ombre ! » Cela commençait à m'ennuyer et j'évitai soigneusement de marcher au soleil. Mais cela n'était pas toujours possible, par exemple dans la grand-rue, que je dus traverser d'abord et cela, pour mon malheur, juste au moment où les enfants sortaient de l'école. Un maudit garnement de bossu – je le vois encore – eut tout de suite remarqué que je n'avais pas d'ombre. Il me dénonça à grands cris à tous les jeunes critiques littéraires du faubourg, qui se mirent aussitôt à m'accabler de comptes rendus me traînant dans la boue : « Les gens comme il faut avaient coutume de prendre leur ombre avec eux quand ils allaient au soleil. » Pour me défaire d'eux, je leur jetai de l'or à pleines mains et sautai dans une voiture de place que de bonnes âmes me procurèrent.
Dès que je me trouvai seul dans le fiacre qui roulait, je me mis à pleurer amèrement. Déjà naissait en moi le pressentiment qu'autant l'or en ce monde l'emporte sur le mérite et la vertu, autant l'ombre surpasse dans l'opinion l'or lui-même ; de même qu'auparavant j'avais sacrifié la richesse à ma conscience, j'avais maintenant abandonné mon ombre simplement pour de l'or ; que pouvait-il, que devait-il advenir de moi sur terre [1] ?

Dans « L'Homme au sable » (1816) de Hoffmann•, on trouve, porté à la limite du supportable, le mélange des tons, l'horrible côtoyant le grotesque. Le héros, Nathanaël, a été traumatisé dans son enfance par la terreur de « l'Homme au sable » (on pourrait traduire : « le marchand de sable »), censé endormir les enfants en leur jetant du sable sur les yeux. Il l'a assimilé à Coppelius, personnage inquiétant, ami de son père. Un soir, Coppelius surprend l'enfant caché dans la pièce et veut lui arracher les yeux ;

• *Ernst Theodor Amadeus Hoffmann (1776-1822). Écrivain allemand, auteur de récits fantastiques (comme* Les Elixirs du diable, *1816*, La Princesse Brambilla, *1821*, Fantaisies à la manière de Callot, *1812-1814), Hoffmann était aussi compositeur.*

1. Chamisso, *L'Étrange Histoire de Peter Schlemihl*, trad. A. Lortholary, Gallimard, Folio, p. 47-51.

il s'évanouit. Peu de temps après, le père meurt, sans doute assassiné par Coppelius, qui disparaît.
Nathanaël grandit et part faire ses études à Göttingen. Là, il se fait vendre une étrange lorgnette par un certain Coppola, marchand d'yeux (c'est-à-dire de lunettes), qui n'est autre que Coppelius. Trompé par sa lorgnette, il tombe amoureux de la belle Olimpia, fille du professeur Spalanzani, et danse avec elle lors d'un bal. Elle a les mains glacées, répète toujours la même phrase, et danse à contre-temps, mais Nathanaël ne soupçonne rien. Il faudra une visite inopinée de l'amoureux pour que la supercherie soit révélée : Olimpia n'est qu'un automate fabriqué par Spalanzani et Coppola.

Il montait déjà les degrés, et il se trouvait sous le vestibule, lorsqu'il entendit un singulier fracas. Le bruit semblait venir de la chambre d'étude de Spalanzani : un trépignement, des craquements, des coups sourds, frappés contre une porte, et entremêlés de malédictions et de jurements.
– Lâcheras-tu ! lâcheras-tu ! infâme ! misérable ! Après y avoir sacrifié mon corps et ma vie !
– Ah ! ah ! ah ! Ce n'était pas là notre marché. Moi, j'ai fait les yeux !
– Moi, les rouages !
– Imbécile, avec tes rouages !
– Maudit chien !
– Misérable horloger !
– Éloigne-toi, satan !
– Arrête, vil manœuvre !
– Bête infernale ! T'en iras-tu ?
– Lâcheras-tu !
C'était la voix de Spalanzani et celle de l'horrible Coppelius, qui se mêlaient et tonnaient ensemble. Nathanaël, saisi d'effroi, se précipita dans le cabinet. Le professeur avait pris un corps de femme par les épaules, l'Italien Coppola le tenait par les pieds, et ils se l'arrachaient, et ils le tiraient d'un côté et de l'autre, luttant avec fureur pour le posséder. Nathanaël recula tremblant d'horreur, en

reconnaissant cette figure pour celle d'Olimpia ; enflammé de colère, il s'élança sur ces deux furieux, pour leur enlever sa bien-aimée ; mais, au même instant, Coppola arracha avec vigueur le corps d'Olimpia des mains du professeur, et le soulevant, il l'en frappa si violemment, qu'il tomba à la renverse par-dessus la table, au milieu des fioles, des cornées et des cylindres qui se brisèrent en mille éclats. Coppola mit alors le corps sur ses épaules et descendit rapidement l'escalier, en riant aux éclats. On entendait les pieds d'Olimpia qui pendaient sur son dos, frapper les degrés de bois et retentir comme une matière dure. Nathanaël resta immobile. Il n'avait vu que trop distinctement que la figure de cire d'Olimpia n'avait pas d'yeux, et que de noires cavités lui en tenaient lieu. C'était un automate sans vie. Spalanzani se débattait sur le parquet ; des éclats de verre l'avaient blessé à la tête, à la poitrine et aux bras, et son sang jaillissait avec abondance ; mais il ne tarda pas à recueillir ses forces. – Poursuis-le ! poursuis-le !... que tardes-tu. – Coppelius, le misérable Coppelius m'a ravi mon meilleur automate. J'y ai travaillé vingt ans... J'y ai sacrifié mon corps et ma vie !... les rouages, la parole, tout, tout était de moi. Les yeux... il te les avait volés. Le scélérat !... Cours après lui... rapporte-moi mon Olimpia..., en voilà les yeux...

Nathanaël aperçut alors sur le parquet une paire d'yeux sanglants qui le regardaient fixement. Spalanzani les saisit et les lui lança si vivement qu'ils vinrent frapper sa poitrine. Le délire le saisit alors et confondit toutes ses pensées. – Hui, hui, hui !... s'écria-t-il en pirouettant. Tourne, tourne, cercle de feu !... tourne, belle poupée de bois... allons, valsons gaiement !... gaiement belle poupée !...

À ces mots, il se jeta sur le professeur et lui tordit le col. Il l'eût infailliblement étranglé, si quelques personnes attirées par le bruit n'étaient accourues et n'avaient délivré des mains du furieux Nathanaël le professeur, dont on pansa aussitôt les blessures. Sigismond eut peine à se rendre maître de son camarade, qui ne cessait de crier d'une voix terrible : « Allons, valsons gaiement ! gaiement belle poupée ! » et qui frappait autour de lui à coups redoublés. Enfin, on parvint à le renverser et à le garrotter. Sa parole s'affaiblit et dégénéra en un rugissement sauvage. Le malheureux Nathanaël resta en proie au plus affreux délire. On le transporta dans l'hospice des fous [1].

On peut noter encore dans cet extrait l'absence totale d'étonnement de la part du personnage devant le caractère surnaturel de cette supercherie. Plus encore, Hoffmann précise que « personne ne l'avait deviné » (p. 251). L'étrange se donne donc ici pour une évidence, et la folie de Nathanaël (déjà en germe avant cette crise) ne saurait donc l'expliquer – « Le Journal d'un fou » de Gogol est à cet égard plus ambigu.

Avec *La Dame de pique* (1833), Pouchkine semble proposer une sorte de degré zéro de l'interprétation : le phénomène extraordinaire est livré au lecteur sans le moindre commentaire. Pouchkine s'éloigne ainsi d'une élucidation facile, telle qu'il l'avait pratiquée dans le conte « Le Marchand de cercueils » (*Récits de Bielkine*), où les visions macabres du héros s'avéraient n'avoir été qu'un rêve.

Hermann, jeune officier pétersbourgeois, est fasciné par le jeu, mais ne joue jamais. Lorsqu'il entend raconter l'histoire d'une vieille comtesse qui possède le secret des trois cartes gagnantes, mais ne l'a jamais révélé, il décide de l'obtenir par tous les moyens. Il séduit sa dame de compagnie, s'introduit de nuit dans les appartements de la comtesse et tente de lui arracher son secret par la prière, puis par la menace. À la vue de son pistolet, elle tombe morte. Hermann, pris de remords, se rend à l'enterrement de la comtesse ; il croit alors voir le cadavre• lui faire un clin d'œil. Il

• *La coutume russe veut qu'on laisse le cercueil ouvert pendant la messe d'enterrement.*

Dossier

1. Hoffmann, « L'Homme au sable », in *Contes fantastiques*, trad. Loève-Veimars, t. 2, GF-Flammarion, 1980, p. 249-250.

s'évanouit. La nuit suivante, il reçoit la visite du fantôme de la comtesse.
L'événement surnaturel n'est rapporté ni à un délire du héros (dont on précise pourtant qu'il a bu) ni à un rêve. Le surnaturel s'inscrit dans la réalité sans que la rupture soit sensible, il en épouse les formes les plus concrètes (les pantoufles) et les plus rassurantes (la nourrice). Seule la porte fermée à clef confirme que l'entrée du fantôme n'est pas naturelle.

Tout le jour, Hermann fut singulièrement abattu. Dînant dans une gargote écartée, il but copieusement, en dépit de ses habitudes de tempérance, croyant étouffer son angoisse. Le vin ne servit qu'à enflammer son imagination.
De retour chez lui, il se jeta sur son lit sans se dévêtir, et s'endormit sur-le-champ.
Il se réveilla tard dans la nuit. Il jeta un coup d'œil sur sa montre : il était trois heures moins le quart. Le sommeil l'ayant fui, il se mit sur son séant et se prit à penser aux funérailles de la comtesse.
En cet instant précis, le visage d'un passant apparut à la fenêtre et s'éclipsa aussitôt. Hermann n'y prêta pas la moindre attention. Une minute plus tard, il entendit pousser la porte de l'antichambre et se dit que son ordonnance rentrait d'une promenade nocture, ivre comme toujours... Mais il perçut le bruit d'un pas inconnu : quelqu'un marchait, à côté, en traînant doucement ses pantoufles. La porte s'ouvrit, laissant entrer une femme en blanc. Hermann la prit pour sa vieille nourrice et fut étonné de la voir à pareille heure. Mais la dame blanche sembla glisser, se trouva subitement devant lui et il reconnut la comtesse !
– Je suis venue ici contre mon gré, prononça-t-elle d'une voix ferme. J'ai reçu l'ordre d'exaucer ton vœu. Le trois, le sept et l'as gagneront l'un après l'autre. Mais il faut que tu t'engages à ne pas miser plus d'une fois par vingt-quatre heures et à ne plus jamais jouer, ensuite. Je te pardonne ma mort, à condition que tu épouses ma pupille.
À ces mots, elle lui tourna le dos, marcha vers la porte et disparut en traînant légèrement ses pan-

toufles. Hermann entendit claquer la porte de l'antichambre et aperçut de nouveau un visage à sa fenêtre.

Il se passa un bon moment avant qu'il retrouvât ses esprits. Revenu à lui, Hermann passa dans l'autre pièce. L'ordonnance dormait, affalé sur le plancher et ne s'éveilla qu'à grand-peine. L'homme était ivre, comme de coutume, et l'on n'en pouvait tirer rien de sensé. La porte du vestibule était fermée à clef. Hermann retourna dans sa chambre, alluma une chandelle et écrivit le récit de sa vision [1].

Fort du secret de la vieille comtesse, Hermann décide de jouer toute sa fortune. Le trois et le sept le font gagner, mais lorsqu'il croit, le troisième jour, gagner grâce à un as, il découvre, en retournant sa carte, la dame de pique. Il lui semble voir la figure cligner de l'œil, et reconnaît « la vieille ». On apprend dans l'épilogue que Hermann est devenu fou et termine ses jours à l'asile.

UN MOTIF FANTASTIQUE : LA PEINTURE ET LA VIE

Le thème de la peinture, très souvent exploité par la littérature fantastique du XIXe siècle, inspire deux des nouvelles pétersbourgeoises de Gogol : dans « La Perspective Nevski », le peintre Piskariov, déçu par la réalité, se réfugie dans ses rêves, et regrette que la belle inconnue qu'il a suivie dans la rue ne soit pas un tableau :

Mieux aurait valu pour toi ne pas exister du tout, rester étrangère à ce monde, n'être que l'œuvre d'un artiste inspiré ! Il n'aurait pas quitté sa toile,

1. Pouchkine, *La Dame de pique*, trad. R. Hofmann revue par W. Troubetzkoy, GF-Flammarion, 1996, p. 351-352.

il t'aurait admirée sans cesse et t'aurait couverte de baisers !... (p. 133).

Cette concurrence entre l'art et la vie est plus présente encore dans « Le Portrait », non seulement par l'illusion de vie qui émane du portrait acheté par Tchartkov (la figure sortant du cadre est un poncif des contes fantastiques), mais aussi parce qu'elle permet d'opposer deux conceptions de l'art : celui qui s'affranchit de l'imitation du réel et celui qui s'y cantonne, et où le héros va se fourvoyer. On peut citer deux exemples majeurs de ce motif, chez Hoffmann et chez Poe. Dans les deux cas, la femme aimée est mise à mort par le peintre qui la représente sur la toile : l'art se substitue à la vie.
Hoffmann, dans « L'Église des Jésuites » (1816), met en scène le peintre Berthold, qui a renoncé à la grande peinture pour se limiter au trompe-l'œil et au faux marbre. Le narrateur enquête sur le traumatisme qui l'a conduit à ce changement.
Chez Gogol, Tchartkov paie ses compromissions avec une peinture mondaine et commerciale par une impuissance artistique : il souffre de la froideur, de la déshumanisation des figures qu'il peint (p. 177-178), incapable qu'il est de retrouver sa liberté d'autrefois (p. 181). Chez Hoffmann, on trouve déjà la figure du peintre frappé d'impuissance : Berthold a perdu son talent lorsque la belle inconnue qui l'inspirait, une princesse entrevue, objet d'un désir impossible, est devenue sa femme. Absente, il l'a représentée dans ses plus beaux tableaux ; présente, elle semble le paralyser dans ses aspirations.

N'était-ce pas une félicité inouïe qu'Angiolina, cette beauté céleste, l'idéal de ses rêves, lui appartînt enfin, malgré tous les obstacles qui élevaient une barrière insurmontable entre elle et son bien-aimé ? Berthold pouvait à peine comprendre son bonheur, et il resta plongé dans une extase perpétuelle, jusqu'à ce qu'enfin une voix intérieure l'avertît de songer à son art. Il résolut de faire sa réputation à M** par un grand tableau pour l'église de Sainte-Marie. L'idée simple de représenter Marie et Élisabeth dans un jardin, avec le Christ et saint Jean jouant sur l'herbe, lui fournit le sujet de son tableau, mais il ne parvint jamais à s'en former une idée nette. Comme au temps de sa crise fâcheuse, les images se montraient à lui sous une forme incertaine, et devant ses yeux s'offrait sans cesse, non pas la divine vierge Marie, mais une femme terrestre, mais Angiolina, les traits flétris et décolorés. Il voulut surmonter cette influence ennemie, et se mit à peindre ; mais ses forces étaient brisées, et tous ses efforts furent infructueux, comme autrefois à Naples. Sa peinture était sèche et sans vie, et Angiolina elle-même, son idéal, lui semblait, lorsqu'elle posait devant lui, une froide automate aux yeux de verre. Le découragement se glissa de plus en plus dans son âme ; toutes les joies de sa vie s'effacèrent. Il voulait, et il ne pouvait travailler ; ainsi il tomba dans la misère, qui le courba d'autant plus qu'Angiolina ne laissait pas échapper une plainte. « Cette douleur, qui me dévorait, me jeta bientôt dans un état semblable à la folie. Ma femme me donna un fils, ce qui mit le comble à ma misère ; et mon chagrin, longtemps renfermé, se changea en haine. Elle, elle seule, avait causé tout mon malheur. Non, elle n'était pas l'idéal qui m'avait apparu ; elle n'avait emprunté cette figure céleste que pour me jeter dans un abîme. Dans mon désespoir, je la maudissais, elle et son enfant innocent. Je souhaitais leur mort, pour être délivré d'un affreux tourment qui me déchirait sans cesse ! – Des pensées infernales s'élevèrent en moi. Vainement, lisais-je tout mon crime dans les traits pâles d'Angiolina, dans ses larmes. Tu as anéanti ma vie, maudite femme, lui criai-je en rugissant, et je la repoussai du pied loin de moi, lorsqu'elle tomba presque sans mouvement pour embrasser mes genoux. » – La conduite folle et cruelle de Berthold envers sa femme et son enfant attira l'attention de l'autorité. On voulut l'arrêter, mais lorsque les gens de police se présentèrent chez lui, il avait disparu avec sa famille. Berthold se montra bientôt après, à R**, dans la Haute-Silésie. Il s'était débarrassé de sa femme et de son enfant, et se remit à travailler au tableau qu'il avait commencé à M**. Mais il ne put achever que la Vierge et les enfants ; il tomba malade et vit longtemps de près la mort qu'il désirait ardemment. Les soins qu'exigea sa maladie le forcèrent de laisser vendre ses meubles et ce tableau. À son rétablissement, il se trouva réduit à la mendicité. – Dans la suite, il vécut péniblement en peignant des murailles, et en faisant des travaux obscurs qu'il trouvait, çà et là [1].

Avec « Le Portrait ovale » (1842), Poe reprend le motif hoffmannien, mais en donne une sorte de raccourci saisissant. Le narrateur passe la nuit dans un vieux château et admire les portraits accrochés aux murs de sa chambre. L'un d'eux surtout, un portrait de jeune femme, attire son attention : il est fasciné par l'impression de vie qui en émane. Il lit alors, sur un livret explicatif trouvé dans la chambre, « le vague et singulier récit qui suit ».

C'était une jeune fille d'une très rare beauté, et qui n'était pas moins aimable que pleine de gaieté. Et maudite fut l'heure où elle vit, aima et épousa, le peintre. Lui, passionné, studieux, austère, et ayant déjà trouvé une épouse dans son Art ; elle, une jeune fille d'une très rare beauté, et non moins aimable que pleine de gaieté : rien que lumière et sourires, et la folâtrerie d'un jeune faon ; aimant et chérissant toutes choses ; ne haïssant que l'Art qui était son rival ; ne redoutant que la palette et les brosses, et les autres instruments qui la privaient de la figure de son adoré. Ce fut une terrible chose pour cette dame que d'entendre le peintre parler du désir de peindre même sa jeune épouse. Mais elle était humble et obéissante, et elle s'assit avec douceur pendant de longues semaines dans la sombre et

1. Hoffmann, « L'Église des Jésuites », in *Contes fantastiques*, t. 2, trad. Loève-Veimars, Paris, GF-Flammarion, 1980, p. 215-216.

haute chambre de la tour, où la lumière filtrait sur la pâle toile seulement par le plafond. Mais, lui, le peintre, mettait sa gloire dans son œuvre, qui avançait d'heure en heure et de jour en jour. – Et c'était un homme passionné, et étrange, et pensif, qui se perdait en rêveries ; si bien qu'il ne *voulait* pas voir que la lumière qui tombait si lugubrement dans cette tour isolée desséchait la santé et les esprits de sa femme, qui languissait visiblement pour tout le monde, excepté pour lui. Cependant, elle souriait toujours et toujours sans se plaindre, parce qu'elle voyait que le peintre (qui avait un grand renom) prenait un plaisir vif et brûlant dans sa tâche, et travaillait nuit et jour pour peindre celle qui l'aimait si fort, mais qui devenait de jour en jour plus languissante et plus faible. Et, en vérité, ceux qui contemplaient le portrait parlaient à voix basse de sa ressemblance, comme d'une puissante merveille et comme d'une preuve non moins grande de la puissance du peintre que de son profond amour pour celle qu'il peignait si miraculeusement bien. – Mais, à la longue, comme la besogne approchait de sa fin, personne ne fut plus admis dans la tour ; car le peintre était devenu fou par l'ardeur de son travail, et il détournait rarement les yeux de sa toile, même pour regarder la figure de sa femme. Et il ne *voulait* pas voir que les couleurs qu'il étalait sur la toile étaient *tirées* des joues de celle qui était assise près de lui. Et, quand bien des semaines furent passées et qu'il ne restait plus que peu de choses à faire, rien qu'une touche sur la bouche et un glacis sur l'œil, l'esprit de la dame palpita encore comme la flamme dans le bec d'une lampe. Et alors la touche fut donnée, et alors le glacis fut placé ; et pendant un moment le peintre se tint en extase devant le travail qu'il avait travaillé ; mais, une minute après, comme il contemplait encore, il trembla, et il fut frappé d'effroi ; et, criant d'une voix éclatante : « En vérité, c'est la *Vie* elle-même », il se tourna brusquement pour regarder sa bien-aimée : – elle était morte [1] !

1. Poe, « Le Portrait ovale », in *Nouvelles Histoires extraordinaires*, trad. Ch. Baudelaire, GF-Flammarion, 1965, p. 309-310.

Un motif merveilleux : les animaux doués de parole

Le motif des animaux parlant ou écrivant, même s'il n'occupe qu'une place limitée dans le recueil de Gogol (« Le Journal d'un fou »), permet de relativiser la distinction entre le fantastique (l'étrange qui fait irruption dans l'univers réel) et le merveilleux (les contes de fées). Mais autant, dans les contes de fées, la présence d'un animal parlant n'a nul besoin d'être justifiée, autant elle doit l'être lorsque le motif est transposé hors du genre.

Cervantès, dans une de ses *Nouvelles exemplaires* (1613), « Le Mariage trompeur », introduit un récit inséré : « Nouvelle et colloque qui eut lieu entre Scipion et Berganza, chiens de l'hôpital de la Résurrection... », où il prête aux chiens des propos fort élevés sur leur propre situation de chiens. Mais avant le « colloque », il place un dialogue entre Peralta et Campuzano, qui a transcrit le colloque (ses chiens ne savaient sans doute pas écrire). Campuzano doit assurer son auditeur de la véracité des faits, qui lui paraissent des « extravagances ».

– Ne me tenez point pour tant ignorant, répliqua Campuzano, que je ne sache bien que les bêtes ne peuvent parler sinon par miracle, et que si les merles, les pies ou les papegais• parlent, ce ne sont que paroles qu'ils apprennent et retiennent par cœur parce qu'ils ont la langue disposée à les proférer. Mais ils ne peuvent pour autant parler et répondre par discours concerté, comme ces deux chiens qui parlèrent. Bien des fois, depuis que je les entendis, je n'ai point voulu m'en donner crédit à moi-même, si ai-je voulu tenir pour songe ce qu'en éveil, réellement, et maître de mes cinq sens tels qu'il plut à Dieu de me les donner, j'ai écouté, noté et, finalement, écrit, sans laisser mot

• *Perroquets.*

hors de sa juste place, – d'où se peut tirer suffisant indice, qui émeuve et persuade à croire la vérité que je dis. Les choses dont ils traitèrent furent grandes et diverses, et plus dignes de se voir traitées par de graves personnages que d'être dites par la bouche d'un chien. Or donc, puisque je n'ai pu les inventer de moi-même j'en viens à croire, malgré moi et contre ma propre opinion, que je ne songeais point et que les chiens parlaient [1].

Scipion et Berganza réapparaissent deux siècles plus tard sous la plume de Hoffmann, dans les « Informations sur les récentes fortunes du chien Berganza » (1814). Le narrateur, traversant un parc la nuit, entend des soupirs, puis des paroles, dont il cherche la source.

Je ne voyais personne ; la voix semblait sortir du fond du taillis ; soudain un bouledogue noir qui était allongé contre le banc de mousse se dressa devant moi ; mais, agité de convulsions, il retomba aussitôt, comme s'il allait mourir.
C'était lui, sans aucun doute, qui avait proféré ces soupirs et ces paroles ; cela me sembla fort singulier, car je n'avais encore jamais entendu un chien parler si intelligiblement ; je me ressaisis pourtant et jugeai qu'il était bon de secourir de mon mieux cet animal agonisant à qui sans doute, en cette nuit de lune, auprès de la statue de saint Népomucène, les affres de la mort déliaient pour la première fois une langue depuis longtemps enchaînée.
Je retournai près de la proche rivière, remplis d'eau les bords de mon chapeau et en aspergeai l'animal, ce qui lui fit ouvrir des yeux flamboyants et montrer dans un grognement des dents que n'aurait pas reniées le plus respectable des solistes.
Cela ne le mit pas très à l'aise. Mais, pensai-je, avec un chien raisonnable qui parle, et par conséquent comprend évidemment ce qu'on lui dit, on peut tout obtenir avec beaucoup de civilité [2].

---

1. Cervantès, *Le Mariage trompeur*, trad. M. Molho, Aubier, 1992, p. 55.
2. Hoffmann, « Le Chien Berganza », in *Contes fantastiques*, trad. M. Laval (1956), Gallimard, Folio, p. 64-65.

La découverte par Poprichtchine des chiens parlants (p. 63) et l'étonnement très bref qu'il en éprouve lui ont peut-être été inspirés par ce récit. Mais plus encore, c'est du roman *Le Chat Murr*• (1820-1822) que Gogol a pu subir l'influence, lorsqu'il commente le style des lettres du chien Medji et ses « chienneries » (p. 72). Les premières pages des mémoires de Murr expliquent comment, ayant appris à lire, il est parvenu, malgré la conformation de ses pattes, à tenir une plume.

• Le Chat Murr *est constitué d'une manière très singulière : une erreur de l'éditeur est censée avoir mélangé le manuscrit des mémoires du chat avec d'autres pages, arrachées à un livre, qui lui servaient de brouillons. Le récit saute donc d'un texte à l'autre, mais on y retrouve des personnages communs.*

Il fallait trouver une autre façon d'écrire, conforme à la constitution de ma patte droite, et l'on pense bien que je la trouvai... Ainsi naissent les nouveaux systèmes, de la complexion particulière des individus.
Mais il y eut une autre difficulté dans la manière de plonger la plume dans l'encrier. Je ne parvenais point à protéger ma patte qui trempait toujours dans l'encre, et mes premiers traits d'écriture, tracés avec la patte autant qu'avec la plume, ne manquèrent pas d'être un peu épais. Des gens mal informés pourraient ainsi voir dans mes manuscrits du papier tâché d'encre. Mais les génies devineront sans peine le matou génial dans ses premières œuvres ; ils s'étonneront, que dis-je ! ils perdront leur sang-froid devant la profondeur, la plénitude de l'esprit, lorsqu'ils verront les premiers jaillissements d'une source féconde. Afin qu'un jour le monde n'aille pas se disputer sur la chronologie de mes immortels ouvrages, je dirai ici que j'écrivis d'abord le roman philosophico-didactico-sentimental intitulé : *Pensée et pressentiment ou chat et chien.* Cette œuvre déjà eût pu faire sensation. Puis, maître en tous domaines, j'écrivis un traité politique : *Des trappes à souris et de leur influence sur l'âme et l'activité des chats.* Ensuite, l'inspiration me dicta la tragédie : *Cawdallor, roi des chats.* Cette tragédie eût pu être donnée sur toutes les scènes du monde, connaître d'innombrables et retentissants succès. Ces produits de mon sublime esprit ouvriront la série de mes œuvres complètes. Quant aux

circonstances auxquelles ils doivent leur naissance, je m'y étendrai en temps et lieu.
Lorsque j'eus appris à tenir assez bien la plume pour ne plus souiller ma patte, mon style se fit aussi plus agréable, plus charmeur, plus clair : j'écrivis surtout pour les *Almanachs des Muses*, composai plusieurs écrits plaisants et devins bientôt l'homme affable et doux que je suis encore aujourd'hui. Je faillis alors faire une épopée en vingt-quatre chants, mais lorsque je l'eus achevée, c'était devenu tout autre chose, ce dont le Tasse et l'Arioste, du fond de leurs tombes, peuvent remercier le ciel. Car si jamais une épopée était sortie de mes griffes, ils n'eussent plus trouvé un seul lecteur [1].

1. Hoffmann, « Le Chat Murr », in *Contes fantastiques*, trad. A. Béguin (1943), Gallimard, L'Imaginaire, 1980, p. 43-44.

L'essor de la littérature fantastique au début du XIXe siècle est contemporain d'un intérêt nouveau pour la folie [1]. Les contes d'Hoffmann mettent souvent en scène un personnage dont l'obsession voisine avec la folie, et parfois y bascule, comme le Nathanaël de « L'Homme au sable », ou le Berthold de « L'Église des Jésuites » (voir ci-dessus p. 241 *sq.* et 246 *sq.*). Le soupçon de folie pesant sur un personnage permet de donner à des événements surnaturels une nouvelle ambiguïté : se sont-ils réellement produits ou le personnage les a-t-il seulement imaginés ? Les quatre textes proposés ici illustrent les relations que le récit fantastique peut mettre en œuvre entre surnaturel et folie. Dans les trois derniers, postérieurs à Gogol, on pourra reconnaître l'influence plus ou moins explicite de son œuvre.

NERVAL : *AURÉLIA*

Aurélia (1855) est explicitement un récit de la folie, puisque Nerval• y relate, à la demande de son médecin, ses crises de folie. Mais derrière le ton distancié, on peut lire, en filigrane, une nostalgie pour la splendeur des visions aperçues dans ces crises (« ce qu'on appelle illusion, selon la raison humaine »). Nerval remplace l'imprononçable mot de « folie »

• *Gérard de Nerval (1808-1855), ses principales œuvres sont* Les Filles du feu *(1854),* Le Voyage en Orient *(1851), et le recueil poétique* Les Chimères *(1854).*

1. Voir à ce sujet G. Ponnau, *La Folie dans la littérature fantastique*, PUF, 1997.

par « l'épanchement du songe dans la vie réelle » : le rêve déborde de ses limites, envahit la réalité, la frontière entre l'un et l'autre cesse d'être perceptible. L'expression pourrait convenir au délire de Poprichtchine dans « Le Journal d'un fou », ou plus encore à celui de Piskariov, le peintre amoureux de « La Perspective Nevski ».

Le début du récit de Nerval montre un constant souci de faire la part de la réalité et de l'illusion. Le narrateur se déshabille en pleine rue et marche jusqu'au moment où une ronde de nuit l'arrête et le conduit au poste de police. Mais pour lui, l'expérience a une tout autre signification.

Ici a commencé pour moi ce que j'appellerai l'épanchement du songe dans la vie réelle. À dater de ce moment, tout prenait parfois un aspect double, – et cela, sans que le raisonnement manquât jamais de logique, sans que la mémoire perdît les plus légers détails de ce qui m'arrivait. Seulement mes actions, insensées en apparence, étaient soumises à ce que l'on appelle illusion, selon la raison humaine...

Cette idée m'est revenue bien des fois que dans certains moments graves de la vie, tel Esprit du monde extérieur s'incarnait tout d'un coup en la forme d'une personne ordinaire, et agissait ou tentait d'agir sur nous, sans que cette personne en eût la connaissance ou en gardât le souvenir.

Mon ami m'avait quitté, voyant ses efforts inutiles, et me croyant sans doute en proie à quelque idée fixe que la marche calmerait. Me trouvant seul, je me levai avec effort et me remis en route dans la direction de l'étoile sur laquelle je ne cessais de fixer les yeux. Je chantais en marchant un hymne mystérieux dont je croyais me souvenir comme l'ayant entendu dans quelque autre existence, et qui me remplissait d'une joie ineffable. En même temps, je quittais mes habits terrestres et je les dispersais autour de moi. La route semblait s'élever toujours et l'étoile s'agrandir. Puis, je restai les bras étendus, attendant le moment où l'âme allait se séparer du corps, attirée magnétiquement dans le rayon de l'étoile. Alors je sentis un frisson ; le regret de la terre et de ceux que j'y aimais me saisit au cœur, et je suppliai si ardemment en moi-même l'Esprit qui m'attirait à lui, qu'il me sembla que je redescendais parmi les hommes. Une ronde de nuit m'entourait ; – j'avais alors l'idée que j'étais devenu très grand, – et que tout inondé de forces électriques j'allais renverser tout ce qui m'approchait. Il y avait quelque chose de comique dans le soin que je prenais de ménager les forces et la vie des soldats qui m'avaient recueilli [1].

DOSTOÏEVSKI, *LE DOUBLE*

Ce récit fantastique écrit par Dostoïevski• dans sa jeunesse (1846) porte la trace très nette de l'influence de Gogol, ne serait-ce que par son sous-titre, « Poème pétersbourgeois•• ». Le héros, Goliadkine, est un pauvre petit fonctionnaire qui rencontre un jour son double. D'abord humble, le double prend très vite le dessus sur son modèle : il porte le même nom que lui, travaille dans le même bureau et va peu à peu évincer le vrai Goliadkine, monter ses collègues contre lui et lui jouer toutes sortes de tours. Il est amoureux, comme Poprichtchine, de la fille de son chef, et reçoit d'elle une lettre où elle lui demande de l'enlever. Mais c'est un piège : sur l'instigation du double, son médecin allemand, Christian Ivanovitch, fait conduire Goliadkine à l'asile. Toutes les circonstances ont en effet contribué à lui donner l'attitude d'un fou – et pourtant, le double n'était pas une hallucination, puisque tous pou-

• *Fiodor Mikhaïlovitch Dostoïevski (1821-1881), romancier russe, auteur notamment de* Crime et châtiment *(1866),* L'Idiot *(1868),* Les Possédés *(1871),* Les Frères Karamazov *(1880).*

•• Les Âmes mortes *sont sous-titrées « Poème ».*

1. Nerval, *Aurélia*, Livre I, ch. III, GF-Flammarion, 1990, p. 256-257.

vaient le voir. Voici les dernières lignes du récit.

Les portières se refermèrent, on entendit claquer le fouet du cocher, les chevaux s'élancèrent... tout se rua à la suite de M. Goliadkine. Les cris perçants, sauvages de tous ses ennemis retentissaient derrière lui en guise d'adieu. Pendant un certain temps encore quelques visages apparurent autour de la voiture qui l'emportait, puis ils se firent peu à peu plus lointains et finalement disparurent tout à fait. Celui qui resta le plus longtemps fut l'inconvenant sosie de M. Goliadkine. Les mains dans les poches de son pantalon vert d'uniforme, il courait l'air tout content, bondissant tantôt d'un côté, tantôt de l'autre, de l'équipage ; par instants, saisissant le cadre de la portière et s'y suspendant, il fourrait la tête dans le coupé et, en signe d'adieu, envoyait à M. Goliadkine de petits baisers ; mais lui aussi se fatigua, apparut de plus en plus rarement, et finalement disparut tout à fait. Le cœur de M. Goliadkine battait assourdi dans sa poitrine ; le sang affluait brûlant à sa tête ; il étouffait, il avait envie d'ouvrir ses vêtements, de se dénuder le torse, de le rafraîchir de neige et d'eau froide. Il finit par tomber dans une demi-inconscience... Quand il revint à lui, il vit que l'attelage l'emportait le long d'une route inconnue. À droite et à gauche défilait la forêt ; tout était désert et sans voix. Soudain son cœur se glaça : deux yeux de feu le regardaient dans le noir, et ces yeux luisaient d'une joie sinistre, infernale. Ce n'était pas Christian Ivanovitch ! Qui était-ce ? Ou bien était-ce lui ? C'était lui ! C'était Christian Ivanovitch ! Mais pas celui de naguère, un autre Christian Ivanovitch ! Un effrayant Christian Ivanovitch !

« Christian Ivanovitch, je... il me semble que je... ça va, Christian Ivanovitch... », commença notre héros timide et tremblant, pris du désir d'attendrir quelque peu, par sa soumission et sa résignation, l'effrayant Christian Ivanovitch.

« On fa fous locher aux frais de l'État, avec chauffage, *mit Licht und Bedienung*• dont fous êtes intigne ! » fut la réponse, sévère et terrible comme une sentence, de Christian Ivanovitch.

• *Avec éclairage et service.*

Dossier

Notre héros poussa un cri et se prit la tête à deux mains... Hélas ! C'était bien ce qu'il avait pressenti depuis longtemps [1] !

KAFKA, *LA MÉTAMORPHOSE*

La Métamorphose (1915) n'est pas à proprement parler un récit de la folie : la transformation de Gregor Samsa en insecte ne relève pas de l'illusion, puisque tous les membres de sa famille en sont aussi témoins. Comme dans « Le Nez » ou « Le Manteau », le fantastique s'impose comme une évidence qui surprend à peine les personnages. Comme chez Gogol aussi, on trouve ici, plutôt que l'image d'une folie, celle d'une réalité délirante. L'événement surnaturel permet de révéler les dysfonctionnements de la prétendue raison humaine. Comme Gogol enfin, Kafka• crée un personnage humble, non plus fonctionnaire mais petit représentant de commerce, dont la vie régulière est bouleversée par un événement extraordinaire (« Le Manteau », « Le Journal d'un fou »).

• *Franz Kafka (1883-1924), écrivain tchèque de langue allemande. Ses principaux romans sont* Amérique *(1912, publ. 1927),* Le Procès *(1914, publ. 1925),* Le Château *(1914-1922, publ. 1926).*

Au début du récit, après avoir constaté sa métamorphose, Gregor médite, comme si rien ne s'était passé, sur le dur métier de représentant. Du décalage entre la gravité de l'événement et l'indifférence du héros naît l'écriture de la déraison.

En se réveillant un matin après des rêves agités, Gregor Samsa se retrouva, dans son lit, métamorphosé en un monstrueux insecte. Il était sur le dos, un dos aussi dur qu'une carapace, et, en relevant un peu la tête, il vit, bombé, brun, cloisonné par des arceaux plus rigides, son abdomen sur le haut duquel la couverture, prête à glisser tout à fait, ne

1. Dostoïevski, *Le Double*, ch. XIII, trad. G. Aucouturier (1969), Gallimard, Folio, 1980, p. 250-258.

tenait plus qu'à peine. Ses nombreuses pattes, lamentablement grêles par comparaison avec la corpulence qu'il avait par ailleurs, grouillaient désespérément sous ses yeux.

« Qu'est-ce qui m'est arrivé ? », pensa-t-il. Ce n'était pas un rêve. Sa chambre, une vraie chambre humaine, juste un peu trop petite, était là tranquille entre les quatre murs qu'il connaissait bien. Au-dessus de la table où était déballée une collection d'échantillons de tissus – Samsa était représentant de commerce –, on voyait accrochée l'image qu'il avait récemment découpée dans un magazine et mise dans un joli cadre doré. Elle représentait une dame munie d'une toque et d'un boa tous les deux en fourrure et qui, assise bien droite, tendait vers le spectateur un lourd manchon de fourrure où tout son avant-bras avait disparu.

Le regard de Gregor se tourna ensuite vers la fenêtre, et le temps maussade – on entendait les gouttes de pluie frapper le rebord en zinc – le rendit tout mélancolique. « Et si je redormais un peu et oubliais toutes ces sottises ? », se dit-il ; mais c'était absolument irréalisable, car il avait l'habitude de dormir sur le côté droit et, dans l'état où il était à présent, il était incapable de se mettre dans cette position. Quelque énergie qu'il mît à se jeter sur le côté droit, il tanguait et retombait à chaque fois sur le dos. Il dut bien essayer cent fois, fermant les yeux pour ne pas s'imposer le spectacle de ses pattes en train de gigoter, et il ne renonça que lorsqu'il commença à sentir sur le flanc une petite douleur sourde qu'il n'avait jamais éprouvée [1].

1. Kafka, *La Métamorphose*, trad. B. Lortholary, GF-Flammarion, 1988, p. 23-24.

L'influence de Gogol sur la littérature russe a été énorme•. On l'a longtemps considéré comme le père de la veine réaliste de la littérature russe, celle de Dostoïevski et de Tchekhov ; Gogol serait l'écrivain des petites gens, des sans-grade, de la vie concrète. La critique soviétique, accentuant cette tendance, a voulu faire de lui un écrivain humaniste, sensible à la misère des humbles, porte-parole de la révolte des petits contre les puissants.

• *« Nous sommes tous sortis du* Manteau *de Gogol. » (Dostoïevski)*

EIKHENBAUM : LE MÉLANGE DES TONS DANS LE MANTEAU

Boris Eikhenbaum•• prend le contre-pied de la critique qui fait de Gogol le père du réalisme. Membre de l'école formaliste, comme R. Jakobson, V. Propp ou B. Tomachevski, il s'appuie sur la forme du texte, le style, le vocabulaire, les jeux de mots, pour le caractériser. Refusant d'y chercher un « message » délivré par l'auteur, il tient à y voir avant tout la mise en œuvre d'une esthétique.

•• *Boris Eikhenbaum (1886-1959). Historien de la littérature, professeur de littérature russe à l'université de Pétrograd (puis Léningrad) de 1918 à 1949. Auteur de* La Mélodie du vers lyrique russe, À travers la littérature, Littérature. *A notamment étudié les œuvres de Lermontov et de Tolstoï.*

L'exemple du « Manteau » de Gogol lui permet d'appliquer l'analyse formaliste. À partir des procédés stylistiques (calembour, énumération, digression, lyrisme sentimental), il met en évidence le mélange des tons comme principe de l'écriture gogolienne. Ainsi, le passage pseudo-humaniste des pages 31-32 (où un jeune collègue éprouve pour Akaky Akakiévitch un sentiment de fraternité) lui semble destiné à faire éclater une discordance avec ce qui précède et ce qui suit.

Le style du grotesque exige d'abord que la situation ou l'événement décrit soit enfermé dans un monde artificiel, réduit à des dimensions lilliputiennes [...] et absolument isolé de la vaste réalité, de la richesse d'une vie intérieure véritable ; il exige ensuite que l'on abandonne tout objectif didactique ou satirique, et que l'on procède de manière à rendre possible un *jeu avec la réalité*, de manière à décomposer et à déplacer librement ces éléments, à la seule fin que les rapports et les liens habituels (psychologiques et logiques) se révèlent dans ce monde *reconstruit* comme irréels et que tout détail puisse prendre de gigantesques dimensions. C'est sur le fond d'un style semblable que la moindre lueur de sentiment véritable prend une couleur saisissante. Dans l'anecdote sur le fonctionnaire, Gogol apprécie ce complexe clos et extrêmement réduit de pensées, sentiments et désirs ; dans ce cadre étroit, l'artiste peut exagérer les détails et détruire les proportions habituelles du monde. C'est sur la base de ce principe qu'est fait le schéma du « Manteau ». Il ne s'agit point de la « nullité » d'Akaky Akakiévitch, ni du sermon prêchant l'« humanisme » envers un frère malheureux, mais il s'agit de la possibilité qu'obtient ainsi Gogol d'unir l'inunifiable, d'exagérer l'insignifiant et de réduire l'important, ayant préalablement isolé le monde de la nouvelle de la vaste réalité. En un mot, il peut jouer avec toutes les normes et lois de la vie intérieure réelle. Ce qu'il fait. Le monde intérieur d'Akaky Akakiévitch (si l'on peut se permettre cette expression) n'est pas *nul* [...], mais il est *spécifique* et absolument isolé : « Dans ce travail de copie, il entrevoyait tout un monde multiple et attrayant. En dehors de cette besogne, rien, semblait-il, n'existait pour lui. » Ce monde a ses propres lois et ses proportions. Selon la loi de ce monde, l'acquisition d'un manteau neuf devient un événement colossal [1] [...].

---

1. Boris Eikhenbaum, « Comment est fait " Le Manteau " de Gogol » (1919), in *Théorie de la littérature*, trad. et éd. par T. Todorov, Seuil, 1965, p. 229-230.

NABOKOV : GOGOL, VIRTUOSE DE L'ABSURDE

Vladimir Nabokov• n'est pas seulement romancier. Publié en anglais en 1944, son *Nicolas Gogol* est destiné à des lecteurs non-spécialistes, ne sachant pas le russe, et donne de l'écrivain une vision globale, mais toujours attachée au détail des textes et novatrice. Il s'en prend aux interprétations morales et sociales de l'œuvre, et réaffirme son caractère intrinsèquement esthétique ; l'œuvre d'art n'est pas le porte-parole de son auteur : elle vaut pour elle-même et crée sa propre réalité.

• *Vladimir Nabokov (1899-1977), romancier russe émigré, puis américain. Il écrit notamment, en russe,* La Défense Loujine *(1930),* Chambre obscure *(1932),* La Méprise *(1936),* Le Don *(1938), puis, en anglais,* Lolita *(1958),* Feu pâle *(1962), l'histoire d'un fou qui se prend pour un roi, qui doit beaucoup à Gogol,* Ada *(1969).*

Le Manteau de Gogol est un obscur et grotesque cauchemar qui perce des trous noirs dans la trame imprécise de la vie. Le lecteur superficiel ne verra dans cette histoire que les lourdes fredaines d'un bouffon extravagant ; le lecteur solennel considérera comme allant de soi que la première intention de Gogol visait à dénoncer les horreurs de la bureaucratie russe. Mais ni la personne qui aime bien rire ni celle qui désire ardemment des livres « qui font réfléchir » ne comprendront le thème du *Manteau.* Mais prenons le lecteur créatif : voici une histoire pour lui.

Pouchkine le sérieux, Tolstoï le prosaïque, Tchekhov le mesuré : tous ont connu leurs moments de perspicacité irrationnelle qui brouillait simultanément la phrase et révélait un sens caché justifiant le déplacement focal inopiné. Mais chez Gogol, ce déplacement est le fondement même de son art, aussi, chaque fois qu'il essayait d'écrire dans le style appliqué de la littérature traditionnelle et de traiter des idées rationnelles d'une manière logique, perdait-il tout son talent. Lorsque, comme dans son immortel *Manteau,* il se laissait vraiment aller et flânait joyeusement au bord de son abîme personnel, il devenait le plus grand artiste que la Russie ait jamais connu.

Cette inclinaison soudaine du plan rationnel de la vie peut naturellement être provoquée de plusieurs manières et chaque grand écrivain a sa propre méthode. Chez Gogol, c'était la combinaison de deux mouvements : une secousse et un glissement. Imaginez une trappe qui s'ouvre sous vos pieds avec une soudaineté absurde et une bouffée de lyrisme qui vous soulève avant de vous laisser retomber dans la trappe voisine. L'absurde était la muse préférée de Gogol ; mais quand je dis « l'absurde », je ne veux pas parler de bizarrerie ou de comique. Il y a dans l'absurde autant de nuances et de degrés que dans le tragique et de surcroît, dans le cas de Gogol, il effleure ce dernier registre. Il serait faux de prétendre que Gogol plaçait ses personnages dans des situations absurdes. Il est impossible de placer un homme dans une situation absurde si le monde dans lequel il vit est absurde ; il est impossible d'agir ainsi, même si par le terme d'« absurde » on sous-entend quelque chose qui provoque un ricanement ou un haussement d'épaules. Mais si l'on veut parler du pathétique de la condition humaine, si l'on veut parler de toutes ces choses qui dans des mondes moins étranges sont liées aux aspirations les plus élevées, aux souffrances les plus profondes, aux passions les plus fortes, alors la rupture nécessaire est là, bien entendu, et un humain pathétique perdu au milieu du monde irresponsable et cauchemardesque de Gogol paraîtrait « absurde » par une sorte d'effet de contraste secondaire.

Sur le couvercle de la tabatière du tailleur il y avait « le portrait d'un général ; j'ignore de quel général il s'agit parce que le pouce du tailleur avait fait un trou dans son visage et qu'un carré de papier avait été collé sur le trou. » Telle est l'absurdité d'Akaky Akakiévitch Bachmatchkine. Nous ne nous attendons pas à ce que, au milieu des masques tourbillonnants, l'un d'entre eux se révèle être un visage réel, ou du moins révèle l'emplacement où devrait se trouver ce visage. L'essence de l'humanité est dérivée d'une manière irrationnelle du chaos de faux-semblants qui compose le monde de Gogol. Akaky Akakiévitch, le héros du « Manteau » est absurde *parce qu*'il est pathétique, *parce qu*'il est humain, et *parce qu*'il a été engendré par ces forces mêmes qui semblent tellement contraster avec ce qu'il est.

Il n'est pas simplement humain et pathétique. Il est un peu plus, de même que l'arrière-plan n'est pas seulement burlesque. Derrière le contraste évident, il existe un subtil lien génétique. Son être recèle le même frisson et le même chatoiement que le monde de rêve auquel il appartient. Les allusions à d'autres éléments derrière les écrans aux couleurs crues sont si artistiquement combinées avec la texture superficielle de la narration, que les Russes à l'esprit civique les ont complètement négligées. Mais une lecture créative de Gogol révèle qu'ici et là, dans un passage descriptif des plus anodins, tel ou tel mot, parfois un simple adverbe ou une préposition, par exemple le mot « même » ou « presque », est inséré de telle manière à faire exploser la phrase inoffensive en une gerbe folle de feux d'artifices cauchemardesques ; ou bien, le passage qui a débuté sur un ton familier et inconséquent quitte soudain la piste et fait une embardée dans l'irrationnel dont il relève en réalité ; ou bien encore, tout aussi soudainement, une porte s'ouvre en grand et une puissante vague de poésie écumante déferle seulement pour dissiper la chute grotesque, ou en réaliser sa propre parodie, ou bien pour être réfrénée par la phrase qui se brise et renoue avec le bagout du bateleur, bagout qui est un trait fort caractéristique du style de Gogol. On a le sentiment qu'une chose grotesque et en même temps stellaire se tient toujours tapie dans un coin ; et l'on prend plaisir à se rappeler que la différence entre l'aspect comique des choses et leur aspect cosmique ne tient qu'à une seule consonne sifflante[1].

Abram Tertz : « La Perspective Nevski », ou le diable dans la ville

Dans *Dans l'ombre de Gogol* (1975), Abram Tertz• cherche à comprendre la contradiction entre Gogol l'artiste et Gogol le mystique. Faisant une part à ses

•Abram Tertz a écrit des romans sous le pseudonyme d'Andreï Siniavski. Il a commencé à écrire Dans l'ombre de Gogol *lors d'un séjour de six ans au camp de Doubrovlag.*

1. Vladimir Nabokov, *Nicolas Gogol*, trad. Bernard Géniès, Rivages, 1988, p. 154-156.

incohérences, à son étrangeté, il explore longuement ses œuvres, notamment *Les Âmes mortes, Le Révizor* et « Le Portrait ». Ici, à propos de « La Perspective Nevski », il évoque le diable comme personnification de l'illusion, « mirage à la fois irréel et palpable » (p. 329).

La duperie du réel, qui « bat » le clair avec l'obscur, le ciel avec l'enfer, le rêve avec la veille, n'apparaît nulle part plus ostensiblement que dans la *Perspective Nevski*. C'est vraiment ce récit qui donne le ton aux autres récits pétersbourgeois – avant tout, en donnant la « dominante » de l'atmosphère de la ville, à la fois milieu trivial, éculé, bien connu, patent comme le nez au milieu de la figure, et dans le même temps ville qui égare et qui démet les esprits, les prend aux rets de son brouillard, de son mirage, de ses dentelles de brume et aux appeaux démoniaques de son quotidien le plus trivial. Le diable comme justification de la ville-escroc n'est nommé qu'en conclusion du récit (« à l'heure où le démon en personne allume les réverbères afin de tout montrer sous son jour non-réel… »). C'est un diable « élargi », métaphorique et parfaitement gratuit, semble-t-il, pour ce qui est de la fable. Mais il ne s'en « réalise » que plus librement, infiltrant sa présence dans le monde-fiction, dans la capitale clignotante, ambiguë ; aguichante de lumières, où l'homme est emporté par les tourbillons démoniques de la rue, changé en un pantin fortuit et passif…
Gogol a déménagé le diable des forêts dans la ville ; il a fait de la ville le refuge contemporain et sûr pour les incarnations du Malin, le royaume du trompe-l'homme, du sortilège, de l'hallucination, de la démence. En fin de compte, le diable dans le giron de la nature, le diable dans les forêts ou les steppes, c'est un diable pas si redoutable, un diable local en somme, qu'on peut saisir et expliquer. C'est une autre paire de manches dans la grande ville : là, on ne l'attrapera pas par le bout de la queue, on ne la lui fera pas avec un peu de baratin ; il est comme évaporé, dissous, centuplé dans le clair-obscur de la cité, glissé parmi ces foules de créatures oisives et agitées

que se disputent fièvres et séductions, tapi dans les blandices publiques et l'enfer privé de ces destins ballottés entre le confort de la rue et la geôle de l'intimité... L'éclairage vespéral qui vous plonge dans la ténèbre ou inversement dans l'illumination rougeoyante, spectacle offert aux badauds dont vous faites involontairement partie, fasciné que vous êtes par cette cataracte humaine, renforce le caractère fictif du tableau. Tout est dans la « montre », dans le spectacle urbain, ce qui permet à Gogol de l'assimiler à la fourberie du diable. Mais aussi au sexe faible. Le trottoir devient scène pour la rencontre de la ville, du diable, de l'artiste et de la belle inconnue. [...]
Mais ne vous laissez pas tromper lorsque Gogol nous serine que tout ce délire, cette pierre désincarnée, ce décor transparent, cette malignité traîtresse de la cité vespérale lui répugnent profondément. Dans cette vase urbaine, il fait des touches, et lui-même allume au-dessus de la ville, en connivence avec le diable, les magiques lumières. Gogol s'escrime à émoustiller et à satisfaire sa passion de toujours pour la magie proscrite. Tant pis si c'est du leurre et de la piperie, et si le diable seul s'y retrouve – il lui suffit, comme aux vieux alchimistes, aux charlatans et aux magiciens, de pouvoir déployer ses expériences sur la nature. Rêveur et illusionniste il est. Et, comme tous les sorciers, il a sa suite officielle [...].
Les héros de Gogol succombent à l'épidémie de creuse songerie par attelages entiers, villes entières, provinces entières. Et leur emboîte le pas la cohue des pitres et des conteurs, des joueurs et des tricheurs, des mystificateurs et des gogos. Gent du rêve, gent gobe-mouches, candidats ajournés aux titres de magicien et thaumaturge : ils avancent comme une armée en campagne. À leur tête – Gogol [1] !

1. Abram Terz, *Dans l'ombre de Gogol*, trad. G. Nivat, Seuil, 1978, p. 329-331.

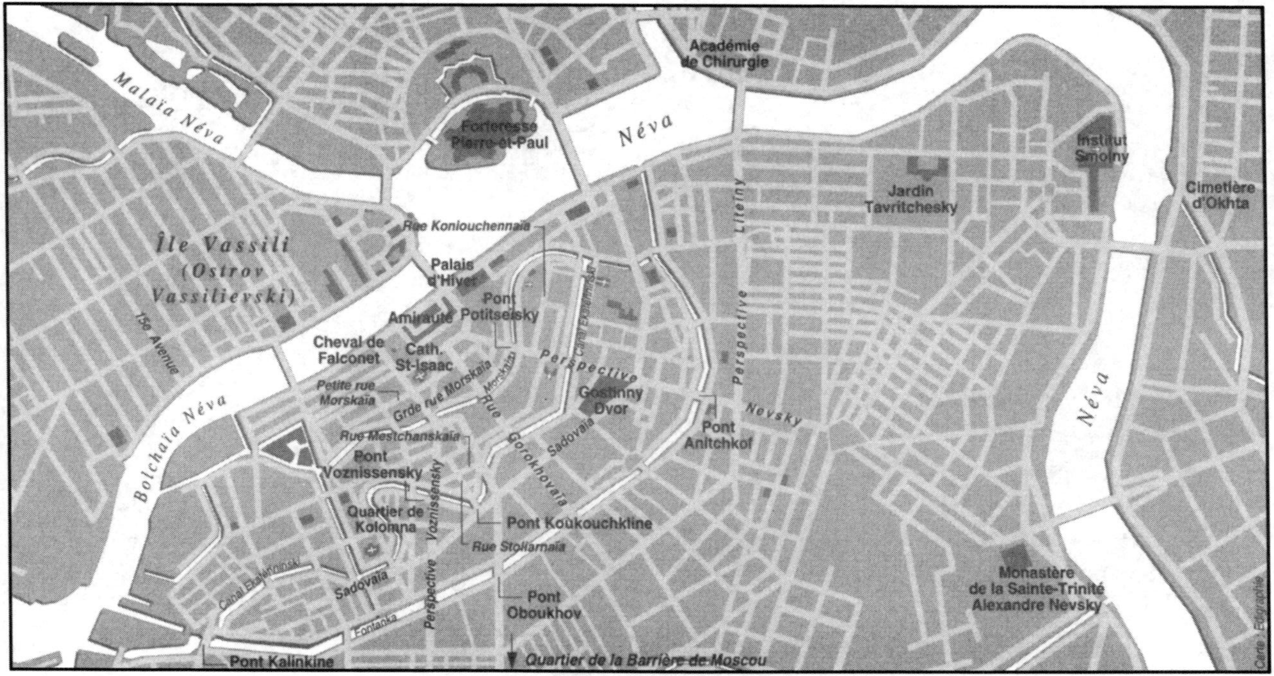

Plan de Pétersbourg

CHRONOLOGIE

Les dates sont celles du calendrier julien, en usage en Russie au temps de Gogol, en retard de douze jours sur le calendrier grégorien.

1809 *(20 mars)* : Naissance de Nikolaï Vassilievitch Gogol-Yanovski, à Sorotchintsy, district de Mirgorod, province de Poltava, en Ukraine. Ses parents appartiennent à la petite noblesse. Son père est un petit fonctionnaire à la retraite. Nikolaï sera l'aîné de douze enfants, dont cinq seulement, lui et quatre sœurs, atteindront l'âge adulte.

1809-1821 : Gogol passe son enfance dans le domaine familial de Vassilievka. Son père écrit de petites comédies, et il participe à leur mise en scène.

1821-1828 : Pensionnaire au gymnase de Niéjine. Il est un élève médiocre, mais on le remarque pour sa verve et ses talents de comédien.

1825 : Mort du père. Seul homme de la famille, Gogol se sent investi de la mission de prendre soin de sa mère et de ses sœurs.

1828 *(décembre)* : Il part pour Pétersbourg pour servir l'État, avec son ami Danilevski et son valet Yakim. L'arrivée sera rude : transi, mal logé, il aura de grandes difficultés à trouver un emploi.

1829 : Première publication de Gogol, dans la revue *Le Fils de la patrie* : le poème « Italie » (sans nom d'auteur). Peu après, il publie à compte d'auteur, sous un pseudonyme, un poème sentimental à la manière allemande, « Hans Küchelgarten » (avec une faute d'orthographe : Hanz !). La critique est si mauvaise qu'il récupère et brûle tous les exemplaires. Il n'avouera qu'à la fin de sa vie la paternité de cette œuvre. En juillet, il part brutalement pour l'Allemagne, en prétextant auprès de sa mère un amour impossible. Il y restera jusqu'en septembre. Il trouve de modestes emplois, d'abord au ministère de l'Intérieur, puis au ministère de la Cour (en 1830).

1830 : Publication anonyme dans *Les Annales de la patrie* du premier récit ukrainien de Gogol, « La Nuit de la Saint-Jean », qui sera repris dans *Les Veillées du hameau.* Il cherche à obtenir une place de comédien aux Théâtres impériaux, mais sans succès.

1831 *(janvier)* : Première publication sous le nom de Gogol : le poème en prose « La Femme » paraît dans *La Gazette littéraire.* Son directeur, Delvig, le présente aux poètes Joukovski et Pletniov. Celui-ci procure à Gogol une place de professeur d'histoire à l'Institut patriotique (pour jeunes filles nobles). Grâce à eux, il rencontre Alexandra Rosset, future Madame Smirnova, demoiselle d'honneur de l'impératrice, qui le présentera à son tour à Pouchkine. Il fréquente ainsi les salons de l'aristocratie et les plus grands écrivains de son temps. En septembre paraît le premier tome des *Veillées du hameau*, nouvelles ukrainiennes, comprenant : « La Foire de Sorotchintsy », « La Nuit de la Saint-Jean », « Une nuit de mai », « La Dépêche disparue ». Le succès est immédiat.

1832 : Publication, très bien accueillie aussi, du second tome des *Veillées du hameau* : « La Nuit de Noël », « Une terrible vengeance », « Ivan Fiodorovitch Chponka et sa tante », « Le Terrain ensorcelé ». À Moscou, il est présenté à Aksakov, futur chef de file du mouvement slavophile. Projet d'une comédie, *La Croix de Saint-Vladimir*, mais il y renonce par peur de la censure. Il commence à écrire « Le Nez ».

1833 : Gogol renie *Les Veillées du hameau*. Pendant quelques mois, il cesse d'écrire, en proie à une crise de conscience. Il rédige ensuite « Le Nez », « Le Journal d'un fou », « La Brouille des deux Ivan », qui paraîtra en revue l'année suivante.

1834 : Gogol devient, grâce à ses relations, professeur d'histoire à l'université de Pétersbourg. Ses premières leçons sont un succès, mais le public se détourne très vite de lui. Il démissionnera au bout de neuf mois. Il termine sa comédie *Les Prétendants*, commencée en 1833, et en débute une autre, *Les Joueurs*.

1835 *(janvier)* : Publication du recueil hétérogène des *Arabesques*, en deux volumes. On y trouve, outre des articles d'histoire (ses cours à l'université), de critique, de pédagogie, des nouvelles : « La Perspective Nevski », « Le Portrait » (première version), « Le Journal d'un fou ». Deux mois plus tard paraît *Mirgorod*, qui fait suite aux *Veillées*, dans la veine ukrainienne, et comporte des récits, « Viï », « La Brouille des deux Ivan », « Ménage d'autrefois », et le roman *Tarass Boulba.* Il achève « Le Nez » et le propose à la revue *L'Observateur moscovite*, qui le trouve « sale et trivial » et le refuse. Il commence à écrire *Les Âmes mortes*, sur un sujet que lui a suggéré Pouchkine, l'histoire d'une escroquerie réelle. Pouchkine lui fournit aussi, à sa demande, le sujet d'une comédie, également inspiré de faits véridiques, qui deviendra *Le Révizor*. La comédie est achevée en deux mois.

1836 : Pour éviter que *Le Révizor* ait à subir la censure, Pouchkine fait intervenir Alexandra Smirnova auprès de Nicolas Ier, qui en ordonne lui-même la mise en scène par les Théâtres impériaux. La première a lieu le 19 avril en présence du tsar et est un énorme succès. La pièce amuse, ravit surtout les libéraux ; elle fait scandale auprès des conservateurs et déchaîne les passions politiques. Gogol, surtout sensible aux critiques, se sent incompris.

(Juin) : Départ pour l'Allemagne, puis la Suisse et Paris. C'est le début d'une série de déplacements presque incessants qui durera jusqu'à la fin de sa vie. Il ne reviendra en Russie que pour de brefs séjours. Il travaille aux *Âmes mortes* et renie *Le Révizor* (« une bêtise ») ainsi que toutes ses œuvres antérieures.

(Octobre) : *Le Contemporain*, dirigé par Pouchkine, publie « Le Nez », présenté par Pouchkine lui-même, et des *Notes sur Pétersbourg*.

1837 : À Paris, Gogol apprend la mort de Pouchkine, à la suite d'un duel, le 29 janvier à Pétersbourg. Très affecté, il se sent le devoir de mener à son terme l'œuvre que le grand poète lui avait inspirée, *Les Âmes mortes.* En mars, il part pour Rome, où il restera deux ans : il s'y sent chez lui plus qu'en Russie, c'est « la patrie de [s]on âme ». Il fréquente les Russes de Rome, en particulier les artistes.

1838-1839 : À Rome, il travaille aux *Âmes mortes*, et à la réécriture de ses œuvres antérieures : *Tarass Boulba, Le Révizor, Hyménée* (*Les Prétendants*), « Le Portrait », « Le Nez ». Il écrit une nouvelle qui restera inachevée, « Rome » (d'abord intitulée « Annunziata »).

1839 *(juillet)* : Il quitte Rome, voyage en Autriche et en Allemagne, regagne Moscou puis Pétersbourg à la fin de l'année. À Moscou, il fréquente les Aksakov. Il leur lit *Le Procès* et un chapitre des *Âmes mortes*, qu'ils accueillent avec enthousiasme.

1840 : Nouveau départ pour Rome, via la Pologne et l'Autriche. À Vienne, il tombe malade et sombre dans une dépression qui durera toute sa vie, avec une alternance entre des périodes d'enthousiasme et d'abattement. Il révise entièrement la première partie des *Âmes mortes* et entame la seconde.

1841 : Deuxième édition du *Révizor*, qui en donne la quatrième version rédigée. Il revient en Russie en novembre, et soumet la première partie des *Âmes mortes* à la censure, d'abord à Moscou, où le roman est refusé (on croit à un manifeste contre le servage), puis à Pétersbourg, où il est accepté moyennant certaines corrections et suppressions.

1842 *(mai)* : Publication des *Âmes mortes ou les Aventures de Tchitchikov*. Aussitôt après, Gogol repart pour Rome, via l'Allemagne où il s'arrête pour une cure. En juillet, *Le Contemporain* publie une nouvelle version du « Portrait ». La piété de Gogol commence à se transformer en fanatisme religieux.

1843 : Publication des *Œuvres* de Gogol en quatre volumes, qui ne contiennent pas *Les Âmes mortes*. Les premières œuvres ont encore été remaniées. « Le Manteau » y apparaît pour la première fois. Gogol demande à ses amis de s'occuper de ses affaires et de sa famille, pour qu'il puisse se consacrer à l'écriture des *Âmes mortes*. Il quitte Rome pour un séjour itinérant en Allemagne. Son ami Annenkov raconte qu'il brûle, à la fin de l'année, une première version de la seconde partie des *Âmes mortes*.

1844 : Gogol cesse d'écrire ; il ne rédige plus que des lettres à ses amis, où il se pose en prédicateur. Lors d'un séjour à Nice, chez la comtesse Vielgorski, il devient le directeur de conscience de son entourage. Alors qu'il a annoncé à ses amis un envoi qui devrait être la seconde partie des *Âmes mortes*, il leur fait parvenir des exemplaires de *L'Imitation de Jésus-Christ.* Aksakov le met en garde contre le mysticisme qui étouffe en lui l'artiste. Nouvelles pérégrinations en Allemagne.

1845 *(janvier-février)* : Bref séjour à Paris, où Gogol suit la messe tous les jours à l'église russe. Il retrouve ensuite

Joukovski à Francfort, et commence à y composer les *Extraits choisis de ma correspondance*, qui se veut une œuvre de prédication. Profonde dépression. En juillet, il brûle la deuxième version de la seconde partie des *Âmes mortes*.

1846 : Après un hiver passé à Rome, voyages incessants à travers l'Allemagne et l'Autriche. Tout en voyageant, il se remet aux *Âmes mortes*, qu'il considère comme une œuvre indispensable. À la fin de l'année, il revient à Rome, puis à Naples. La publication, en Russie, des *Extraits choisis* lui paraît devoir, comme le dit sa préface, « racheter » le mal fait par ses œuvres précédentes.

1847 : Les *Extraits choisis de ma correspondance*, publiés en Russie, déçoivent profondément les admirateurs de Gogol : on n'y retrouve rien de son talent, il se pose en donneur de leçons et professe les idées les plus réactionnaires. Gogol reçoit ces critiques avec une extrême humilité et se justifie dans *La Confession d'un écrivain* (qui ne sera publiée qu'après sa mort). Dans une lettre à Joukovski (22 février), il se compare, pour sa vanité, à Khlestiakov, le héros du *Révizor*. Biélinski, partisan de l'occidentalisme, écrit à Gogol une lettre où il lui reproche son obscurantisme et oppose en lui l'artiste au penseur. Gogol entre en contact avec le père Matveï Konstantinovski, directeur de conscience d'Alexeï Tolstoï, prêtre fanatique qui l'incite à renoncer à la littérature et à redoubler de piété. Nouveaux voyages à travers l'Europe.

1848 *(janvier)* : Départ pour la Terre sainte, voyage qui le conduit à Malte, Constantinople, Smyrne, Beyrouth. Gogol prie sur le tombeau du Christ, mais n'y trouve aucune exaltation et reste en proie à sa dépression. Retour en Russie en avril, où il retrouve ses amis. Il se remet aux *Âmes mortes*.

1849 : À Moscou, il séjourne chez Alexeï Tolstoï et fréquente le père Matveï. Durant l'été, il rend visite aux Smirnov à la campagne et leur lit le premier chapitre de la deuxième partie des *Âmes mortes*.

1850 : Chez Aksakov, il lit deux chapitres de la deuxième partie des *Âmes mortes*. En été, il se rend au monastère d'Optina, qui lui fait une forte impression, puis chez sa mère à Vassilievka, où il continue de travailler aux *Âmes mortes*. Il passe l'hiver à Odessa.

1851 : Retour à Moscou en juin, chez A. Tolstoï. Il lit le chapitre IV chez Aksakov. Fin juillet, il a terminé sept chapitres. Il travaille à la réédition de ses *Œuvres*, dont la première édition (celle de 1842) est épuisée. En septembre, après le mariage de sa sœur, il retourne à Optina, en proie à une grande mélancolie.

1852 *(janvier)* : Toujours chez A. Tolstoï, Gogol parvient au onzième chapitre de la deuxième partie des *Âmes mortes*. Très frappé par la mort brutale de Mme Khomiakova, sœur de son ami le poète Iasykov, Gogol se consacre à la prière et au jeûne. Il veut se préparer à la mort.

(Février) : Pendant le carême, Gogol passe son temps à l'église et cesse de se nourrir. Le 11 février, il brûle, pour la troisième fois, la deuxième partie des *Âmes mortes*. Il ne quitte plus sa chambre. Très faible, il refuse les soins et se laisse mourir de faim. Son agonie dure huit jours. Les médecins tentent de lui appliquer malgré lui toutes sortes de remèdes (jusqu'à des sangsues sur le nez...). Il meurt le 21 février, après avoir prononcé ces derniers mots : « Une échelle... vite, une échelle... » Il est enterré le 24 février au monastère Danilovski à Moscou. De nombreux admirateurs assistent à ses funérailles. Ses restes seront transférés au monastère Novodievitchi en 1931.

1855 : Il faut attendre la mort de Nicolas Ier, après trois ans d'interdiction totale, pour que soient rééditées les *Œuvres* de Gogol. Son neveu publie alors des fragments des diverses versions de la seconde partie des *Âmes mortes* et *La Confession d'un écrivain*.

BIBLIOGRAPHIE

Éditions

Sobranie sotchinenii v 10 tomakh, vol. 3-4, Moscou, Russkaja kniga, 1994.
Œuvres complètes, sous la direction de Gustave Aucouturier, Gallimard, « Bibliothèque de la Pléiade », 1993 (1966).
Le Portrait, traduction de Henri Mongault révisée par Simone Sentz-Michel, Gallimard, « Folio bilingue », 1998.
Le Journal d'un fou, traduction de Gustave Aucouturier, Gallimard, « Folio bilingue », 1990.

Biographies

Boris de Schloezer, *Gogol, l'homme et le poète ou les frères ennemis*, L'Herne, 1972.
Henri Troyat, *Gogol*, Flammarion, « Grandes biographies », 1992 (1971).
Simon Karlinsky, *The Sexual Labyrinth of Nikolai Gogol*, Chicago, University of Chicago Press, 1992 (1974).

Sur l'œuvre de Gogol

Claude De Grève (dir.), *Gogol*, numéro spécial de la *Revue de littérature comparée*, Klincksieck, 2009.
Edyta M. Bojanowska, *Nikolai Gogol : Between Ukrainian and Russian Nationalism*, Cambridge, Harvard University Press, 2007.
Donald Fanger, *The Creation of Gogol*, Cambridge/Londres, The Belknap Press of Harvard University Press, 1979.
Gogol 2002, numéros spéciaux de la revue *Essays in Poetics* pour le 150e anniversaire de la naissance de Gogol, Keele University, 2003-2004.

Robert A. Maguire, *Gogol from the Twentieth Century : Eleven Essays*, Princeton University Press, 1974 (recueil de textes critiques traduits du russe en anglais).
Robert A. Maguire, *Exploring Gogol*, Stanford University Press, 1996 (recueil de textes critiques traduits du russe en anglais).
Dmitri Merejkovsky, *Gogol et le diable*, Gallimard, 1939.
Vladimir Nabokov, *Gogol*, traduction de Bernard Géniès, Marseille, Rivages, 2006.
Richard Peace, *The Enigma of Gogol*, Cambridge, Cambridge University Press, 1981.
Lucian Raïcu, *Avec Gogol, essai sur l'inconsistance*, traduction d'Odile Serre, Lausanne, L'Âge d'homme, 1992.
Sven Spieker (éd.), *Gogol : Exploring Absence. Negativity in 19th Century Russian Literature*, Bloomington, Slavica, 1999.
Abram Tertz (André Siniavski), *Dans l'ombre de Gogol*, traduction de Georges Nivat, Seuil, 1978.

Sur les *Nouvelles de Pétersbourg*

Boris Eikhenbaum, « Comment est fait "Le Manteau" de Gogol », in T. Todorov (éd.), *Théorie de la littérature*, traduction de T. Todorov, Seuil, « Points », 2001.
Melissa Frazier, *Frames of the Imagination : Gogol's Arabesques and the Romantic Question of Genre*, Berne, Peter Lang, 2000.
Paul Waszink, *Such Things Happen in the World : Deixis in three Short Stories by N. Gogol*, Amsterdam, Rodopi, 1988.
James B. Woodward, *The Symbolic Art of Gogol : Essays on his Short Fiction*, Colombus, Slavica, 1982.

RÉPERTOIRE

LE MANTEAU

• Traduction du titre : le russe *chiniel* (qui viendrait du français « chenille ») désigne un manteau fourré porté par-dessus l'uniforme. Le mot étant féminin, il pourrait suggérer un symbolisme sexuel [1] analogue à celui du nez (« on aurait dit qu'il s'était marié et qu'une aimable compagne avait consenti à parcourir à ses côtés la route de la vie. Cette compagne n'était autre que le manteau [...] », p. 42).

• p. 29, *Conseiller titulaire perpétuel* : neuvième grade de la table des rangs.

Le *tchin* ou table des rangs

Le *tchin*, hiérarchie des fonctionnaires mise en place par Pierre le Grand en 1722, classe les serviteurs de l'empire selon 14 grades, correspondant aux grades de l'armée. Les fonctionnaires portent un uniforme vert, avec l'insigne de leur grade et de leur ministère de rattachement. Tout membre de la noblesse est destiné à servir l'État, même si ce n'est plus une obligation, et peut gravir les échelons en fonction de son mérite. Le passage du neuvième au huitième rang est important (c'est à partir du huitième rang qu'un roturier est anobli), aussi la situation de Bachmatchkine, cantonné au neuvième rang, est-elle humiliante. Le *tchin* règle toutes les questions de respect et de préséance.

1. Chancelier
2. Conseiller privé actuel
3. Conseiller privé
4. Conseiller d'État actuel
5. Conseiller d'État
6. Conseiller de collège

1. Gustave Aucouturier propose même de le traduire par « la capote » (voir notice de Gogol, *Œuvres complètes*, Gallimard, Bibliothèque de la Pléiade, 1966, p. 529).

7. Conseiller aulique (ou conseiller de cour)
8. Assesseur de collège
9. Conseiller titulaire
10. Secrétaire de collège
11. Secrétaire de vaisseau
12. Secrétaire de gouvernement
13. Régistrateur au Sénat, au synode ou au conseil privé
14. Régistrateur de collège

• p. 29, *Bachmatchkine*. Gogol ne prend pas toujours la peine d'élucider le sens des noms comiques. Il y en a pourtant beaucoup dans son œuvre, et en particulier dans les *Nouvelles de Pétersbourg*. Voir encadré.

Les noms de famille comiques

Les noms semblent ainsi avoir pour fonction de mettre l'accent sur une caractéristique unique des personnages, soit pour souligner leur rôle, soit pour le contredire. Ils peuvent aussi être cocasses par leurs consonances.
– Bachmatchkine, le nom du héros du « Manteau », évoque la chaussure (*bachmak*), alors qu'il ne porte jamais que des bottes, et que son obsession va se tourner vers une autre partie du vêtement.
– Dans « La Perspective Nevsky », le nom du peintre, Piskariov, évoque son métier (*pissat*, « peindre »), et celui de Pirogov fait penser aux gâteaux (*pirogui*) qui le consolent de ses déboires.
– Poprichtchine, le héros du « Journal d'un fou », porte un nom qui évoque *poprichtché*, « la carrière ».
– Toujours dans « Le Journal d'un fou », le fiancé de Sophie s'appelle Tieplov, de *tieplo*, « tiède », et semble un prétendant bien peu empressé.
– Bobov (p. 74), de *bob*, « fève ».
– Dans « Le Portrait », le nom de Tchartkov peut suggérer à la fois *tchary*, (« sortilège ») et *tchort* (« le diable »). Il peut aussi rappeler Tchatski, héros de la comédie de Griboïedov *Le Malheur d'avoir trop d'esprit* (jouée en 1831, cf. p. 139), un misanthrope amoureux, sorte d'Alceste russe.
– Boukhmisterova, p. 164, locataire ponctuelle dans ses paiements, de *boukhmeister*, « comptable »
– Le peintre en vogue cité dans « Le Portrait » s'appelle « M. Nol », c'est-à-dire « M. Zéro »...

• p. 30, *Moky, Sossy, et Kozdozatt...* Les prénoms de saints proposés à la mère d'Akaky Akakiévitch sont tous extrêmement rares, et du même coup, cocasses, d'autant plus qu'ils sont associés par leurs sonorités. Le prénom qu'elle choisit en fin de compte n'est pas moins rare. On peut noter qu'elle parle du père au passé : le héros serait donc un fils posthume. Mais rien dans le texte ne viendra le confirmer ni, du reste, l'infirmer.

• p. 34, *Le cheval de Falconet.* Voir dossier p. 216-217.

• p. 35, *Il n'avait commencé à s'intituler Pétrovitch que depuis son affranchissement...* Voir l'encadré sur « prénoms, patronymes, noms ».

Prénoms, patronymes, noms

L'usage russe place, entre le prénom et le nom de famille, le patronyme, formé d'après le prénom du père, suivi des suffixes -ovitch ou -evitch pour les hommes, -ovna ou -evna pour les femmes (ces suffixes ne sont pas des terminaisons de noms de famille russes).

– L'emploi des trois noms ensemble (par ex. Akaky Akakiévitch Bachmatchkine) ne se pratique que lorsqu'on décline une identité, lorsqu'on présente quelqu'un.

– Le prénom suivi du patronyme (Akaky Akakiévitch) sert à désigner une personne que l'on connaît, avec un certain respect. Ainsi, le fait que le barbier du *Nez* appelle son épouse Prascovia Ivanovna (p. 87) est inhabituel et indique sa soumission respectueuse. On notera que ce respect n'est pas mutuel...

– Le prénom seul est plus familier, mais moins que le diminutif du prénom, très employé en russe. Ainsi, Lise (Lisa) pour Elisavieta, p. 169 et suivantes.

– L'usage du patronyme seul est condescendant. Pour le barbier, récemment affranchi, c'est pourtant une distinction par rapport au prénom seul. Il n'a pas une dignité suffisante pour être désigné par le prénom et le patronyme.

LE JOURNAL D'UN FOU

• Traduction du titre : *Zapiski soumaschedchevo* signifie littéralement : « notes d'un fou ».

• p. 61, *Ce Juif* : ce grippe-sous. L'antisémitisme de Gogol se note aussi dans ses récits ukrainiens.

• p. 64, *L'Abeille* : *L'Abeille du Nord*, revue politique et littéraire créée en 1825, consacrée en grande partie à des chroniques ou à de brèves informations sur la vie provinciale.

• p. 65, *Koursk* : ville située au sud de Moscou. Elle représente ici sans doute la province, ironiquement opposée à la capitale.

• p. 66, *L'œuvre de Pouchkine*. Non, ces vers médiocres sont l'œuvre d'un obscur poète, N.P. Nikoliev.

• p. 67, *Un habit à la mode*. Le texte russe porte : « un habit de chez Routch ». C'est le tailleur à la mode à Pétersbourg.

• p. 67, *Filatka, le benêt russe* : vaudeville de Grigoriev le jeune (1831), comédien du théâtre Alexandre de Pétersbourg.

• p. 69, *Au sixième étage*. Étourderie de l'auteur : c'était curieusement le cinquième à la p. 64...

• p. 76, *Un ruban bleu barre ma poitrine*. Le ruban d'un ordre, porté en écharpe, distingue les hauts dignitaires ou les chefs d'État étrangers.

• p. 76, *Il se passe des choses bien étranges en Espagne*. Allusion à la guerre civile consécutive à la mort de Ferdinand VII (1814-1833), roi de la restauration espagnole. Il avait aboli la loi salique pour écarter du trône son frère don Carlos, au profit de sa fille Isabelle II (qui deviendra reine à l'âge de trois ans). Les carlistes sont réprimés dans guerre civile sanglante en 1833-1840.

• p. 78, *Philippe II* : roi d'Espagne (1556-1598), catholique intransigeant, austère et despotique, sous lequel l'Inquisition persécuta les protestants, juifs et musulmans espagnols.

• p. 79, *Ferdinand VIII* : successeur imaginaire de Ferdinand VII.

• p. 81, *Februar* : février en espagnol. Le texte original porte « fevruar », qui mêle l'espagnol et le russe (*fevral*).

• p. 82, *Le célèbre chimiste anglais Wellington*. Le délire masque malgré tout une certaine cohérence, puisque le duc de Wellington (1769-1852), vainqueur de Bonaparte, a notamment libéré l'Espagne (1809-1813), permettant l'accession au trône de Ferdinand VII.

• p. 83, *Polignac* (1780-1847) : ministre des Affaires étrangères sous Charles X, en 1829-1830. Il ne l'était donc plus à la mort de Ferdinand VII...

• p. 83, *C'est l'Anglais qui te conduit* : Wellington ?

LE NEZ

• p. 89, *Un poids de dix pouds.* Le poud vaut environ 16 kilogrammes.

• p. 91, *Depuis Riga jusqu'au Kamtchatka.* La capitale de la Lettonie était alors annexée à la Russie. L'expression désigne donc la Russie en totalité, d'ouest en est.

• p. 100, *L'Abeille du Nord.* Voir ci-dessus p. 64, à propos du « Journal d'un fou ».

• p. 104, *Boutons.* Le bouton d'un vêtement et le bouton sur le nez sont désignés en russe par deux mots différents. Il ne peut donc y avoir de calembour ici.

• p. 109, *Khozrev Mirza* : grand amiral ottoman venu en ambassade à Pétersbourg en 1829.

LA PERSPECTIVE NEVSKI

• Traduction du titre : on a l'habitude de nommer ainsi en français la principale artère de Pétersbourg, mais *Nevski prospect* signifie littéralement « avenue de la Néva ».

• p. 119, *La Bianca du Pérugin* : madone de la fresque *L'Adoration des Mages* dans la chapelle Santa Maria dei Bianchi à Pieve.

• p. 143, *Meine Frau. – Was wollen Sie doch ? Gehen Sie* à la cuisine...
« Ma femme. – Que voulez-vous donc ? – Allez... » Dans le texte original, l'allemand est transcrit approximativement en cyrillique, ce qui a un effet comique.

LE PORTRAIT

• p. 151, *Kosrev Mirza.* Voir ci-dessus à propos de la p. 109 du « Nez ». Le changement d'orthographe est le fait du traducteur.

• p. 152, *Les feuilles à bon marché dont les sujets lui étaient familiers.* Dans le texte original, Gogol cite des exemples : « Yérouslan Lazarevitch, L'Ivrogne et le glouton, Thomas et Jérémie. » Le premier est le héros d'un conte populaire d'origine orientale.

• p. 163, *Vassili ostrov* ou *Ostrov Vassilievski* : l'île Vassili, l'une des nombreuses îles dont Pétersbourg est formé (voir plan, p. 267).

• p. 176, *Corinne, Aspasie.* Entre l'héroïne du roman de Mme de Staël, *Corinne ou l'Italie* (1807), et la femme grecque, compagne de Périclès (Ve siècle), le coq-à-l'âne peut prêter à sourire.

• p. 179, *Un peintre russe.* Gogol prend pour modèle son ami Alexandre Ivanov (1806-1858), rencontré à Rome, qui consacra vingt ans de sa vie à son tableau *Apparition du Christ au peuple*, commencé en 1833. Il l'évoque au chapitre XXIII de ses *Extraits choisis de ma correspondance* [1].

• p. 183, *L'effroyable démon qu'a dépeint Pouchkine.* Allusion à son célèbre poème « Le Démon » (1823).

1. Gogol, *Œuvres complètes*, *op. cit.*, p. 1624-1635.